Não me Esqueças

Babi A. Sette

Não me Esqueças

2ª edição
Rio de Janeiro-RJ / Campinas-SP, 2017

VERUS
EDITORA

Editora executiva
Raïssa Castro

Edição
Thiago Mlaker

Coordenação editorial
Ana Paula Gomes

Copidesque
Érica Bombardi

Revisão
Cleide Salme

Capa
Marina Avila

Fotos da capa
Selenit/Shutterstock (garota)
Alexa Zari/Shutterstock (símbolo celta na pedra)
Kanuman/Shutterstock (castelo 1)
Kwiatek7/Shutterstock (castelo 2)

Projeto gráfico e diagramação
André S. Tavares da Silva

ISBN: 978-85-7686-617-6

Copyright © Verus Editora, 2017
Direitos reservados em língua portuguesa, no Brasil, por Verus Editora. Nenhuma parte desta obra pode ser reproduzida ou transmitida por qualquer forma e/ou quaisquer meios (eletrônico ou mecânico, incluindo fotocópia e gravação) ou arquivada em qualquer sistema ou banco de dados sem permissão escrita da editora.

Verus Editora Ltda.
Rua Benedicto Aristides Ribeiro, 41, Jd. Santa Genebra II, Campinas/SP, 13084-753
Fone/Fax: (19) 3249-0001 | www.veruseditora.com.br

CIP-BRASIL. CATALOGAÇÃO NA FONTE
SINDICATO NACIONAL DOS EDITORES DE LIVROS, RJ

S519n

Sette, Babi A.
  Não me esqueças / Babi A. Sette. - 2. ed. - Campinas, SP : Verus, 2017.
  23 cm.

  ISBN 978-85-7686-617-6

  1. Romance brasileiro. I. Título.

17-42689
                                          CDD: 869.93
                                          CDU: 821.134.3(81)-3

Revisado conforme o novo acordo ortográfico

Encantadora Bela, não lastime o que acaba de deixar para trás. Um destino mais ilustre a espera: se quiser merecê-lo, não se deixe seduzir pelas aparências.

— MADAME DE VILLENEUVE, *A Bela e a Fera**

---

* Trad. André Telles. Rio de Janeiro: Zahar, 2016.

Prólogo
Era uma vez...

GLOUCESTERSHIRE, 1861

Havia algo de diferente no ar daquela noite; o coração de Lizzie disparou com essa certeza. A relva verde e macia tocava e envolvia seus pés descalços. Ela gostava de observar as marcas deixadas por suas pegadas no orvalho, conforme caminhava.

Havia mesmo algo de diferente no ar daquela noite. A lua brilhava de maneira gentil, deitando preguiçosa sobre a copa das árvores. Lizzie fechou os olhos quando o vento acariciou sua face, com vontade de ser notado, trazendo a fragrância doce das flores.

Ela abriu os olhos em seguida, soltando o ar pela boca.

— *Lizzie* — escutou um sussurro vindo das folhas que a brisa chacoalhava.

— *Lizzie* — a voz soou com mais força.

Um estalar de galhos chamou sua atenção para a fenda entre as árvores, o local onde sempre se dava o encontro. Ela sentiu o coração acelerado e a boca seca. Sabia que logo ele apareceria.

A jovem deu alguns passos na direção da fenda. Apesar de sempre ficar ansiosa com esses encontros noturnos, ela nunca se sentiu ameaçada. Percebeu um movimento sutil de folhas, e um vulto mesclado com o brilho da lua se tornou visível: era cinzento, enorme e imponente.

Dois olhos amarelos encontraram os seus.

— Oi — Lizzie disse, mal contendo o tremor na voz.

Ele apenas a encarou. Nunca falava nada, mas a conhecia tão bem, era como se tivessem conversado todas as noites durante os seus quinze anos de vida, durante todos os sucessivos e silenciosos encontros.

— Espere! — Lizzie exclamou quando ele se virou, mas seu pedido quase desesperado não o deteve. O lobo correu, sumindo no interior da floresta. — Ah, não! — ela disse e, puxando as saias do vestido até os joelhos, começou a correr em direção às árvores.

À medida que avançava entre galhos e pedras, o lobo cinzento espiava para trás, nunca se afastando muito de Lizzie, tampouco deixando que ela o alcançasse.

Lizzie não o perderia de vista, não ali em Dean, a tão conhecida floresta nas terras do condado de Gloucestershire, onde morou a vida inteira.

Conforme ela corria, a vegetação da floresta se transformava, dando lugar a raízes retorcidas, salpicadas de musgo, perigosamente encobertas por uma névoa prateada. Ao longe, a jovem viu uma enorme fileira de montanhas abrindo espaço entre as nuvens. Um uivo fez com que ela se detivesse, assombrada. O lobo se misturou com a neblina densa, curvou-se e cresceu de tamanho, enquanto pernas humanas surgiam entre os pelos do animal.

Assustada, deu alguns passos para trás ao notar a silhueta de um homem ganhar forma.

— Lizzie — ele a chamou e estendeu a mão, andando em sua direção.

Ela ficou sem ar. Ali, entre as brumas, estava ele. Era alto, usava um traje completo e típico das Highlands e tinha a força — Lizzie intuiu — do deus das montanhas.

— Volte para mim, Lizzie — o homem pediu antes de ser completamente envolto pelas brumas e desaparecer.

— Não vá! — ela gritou para o vale. — Não! — repetiu, derrotada e exausta.

A bruma se adensava, tornando-se espessa e sufocante, grossa como fumaça de caldeiras. Quente como respirar fogo.

Lizzie cobriu o rosto com as mãos e sacudiu a cabeça, os olhos queimavam lágrimas de frustração.

— Por que você nunca me espera? — protestou contra a paisagem oculta pela névoa.

— Lizzie — ela ouviu seu nome ser chamado novamente por uma voz distante.

— Por quê? — repetiu, desconsolada.

— Lizzie, *acorda*! — Dessa vez a voz soou mais nítida e real.

Piscou algumas vezes, ainda confusa na penumbra do quarto. Sentiu o coração desacelerar quando, ao voltar à realidade, encontrou o rosto familiar da irmã caçula, que a encarava intrigada com seus olhos verde-oliva. A lamparina a iluminava. sentada próxima a Lizzie na beirada da cama.

8

Todos diziam que Eleanor se parecia com Lizzie. Porém, tirando a cor dos olhos, não havia muita semelhança entre elas. Enquanto Ellie tinha os cabelos claros como o trigo, os de Lizzie eram de uma cor indefinida, indo do acobreado ao castanho-dourado, conforme a luz do dia. Ellie era pequena e delicada, ao passo que Lizzie chegou, em uma época, a sentir orgulho de competir com o irmão mais velho não apenas pela atenção dos pais, como também pelos riscos atrás da porta, onde se mediam para saber qual dos dois havia crescido mais.

Lizzie suspirou, sentindo-se desperta. Olhou ao redor: seu quarto, bem diferente da floresta do sonho, era quente e acolhedor, com paredes cobertas por um tecido azul de seda e cortinas de veludo dourado.

— Você teve aquele sonho outra vez, não é? — Eleanor colocou uma mecha de cabelo atrás da orelha.

O sonho com o lobo era tão recorrente que Lizzie tinha certeza de que a irmã sentia tanta propriedade sobre ele quanto ela mesma.

Aquiesceu, esfregando os olhos.

— Eu estava lendo no meu quarto e ouvi o seu grito.

Lizzie segurou a mão da irmã, que a encarava com uma ruga entre as sobrancelhas.

— Meu Deus, Ellie, dessa vez foi intenso!

— O lobo e as brumas de novo?

— Sim — concordou, sentindo-se confusa. — Mas dessa vez o lobo virou um homem.

— Um homem?

Ela suspirou, recordando os manuscritos sobre o castelo de Mag Mell que seu pai lhe dera de presente alguns dias atrás.

— Acho que fiquei impressionada com uma lenda que li.

— Essa sua obsessão pela mitologia daquele povo estranho, pela Escócia, pela Irlanda... Lizzie, você tem que parar com isso — Eleanor pediu, preocupada.

Apesar de só ter onze anos, a irmã menor era tão prudente, tão cuidadosa e tão... inglesa. Claro que Lizzie também era inglesa, mais precisamente filha de um casal de duques. Porém, se pudesse escolher onde nascer, ela com certeza apontaria um clã escocês das Highlands ou uma família enorme e barulhenta da Irlanda.

Mentira.

Por mais que se divertisse com a ideia, ela não abriria mão de sua própria família enorme e barulhenta. Amava cada um dos seus quatro irmãos com paixão e sabia que não haveria no mundo casal mais perfeito para se ter como pais que o duque e a duquesa de Belmont. Entretanto, sua família seria perfeita se não carregasse um ducado nos ombros, muitas tradições e certas obrigações... Resumindo: a família seria ainda mais extraordinária se vivesse alguns séculos atrás e se fosse celta, é claro.

— Os celtas... não são esquisitos — discordou, pegando um copo de água ao lado da cama e dando um longo gole, enquanto analisava a expressão da irmã.

— Lizzie — Eleanor apertou um pouco os dedos da mão que envolvia a sua —, você já tem quinze anos e, se não colocar freio em sua imaginação, certamente vai acabar fazendo companhia para os vasos nos salões de baile.

— Às vezes, eu acho que não fomos educadas pelos mesmos pais.

Eleanor olhou ao redor, detendo sua atenção sobre uma pilha de livros e depois sobre um maço de manuscritos cuidadosamente colocados na penteadeira, onde deveriam estar as fitas, os pentes e as forquilhas da irmã.

— Você deveria ao menos fingir que se importa em ter vida social.

— Falando dessa maneira você faz parecer tão ruim. Como se... como se dançássemos nus em noites de lua cheia, ou roubássemos objetos por diversão.

Eleanor suspirou, pesarosa.

— Sabe que eu amo você. Amo a nossa família mais que tudo e não a trocaria por nada no mundo, mas não podíamos ser um pouco mais convencionais?

— Convencionais? — Lizzie mordeu o lábio por dentro para não rir. — Que coisa mais aborrecida.

— Eu fico imaginando como será a minha estreia... Tenho tanto medo de não conseguir um bom marido.

— Você não sonha com nada mais interessante? — Lizzie se recostou nos travesseiros, intrigada.

— O que de mais interessante uma jovem pode querer além de tocar piano, se apaixonar, casar e ter filhos?

Lizzie, com ar travesso, tocou a ponta do nariz da irmã.

— Você reparou que na sua lista o piano veio antes do casamento?

— E o que tem isso?

— Prova que o seu amor pelas artes ou pela música vem antes do dever.

— Casamento não é um dever, Lizzie. — Eleanor enrugou a testa. — É... é o sonho de qualquer moça.

— Não é o meu sonho.

— Pense comigo — Ellie acrescentou, suspirante —, o que pode ser melhor que passeios ao luar, poemas de amor, flores e, claro, um cavalheiro perdidamente apaixonado por você?

— Arte, lugares para se conhecer e... celtas.

Eleanor balançou a cabeça.

— Eu deixo essa fixação pelas culturas antigas com você, mamãe e papai, que vivem enfurnados entre livros empoeirados e manuscritos caindo aos pedaços. Três pessoas excêntricas em uma família de sete é mais que suficiente.

Apesar do jeito sisudo de Eleanor, ela era uma romântica incurável. Enquanto reclamava sobre as supostas esquisitices da família, ela mesma não se comportava de maneira tão convencional ao dormir abraçada com novelas românticas, muitas das quais proibidas para jovens damas.

— Sabe que, se não fosse o fato dos nossos pais serem tão liberais, você jamais teria as suas novelas, e o seu tão sonhado casamento por amor seria transformado no enlace com o velho de maior título do mercado — disse Lizzie. — Além disso, você é filha de um duque, e as pessoas parecem notar isso apenas quando estão conosco.

— Acho que você tem razão. — A irmã se espreguiçou e levantou. — Vou voltar ao meu quarto e à minha leitura.

— E eu vou dançar nua ao luar.

A boca de Eleanor se abriu em um enorme O.

— Você não se atreveria... — ela murmurou, incerta.

— Será? — indagou Lizzie, em tom provocativo. — Os celtas faziam isso.

— Por isso estão todos mortos e há muitos anos.

— Por dançarem nus para a lua? — Lizzie riu com gosto.

— Por serem tão selvagens.

— Eles não eram selvagens — ela franziu o cenho —, apenas viviam de um jeito diferente do que vivemos.

— Sim, de um jeito depravado.

— Você sabia que os celtas não falavam "olá" ao cumprimentarem uma pessoa?

Eleanor torceu a boca, com desdém.

— Aí está, eram tão bárbaros que nem sequer sabiam iniciar uma conversa.

— Eles não falavam "olá" — Lizzie recomeçou, enfática. — No lugar, diziam *Dia Dhuit*.

Ellie torceu ainda mais a boca.

— Credo!

— É uma bênção em gaélico — disse, como se fosse óbvio. — Significa "Deus está em você".

— E por isso não eram bárbaros?

Lizzie bufou, impaciente.

— Um povo que reconhece e saúda o sagrado que mora dentro de cada pessoa é tudo menos selvagem.

Eleanor a contemplou um tempo em silêncio antes de dizer:

— Para mim ainda parecem bastante estranhos.

— Você deve ter sido morta por um celta em uma vida passada — declarou antes que a irmã saísse do quarto.

— Cruzes, Lizzie! — Eleanor exclamou, apavorada. — Não comece com essa história de vidas passadas, isso me dá arrepios.

— E eles não estão todos mortos! — Lizzie concluiu, em um tom mais alto, a fim de que a irmã a ouvisse.

Ela sabia que a cultura celta podia ter praticamente desaparecido da face da Terra com o seu povo. Mas acreditava que, enquanto houvesse pessoas que os estudassem e tentassem compreender sua cultura intrigante e maravilhosa, os celtas viveriam.

Bocejou, espreguiçando-se ao levantar da cama. O sonho daquela noite havia sido dos mais intensos que já tivera. Apontou para os manuscritos em cima da penteadeira.

— É culpa sua — disse para um dos papéis amarelados, lembrando a vívida imagem do homem-lobo envolto pelas brumas. Esfregou os braços, espantando uma onda de arrepios. — É só uma lenda — afirmou, pegando o manuscrito de cima da pilha.

Antes de voltar para a cama, Lizzie aumentou a luz da lamparina na mesa de cabeceira. Cobriu-se com a colcha bordada e aconchegou a cabeça na pilha de travesseiros macios. Suspirou, com o coração acelerado.

Leria uma vez mais e trataria de esquecer essa história.

A lenda do castelo de Mag Mell

Um conde inglês rico e poderoso que viveu no século XV era frio, rude e pensava apenas em seu próprio bem. Foi assim até o dia em que conheceu uma jovem que mudaria toda a sua vida. Eles se apaixonaram como amantes predestinados. Porém a jovem era uma sacerdotisa da antiga religião celta e foi perseguida, julgada e acusada pela Igreja de praticar feitiçaria. Nem todo o poder do conde foi o bastante para conseguir a liberdade de sua *amada. A jovem morreu como ninguém jamais deveria: queimada no fogo dos medos e da intolerância.*

O conde, guiado pela paixão, encontrou um terreno isolado, no topo do mundo e no meio das nuvens. Ali, a um passo das portas do céu, ergueu um castelo em homenagem à fé de sua querida companheira. Fez isso com a esperança de que, ao dar prova suficiente aos deuses celtas de seu amor e sua devoção, eles trouxessem sua amada de volta à vida.

Lizzie engoliu em seco, um pouco nervosa, e apertou os dedos entre as folhas antes de retomar a leitura:

Os anos se passaram e a jovem sacerdotisa nunca voltou das cinzas. O conde enlouqueceu de amor e, em sua insanidade, realizou um ritual proibido pelos deuses. Ele usou da sabedoria celta para um propósito egoísta e bebeu da fonte da vida eterna. Sua vingança era se tornar imortal. Se os deuses eram incapazes de trazer sua amada de volta, ele iria aguardar pela volta dela.

Os deuses, enfurecidos com a ousadia do conde, castigaram-no. Ele foi condenado a viver eternamente com metade de sua alma presa no corpo de um homem e a outra metade no corpo de um lobo. E assim deveria permanecer até que alguém amasse as duas metades em igual medida: a parte homem e a porção lobo, com seus instintos e sua vida selvagem.

Lizzie abaixou o manuscrito, sentindo o coração disparar com as lembranças vívidas do sonho.

— Estou impressionada, é isso — afirmou.

Colocou a folha sobre a mesa lateral e diminuiu a lamparina. Fechou os olhos e ouviu em sua mente uma voz forte como deveriam ser os trovões das Highlands:

— *Volte para mim, Lizzie.*

1

O gaélico da Escócia veio da Irlanda no século V e logo se tornou a língua mais falada no país, até mesmo pelos reis. Nota: Eu adoraria que Henrique sussurrasse juras de amor em gaélico para mim enquanto dançamos.

— DIÁRIO DE ESTUDOS DE ELIZABETH HAROLD, 1863

LONDRES, 1863

— Lizzie, escute essa parte — Ellie pediu, lendo o livro sobre o colo. — "Uma dama não pode jamais hesitar, nem por alguns segundos, sobre qual o comportamento correto a ser adotado em cada situação. A hesitação certamente causaria muito desconforto a quem lhe fizesse companhia. E, se há algo que uma verdadeira dama nunca deve fazer, é deixar qualquer pessoa desconfortável em sua presença."

Lizzie se esforçou para não bufar. A irmã apenas enrugou um pouco a testa e retomou a leitura:

— "Para uma jovem dama, seguir regras de conduta apropriadas deve ser tão natural quanto respirar."

— Sim — Lizzie fez uma careta, concordando —, natural como respirar dentro de um espartilho apertado.

— Você reclama, mas não há um dia sequer em que não me conte sobre os bailes a que vai e sobre como tem se divertido.

Apesar de se queixar, Lizzie não desrespeitava as regras. Como era a primeira filha com idade para circular na sociedade, ela deveria agir apropriadamente, senão arruinaria não apenas sua reputação, mas a de sua família, e devastaria os sonhos de sua irmã de conseguir um bom casamento. Mesmo sendo liberais, os pais, de certa maneira, esperavam que ela seguisse as tradições inglesas. Lizzie as seguia, contudo não vivia apenas por elas, como faziam muitas jovens.

Ela se apaixonara pela cultura celta havia seis anos e descobrira nas tradições daquele povo uma maneira mais simples de apreciar a vida. A curiosidade despertada pelo sonho com o highlander ampliara seus interesses, fazendo com que ela estudasse também os povos da Escócia pós-céltica.

Lizzie voltou sua atenção para a sala. No canto da estante de mogno, cheia de livros, a luminária de vidro de Murano comprada em Veneza refletia os raios de sol em dezenas de pontos coloridos. A biblioteca tinha cheiro de papel envelhecido, carvalho e fumo. Eram aromas masculinos, mas que sempre a lembravam dos seus estudos. Ela amava aquele cômodo na propriedade da família em Londres. Adorava passar férias naquela casa, que, por ser muito menor do que o palácio ducal, era também mais aconchegante, intimista e acolhedora.

A família toda passava a temporada na cidade e, apesar de não poder participar dos bailes por ter treze anos, Ellie adorava ouvir Lizzie contar sobre as experiências vividas durante os concorridos eventos da temporada.

— Se não fossem os bailes, já que eu realmente gosto de dançar — Lizzie torceu a boca —, isso tudo seria uma tortura.

Ellie lhe lançou um olhar descrente.

— Ora, Lizzie, pare de ser tão turrona... Se não é capaz de admitir a sua diversão durante essas semanas, ao menos não reclame mais.

— Diversão? — Arqueou as sobrancelhas. — É início da tarde, e sabe quantas vezes já troquei de vestido?

Ellie revirou os olhos.

— Humm?

— Três... Esse é o terceiro vestido do dia; houve o de montaria, e o do passeio no parque, e este é o vespertino.

— Algumas damas dariam o dedos dos pés para ter a sorte de estrearem na sociedade com um guarda-roupa tão completo como o seu.

— Penso em Camille — replicou Lizzie. — A pobre camareira nunca trabalhou tanto na vida. Hoje pela manhã, ela estava tão cansada que nem percebeu quando tentou vestir os calções pela minha cabeça, no lugar da camisa.

Ellie gargalhou sem se conter.

Lizzie mirou a pilha de manuscritos sobre a mesa de centro, com um suspiro condoído.

— Eu gasto em média quatro horas por dia entre penteados e trocas de roupa. O restante do meu tempo devo distribuir pelos quatro ou cinco compromissos diários.

Ellie deu um sorrisinho zombeteiro.

— E me explique: quão ruim é ser cortejada pelo partido mais disputado da temporada?

Lizzie franziu a testa, ainda encarando os manuscritos.

— Chegamos há quase trinta dias, e nesse tempo eu só consegui analisar dois desses vinte documentos novos... E isso porque agora Henrique se senta para ler comigo.

— Ah, Lizzie, não me diga que você está submetendo o pobre marquês à sua obsessão?

— Não faça essa cara, como se eu estivesse arrancando os dentes dele. Ler é ampliar a visão de mundo. Além do mais, ele gosta.

Ellie lhe lançou um olhar de descrença.

— Duvido.

— Ontem mesmo ele me trouxe este livro maravilhoso de presente. — Lizzie dobrou o corpo e pegou o livro ao seu lado.

— Um guia completo sobre os clãs da Escócia? — a menina leu o título, com uma careta.

Lizzie acabou achando graça da expressão da irmã.

— Você pode não acreditar ou não entender, mas ele gosta tanto de me ouvir falar sobre meus estudos que me propôs ficarmos aqui durante as tardes, lendo um para o outro.

— E deixar de ir ao baile? — A irmã se espantou.

Lizzie apoiou o livro no colo.

— Ah, não. Dançar é a única parte boa da temporada.

— Eu adoraria dançar valsa.

— Polca e two-step são igualmente divertidos.

— Eu adoraria valsar com um cavalheiro como Henrique — Ellie disse, com ar sonhador.

Lizzie sentiu as bochechas esquentarem com a lembrança da última valsa dançada com Henrique, no dia anterior. Ele a enlaçou com delicadeza e intimidade. Era fácil perder o ar somente com a lembrança. Apontou para o relógio ao lado da mesa lateral: faltavam dez minutos para as quinze horas.

— Por falar em Henrique, ele logo deve estar aqui.

— Tão pontual, tão correto, tão dentro das regras que você adora menosprezar — Ellie comentou, bem-humorada.

— Eu não adoro menosprezar, acho apenas que existem outras maneiras de encontrar a felicidade sem ser seguindo regras de etiqueta... E, além do mais, Henrique é diferente.

Ellie ergueu um pouco as sobrancelhas.

— Diferente como?

— Ele não tem medo de que eu pense.

A irmã gargalhou.

— Você deve saber — Lizzie se justificou — que a maioria dos homens não gosta de mulheres que tenham opinião própria.

— Se ele aguenta você falando sobre os seus estudos e ainda se mostra interessado, realmente está apaixonado por você.

— Pobre homem — disse uma voz forte, ao batente da porta.

Lizzie virou-se e lá estava seu irmão mais velho, Arthur Steve, sorrindo. Steve, como era chamado por todos, as acompanhava em Londres desde o início da temporada. Lizzie mostrou a língua, respondendo à provocação.

— Muito maduro — o irmão disse, avançando sala adentro. — Oi, fadinha — cumprimentou Ellie com carinho.

— Boa tarde, Steve. — Ela o beijou no rosto.

— Oi para você também — brincou Lizzie e levantou-se a fim de também cumprimentar o irmão.

Ele pegou a mão dela, surpreendendo-a, e beijou a ponta dos seus dedos como um cavalheiro exemplar.

— Oi, lobinha — disse, com um sorriso contido. — Ou devo chamá-la de milady Devonport?

— Não seja bobo, você pode me chamar de lady loba.

Steve e Ellie gargalharam.

O irmão mais velho tinha a mania de dar apelidos para todos da família. Eleanor era fadinha porque, quando menor, vivia brincando de voar pelos cantos da casa com asas de penas que ela mesma montava.

Lizzie assumiu com orgulho o seu apelido. Para Steve ela era a *lobinha*, não apenas por causa dos sonhos que aconteciam desde que se lembrava por gente, mas principalmente porque, em todas as brincadeiras que faziam quando crianças, ela queria ser um lobo.

Não importava o tema escolhido, Lizzie só aceitava brincar quando convencia o irmão de que um pirata de verdade poderia ter um lobo, ou de que o lobo era o animal perfeito para acompanhar os grandes generais romanos em batalha, ou mesmo que gigantes, deuses nórdicos ou gregos não saíam de seus reinos sem um lobo.

— Estou realmente torcendo — disse Steve, despertando-a do seu devaneio.

— Para quê? — Lizzie perguntou em uníssono com Ellie.

— Para que você leve o título mais disputado da temporada logo, milady loba Devonport, e me libere da obrigação de acompanhá-la aos eventos mais tediosos já celebrados pela humanidade.

Lizzie riu ao lembrar as últimas duas noites em que o irmão a acompanhara. Em mais da metade do evento, ela o vira ser afogado por um mar revolto de babados, rendas, sedas e risadinhas frívolas de debutantes e mães casamenteiras.

— Ou então — prosseguiu Steve, com ironia — tomara Deus o cabideiro chegue logo do Colégio Eton e me conceda alforria.

— Steve! — ralhou Lizzie, sem conter a risada. — Você tem que parar de chamar Leonard desse jeito. Os cabideiros, apesar de segurarem as casacas com bastante competência, não são lá muito simpáticos.

Ellie e Steve riram alto, divertindo-se.

— E que culpa eu tenho se Leonard engoliu dois deles ao nascer, e tampouco é muito simpático? — perguntou Steve, sem deixar de sorrir, e olhou através da janela grande como se buscasse alguém. — E o dr. Frankenstein, onde está?

Esse era o apelido do irmão caçula, Edward.

Ellie fez uma careta de nojo.

— Edward?! Como sempre, deve estar buscando algum anfíbio ou inseto horroroso para dissecar, estudar, desenhar, anotar e só Deus sabe mais o que ou por quê. Você é muito bom para inventar apelidos, Steve — ela comprovou, descontraída. — O de Edward é perfeito, e o de Leonard então... Ele é o exemplo da arrogância e prepotência aristocrática. Somente o herdeiro do ducado de Belmont poderia vestir casacas de maneira mais rígida que um cabideiro.

Lizzie olhou de lado para o irmão. Ele tentou exibir um sorriso animado pela brincadeira de Ellie, mas acabou por falhar.

Ela sabia o que se passava com o humor dele. Apesar de ser o primogênito, Arthur Steve nascera antes de os pais se casarem, portanto não herdara o título. Lizzie tinha certeza de que o irmão não se importava com ser ou não o futuro duque de Belmont. Não era isso que o incomodava. O que ele não conseguia tolerar era o desprezo dirigido a ele por certas pessoas da sociedade, que o tratavam com calculada frieza, apenas por ele ter cometido o desaforo de nascer antes de os pais estarem oficialmente casados. Como se fosse culpa dele.

— Steve, sabe que eu te amo, mesmo você sendo tão chato, não sabe? — Lizzie tentou descontrair o clima da conversa.

— Sei, e acho melhor você se arrumar, lobinha — replicou ele. — Daqui a pouco o seu marquês vai chegar e nós não queremos deixá-lo esperando. Você entende, afinal se ficar noiva eu terei a minha...

— Apreciada liberdade para se perder em pubs ou casas de reputação duvidosa, ou onde mais você se esconda em suas noites livres — Lizzie o interrompeu e saíram os três rindo da sala íntima, divertindo-se com as brincadeiras em comum, como apenas irmãos que se amam saberiam fazer.

Quando entraram na varanda, depois da valsa, Lizzie estava um pouco tonta e sem ar. Mais uma vez dançar nos braços de Henrique a deixou leve e feliz.

Ela se lembrou do beijo.

Antes do baile, durante a tarde, Henrique a surpreendera com uma visita e com o beijo. Aquela era a primeira vez que ficavam a sós, e ele não perdera nem um minuto. Mal a porta foi encostada, ele avançou com fúria apaixonada sobre os seus lábios. Lizzie nunca havia sido beijada daquela maneira. Na verdade, nunca havia sido beijada. Com rubor nas faces, lembrou quanto se derreteu nos braços dele.

Abanou-se. Parecia que nem o ar fresco da varanda podia acalmar sua respiração. Ela acreditava que ele a beijaria outra vez. Deveria se sentir um pouco envergonhada por desejar daquela maneira quase evidente mais um, dois ou três beijos. Mas tudo aquilo era tão novo e extraordinário.

Nunca antes ela sonhara com amor romântico, nem com beijos roubados em um jardim, nem com casamento, flores e poemas recitados. Lizzie suspirou. Estava feliz e gostava tanto da companhia do jovem que só podia concluir uma coisa: por mais irreal que parecesse, ela estava se apaixonando por Henrique.

Eles caminharam, afastando-se um pouco das luzes vindas do salão. O coração de Lizzie batia mais forte a cada passo.

Henrique a puxou pela mão e a conduziu até o vão entre duas colunas largas. Lizzie se arrepiou ao sentir a respiração quente dele roçando seus lábios.

— Minha querida Lizzie, eu quero beijá-la outra vez... Posso?

Incapaz de falar e com a respiração acelerada pela expectativa, ela assentiu.

O marquês envolveu sua nuca delicada com as mãos e pressionou a boca contra a dela. O encontro de seus lábios alternava carícias leves e urgentes, vigorosas e também lentas, de maneira quente e sensual. Antes que percebesse, Lizzie tremeu de prazer, fazendo com que o marquês sorrisse.

— Tão linda — murmurou ele —, tão doce e ingênua.

Henrique a envolveu mais, deslizando uma das mãos do quadril até as costelas, enquanto os lábios provavam a pele do rosto e a maciez da curva do pescoço. Lizzie se entregava a essa paixão, sua pele formigava a cada toque novo, a cada sensação despertada em seu corpo.

— Minha querida — disse ele com a voz rouca —, nós temos que parar.

Lizzie concordou, atordoada.

Ele encostou a testa na dela ao dizer:

— Eu não vejo a hora de você ser minha, mas precisamos agir de forma honrada.

Ela sentiu o calor das bochechas se espalhar pelo colo. A vaga luz das tochas no jardim tremeluzia em reflexos alaranjados sobre os cabelos loiros e rebeldes do marquês. Ele era um homem alto e atraente, com expressão marcante e olhos azuis intensos.

Lizzie o desejava, tinha certeza disso. Henrique lhe mostrava a paixão que podia existir entre um homem e uma mulher.

— Eu estou apaixonado por você, Lizzie — confessou ele, em tom de voz suave.

O coração dela disparou.

— Eu... — Ela engoliu em seco. — Eu...

— Espere! — Henrique se ajoelhou a seus pés e segurou as duas mãos pequenas entre as dele. — Você quer se casar comigo? Aceita ser minha marquesa?

O coração de Lizzie ameaçou sair pela boca, de tão forte que batia.

Ele beijou as mãos dela com reverência amorosa.

— Se você disser sim, eu falarei com seu pai amanhã mesmo.

Um longo silvo e o som de explosão fizeram Lizzie e o marquês emudecerem e olharem para cima, enquanto fogos de artifício explodiam no céu noturno. Lorde Dudley fazia questão da queima de fogos em sua casa como uma das etapas da comemoração de seu aniversário.

— Sim — Lizzie respondeu, emocionada, recoberta pela luz dourada, azul e vermelha de mil estrelas arrebentando no céu.

Henrique a abraçou com ternura infinita, e eles ficaram assim até a queima de fogos terminar. Enquanto as pessoas voltavam para dentro do salão, ele a beijou na testa e nos lábios, de leve.

— Você fez de mim o homem mais feliz do mundo, minha Elizabeth.

De braços dados, saíram da varanda em direção ao baile. Lizzie, naquele momento, acreditou em todas as tolices românticas que sua irmã Ellie jurava tornarem qualquer pessoa feliz.

Lizzie ainda estava entorpecida com os beijos e com o pedido de Henrique, pouco antes na varanda. Assim que entraram de volta ao salão, ele a levou até a sala onde as damas se reuniam para descansar, alegando ter de conversar com lorde Dudley sobre negócios. Henrique por certo iria fumar um charuto, beber um pouco e então voltaria a tempo de dançarem mais uma valsa.

Lizzie suspirou, não conseguia se conter. Henrique se ajoelhando e a pedindo em casamento era a imagem que voltava, aquecendo seu coração.

Ela realmente estava noiva, é claro que não oficialmente, mas em breve todos saberiam. Justo ela, que nunca havia sonhado com isso. O amor nunca esteve em seus planos, não tão cedo ao menos. Nunca poderia imaginar que se sentiria assim um dia, amando, sendo amada, derretendo-se ao ser enlaçada por ele e por seus beijos. Suspirou e tocou os lábios, ainda sentindo o ardor das carícias trocadas.

Sorriu, notando que sua mãe, do outro lado do salão, a admirava. Kathelyn, duquesa de Belmont, tomava chá com um grupo de amigas e, sem dúvida, havia notado algo diferente na filha. Lizzie, ao longe, cumprimentou-a com um tímido aceno. Pretendia se aproximar, pedir para a mãe a acompanhar até a varanda, para enfim contar a novidade. Tinha certeza de que ela ficaria fe...

— Você não sabe o que descobrimos! — lady Melissa segurou seu braço e sussurrou em seu ouvido.

Lizzie estava com os pensamentos tão distantes que nem vira a dama se aproximar.

— O quê? — perguntou, curiosa.

Lady Melissa se tornara uma companhia constante nos eventos que Lizzie vinha frequentando. A jovem era engraçada e espontânea. Lizzie acreditava que, com o tempo, elas poderiam se tornar boas amigas.

— Venha ver — disse a lady, dando uma risadinha e a puxando pela mão, juntando-se às quatro amigas inseparáveis. — Vamos! — incentivou-a, baixinho, ainda a puxando.

O grupo seguiu por um corredor pouco iluminado até encontrar uma porta dupla fechada.

— Espie pela fechadura — sugeriu a lady, com um riso contido nos lábios.

— Mas o que é? — Lizzie sussurrou, entre confusa e curiosa.

— Um cavalheiro tendo um encontro secreto com uma dama.

Lizzie arregalou os olhos, surpresa.

— Vamos, veja logo! — disse Cristine, uma das jovens do grupo. — Nós também queremos espiar!

Com o coração disparado, Lizzie olhou através da grande fechadura. Atrás dela, risadinhas nervosas continuavam rompendo o ar. Ela não soube por que aceitara fazer isso, nunca fora movida por esse tipo de curiosidade. É claro que nunca tivera uma oportunidade dessas antes, mas o fato é que... o fato é que...

A luz das velas no aposento revelava duas pessoas no sofá mais próximo da porta: nus, um homem atlético e musculoso e uma mulher curvilínea, com a pele clara de alabastro. Era loira, cabelos platinados, e estava montada em cima dele.

Lizzie sentiu as bochechas esquentarem. Espionar aquilo não era certo.

As mãos grandes agarravam as nádegas da loira, impulsionando-a para baixo e para cima, entre gemidos de prazer.

Invadir a intimidade de alguém dessa maneira não era certo. Era absurdo e repugnante. Pensou que veria apenas um casal se beijando, mas aquilo... Ela não havia raciocinado. Apenas seguira as amigas e agira por impulso. Estava a ponto de se afastar, sentindo-se mal e envergonhada, quando escutou a voz daquele homem.

— Senti tanta saudade, meu amor — ele disse, enrouquecido.

Aquela voz.

Lizzie tremeu e seu coração se acelerou no peito.

A mesma voz que havia pouco lhe fazia juras apaixonadas.

Em um movimento rápido, o homem ergueu a mulher, deitando-se por cima dela. Ela o segurou para um longo beijo, seus dedos brancos contraídos entre os cabelos dourado-escuros que Lizzie acariciara havia pouco.

Ele abriu os olhos, pressionando a mulher com mais força contra o corpo. Os mesmos olhos azuis que a pediram em casamento, sombreados de emoção, pesavam de desejo por outra.

Lizzie soltou o ar, arfando; ainda tinha o cheiro dele em sua pele, em seus cabelos. Sentiu-se suja e pequena.

Henrique beijou com fúria a curva do ombro da mulher. Ela sentiu o gosto da boca dele na sua. O estômago embrulhou, as pernas fraquejaram.

Não. Não podia ser.

Ela procurava provas que não existiam. Aquele homem, tão igual a seu Henrique, devia ser outro, era outro homem qualquer. Lizzie, em choque, acreditava que seus olhos lhe tivessem pregado uma peça.

Mas não conseguia se afastar. Se pudesse ver melhor, tinha certeza de que descobriria ali outra pessoa, poderia assim transformar aquele pesadelo e recuperar o seu sonho de felicidade.

Mas o pesadelo não se desfez.

Entre a luz das velas e o metal da fechadura, seu coração encolheu, ficou sem som, foi trancado.

Com as mãos espalmadas, Lizzie se afastou da porta. Virou-se para as damas que a encaravam com olhos redondos e enormes.

— Lizzie, você está bem? — perguntou uma delas, nem sabia qual.

— Lizzie, minha querida, o que foi? — Ela olhou perdida para lady Melissa e jurou ver o risco de um sorriso nos lábios cheios.

Incapaz de falar, negou, meneando a cabeça. Lady Melissa correu para a fechadura, para, em seguida, se voltar ao grupo de damas exibindo uma consternação forçada no rosto.

— Oh, meu Deus! — exclamou Melissa baixinho. — É lorde Devonport... Eu achei que ele a pediria em casamento esta noite, Elizabeth! Pobrezinha.

Lizzie fez outra negação involuntária com a cabeça.

— Oh... não fique triste. Os homens são assim mesmo. Não se aborreça — continuou a lady, com uma ruguinha entre as sobrancelhas.

Lizzie deu dois passos para trás, tonta. Lady Melissa a observava, e as outras damas se revezavam para espionar através da fechadura.

Melissa tocou no seu ombro de leve.

— Soube que até mesmo o príncipe consorte da rainha tem uma saleta íntima no Royal Opera, exclusiva para suas aventuras amorosas... Você ainda pode ser a feliz lady Devonport, querida Lizzie, basta fingir ingenuidade, percebe? Se é que você me entende. — Lady Melissa riu e as outras damas a imitaram.

Entre desmaiar, espancar lorde Devonport e a loira, matar lady Melissa e suas seguidoras ou até mesmo acabar com todos eles juntos, Lizzie preferiu sair correndo em direção ao salão.

Queria ir para casa, fugir de Londres e nunca mais voltar.

Como era possível? Como? Por que ele fizera isso? Por quê? As perguntas martelavam ao ritmo descompassado de seu coração, envenenando seu sangue com o eco das juras de amor trocadas havia pouco na varanda.

— Eu quero ir embora — pediu assim que encontrou Steve e os pais, em um dos cantos do salão. Nem soube como teve forças para chegar até eles.

— Lobinha, o que houve? — perguntou Steve, em alerta.

— Eu não estou me sentindo muito bem, eu... — Os lábios tremeram. — Leve-me para casa, por favor, papai — pediu, sem nem ao menos responder ao irmão.

— Vamos, vamos agora mesmo — o pai afirmou, oferecendo-lhe o braço, enquanto Steve envolvia a cintura dela, dando-lhe apoio com o próprio corpo ao cruzarem o salão.

Pouco antes de entrarem na carruagem, a mãe segurou a mão dela e sussurrou:

— Vi você agora há pouco na sala das damas, sorridente e corada, e então saiu com lady Melissa e as amigas dela para voltar mais pálida que uma vela.

Lizzie encontrou acolhimento e conforto no olhar materno.

— Sim, mamãe, é verdade — respondeu com esforço para não chorar.

— Chegando em casa, vamos conversar somente nós duas.

— Está bem, mamãe — disse e entrou na carruagem.

Quando encostou a cabeça no vidro da janela e o interior do veículo escureceu, Lizzie sentiu as lágrimas rolarem, incontidas e abundantes. Sem fazer som nenhum, chorou até chegarem em casa.

⁓

Lizzie procurava se tranquilizar. Havia chorado tanto que os olhos ardiam. A mãe insistira para que ela ficasse mais tempo na banheira. A água morna e o aroma suave de lavanda das espumas estavam realmente acalmando seus nervos. A mãe penteava os cabelos de Lizzie com carinhoso cuidado.

— Como eu pude acreditar nele tão piamente, mamãe?

Contara havia pouco o que acontecera mais cedo durante o baile. A mãe a ouvira em silêncio, deixando a escova deslizar pelos fios de seus cabelos.

Agora, só se podia escutar o barulho da água, ondulando levemente na banheira, e a respiração entrecortada de Lizzie.

— Você não tem culpa — a duquesa disse por fim.

Lizzie voltou a chorar.

— Eu fui tão tola — soluçou. — Achei que estivesse... acho que estou apaixonada.

— Muitas vezes entregamos o coração para a pessoa errada. Somos feridas, ficamos fragilizadas. Achamos que nunca mais seremos capazes de sentir algo de verdadeiro por alguém.

Lizzie fungou.

— Tenho certeza de que jamais me permitirei sentir algo...

— Mas, na verdade — a mãe a interrompeu docemente —, com isso o coração está aprendendo uma valiosa lição: a de reconhecer quando surgir a pessoa certa.

Lizzie passou os dedos nos olhos.

— Acho que a lição que meu coração aprendeu foi a de nunca mais se entregar tão cegamente. Ou, talvez — soluçou baixinho —, a de nunca mais se entregar de forma alguma.

A escova deslizou por seus cabelos mais algumas vezes.

— Minha filha... se há algo que a vida me ensinou é que nós não podemos nos culpar pelos atos dos outros, mas podemos escolher como reagir diante daquilo que nos acontece. Quase nunca é uma escolha fácil, mas sempre é corajosa.

Lizzie virou o rosto para a mãe, sem conseguir parar de chorar.

— Mas dói tanto, mamãe.

— Vai passar, minha filha... Vai passar.

Lizzie inspirou longamente, sem se convencer disso.

— Ele virá me procurar amanhã, para falar com papai. Ele não sabe que eu... O que devo fazer?

— Acho que lorde Devonport chegará aqui com muita sede.

Confusa, Lizzie aguardou que a mãe concluísse seu pensamento.

— Mate a sede dele arremessando em sua cabeça o bonito arranjo de flores do aparador. Não há nada mais apropriado para uma jovem fazer em uma ocasião como essa.

Lizzie conseguiu sorrir entre lágrimas, e a mãe beijou sua cabeça com carinho.

— Tudo ficará bem, minha filha.

A moça recostou-se na banheira. O coração doía tanto que, mesmo diante das palavras de conforto ditas pela mãe, tinha apenas uma certeza: nunca mais queria passar por nada parecido.

Nunca mais, jurou em silêncio.

2

Os nós de padrões entrelaçados da arte celta ressaltam a maneira como eles acreditavam que tudo na vida e na natureza é composto de ciclos dentro de outros ciclos. Nota: Eu gostaria que Edward compreendesse esses ciclos e parasse de matar os bichos e dissecá-los depois. Hoje, por exemplo, entrar na biblioteca e dar de cara com as partes internas de uma rã foi extremamente desagradável.

— DIÁRIO DE ESTUDOS DE E.H., 1867

GLOUCESTERSHIRE, 1867

Lizzie deslizava os dedos com naturalidade pelas cordas, enquanto a música que ela criava na harpa enchia o seu coração e inundava o ambiente.

Como o aniversário de sua mãe fora no dia anterior, a família inteira se reuniu em Belmont Hall. A tradição era Lizzie entreter a família com música durante a tarde, tarefa que ela desempenhava com graciosidade, mas também com certo receio. A imensa sala íntima em que eles se reuniam naquele momento fazia com que ela se sentisse pequena. Sempre tinha essa impressão diante da enormidade dos ambientes naquele palácio: mais de cem quartos, quatro alas, dois salões de baile e dezesseis salas íntimas.

Íntimas? Ela se segurou para não bufar. A sala era tão grande e luxuosa que serviria para receber e abrigar uma comitiva real.

A música que criava ressoava pelo ambiente. Mesmo com o burburinho provocado pela conversa e pelas risadas da família, Lizzie se concentrava na melodia que flutuava através das cordas.

— Não seria mais fácil e mais adequado ela ter aprendido o piano? — perguntou sua avó, Caroline Harold, a duquesa viúva.

Não ouço mais nada, apenas a música, pensou, dedilhando com elegância a sequência de notas.

— Eleanor é a pianista da família — respondeu sua mãe, Kathelyn, desviando o assunto.

A música, a música, a música.

— Tão... Como posso dizer? Tão exótico. Ter alguém tocando harpa celta há de ser um benefício extra concedido às famílias que possuem a dádiva de já ter um membro que toca piano.

Silêncio, notas dedilhadas e a avó que sempre respondia às próprias perguntas, como uma imperatriz.

— Esta será a quarta temporada dela. Com vinte e um anos, Elizabeth está mais para uma combatente do que para uma debutante — apontou a duquesa viúva, antes de continuar, com prepotência: — Imagino que vocês a orientaram também sobre o fato de que um bom casamento seria a única preocupação coerente de qualquer jovem da idade dela, em vez de dispender tempo com estudos tão necessários para uma dama quanto fraques para cães — completou, sentada com a postura impecável, costas eretas e as mãos apoiadas sobre os joelhos.

Lizzie fechou os olhos a fim de não se perder e errar a melodia. Só de pensar em enfrentar outra temporada em Londres seu estômago embrulhava. Na verdade, apenas sua mãe sabia que participar de outra temporada era, para Lizzie, além de um desperdício de tempo, um atentado à sua saúde mental. Lizzie não se casaria nunca.

Ninguém mais tinha conhecimento dessa decisão. A avó achava que a jovem precisava se esforçar mais para arranjar pretendentes, imagine então se soubesse que Lizzie fazia o exato oposto. Dos males, o menor era ter de escutar a cada novo ano aquela conversa sobre temporadas e casamentos. Mas não era recente a implicância da avó sobre o assunto: havia se iniciado desde muito antes de Lizzie decidir que o compromisso não era para ela. A avó começou a perturbá-la dez anos atrás, quando a jovem se interessou pela cultura celta.

A duquesa viúva tinha horror ao estudo de qualquer cultura que não fosse a inglesa. E, com isso, parecia sofrer de algum problema seletivo de memória, porque, além de não se recordar de que fora Kathelyn, a mãe de Lizzie, quem introduzira na família o hábito de estudar as culturas antigas, também fazia absoluta questão de esquecer que Arthur, pai de Lizzie — no caso, o próprio filho da duquesa viúva —, era quem admirava incondicionalmente o amor da esposa pelos gregos e egípcios.

Kathelyn cruzou as mãos sobre o colo.

— Criamos nossos filhos para serem felizes. Se isso incluir bons casamentos, não farei objeção alguma.

Um barulho vindo do corredor fez Lizzie pular uma nota. Desviou sua atenção da conversa na sala para a porta. Arthur Steve, o irmão mais velho, acabava de entrar despreocupadamente na sala.

Steve parou atrás da matriarca, fazendo uma negação com a cabeça, sua expressão mudando de descontraída para tensa. O irmão levou um dedo em riste até os lábios, pedindo silêncio, e deu alguns passos para trás, com a intenção de deixar a sala.

Lizzie sabia o que estava acontecendo: Steve queria fugir sem ser notado e, com certeza, antes de ser confrontado pela avó. Se havia uma pessoa capaz de desafiar a paciência de seu irmão — ou melhor, a pouca paciência dele —, era a duquesa viúva. Ele já tinha quase alcançado a porta quando Edward, o irmão caçula, perguntou, com espanto:

— Vovó, o que é isso nas suas costas?

— O quê? — A matriarca virou a cabeça, devagar.

Steve congelou, a mão na maçaneta, enquanto Edward ria do que acabara de fazer, mesmo sendo fuzilado pelo irmão mais velho.

— Steve! — sua mãe chamou.

— Ah, é você — Edward disse, irônico. — Por um segundo, achei que fosse uma assombração.

— Finalmente! — exclamou o duque sobre o jornal, em um dos cantos da sala.

— Oi, mãe. Oi, pai. — Steve tentou sorrir e logo foi coberto pelos beijos entusiasmados e abraços de todos.

Lizzie estava morrendo de saudade do irmão mais velho. Desde que se formara na Universidade de Oxford, há um ano, ele os visitava cada vez com menos frequência. Ela se levantou e deixou a harpa encostada, enquanto Eleanor o abraçava com sincero entusiasmo.

— Oi, fadinha, como você está? — perguntou Steve, espirituoso, suspendendo Eleanor do chão em um abraço de urso.

Orgulhosa, ela empinou o queixo, desafiando-o.

— Fadinha? Eu já sou uma moça! Não é certo você me chamar desse jeito.

— Você sempre será a minha fadinha — disse e apertou o nariz dela entre os dedos, brincando de arrancá-lo.

Lizzie viu Steve abraçar com carinho a mãe e, depois, Leonard, sempre reservado e muito aristocrático para alguém com dezenove anos.

Edward deu um abraço entusiasmado no irmão. O caçula não perdera a mania de dissecar animais, especialmente rãs e besouros, para o aborrecimento de Leonard, que era um duque até o dedão do pé, e para o nojo de Eleanor, que era, sem dúvida, a mais delicada das três mulheres da família.

Lizzie abriu um sorriso espontâneo, retribuindo o olhar que Steve finalmente lhe dirigia. Em sua última visita a Belmont Hall, a duquesa viúva exigira que ele mudasse seu comportamento diante da sociedade. A resposta de Steve fora mal-educada, causando depois uma séria discussão entre ele e o pai. Desde então, ele não aparecera mais em casa. Isso já tinha quase cinco meses.

— Olá — Lizzie cumprimentou e foi esmagada pelo abraço apertado do irmão.

Steve era alto como o pai, como Leonard, e, ao que tudo indicava, Edward também ficaria assim.

— Eu trouxe para você aquilo que prometi em minhas cartas — ele sussurrou apenas para ela.

Lizzie levou as mãos ao coração, emocionada.

— Os manuscritos?

— Sim, loba, os manuscritos.

Em um pulo, ela se atirou nos braços do irmão, que, pego de surpresa, deu dois passos para trás, retomando o equilíbrio logo em seguida, com natural desenvoltura.

— Eu não acredito! Você é o melhor irmão do mundo... O melhor! — ela repetiu, enquanto os dois riam, com o mesmo entusiasmo de quando eram crianças.

Entretanto, eles não eram mais crianças, e a prova disso era o silêncio na sala, que permeava os móveis e se estendia até seus ossos. O sorriso de Lizzie morreu ao encontrar o olhar semicerrado da avó, da mesma forma que Arthur Steve também engoliu a alegria ao olhar para a boca presa em uma linha e o maxilar travado do pai. Aquela expressão do duque era a mais assustadora possível, e, se Lizzie tivesse que opinar, diria que era a única assustadora de verdade.

Poucas vezes o pai era assim tão severo, repreendendo os filhos quando sabia que eles estavam agindo com sinceridade e alegria. Mas Lizzie entendia o que estava acontecendo: para seu pai, nada no mundo importava a não ser a família. Ele devia estar furioso por Steve ter perdido o aniversário da mãe.

— Vejo que nos agracia com sua presença, meu neto — disse a avó, em um tom de voz calmo e cadenciado, vertendo um pouco de chá na xícara. — Tenho ouvido notícias interessantes a seu respeito nos círculos sociais.

— Se são ditas nos círculos sociais — Steve interrompeu, por fim se afastando do abraço —, tenho certeza de que devem ser imensamente interessantes para qualquer pessoa, desde que participe deles.

A avó cruzou os dedos longos sobre o colo.

— Você é o primeiro filho de um duque e não se interessa pela fama duvidosa que tem entre a nata da sociedade! Pois deveria *sim* se importar, porque esses boatos tão instrutivos são vinculados ao bem-estar de seus irmãos, especialmente o de Eleanor, que debutará em breve... E, quanto a Lizzie — voltou-se para a jovem —, quem sabe seu pai consiga colocar um pouco de juízo nessa cabecinha e a convença de que é uma inglesa, portanto deve participar da próxima temporada e, claro, se casar — a duquesa viúva decretou de maneira quase imparcial, como se estivesse apontando ovelhas no campo e não tecendo sérias críticas e imposições.

Steve arqueou as sobrancelhas, respondendo para a avó com forçada mesura:

— Graças ao bom e sábio Deus, nós temos o perfeito Leonard, que é de fato o herdeiro deste ducado... O peso da responsabilidade do brasão repousa fora dos meus ombros.

Lizzie não ouvia mais nada. A simples menção das palavras "casamento", "sociedade" e "temporada" deixava seus nervos à flor da pele.

— Eu não vou me casar — ela declarou sem pensar. O estômago embrulhara diante da ideia de se ver amarrada a um casamento aristocrático, falso e aborrecido.

Os olhos da avó se arregalaram. Kathelyn negou lentamente com a cabeça. O pai se esqueceu de Steve e se virou para Lizzie, assim como todos os que estavam na sala.

O duque franziu o cenho.

— Uma indisposição, foi o que a senhorita alegou da última vez. Havia entendido que você participaria da temporada em Londres este ano.

Steve segurou a mão de Lizzie para lhe dar apoio. Ela sentiu um bolo preso na garganta.

— Não voltarei para Londres. Já estou decidida: não me casarei jamais.

Aquele assunto sempre mexia com suas emoções, e Lizzie acreditava que já era hora de o pai e a avó desistirem de pressioná-la.

— Eu sabia! — exclamou a avó. — Essa história de estudar povos selvagens, de aprender a língua deles, e isso... — Ela apontou para a harpa celta com uma careta de repulsa. — Isso não poderia dar certo! Se essa cultura, se é que se pode chamar assim, fosse tão maravilhosa como você sugere, certamente não teria sido a nossa soberania e os nossos costumes a dominar esses selvagens.

— Eles não eram selvagens — ralhou Lizzie. — Selvagens são os nossos costumes de obrigar as mulheres a desfilarem para aquela corja de senhores, como ovelhas a serem escolhidas para o abate. Selvagem é nos vender para o lorde mais rico e desprezível da temporada.

— Casamento e tradição agora são referidos pelos jovens como desfile e abate? — a avó perguntou, com uma expressão impassível, antes de acrescentar: — Desculpe, querida, acho que falta ao meu linguajar clássico o entendimento necessário para esse tipo de expressão... incomum.

— Elizabeth! — o pai a repreendeu, com a voz seca. — Você irá para Londres e vai, sim, desfilar para a corja de lordes ricos e desprezíveis! Sendo eu um duque, devo ser o líder dessa corja. Correto, senhorita?

— Não, papai, desculpe. — Arrependeu-se imediatamente. — O senhor é diferente. Eu não estava me referindo...

— Nessas horas eu me pergunto se não fui diferente demais no que concerne a dar limites para os meus filhos.

Kathelyn, sentada ao lado do marido, ergueu um pouco as sobrancelhas. Steve colocou as mãos nos bolsos da calça, parecendo relaxado.

— Se ela não quer se casar, por que deveria?

O pai estreitou o olhar.

— Porque todo mundo deve se casar para ser feliz.

— Eu já tentei — disse Lizzie, com a voz embargada. — Três temporadas não são o suficiente para uma dama?

— Não quando essa dama recusa todas as oito propostas recebidas — replicou o duque, dobrando o jornal de uma vez.

— Ninguém deveria ser obrigado a se casar — Steve disse, olhando para a irmã.

— É claro que ninguém será obrigado. — A mãe lançou um olhar reprovador para a duquesa viúva, que sacudia a cabeça em desagrado.

— Basta. Eu vou para casa — declarou a avó, levantando-se. — Vocês todos precisam de modos! Discutir desse jeito é um comportamento tão burguês.

— Hã? — Lizzie riu, sem achar graça. — É claro, mesmo porque aristocratas são bons demais para serem autênticos, ou para escolherem permanecer solteiros se assim desejarem.

— Ninguém aqui será obrigado a se casar — acrescentou o pai, com um ar cansado. — Eu só gostaria que você realmente considerasse a hipótese.

Leonard, até então em silêncio, manifestou-se com voz cáustica:

— Impressionante como sua presença é capaz de trazer paz e harmonia para esta casa — falou, dirigindo-se ao irmão mais velho.

Steve fechou as mãos ao lado do corpo, falhando em controlar sua raiva. Apesar de se amarem, Steve e Leonard competiam por tudo desde pequenos: brinquedos, espaço e atenção.

— Pelo menos minha presença traz algo além de tédio, cabideiro — ironizou Steve, arrumando a gola da camisa, com ar orgulhoso.

Lizzie apertou os dedos, nervosa. Sabia que os irmãos estavam a um passo de discutir.

— Chega! Vocês dois! — ordenou o pai, com ênfase.

— Bom, melhor eu ir para a biblioteca, senão serei obrigado a participar de uma disputa física, ou sairei daqui noivo — afirmou Steve, girando o corpo com a intenção de deixar a sala.

O duque colocou o jornal sobre a mesa lateral antes de dizer:

— Nós vamos juntos e teremos uma conversa, nós três. — E encarou Leonard, que levou as mãos ao peito de maneira inocente. — Sim, nós três, e vocês vão se entender de uma vez por todas! — decretou, caminhando em direção à saída.

Lizzie aguardou que saíssem e se dirigiu à porta, conseguindo chegar sem ser notada, quase um milagre. Antes de deixar o ambiente, viu que sua mãe a observava. A duquesa sorriu e, concordando com a cabeça, deu a permissão que Lizzie precisava para deixar a reunião vespertina. Supunha que sua mãe sabia aonde ela iria — é claro que não estava indo para o quarto, dormir, ou para a sala de bordado, como imaginaria qualquer pessoa assistindo àquela cena. Lizzie queria apreciar os novos manuscritos que Steve lhe trouxera.

— Toc, toc — a voz de Steve a distraiu.

Lizzie abaixou o manuscrito e viu o irmão entrar em seu quarto, aproximando-se da escrivaninha onde ela estudava.

— Já está aproveitando o presente? — ele perguntou, parecendo satisfeito.

— É claro que sim! — Lizzie, impressionada, apontou para os papéis. — Você leu este material?

— É claro que não. — Steve riu, divertindo-se. — Não entendo muita coisa, lobinha.

Ela ficou um tempo pensativa, sondando o irmão com o olhar.

— E como foi com Leonard e papai?

— Tudo bem. — Ele deu de ombros. — Você sabe que eu amo Leonard, é só que...

— Vocês são muito diferentes, eu sei.

Steve aquiesceu e se debruçou sobre os manuscritos.

— O que você estava estudando com tanta concentração?

— Isso é incrível! Eu já tinha ouvido falar dele, mas nunca tinha visto nenhuma ilustração... Você se lembra da lenda do castelo de Mag Mell?

Ele arqueou uma sobrancelha.

— Como esquecer? Você ficou meses obcecada por essa lenda.

— Não fiquei obcecada — disse, contrariada. — Somente curiosa.

Steve sorriu, descrente.

— E o que é isso, um castelo?

— Não um castelo qualquer, mas *o* castelo. É o castelo da lenda.

— Mentira! — ralhou ele, com o cenho franzido. — Paguei uma fortuna nesses manuscritos, tinha certeza de que eram um material sério de estudos...

— Mas é sério — Lizzie interrompeu. — Pode ser um castelo lendário, mas, mesmo que ele não exista, esse desenho retrata com perfeição a maneira como os celtas descreviam Mag Mell.

— O quê?

— O paraíso celta. — Apontou para o desenho antes de prosseguir, animada. — Veja, é um castelo que flutua nas nuvens, embaixo dele há água, e aqui — apontou para outro canto do papel — deuses e pessoas sorrindo.

Steve ficou em silêncio, alternando seu olhar entre ela e o desenho, por um tempo.

— Qual a relação entre a lenda e esse desenho?

— Essa é a ilustração do castelo que o tal conde construiu.

— Ele construiu o paraíso celta? — perguntou, confuso.

— Não, imagina! Foi o castelo da lenda que recebeu o nome do paraíso celta.

— O castelo que o lobo construiu?

Lizzie balançou a cabeça.

— Não foi o lobo quem construiu, foi o conde, antes de ser amaldiçoado e de virar um lobo.

Steve mordeu o lábio, contendo o sorriso, e negou com a cabeça.

— É só uma lenda, lobinha... Uma história que os pais contavam às crianças para assustá-las e evitar que entrassem sozinhas nas florestas.

— A lenda pode ser mesmo invenção, fantasia, mas eu... Você me conhece, prefiro acreditar que em algum lugar, talvez protegido pelo tempo, esse castelo está em pé, apenas esperando que alguém o encontre — ela disse, com ar sonhador. — Imagine como seria incrível conhecer esse lugar, um castelo inteiro dedicado à antiga religião e...

Lizzie continuou por bastante tempo, e o irmão a ouviu com boa vontade. Ela amava conversar sobre os celtas, e Steve parecia gostar, ou pelo menos não se entediar, quando ela falava daquele povo. Ou talvez apenas gostasse de ver Lizzie apaixonada por algo, mesmo que tão distante.

3

*O clã é uma grande família, engendrada pelo orgulho das
suas raízes e com um senso único de pertencimento.
Nota: Estou tão emocionada com o convite
que acabo de receber, não consegui nem mesmo
me concentrar nos estudos direito.*

— DIÁRIO DE ESTUDOS DE E.H., 1867

DOIS MESES DEPOIS...

— Ah, meu Deus, Camille! — Lizzie olhava da carta para sua camareira.

— O que foi? — a camareira perguntou, dobrando peças de roupa, sua última tarefa antes de se recolher a seus aposentos para dormir.

— Ah, meu Deus! — repetiu, ainda sem acreditar.

— O quê?

— Eu não acredito.

— *Bien* — Camille arqueou uma sobrancelha. — Estou percebendo.

Camille era filha de franceses. Uma jovem de cabelos loiros, expressão suave e olhar analítico, sabendo ser séria e, ao mesmo tempo, adorável ao sorrir fazendo aparecer duas covinhas nas bochechas. Era mais fácil alguém conseguir enganar a Edward, a pessoa mais esperta e bisbilhoteira do mundo, que Camille deixar algo passar despercebido.

Conheciam-se havia cinco anos e, praticamente desde o primeiro dia em que se viram, Lizzie soube ter ganhado, além de uma camareira excepcional, uma amiga.

— Você se lembra de lorde Campbell?

— Aquele conde escocês?

— Sim, sim! Ai, meu Deus... — Lizzie bateu os dedos no envelope, excitada.

— Ele mesmo!

Camille franziu o cenho.

— Se eu não conhecesse a aversão que você tem por casamento, juraria que está pensando em noivar com o velho viúvo, apenas pelo fato de ele morar parte do ano nas Highlands.

— O quê? — Sacudiu a cabeça, sem entender.

— A sua empolgação. — Camille apontou para o envelope. — Nunca a vi assim por causa de uma carta.

— Cruzes! Não me casaria nem se ele fosse um rei celta! — Lizzie calou, pensativa. — Talvez só se ele fosse um rei celta... Não importa. A carta não é dele, é da filha dele.

— A srta. Ligia Campbell?

— Ela mesma.

— Aquela esquisitona? — Camille fez uma careta.

— Ela não é esquisitona.

— Você só a defende porque ela é uma solteirona convicta.

— Não é verdade! — Lizzie conteve o sorriso. — E você só a julga porque ela tem uns tiques discretos...

— Como se chupasse um gomo de limão invisível a cada dez minutos.

— Isso é maldade — Lizzie pontuou. — Ela pode ser diferente, mas é uma excelente pessoa.

— Vocês duas se encontraram apenas uma vez na vida... e há cinco anos!

— Sim, eu sei. Mas acontece que, desde então, Ligia se tornou uma grande estudiosa dos povos antigos da Escócia.

Camille fez uma careta.

— Isso inclui os celtas.

Lizzie concordou com a cabeça e sorriu empolgada.

— Eu escrevi para ela, contando dos meus estudos, e ela... Ah, Camille! Ela acaba de me convidar para passar uma temporada com sua família na casa próximo a Inverness, onde poderemos cruzar nossos estudos e aprofundar algumas teorias. — Ela exultava. — Finalmente poderei conhecer as Highlands!

A camareira tirou os lençóis da cama, em um silêncio compenetrado.

— Acho que seu pai, o duque, não concordará — disse, por fim, dobrando a colcha nos pés da cama.

— Ele não pode me negar isso. Quer dizer, meu pai não faria isso comigo, ele sabe que esse é um dos meus sonhos.

Entretanto, Lizzie sabia que Camille tinha razão. Seu pai poderia criar alguma dificuldade para ela.

— Você prometeu participar dessa temporada em Londres. Eu acho que...

— Eu prometi pensar a respeito — Lizzie a corrigiu, tamborilando, nervosa, os dedos no assento do banco.

— Isso, para Sua Excelência, é o mesmo que aceitar o que ele deseja — a moça ponderou. — Você sabe disso.

Lizzie suspirou e baixou os olhos tristes sobre o tampo da penteadeira.

— Mas você entende, eu jamais me casarei. Eu não quero, simplesmente não suporto a ideia. Porém... você tem razão, o meu pai não entenderia.

Camille tocou o ombro da jovem, com carinho.

— Na verdade, eu mesma não entendo. Você nunca me contou o motivo, apesar de sermos amigas.

Lizzie se mirou no espelho, pensativa. Sim, Camille tinha razão novamente. Eram amigas, e contar tudo para ela, após tanto tempo, não deveria ser difícil.

— Entretanto — a voz enfática da camareira a sobressaltou —, sei que foi algo em sua primeira temporada, algo relacionado ao marquês de Devonport. Foi isso que mudou tudo.

Lizzie forçou os lábios para cima, em um sorriso.

— Não. Você está enganada, eu mudei de ideia... Em parte, casar nunca foi o meu sonho.

— Tampouco seu pesadelo — afirmou a camareira, como se dissesse: "Você não me engana".

— Eu tinha apenas dezessete anos, nem sabia direito o que estava fazendo ou falando. — Lizzie sacudiu os ombros, em um gesto relaxado, que contrastava com sua expressão tensa. — Na verdade, a primeira temporada foi bem divertida.

— Você é uma jovem linda, não foi por falta de pretendentes que desistiu de ser cortejada, de encontrar um cavalheiro de quem realmente goste — Camille reagiu, incrédula.

Lizzie baixou o rosto, pensativa.

Camille tinha razão: ela realmente desistira de se casar ao conhecer a natureza real dos homens, que consideravam a paixão e o amor romântico algo desnecessário e vulgar. Lizzie balançou a cabeça para espantar as lembranças do amor convencional e aceito pela sociedade que testemunhara. O único homem que não agia desse modo era seu pai. Até mesmo os irmãos, por melhor que fossem, deviam sofrer daquele mal. Então ela decidiu não figurar no hall de esposas amarradas pela conveniência de um casamento satisfatório, tedioso e revoltante. Não precisava disso.

— Você tem razão.

Resolveu contar porque aquilo não a machucava mais. Nem era mais o motivo da sua fuga do casamento. Era apenas o que a tinha feito enxergar a realidade.

A duas jovens se encararam, com a confiança que apenas a sincera amizade propicia.

— O marquês — começou Lizzie — parecia ser um bom homem.

— Sim, e você parecia bastante entusiasmada... para não dizer apaixonada.

— Nós convivemos por quase um mês, e ele solicitou me fazer a corte. — Ela sacudiu os ombros, com falso desdém. — Mas hoje sei que eu não estava apaixonada, apenas iludida. Na verdade, até agradeço o que elas fizeram.

— Elas?

— Uma revoada de damas. Cinco delas, mais precisamente.

— Quem?

— Lady Melissa e as seguidoras dela.

— A atual lady Devonport? — A camareira arregalou os olhos.

— Sim... Ao saber do casamento deles eu mesma fiquei chocada. Mas entendi com o tempo que eles se merecem.

— Me conte. — A amiga apertou o ombro de Lizzie com firmeza.

— Foi no meio da temporada, no baile de lorde Dudley. — Ela afastou a onda de emoções que inundara sua voz. Não deveria mais se importar com isso. Tentou sorrir. — Mas hoje eu sei... Talvez não seja culpa dele. Não, não. A culpa é de como os homens são criados e da maneira como as mulheres aceitam determinados comportamentos masculinos sob a justificativa tola e mesquinha de que "eles são homens, afinal".

Lizzie explicou tudo o que se passara naquela noite, quatro anos antes, para a amiga, que a observava com atento silêncio. Quando ela terminou o relato, Camille reagiu:

— Meu Deus, Lizzie! — exclamou e cobriu a boca com as mãos. — Por que você não me contou? Eu o mataria! Por que...

— Porque eu sabia que essa seria a reação de quase todos, especialmente do meu pai e dos meus irmãos.

— Mas, Lizzie, guardar isso só para você... Como aguentou?

— Ah, não faça drama. — Ela piscou, espantando as lágrimas que insistiam em aparecer. — Já faz muito tempo.

— Eu sei, mas... você era apenas uma menina.

Lizzie suspirou, cansada.

— Se eu contasse, se isso caísse nos ouvidos dos meus irmãos, eles não deixariam esse escândalo passar em branco. Iriam exigir que a minha honra fosse reparada. — Ela se levantou da cadeira e alisou as saias da camisola. — Honra reparada! Que grande estupidez! Você sabe como os homens gostam de reparar a honra, não é?

Camille aquiesceu, em silêncio.

— Contei somente para minha mãe. Foi ela quem me aconselhou a acabar o relacionamento com o marquês e me afastar de maneira discreta. Foi ela quem me ajudou a superar, a esquecer.

— E a desistir de casar para sempre.

— Não. — Lizzie se sentou na cama e jogou as pernas para cima. — Casamento... Minha mãe diz que acontecerá quando eu encontrar a pessoa certa.

— Mas é claro que você...

— Isso nunca acontecerá. Por isso voltar para Londres é perda de tempo — disse em um muxoxo, assumindo uma expressão pensativa por um momento. — É... é isso! — Lizzie se entusiasmou, erguendo-se da cama em um pulo.

— O que foi? — Camille perguntou, surpresa.

— Minha mãe! Se tem alguém que consegue o que quer do meu pai, é ela. Ela vai me ajudar a ir para a Escócia — disse e cruzou o quarto a passadas rápidas.

— Espere! Seu penhoar...

Mas Elizabeth já havia batido a porta do quarto.

Lizzie cruzou em disparada os corredores de Belmont Hall, segurando as saias da camisola, exatamente como fazia quando era pequena e tinha pesadelos. Levou a mão à maçaneta dourada do quarto da mãe. Ela sabia que, apesar de os pais dormirem no cômodo ao lado, ainda era cedo, e a mãe devia estar se arrumando para se recolher. Nem pensou em bater, cruzou a porta de uma vez.

— Mãe, preciso conver... — Parou ao se dar conta da presença do pai, abraçando Kathelyn por trás, cochichando algo em seu ouvido que a fazia sorrir. As bochechas de Lizzie arderam. — Ah, meu Deus, vocês dois poderiam trancar a porta — disse, morrendo de vergonha.

Ela viu quando o duque notou sua presença e enrugou a testa, dando dois passos para trás e se distanciando da esposa.

— E você deveria estar dormindo. Ou, pelo menos, bater na porta antes de entrar. Por Deus, Lizzie, você não é mais criança! — pontuou ele, meio carrancudo.

— Está tudo bem — Kathelyn apaziguou, fechando os poucos botões abertos da camisola.

Lizzie baixou os olhos. *Que vergonha!*

— Se... se quiser, falamos amanhã.

— Podemos falar agora. Arthur — a mãe o chamou com a voz baixa e doce, tom que só usava quando queria pedir algo ao marido —, me espere no nosso quarto de dormir. Vou ver o que a Lizzie quer e logo estarei com você.

— Está bem. — O duque deu um beijo na testa de Kathelyn e se dirigiu à filha: — E você, Lizzie, venha me dar um beijo de boa-noite.

Ela caminhou até o pai, devagar, e recebeu um beijo breve na fronte.

— Boa noite, minha filha — ele disse, retirando-se do aposento em seguida.

Arthur era um duque, e um bastante exigente, na verdade. Assim deviam ser todos os duques, ela imaginava. Mas o pai idolatrava a esposa. Lizzie acreditava que nunca veria outro homem adorar uma mulher daquela forma e, além disso, ser um pai muito amoroso e presente, tão distinto dos demais aristocratas.

— Agora, sente-se aqui e me conte o que aconteceu — a mãe pediu com ar curioso, dando dois tapinhas no sofá onde se acomodara.

Lizzie se sentou ao lado da mãe.

— Desculpe ter entrado desse jeito.

— Acho que, na última vez em que você entrou assim no meu quarto, não devia ter mais de... doze anos? — Kathelyn curvou as sobrancelhas finas até formar ruguinhas na testa.

— Acho que sim.

— Sonhou com o lobo outra vez?

— Não. Aquele pesadelo que me fazia levantar um pouco angustiada, graças a Deus, não tenho há anos.

— Nunca mais sonhou com o lobo? — a mãe perguntou, curiosa.

— Não. Quer dizer... sim.

Lizzie ainda sonhava com o lobo, e, vez ou outra, o lobo ainda virava um highlander, mas o animal nunca mais fora consumido pelo fogo. Esse era o pesadelo que mais a afligia.

Um arrepio percorreu sua espinha ao se lembrar da força daquele sonho: labaredas enormes e brilhantes engoliam tudo. O ar denso e sufocante da fumaça quente, gritos de socorro e dor, entre lágrimas. Medo e aflição. O lobo queimando até desaparecer. Até restar somente uma coisa no meio das cinzas e dos escombros: um relicário de ouro, com a imagem de um lobo gravada. O mesmo colar que ela perdera quando era apenas uma criança.

Lizzie parou, pensativa.

— Mãe, você se lembra do meu relicário de lobo?

— Aquele que você perdeu quando criança? — A duquesa franziu a testa.

— Sim, aquele mesmo.

— Lembro, claro que sim... Mas por que esse assunto agora?

Lizzie nem sabia direito por que tinha se lembrado daquilo e, sem querer perder mais tempo com coisas sem importância, resolveu ir direto ao assunto.

— Esqueça o relicário.

— Foi por isso que você veio até aqui?

— Ah, não, não. — Lizzie abanou as mãos no ar. — Vim porque... Mãe, sabe o lorde Campbell?

Precisava pensar no que falar. Precisava convencer a mãe de sua ideia. Somente assim Kathelyn aceitaria falar com o duque, persuadi-lo. Lizzie sabia disso.

— O que tem ele?

— A filha dele... É sobre a filha dele que quero falar.

— É sobre o convite para que você vá passar essa temporada na Escócia?

O coração de Lizzie se acelerou. Como a mãe sabia?

— É — concordou ela, sem esconder a surpresa. — Como... como você...

— Como eu sei? Seu pai me contou agora há pouco. Ele recebeu uma carta de lorde Campbell, contando sobre a intenção da filha de convidar você para passar a temporada com eles em Cawdor Castle. O lorde reiterou o convite.

Lizzie apertou os próprios dedos, nervosa. Se o seu pai já sabia do convite e mesmo assim não comentou nada...

— Ele não vai deixar, não é mesmo?

— Lizzie... — Kathelyn suspirou.

Os suspiros pesados da mãe nunca eram um bom sinal.

— Você sabe como seria importante para o seu pai vê-la bem casada e feliz. Acho que você tem razão, será muito difícil dissuadi-lo da sua participação nessa temporada em Londres.

Lizzie olhou para baixo, derrotada.

— Mamãe... você é a única que sabe... O casamento não é para mim.

— Você se ausentou da última temporada. Para ele, é muito difícil entender que pode haver outro tipo de realização e de felicidade sem ser a de um casamento bem-sucedido.

Lizzie apertou as têmporas, frustrada.

— Esse é o problema, mamãe. O modelo no qual me espelho todos os dias, o único modelo que eu conheço de casamento, é o seu com o papai. Como poderei me contentar com menos do que vocês têm? Com um amor menos verdadeiro do que vocês sentem um pelo outro?

— Seu pai e eu não desejamos nada diferente para você...

— É isso, mãe. Você não enxerga? — ela interrompeu. — Eu preciso encontrar uma motivação a mais para a minha vida, sem ser o sonho de um casamento feliz, até porque — suspirou — qual a chance de isso acontecer duas vezes na mesma família?

— Enorme? — arriscou a mãe, com um brilho no olhar.

— Mínima! E, além disso, o casamento não é o único caminho para a felicidade.

— Não, mas o amor é.

— Eu amo minha família, amo minhas amizades verdadeiras. Há diferentes formas de amor.

— Não fuja do assunto, mocinha...

— Eu já sei — murmurou, decepcionada. — Devo desistir da ideia.

— *Tsc.* — A mãe estalou a língua e colocou as mãos sobre as da filha, de maneira carinhosa. — Deixe o seu pai comigo.

— Mas você acabou de falar que ele não se deixaria convencer!

— Eu disse que seria difícil, não impossível.

— Mas como?

— Confie em mim... Só precisaremos da ajuda de Elsa.

— Elsa?

Elsa Taylor fora a preceptora de sua mãe e trabalhava com a família havia mais de vinte anos, ocupando o cargo de governanta em Belmont Hall.

— Sim. O melhor jeito de convencer o seu pai, ou talvez qualquer homem, é deixá-lo acreditar que foi ele quem teve a ideia — ela disse, com um brilho de divertimento no olhar, e deu dois tapinhas na mão da filha. — Agora vá dormir e deixe que eu cuido de tudo.

— Obrigada, mãe! — Lizzie abraçou a duquesa de Belmont, a mulher mais excepcional que existia, e Elizabeth sabia que era a jovem mais sortuda do mundo por tê-la como mãe.

4

A religião celta era politeísta. E, ainda, a mesma deidade podia ter características diferentes, de acordo com a região em que era cultuada.

— DIÁRIO DE ESTUDOS DE E.H., 1867

O clima de harmonia na biblioteca seguia placidamente, como acontecia em todas as manhãs em Belmont Hall.

Lizzie estudava um manuscrito. Eleanor desenhava, compenetrada, e o cachorro dormia em um canto da sala. Edward estava de férias do Eton e, como não se encontrava entre eles, devia estar ocupado no jardim, buscando insetos ou anfíbios para dissecar. Leonard com certeza cavalgava pela propriedade; o irmão amava tanto os cavalos como as pessoas. O pai lia o jornal tranquilamente. A mãe encarava, com expressão inquieta, Elsa Taylor, que havia acabado de se sentar à sua frente.

Apesar de ser a governanta de Belmont Hall há muitos anos, Elsa era tratada como parte da família, tão querida como uma tia ou uma avó. Para Kathelyn, Elsa era como sua segunda mãe. Ainda que a duquesa insistisse para que a velha senhora não mais trabalhasse, Elsa não aceitava viver entre eles sem ocupar um cargo no qual ela própria se sentisse útil.

— Estou tão preocupada! — disse a duquesa, em tom baixo o suficiente para parecer um cochicho, mas alto o bastante para o duque, que não estava tão distante dela, ouvir.

Lizzie olhou sobre o manuscrito para a mãe, que lhe lançou um olhar muito significativo. Em silêncio, Kathelyn pedia que a filha não se intrometesse no que estava por vir. Lizzie não teve dúvida: a duquesa dava início a seu plano para convencer o marido sobre a Escócia, ali mesmo na biblioteca, na presença de quase toda a família. A jovem inspirou profundamente, e seu estômago foi preenchido por ondas geladas.

Mamãe deve saber o que faz, ela tentou se acalmar, a fim de se manter imparcial e quieta, como acabara de ser instruída a fazer.

— O que aconteceu? — Elsa perguntou, visivelmente se esforçando para seguir o plano traçado por Kathelyn.

Lizzie ouviu a mãe suspirar antes de responder com voz mais baixa:

— É a Lizzie... Depois de pensar por dias, entendi que talvez o jovem certo para ela não esteja nos salões de baile de Londres.

— Oh! Se não está em Londres, onde estaria? — emendou a governanta, com a cadência de uma fala decorada.

Lizzie cobriu o rosto com o manuscrito e mordeu o lábio inferior, nervosa. *Isso não vai funcionar.*

Espiou o pai, ele nem mesmo se mexeu na poltrona e continuava a ler o jornal com tranquila imparcialidade. Ele agia parecendo não ter escutado nem uma só palavra trocada entre as mulheres.

— Não sei — suspirou a duquesa —, mas temo que, se continuarmos insistindo para ela encontrar alguém em Londres, talvez... talvez ela realmente nunca encontre um rapaz com quem queira se casar.

Lizzie prendeu a respiração ao ver seu pai se mexer na poltrona, parecendo um pouco desconfortável.

Será que vai funcionar?

— Talvez ela deva passar uma temporada em Paris. Poderíamos ir todos e ficar alguns meses por lá — Kathelyn pontuou, olhando de soslaio na direção do duque.

— E se ela se casar com um francês que tenha aversão aos nossos costumes? — Elsa sacudiu a cabeça. — Nem mesmo a nossa língua eles falam!

— Eu sei — prosseguiu a duquesa. — O ideal seria um lugar diferente, mas não tanto. Só não consigo pensar em nenhum local.

Lizzie chegou a abrir a boca para falar, mas desistiu ao receber um olhar fulminante de sua mãe.

O duque pigarreou, dobrou o jornal e se aproximou da duquesa, juntando-se à conversa cochichada.

— Não pude deixar de ouvir. Você sabe como isso tem me tirado o sono também.

— Sim, eu sei.

Apesar de estarem falando em um tom mais baixo, era estranho para Lizzie ouvir uma conversa tão importante sobre a própria vida e se manter em silêncio, fingindo não escutar nada.

— Talvez eu tenha a solução — disse o pai, com a voz controlada. — Lembra-se da carta de que lhe contei? Aquela que recebi dias atrás?

— É claro! — respondeu a mãe, exultante, como se acabasse de concluir algo maravilhoso.

Lizzie sentiu o coração acelerar.

Meu Deus! Realmente vai funcionar?

— Concordo com o que vocês falaram e acho que a Escócia é o lugar mais adequado para a Lizzie passar a temporada. Se ela deve mudar de ares, que não deixe o solo britânico.

Oh, meu Deus! Funcionou!

— Lizzie, querida! — a mãe chamou.

Ela, por fim, abaixou o manuscrito.

— Sim, mamãe?

— O que acha de passar a temporada na Escócia?

— Talvez seja bom — respondeu, tentando não parecer muito entusiasmada. Não queria levantar suspeitas.

— Ótimo! — animou-se o duque. — Vou escrever para lorde Campbell confirmando a sua presença. Ele também nos convidou para nos juntar a você, podemos fazer isso no meio da temporada.

— Sim, papai. Eu acho que sim — Lizzie replicou, dessa vez sem esconder a excitação.

— Oh, Arthur! Você é mesmo brilhante! — Ao dizer isso, a mãe deu uma piscadinha, vitoriosa, para a filha.

Não, mamãe, você é que é brilhante.

Lizzie queria abraçar a duquesa e dançar de alegria.

Escócia!

Finalmente ela conheceria a Escócia.

— Isso significa que, enquanto todos se divertem na Escócia, eu ficarei aqui, trancada? Não é justo! — queixou-se Eleanor, batendo com o lápis no papel em que desenhava.

— Você debutará no ano que vem, Eleanor — o duque disse. — Não pode participar desse tipo de viagem, nem mesmo dos bailes que possivelmente ocorrerão por lá.

— Mas eu vou fazer dezessete anos daqui a alguns meses — reclamou Ellie.

— Minha filha, eu debutei com dezessete anos completos, sua irmã também. Não será diferente com você — a duquesa disse, consternada.

— E você não ficará aqui sozinha. Elsa e Edward ficarão com você — o pai concluiu.

— Maravilha... Então, durante a temporada, eu terei como companhia milhares de insetos dissecados — resmungou Eleanor, e todos riram.

Todos, menos Lizzie, que estava deslumbrada demais com a certeza de sua viagem e sonhando acordada com as brumas das Highlands.

ᑐᕐᑐ

A lagosta em seu colo certamente deveria estar no prato.

— Me perdoe, milady — esse foi o quinto pedido de desculpas, em menos de dez segundos, feito por Joseph, o lacaio. Era ele o responsável por aquela lagosta nadar orgulhosa nas saias do vestido de seda de Lizzie. O pobre homem estava mais vermelho que o crustáceo.

A jovem sorriu, descontraída, tentando quebrar o clima constrangedor instalado na sala de jantar após o incidente. Pegou a lagosta com o guardanapo e entregou para Joseph.

— Acho que ela não queria virar a refeição de hoje.

Nos oito lugares da mesa pairava um silêncio incômodo. Como se fosse proibido alguém cometer uma gafe. Como se fosse um crime alguém derrubar uma lagosta em um vestido de gala. Lizzie não culpava Joseph, e sim os tolos costumes que os obrigavam a se vestir com toda a pompa e elegância para um jantar em família. E, claro, o fato de terem — ela lançou um olhar por cima do enorme arranjo de flores no centro da mesa e contou — quatro lacaios e um mordomo servindo oito pessoas. Dez pratos diferentes todas as noites. *Santo Deus!* Por que eles precisavam comer dez pratos, além da sobremesa? Aquilo parecia um enorme desperdício de tempo, comida e flores.

Jesus, quantas flores havia somente naquele arranjo central?

A qualquer dama inglesa, jantares cheios de regras e requinte poderiam parecer corriqueiros e normais, mas, para Lizzie, era exagero.

— Lady Elizabeth, a senhorita deseja se trocar? — perguntou o sr. Rainford, o mordomo.

— Não — contrapôs ela, ainda sorrindo. — Realmente está tudo bem, obrigada.

— Sendo assim, com sua licença, milady, eu vou ajudar Joseph a trazer o... o restante do jantar.

Ela nem vira Joseph deixar a sala, sabia que aquilo era uma desculpa. O lacaio com toda a certeza seria repreendido pelo deslize.

— Não seja duro com ele, sr. Rainford — Kathelyn pediu antes de o mordomo deixar a sala.

Lizzie suspirou aliviada. Aquela era a sua mãe, afinal, sempre bondosa e justa.

— Não se fazem mais lacaios como antigamente — a avó comentou, após limpar o canto da boca discretamente com o guardanapo.

Lizzie dobrou em seu colo o guardanapo de linho que fora trocado.

— A culpa é dos nossos costumes inúteis, e não do Joseph.

A avó ergueu as sobrancelhas com ar de superioridade, como somente ela sabia fazer.

— Refere-se a comermos lagosta?

— Refiro-me a usarmos vestidos que custam uma fábula para jantar em família e...

— Bem... — seu pai a interrompeu em tom apaziguador. — Estamos reunidos aqui para celebrar a sua viagem para a Escócia, não é mesmo? E, afinal, está tudo pronto?

Lizzie sorriu animada, sem pensar mais em lagostas, vestidos, dezenas de louças, talheres e tradições.

— Sim, papai, nós partiremos amanhã cedo.

— Ótimo! Nos juntaremos a vocês daqui a quinze dias.

A avó fez uma careta de repulsa.

— Não entendo. Já que Elizabeth vai para a Escócia, por que não pode ficar mais ao sul? Por que tem de ir tão ao norte?

Arthur respirou fundo antes de responder:

— Porque a propriedade do meu amigo é ao norte, perto de Inverness, e foi ele quem nos convidou para passar a temporada lá.

— Mas o que, em nome de Deus, pode haver em uma terra tão... inóspita?

— Mamãe — o duque disse, ponderado, mas firme —, nós já discutimos sobre isso.

A duquesa viúva balançou a cabeça.

— Sim, eu sei. Escócia não é Londres, mas ao menos é Reino Unido... Poderia ser pior, ela poderia ir aos Estados Unidos, por exemplo. — Deu um sorriso aristocrático ao completar: — Celebremos a Escócia, então.

Steve, que se juntara à família havia apenas dois dias, manifestou-se:

— Por falar em Estados Unidos, estou pensando em visitar finalmente o lugar que me viu nascer.

— Oh, céus! — a duquesa viúva murmurou, beirando a indignação.

— Você vai gostar de Nova York, meu filho — disse a mãe, após lançar um olhar reprovador para a sogra.

47

Apesar de quase não falarem sobre esse passado, todos sabiam que Arthur Steve nascera em Nova York, antes de os pais estarem casados oficialmente. Era algo muito escandaloso para ser lembrado com frequência, principalmente na presença da duquesa viúva.

— Eu me orgulho de ter nascido no novo mundo — Steve contrapôs, empolgado, ignorando a expressão de horror da avó. — Tenho lido que eles estão construindo ferrovias por todo o país, além de trazerem grandes inovações em muitas áreas e...

— Inovações — a avó reclamou. — Aí está uma palavra capaz de tirar o meu apetite.

Steve deu um sorriso irônico.

— A senhora deveria ir comigo, vovó. Ou você, cabideiro.

Leonard, até então em silêncio, mexeu-se desconfortável. Possivelmente antevendo que, se aquilo continuasse, todos discutiriam.

— Um brinde à viagem da Lizzie.

— Posso brindar? — Ellie perguntou, apontando para sua taça vazia.

— Você ainda não — o pai respondeu, arrancando um suspiro frustrado de Eleanor.

Todos ergueram a taça. Exceto Ellie, naturalmente muito nova para brindar com champanhe, e Edward, que, além de ser o caçula, estava ocupado demais dissecando a lagosta em seu prato.

5

Os círculos de pedras eram usados pelos celtas para realizar rituais sagrados. Por acreditarem que algumas regiões possuíam ligação com o mundo espiritual, construíram esses círculos para demarcar tais locais. Existem vários catalogados na Escócia. Nota: Entrar em um círculo de pedras foi de longe uma das experiências mais emocionantes de minha vida.

— DIÁRIO DE ESTUDOS DE E.H., 1867

DEZ DIAS DEPOIS...

— Veja esse desenho, Camille, e diga se não o acha fascinante. — Lizzie apontava para uma folha de papel amarelada.

— Um castelo mal desenhado, com umas figuras estranhas?

Lizzie negou com a cabeça.

— Se a lenda for verdade, se existir mesmo esse castelo escondido, ele foi construído por um conde em homenagem à sua amada.

— A única homenagem que eu queria era uma refeição quente — Camille provocou. — Ainda bem que paramos na estalagem antes do anoitecer.

— E a comida está chegando, já pode parar de pensar em sua barriga. Esta estalagem, a Cervo de Ouro, é a última parada antes de chegarmos.

Apesar de pequena, a estalagem era aconchegante, com paredes de pedra e janelas grandes de cristal. Cumprimentou, meneando a cabeça, o grupo de cinco guardas que acompanhavam sua carruagem. Eles estavam sentados a uma mesa mais afastada.

— *Dieu merci*, falta apenas um dia — Camille constatou, torcendo a boca.

Ela tinha razão em reclamar, Lizzie compreendia. Estavam viajando havia dez dias, com poucas paradas para descanso. Seguiram de trem até Edimburgo, onde as carruagens já as esperavam para seguir viagem até Inverness. Fora então que o trecho realmente mais difícil começara. Mas não para Lizzie; ela fazia questão de conhecer todos os castelos e vilarejos possíveis, e isso certamente não diminuiu o tempo de viagem. Nos últimos dias, enfrentaram as acidentadas estradas das Highlands por muitas horas seguidas. Todos estavam cansados, até os guardas que as acompanhavam.

Lizzie se lembrou do início daquela manhã, quando eles pararam na região de Abeendshire e visitaram um círculo de pedras. Camille se apavorou, enquanto Lizzie não poderia estar mais maravilhada.

A camareira tamborilava os dedos na mesa. Lizzie percebeu quanto o semblante da amiga estava transfigurado pelo cansaço.

— Você sobreviveu ao círculo de pedras, não vai morrer de fome.

Os ensopados foram servidos e Camille, sem esperar, começou a comer.

— Na última estalagem em que paramos... — Ela colocou a colher sobre a mesa para se benzer. — *Mon Dieu!* Ouvi as histórias mais assustadoras sobre esses círculos.

Lizzie achou graça; Camille sentia medo de tudo.

— São lugares construídos há milhares de anos, eram usados para rituais sagrados.

— Deus nos livre — a camareira exclamou.

— Você tem medo de viajar no tempo? De ser sequestrada por um fantasma? — Lizzie segurou uma risada.

Camille encheu a colher de sopa antes de dizer:

— Você é muito contraditória.

Lizzie colocou as mãos no peito e ergueu as sobrancelhas, como quem diz: "Eu?"

— Você, mocinha! Não acredita em fantasmas, mas estuda o povo mais supersticioso que Deus já colocou sobre a Terra.

— Eu acredito em fantasmas, mas não acho que eles possam fazer algo contra os vivos. — Ergueu mais as sobrancelhas, de maneira provocativa. — Não tenho medo deles.

— Pois deveria.

— Quer saber? Acho que viajar no tempo ou ser levada para outra realidade, em outro mundo, seria uma aventura e tanto.

A camareira ficou pálida.

— Não fale isso!

Lizzie mordeu o lábio, com uma expressão zombeteira, e fechou os olhos ao declamar:

— *Diathan! Oh, diathan! A'gabhail rium gu àm eile.*

— O que você disse? — Camille perguntou, assustada.

Lizzie abriu a boca para responder, mas a dona da estalagem, que lhes servia a bebida, respondeu no lugar dela:

— A senhorita pediu para ser levada para outro mundo, outra época... e fez isso na língua que é ouvida pelas montanhas, rios e florestas dessas terras. — A senhora murmurou uma prece antes de sair.

— Você não fez isso! — Camille a repreendeu, muito mais pálida.

Lizzie ergueu os ombros.

— Viu? Eu não tenho medo — confirmou, sorrindo com diversão, mas parou ao ver a expressão séria das pessoas ali presentes.

Discreta, ela percorreu com o olhar as mesas vizinhas. Suspirou ao notar algumas pessoas que a observavam, divididas entre aguçada curiosidade e descarada hostilidade. Lizzie detestava se sobressair, porém era quase impossível que isso não acontecesse, afinal ela viajava com uma comitiva de duas carruagens e um grupo de cinco guardas. Além do mais, seu pai fizera questão de organizar toda a viagem como se ela fosse... bem, como se ela fosse a primeira filha da rainha.

Lembrou-se do dia antes de partir de Belmont Hall e da discussão que tivera com o duque sobre o enorme exagero daquela comitiva.

— Você não acha que chamará muito mais atenção um comboio com duas carruagens, viajando cercadas por guardas?

— Você não viajará sozinha com lacaios de libré, um cocheiro e uma camareira, como se fosse uma dama qualquer.

— Mas não é isso o que eu sou?

O pai apertara as têmporas, impaciente.

— Você é a herdeira de uma das maiores fortunas da Inglaterra, além de ser a primeira filha de um duque.

— Mas...

— Não! — ele fora enfático.

— Mas eu...

— Ou você pode esperar e iremos todos juntos no meio da temporada... Talvez essa seja mesmo a melhor ideia.

Lizzie se desesperara. Não queria esperar mais para partir.

— Tudo bem, papai. Faço como o senhor achar melhor.

E ali estava ela, nas Highlands, sendo analisada por vários pares de olhos, alguns dos quais pouco amistosos. Tinha quase certeza, pela maneira como era observada, pelos cochichos seguidos à sua presença nas poucas paradas feitas na Escócia, de que eles a consideravam uma dama metida e frívola. E isso — ela olhou, discreta, para os lados — se agravou ao entrarem nas Highlands.

Todas as estalagens pelas quais passaram haviam sido indicadas por lorde Campbell como lugares que recebiam bem os ingleses. Ainda assim, ela sentia uma barreira invisível separando os dois mundos.

— Lizzie, eles nos olham como se quisessem nos matar. — Camille a cutucou no braço. — Será que foi pelo que você falou em gaélico?

— Não. — Lizzie engoliu em seco. — Isso é porque nós somos inglesas.

Camille apenas assentiu e colocou uma colher cheia de ensopado na boca.

— Foi o nosso povo quem os obrigou a deixar de lado a maneira como viviam aqui. A língua, o modo como eles se organizavam em clãs, as festas, as músicas. Até mesmo... as roupas.

— Isso é triste — confirmou a camareira, em voz baixa.

— Um povo proibido por cem anos de cultuar suas tradições, forçado a esquecer o valor da sua sabedoria e o sentido da sua existência... O que nós fizemos, Camille, foi horrível.

— Eu sei — concordou a amiga. — Mas você não devia falar sobre isso aqui. Eles ainda estão nos vigiando.

— Está certo, vamos comer.

Lizzie virou para o ensopado de miúdos que fora colocado ao seu lado, próximo ao manuscrito. Esse era um prato típico da Escócia.

— Nem tudo foi perdido, afinal — disse e deu uma colherada.

Saboreando um dos pratos mais famosos daquele povo, Lizzie se lembrou das três paradas feitas para pernoitar e também do caminho através dos vilarejos. Percebera nesse tempo uma presença invisível no ar, como uma força pedindo para ser acordada, mantida viva e nunca esquecida. Não foram poucas as vezes durante a viagem em que sentiu a vida nas montanhas das Highlands pulsar em cada rio e em cada árvore. Eles pareciam sussurrar a teia do próprio saber e dos laços das culturas sufocadas, usurpadas e perseguidas daqueles que viveram ali. Mas, intuiu Lizzie, como um pavio apagado, a chama da sabedoria perdida precisa apenas de uma faísca para renascer com toda a força da sua luz.

— Não acredito que uma cultura possa morrer por completo — afirmou, pensativa.

— Oi? — Camille perguntou, confusa.

Lizzie sorriu, sem responder, e voltou a comer o ensopado já meio frio.

Estavam na estrada havia mais de cinco horas, e há pelo menos duas não cruzavam com nenhuma carruagem ou cavaleiro solitário. Camille sabia o porquê disso, e lembrar o motivo fazia com que os pelos de seus braços se arrepiassem. Lizzie era a culpada pela camareira estar à beira de um ataque de nervos, afinal dera a ordem para seguirem pelo atalho, e para ganhar o quê? Umas duas horas de viagem?

O que eram míseras duas horas? Nada!

A cada galho que batia na janela, a cada pedra que desestabilizava as rodas da carruagem, Camille se sobressaltava e seu coração acelerava. *Mon Dieu!* E, ao longe, ainda havia um uivo constante e assustador. Talvez o barulho horripilante do vento fosse o culpado pela fama de mal-assombrada que tinha a floresta que ladeava o caminho pelo qual passavam.

Um galho arrastou os dedos pela janela e Camille praguejou.

— Tem um atalho — sugerira o estalajadeiro durante o desjejum naquela manhã —, mas ele segue ao lado da floresta Dorcha Uaine. — O homem se benzera.

— Alguma coisa errada? — Lizzie perguntara.

— A floresta é assombrada pelos fantasmas dos guerreiros que perderam a vida lutando pelas Highlands.

— Nós preferimos a estrada tradicio...

— Um atalho? Interessante! — Lizzie a interrompera. — Podemos ir por ele!

— Ninguém usa aquela estrada. Dizem que quem se atreve paga o preço com a vida — contrapusera a mulher do estalajadeiro, a ruiva atarracada e de expressão tensa.

— Nós não acreditamos em fantasmas.

— Eu acredito — Camille se defendera.

— É claro que não acredita — Lizzie decidira por ela.

Maldita pressa de Elizabeth para chegar a Cawdor Castle.

Camille bufou. Outro uivo murmurado em seus ouvidos fez com que suas entranhas se contorcessem.

O vento gritou ainda mais alto e ela prendeu a respiração.

Tenha coragem! Abra a cortina e verá que não há nada além do vento.

Decidida a se acalmar, ela abriu de uma vez a cortina e conferiu a paisagem. O sol entremeava as árvores espaçadas e cobertas de musgo, criando nichos dourados e verdes. Camille respirou fundo, quase convencida de estar exagerando. Aquela floresta assombrada era um lugar até bonito. Lembrou que as

Highlands eram terras com florestas esparsas. Parte do terreno das montanhas era coberto por pedras e por uma vegetação rasteira.

Ela fechou um pouco a cortina, deixando-a entreaberta.

Venceria esse medo.

Lizzie ainda dormia e fazia isso com naturalidade. Ela era capaz de fazer as coisas mais impossíveis. Como insistir para que ela não usasse uniforme durante a viagem. Apesar de sua resistência inicial, Lizzie a convencera. Do que a jovem não a convencia? Nada. Afinal ela era mais amiga que patroa.

Recostou a cabeça no banco, querendo relaxar. Começava a entrar no torpor do sono. *Graças a Deus. O vento já nem grita tan...*

Um baque enorme seguido por um movimento brusco jogou seu corpo para frente. Ela abriu os olhos para encontrar os de Lizzie igualmente arregalados de susto. Entre relinchos e pancadas, sentiu seu estômago trocar de lugar com os pés, enquanto o mundo girava de forma abrupta e violenta.

— Camille! — ouviu a voz estrangulada de Lizzie chamá-la e mais nada durante o que pareceu uma eternidade.

Com a respiração entrecortada e o rosto apoiado na parede da lateral da carruagem, Camille sentiu uma fisgada no braço e um peso comprimindo-a.

Meu Deus! Era Lizzie. O corpo dela por cima do seu.

— Milady! Está bem? Lizzie! — repetiu ela, sufocada pela angústia.

Usando o peso do próprio corpo, Camille conseguiu, com um impulso, empurrar o corpo de Lizzie, que tombou para o lado, libertando-a. Trêmula, levou a mão ao rosto da amiga e sentiu a respiração dela.

Um pouco menos abalada, Camille conseguiu se sentar e depois girar o corpo da dama. Soltou um gemido ao ver um fio de sangue no rosto lívido. Com uma fisgada de dor no braço, levou a mão ao peito da amiga, sentindo o coração bater na ponta dos dedos.

Graças a Deus! Lizzie estava apenas desmaiada. Ela ficaria bem.

Todos ficariam.

Jesus! Que tudo fique bem!

Mais tranquila, Camille conseguiu entender o que ocorrera. A carruagem tombara. Escutou gritos e estouros do lado de fora. Com o coração na garganta, percebeu que, ao contrário do vento, aquelas não eram vozes de fantasmas, era o som de homens lutando.

Antes de conseguir reagir, um dos lacaios gritou pela janela:

— Fuja, milady, caímos em uma emboscada!

Nervosa, Camille olhou de si para Lizzie desmaiada. Outros estouros e gritos explodiram no ar.

— Onde está a filha do duque? — ouviu uma voz masculina perguntar com um sotaque evidentemente escocês.

Ela abafou um grito ao entender que estavam atrás de Lizzie. Trêmula e movida por um instinto protetor, removeu, com agilidade, os dois anéis usados pela lady: um de esmeralda, outro de brilhantes, e os colocou nos próprios dedos. Tirou os brincos da amiga e os colocou em suas orelhas. Então a portinhola da carruagem foi aberta.

Dois braços envolveram suas costas e sua cintura, puxando-a para fora do veículo.

Tonta e trêmula, seus pés tocaram o chão.

Engolindo o choro, viu o grupo de pelo menos dez homens encapuzados, eles haviam rendido todos os guardas que as acompanhavam. De soslaio, notou alguns corpos caídos no chão e sentiu o estômago embrulhar, enquanto um gosto ácido abria caminho até a sua boca.

Eles haviam matado todos! Iriam matá-las também?

Um dos homens mascarados apontou uma pistola em sua direção:

— Você é a filha do duque inglês? — ele perguntou.

Camille olhou para o lado e viu Lizzie no colo de outro homem do grupo. Ela fez que não com a cabeça e instintivamente fechou os dedos, escondendo os anéis que colocara. Não sabia o que queriam com Lizzie, mas faria o que estivesse a seu alcance para protegê-la.

— Ela está usando joias — um dos emboscadores disse e segurou a mão dela com força, obrigando-a a abrir os dedos e expor os anéis.

— Essa daqui deve ser apenas uma criada — disse o homem que carregava Lizzie, largando-a no chão sem muito cuidado.

— Você é a filha do duque, milady? — Uma mão com unhas sujas apertou um pouco suas bochechas. — Fique tranquila, você é muito valiosa para nós, não vamos machucá-la.

Dizendo isso, ele soltou o rosto da camareira e agarrou suas mãos, amarrando-as com agilidade na frente do corpo.

O mundo ficou negro quando um tecido grosso foi colocado sobre o rosto de Camille. Seu corpo inteiro tremia, e ela não conseguia respirar direito.

— O que faremos com a criada? — perguntou um dos homens.

— Deixe-a aí; ela não é ameaça nenhuma.

Camille notou que era posta sobre o lombo de um cavalo e chorou, pensando que os fantasmas da floresta deveriam ser melhor companhia que os homens que as encontraram.

A cabeça de Lizzie latejava.

Dor. Enjoo. Pânico.

Suas pernas se moviam por uma força desconhecida. Ela era impulsionada a continuar correndo, fugindo, avançando floresta adentro. Perdeu as contas de quantas vezes caiu e se levantou, de quantas vezes lutou por ar e contra as lágrimas que teimavam em brotar.

Assustada demais, Lizzie demorou a se dar conta de que escurecia e a floresta parecia ficar cada vez mais densa. Desesperada, entendeu que não tinha a menor ideia de aonde estava indo e nem mesmo se conseguiria voltar até a estrada em algum momento.

Ela não queria voltar.

Ela nunca mais voltaria para aquela estrada, para aquela cena de horror.

Quando acordou, ainda desnorteada e confusa, quase desmaiou outra vez ao entender: todos os guardas, lacaios e cocheiros estavam mortos... E Camille? A amiga havia sumido.

A princípio, perdida, creditou aquela cena de horror aos fantasmas da floresta. Teve medo, frio e foi invadida pelo maior arrependimento e pânico de sua vida.

O pavor não diminuiu ao perceber manchas de pólvora ao redor dos furos ensanguentados nas roupas dos homens. Eles foram mortos por balas, armas que fantasmas não usam. E um assombro ainda maior a invadiu, assim como a certeza de que haviam sido atacados por outra espécie de monstros: os humanos. Lizzie gritou e chorou por Camille e por todos aqueles homens.

Meu Deus!

Meu Deus!

E então, subitamente, calou-se. E se os gritos atraíssem os homens, os monstros, de volta? Reuniu forças e se pôs a correr, fugir. Queria esquecer tudo aquilo, arrancar do seu corpo o cheiro do sangue, da morte, do medo. Mas não. Não podia esquecer. Tinha que encontrar Camille e, para isso, precisava de ajuda.

Tropeçou em um galho coberto de musgo e caiu, arranhando as mãos. A dor na cabeça aumentou e ela se esforçou para se erguer. Enquanto apoiava o corpo para se levantar, escutou um ruído breve e seco, parecendo passos.

Ela não tinha mais certeza se o que escutava era real ou fruto de sua imaginação.

— Quem está aí? — gritou, tentando enxergar através da pouca luz infiltrada entre as árvores.

O barulho de passos ficou mais nítido e ela voltou a correr. Estava assustada demais e muito cansada.

Há quanto tempo corria? Há quantas horas? Duas? Três? Dez?

Tropeçou novamente. Não conseguia enxergar nada além do escuro da noite e de uma maldita bruma. A famosa bruma das Highlands, com a qual sonhara tantas vezes, uma névoa branca e sufocante, que devagar cobria o mundo.

Estava no limite físico e emocional. Achou que não havia mais esperança quando avistou uma luz a alguns metros.

Parecia uma luz. Porém o brilho logo foi engolido pelo nevoeiro.

Lizzie inspirou fundo, tentando se acalmar.

Esse medo, esse pânico não a levaria a lugar algum. Precisava se tranquilizar e voltar a raciocinar. Enquanto sua respiração e seu coração desaceleravam, os sons da noite e da floresta preenchiam os seus sentidos.

Se eu fosse celta, como agiria?

Uma celta encontraria a saída e as respostas em seu interior. A floresta vive, e o espírito que há nela ajudaria uma celta. Lizzie buscou essa sabedoria e essa força, para que elas guiassem seus passos, e não o medo.

Sabedoria, sabedoria, sabedoria.

Devagar, os sons, os cheiros e a presença daquela floresta a acalmaram. No fundo dos ruídos agitados, percebeu um murmúrio constante: água.

Era água em abundância. Um rio ou uma cachoeira. Lizzie teve certeza disso e sorriu satisfeita. Ainda de olhos fechados, entendeu que, se seguisse o curso do rio, chegaria a algum lugar. Encontraria alguém ou algo. Além disso, passou a língua sobre os lábios secos e um pouco rachados, estava com sede. Muita sede.

Com o medo mais controlado, ela foi capaz de enxergar melhor através da bruma, que era densa mas ainda permitia que ela visse onde colocava os pés. Aquela neblina testava sua coragem. Para prosseguir, ela teria que vencer o medo de não ver o que estava adiante.

Passo a passo, Lizzie avançou com cautela até ter mais uma surpresa.

— Ah, meu Deus! — afligiu-se e se deteve bruscamente, a poucos metros de um penhasco. — Mas que inferno! — gritou, desafiando as brumas, e empinou o queixo, como se o nevoeiro tivesse por fim mostrado alguma obediência.

E foi nessa brecha de rebeldia concedida pela neblina que viu sua salvação — ao menos um vislumbre dela. Ao se aproximar, comprovou se tratar de uma ponte bem estreita e, pelo que pôde ver — e não era muito —, absurdamente velha. Apesar do medo de altura, Lizzie agradeceu mentalmente, sorrindo pelo fato de existir uma ponte horrível naquele lugar. E, melhor, aquela construção significava que havia algo do outro lado.

Uma vila, ou uma casa, o que quer que houvesse ali, fez o peito de Lizzie transbordar de felicidade e seu corpo, de alívio. Ignorando o tremor nas pernas, segurou nas cordas de apoio e começou a atravessar a ponte.

— Maldição! — praguejou quando uma tábua se desprendeu debaixo dos seus pés.

Com esforço, ela conseguiu apoiar o pé na nesga da tábua seguinte e não cair no abismo. Já não estava feliz e não amava nem um pouco mais a ponte. Isso porque, além das tábuas se soltando, a corda de segurança lateral, que deveria dar apoio e equilíbrio, estava desfeita em boa parte da estrutura.

Ela pensou um milhão de vezes em voltar, porém, àquela altura, essa decisão poderia ser pior e mais arriscada que seguir adiante.

Deu um passo mais. Seu coração se acelerava a cada centímetro conquistado pelos pés.

Mais um passo, a ponte rangeu e protestou embaixo dela. Outro, e... as tábuas pouco firmes começaram a cair uma após a outra, abrindo buracos para a morte. Lizzie correu, saltou e se atirou sobre um vão enorme entre as madeiras, aterrissando milagrosamente no chão de pedra. Agarrou, com desespero, o que acreditava ser parte da raiz de uma planta e se arrastou para fora da ponte. Respirando de maneira curta e entrecortada, ela chorou. Exausta, ainda envolta pela bruma, lutou contra o torpor que a envolvia, tentando erguer o rosto, mas sua consciência se fechou em um buraco negro. Sem encontrar forças para continuar lutando, Lizzie desmaiou.

6

As pedras eram, para os celtas, os seres mais antigos e espirituais da Terra. Além de eles as considerarem seres vivos, respeitavam-nas como se fossem sábias.

— DIÁRIO DE ESTUDOS DE E.H., 1867

Gareth MacGleann sempre achou ter um ótimo autocontrole e elevado poder de discernimento. *Então* — se perguntou, intrigado — *por que mesmo a trouxe até aqui?* Olhou a jovem inconsciente na cama de um dos quartos do seu castelo e deteve a atenção nas mãos entrelaçadas: a dela, clara e pequena, em contraste com a força e o tamanho quase bruto da sua. Ela parecia tão frágil.

— Por que você está mascarado? — a tia de Gareth, Joyce, indagou.

Ele encarou a mulher grisalha e esguia, de olhos límpidos como a neve recém-caída. A tia era casada com Duncan, o irmão mais novo de seu pai. Ela havia acabado de aplicar o emplastro que preparara a fim de tratar a ferida na cabeça da jovem.

— Tenho meus motivos — respondeu, sucinto.

Joyce o sondou com ar pensativo por um tempo antes de dizer:

— Todos já sabem que você trouxe a jovem aqui para dentro.

A tia era uma das mulheres mais sábias e sensíveis que Gareth conhecia, e ele nunca conseguira esconder algo sem que ela lesse em seus olhos a verdade.

— Eu acho que pode ser ela — confessou.

— Ela?

Gareth tocou, no peito, o ponto em que sua corrente costumava repousar.

— Ela é inglesa e murmurou o nome da família... mas pode estar delirando.

— Mas isso seria...

— Loucura, eu sei.

— Seria mágico, uma obra dos deuses. — Ela insinuou um sorriso discreto.

— Não seria nada disso — ele contrapôs, sério.

— Você não quer que ela o reconheça.

— Eu não posso me expor — negou com a cabeça —, expor o clã. Quanto menos ela vir, melhor, até sabermos o que essa moça está fazendo aqui.

— Melhor para nós, para ela ou para você? — a tia perguntou, tentando adivinhar o que ele estava pensando, algo bastante comum nela.

— Para nós. Não estou preocupado com ela.

— Ah, não? — duvidou, elevando as sobrancelhas finas.

— Apenas como estaria com qualquer outra pessoa nessas condições. — Gareth apontou para a jovem na cama. Ela estava agitada, virava a cabeça de um lado para outro sobre o travesseiro.

— Deixe-me cuidar dela. Acredito que você não deva ficar aqui e se expor, e, claro — ela fez uma pausa, com uma expressão indecifrável —, expor o clã.

— Eu sei. — Gareth tentou puxar a mão entrelaçada à da jovem, mas parou quando olhos verdes e penetrantes o fitaram.

— Fique comigo, não me deixe outra vez — a jovem repetiu, agitada. Ela vinha pedindo isso sem parar desde que ele a encontrara.

Era como se ela lembrasse. Ela lembrava?

— Eu vou ficar ao seu lado. — Com a mão livre, mergulhou um pano na tina de água e o levou até a testa dela.

— Gareth — a tia o chamou, desconfiada —, você não deve.

— Eu sei o que estou fazendo. Agora nos deixe.

— Sabe mesmo?

Não, ele não sabia, e isso o incomodava. Gareth nunca perdia o controle ou a razão. Desde pequeno, lidava com questões difíceis e importantes. Quando tinha apenas onze anos, perdera os pais e ficara responsável pela irmã e, em consequência, por decidir o futuro dela e, mais tarde, o futuro de todo o clã.

— Fui eu quem a trouxe até aqui. Sou eu quem vai cuidar dela.

— *Mo mhac* — disse Joyce, com um tom de voz mais sério. — Apesar de não falarmos muito sobre isso, sei que você nunca se perdoou por não ter conseguido salvá-los. — Ela respirou fundo antes de concluir, com ar consternado: — Mas você não tem culpa, Gareth. E não pode salvar cada um que cruza o seu caminho.

Ele engoliu em seco, sentindo os músculos tensionarem.

— Isso não tem nada a ver com o meu passado — afirmou de maneira ríspida. Não era o momento de ter aquela conversa. Não se sentia confortável com o assunto, sobretudo com... Olhou para a jovem, que ainda murmurava e se remexia, inquieta. Não com ela dessa maneira. Não na presença dela, por mais inconsciente que estivesse.

— Mesmo se essa for a jovem que você acredita que seja?

Gareth só queira ficar sozinho, tentar entender por que simplesmente não a devolveu para a floresta, já que, sem dúvida, essa teria sido a atitude mais certa.

Agora já estava feito, e, além do mais, ferida do jeito que estava, e sozinha, ela morreria.

— Deixe-me cuidar disso...

— Eu não estou pedindo, tia. — Fez uma pausa, ponderando o tom de voz. — Estou ordenando, como chefe da família. Deixe-nos a sós. Ela precisa descansar, e eu não vou sair daqui até ter certeza de que está bem.

— Tudo isso — Joyce disse, com o cenho franzido — pelas respostas de que você precisa?

— De que o clã precisa... Agora vá. — Ele apontou para a porta, tendo a certeza de que uma nuvem de gafanhotos invadiria o local e o atacaria por estar mentindo para sua tia.

Aquela necessidade de salvar a jovem era um sentimento estranho e que, naquele momento, pouco tinha a ver com o clã. Ele sabia que Joyce percebera isso.

Gareth ouviu a porta do quarto ser fechada, enquanto a moça estremecia com mais um calafrio. Rápido, ele molhou a testa dela outra vez.

— Não me deixe — ela murmurou. Gareth sentiu seu coração estúpido se acelerar.

— Eu estou aqui — disse, sentando-se ao lado da cama, e prosseguiu resfriando a testa, o pescoço e as faces dela, fingindo não perceber quanto aquele contato o afetava. Suas mãos, por exemplo, não estavam firmes, e sua respiração... Bem, ele não queria pensar em quão agitado estava.

Não soube quanto tempo se passou até ela finalmente se acalmar e mergulhar em um sono pesado. Gareth respirou aliviado com a certeza de que tudo ficaria bem. Em breve a febre cederia, ela estaria mais lúcida, forte e pronta para responder às perguntas que ele tinha e...

Bocejou, recostando-se mais na cadeira.

... e então teria que decidir o que fazer com ela.

O que justo essa moça fazia ali? Aqueles olhos verdes, ele tinha quase certeza de que eram...

— Ahhh! — Um grito de horror o fez levantar em um pulo.

A jovem gritava e se debatia. Desesperado, ele sentou na cama, o colchão afundou ao lado dela.

— *Lass!* — disse, nervoso. — Calma.

Segurou-a pelos ombros e a sacudiu gentilmente. Ela tinha de acordar.

— Acorde! — ordenou, mais enfático.

Ela berrou mais uma e outra vez. A cada grito, a jovem perdia o ar, recuperando com custo a respiração.

— Meu Deus, *lassie*, acorde! Está tudo bem.

Porém não estava. Ela começou a chorar e a murmurar coisas sem sentido em gaélico e...

Em gaélico?

Sim, ela murmurava em um gaélico perfeito.

— Meu lobo, não vá! Não me deixe, eu preciso... Fogo! Eu não quero morrer! — O pranto da jovem aumentou. — Eu não quero morrer.

Desesperado e sem pensar, Gareth se deitou ao lado dela e a abraçou com força, assim como fazia com a irmã quando ela era menor e tinha medo do escuro.

— Shhh, tudo vai ficar bem... Está tudo bem, nada vai lhe acontecer — confortou-a, enquanto ela chorava e se debatia sem parar. — Que Deus lhe dê em cada tempestade um arco-íris — sussurrou em gaélico no ouvido dela, porque aquilo parecia o certo a fazer —, para cada lágrima, muitos sorrisos. — A moça, devagar, parava de lutar em seus braços. — Que, a cada problema, a vida lhe traga alguém fiel com quem dividi-lo.

Gareth continuou a prece, baixinho, até ela parar de chorar. Até esquecer que não devia estar tão perto dela. Até lembrar que, na maioria das vezes, a proximidade física com os outros o incomodava. Mas, com ela, parecia ser o certo a fazer. Passou o braço pelas costas da jovem, aninhando-a melhor junto ao seu corpo.

Gareth estava começando a relaxar os músculos que a detinham, quando sentiu lábios macios tocando seu queixo, pousando em cima dos seus em uma carícia lenta, irresistível e doce. Ele paralisou por completo, enquanto o coração ameaçava sair pelo peito.

— O que... o que você está fazendo? — murmurou, perturbado.

— Amando você, meu lobo — respondeu, baixinho, e continuou beijando-o na linha do maxilar e no pescoço.

Ele achou que morreria. O coração de um homem não podia bater de forma tão violenta e continuar funcionando normalmente, tinha certeza disso. Tão repentinamente quanto o beijara, a jovem se aquietou, voltando a deitar em seu peito

— Tenho que tirar você deste castelo, rápido — foi a última coisa que Gareth disse, antes de perceber que ela adormecera, aninhada em seus braços.

— Ela está dormindo há três dias. — Uma voz masculina preencheu a consciência de Lizzie.

— Ela estava muito machucada, mas finalmente a febre baixou — respondeu uma mulher.

Lizzie estava bastante confusa e sonolenta, ainda não tinha aberto os olhos.

— Ele já decidiu o que fará com ela? — questionou a mesma mulher.

Alguém inspirou profundamente.

— Ele quer falar com ela quando estiver bem.

Aos poucos, as lembranças do que havia acontecido preencheram a mente de Lizzie: o crime, a floresta, a ponte. Ela fechou uma das mãos, tensa. Tentava entender onde estava.

— Gareth não saiu do lado dessa jovem durante as duas noites em que ela esteve pior — comentou a mulher. — Eu disse que cuidaria dela, mas ele fez questão...

— Ele está preocupado, é só isso. Ele a quer curada para que explique como diabos veio parar aqui.

— Você acha que ela pode ser a *anam cara* de Gareth?

O quê?

Meu Deus, eles estavam falando em gaélico. Lizzie tinha tanta experiência com a língua e estava tão confusa que só se deu conta de que eles falavam em gaélico quando não entendeu a última parte da frase.

— Não fale besteira, mulher — o homem disse, ríspido. — Gareth está apenas preocupado.

Lizzie piscou demoradamente, enquanto cenas esparsas e pouco nítidas voltavam a sua mente: um homem forte, sempre envolto pelas sombras, refrescando sua testa, dando-lhe água e sopa, sussurrando palavras de conforto.

Seu coração disparou. Teria sido um sonho?

Ao olhar ao redor, a primeira coisa que viu foi um dossel alto, coberto por tecido dourado. Prosseguiu observando os móveis de madeira escura e as paredes forradas de tecido verde, repletas de quadros de natureza-morta com largas molduras. Era um quarto grande e luxuoso. Lizzie virou o rosto e deu de cara com dois pares de olhos a encarando.

— Você acordou! — comemorou uma mulher grisalha, com maçãs do rosto altas e olhos azuis que lembravam os de sua mãe.

Meus pais! Eles devem estar tão preocupados!

— Meus pais... — Ela se sentiu tonta.

63

— Calma, você ficou pálida. Não se levante assim de uma vez — disse a mulher, ajudando-a a se recostar nos travesseiros.

— Onde estou? — Lizzie perguntou quando voltou a se sentir melhor.

O homem e a mulher se entreolharam, em silêncio.

— Eu sou a Joyce, este é o Duncan...

— Vou avisar a ele que a jovem acordou — afirmou o homem, saindo do quarto. Era um senhor forte, com expressão dura. Ele tinha a barba comprida, vestia uma camisa branca, colete e kilt.

Sem dúvida — Lizzie concluiu —, ainda estava na Escócia.

— Onde estou? — ela tentou outra vez.

— Você foi encontrada do lado de fora do castelo.

— Castelo? Que castelo?

— Não se preocupe com isso agora, as respostas virão — contrapôs Joyce, com um sorriso reconfortante. — Primeiro, eu vou pegar algo para você comer e depois pedirei para lhe prepararem um banho.

Lizzie instintivamente olhou para si, por debaixo das cobertas, e notou que usava uma camisola de algodão. Sentiu-se mortificada ao pensar que talvez aquele homem que ela lembrava ter cuidado dela a tivesse visto sem roupas. Ela sacudiu a cabeça, afastando o pensamento. Certamente essa era a menor de suas preocupações naquele momento.

— Senhora? — Lizzie chamou a mulher, que deixava o quarto.

Ela se virou.

— Sim?

— Eu viajava em um comboio, nós fomos assaltados, e minha camare... — Lizzie pausou. Camille era mais que aquilo — minha amiga, ela desapareceu. Eu preciso procurar as autoridades, preciso tentar encontrá-la.

— Vamos cuidar de você antes. Não se preocupe, você terá a chance de contar tudo o que aconteceu quando encontrar o nosso chefe. A senhorita chegou aqui muito fraca e ferida, agora que está melhor poderá dizer o que aconteceu.

Lizzie finalmente entendeu. Quem quer que eles fossem, haviam cuidado dela durante dias, talvez. E ela estava tão confusa que nem mesmo havia agradecido. Aquilo era muito rude e descortês de sua parte.

— Quero lhes agradecer por terem me ajudado — retificou-se. — Tenho certeza de que meu pai os recompensará por tudo. Eu me chamo Elizabeth Harold e sou a filha do...

— Guarde todas as suas respostas para mais tarde. — A mulher sorriu. — Fico feliz que esteja se sentindo melhor.

E, depois dessa sugestão enigmática, a senhora saiu do quarto. Lizzie, que já estava intrigada, ficou ainda mais cismada ao perceber que a porta foi trancada por fora assim que a mulher saiu.

Onde por Cristo eu estou?

Lizzie só se deu conta de como estava machucada quando entrou na água do banho. Tinha as mãos arranhadas, alguns cortes nos braços e os joelhos esfolados. Felizmente, a cabeça não doía mais.

Colocou um vestido que, segundo a jovem que a atendeu, pertencia a uma das moças que viviam no castelo. Lizzie não se sentia à vontade para reclamar, mas havia um problema. A jovem que emprestara o vestido devia ser bem menor que ela. O problema não era a altura da barra, e sim o busto. A peça tinha um decote quadrado que devia ser adequado para outro corpo. Por mais que ela tivesse tentado ajustar o tecido, constatou, bastante envergonhada, que devia estar parecendo uma daquelas mulheres ilustradas nos livros proibidos para damas que seus irmãos gostavam de admirar.

Os cabelos vinham recolhidos em um coque meio solto. Lizzie quis calçar os sapatos da outra dama, mas realmente ficaram pequenos, então acabou vestindo as botas que chegara usando, mesmo estando um pouco arruinadas por causa da fuga na floresta.

Naquele momento, ela e a jovem que a ajudara caminhavam por um corredor enorme. O chão era forrado por um tapete verde-escuro que lembrava as folhas dos pinheiros na Escócia. Uma vez ou outra, passavam por uma janela de cristal ovalada. O sol, colorindo a floresta, e o céu, com raios alaranjados e dourados, anunciavam o fim da tarde. Estavam a uma altura bastante elevada, Lizzie constatou, pois conseguia ver o horizonte coberto de montanhas e, mais abaixo, o rio serpenteando pela região.

A paisagem era belíssima.

Encantada com tudo ali, ela desviou a atenção da vista e passou a analisar o interior do castelo. Admirou as colunas de cerca de três metros que se fechavam em um teto abobadado, cheio de desenhos intrincados, esculpidos em pedra. Parou, perplexa, ao se dar conta de que eram desenhos que ela conhecia. Desenhos que ela amava.

— Meu Deus! — disse em voz alta, sentindo o coração disparar. — Esse padrão... ele está por todo o teto. São figuras geométricas, com linhas paralelas e círculos concêntricos.

Levou as mãos à boca e voltou a caminhar.

— Esses entrelaçados e esferas, Deus! — O coração se acelerou ainda mais e ela continuou a falar, como se desse uma aula: — São desenhos iguais aos das peças encontradas há alguns anos em Hallstatt. Jesus! Isso é arte celta, não é? — perguntou à jovem que a acompanhava.

— Eu não sei, senhorita.

— Como é o nome deste castelo? — Ela devia estar louca por sequer cogitar isso.

— Desculpe, senhorita, mas eu não sei. — Elas pararam em frente a uma porta de madeira entalhada com os mesmos padrões que fascinavam Lizzie e que eram uma bênção para a sua alma.

A jovem abriu as portas duplas.

— Por favor, entre. Eles estão esperando pela senhorita.

Lizzie nem pensou em perguntar quem aguardava por ela, pois todo o seu coração havia sido preenchido pelo êxtase de estar ali.

Animada, ela notava que os mesmos padrões geométricos seguiam esculpidos nas pedras das paredes e nas colunas da sala redonda. Cobriu a boca com as mãos para conter seu encantamento. O teto daquela sala parecia o cume de uma árvore: arredondado, trabalhado com os padrões entrelaçados, e as paredes lembravam o caule, enquanto o chão era feito de mármore, com duas ou três cores diferentes, imitando o desenho das raízes.

Ela girou sobre os calcanhares, olhando para cima, para os lados e também para baixo, e riu alto, sem se conter. Estava dentro da árvore da vida celta. Tinha certeza. Lembrava-se de ter visto o desenho em algumas representações. Aproximou-se de uma das paredes, alheia a qualquer outra coisa, e tocou os desenhos intrincados, com as mãos trêmulas.

— Meu Deus... Deus! — afirmou, percorrendo uma das linhas com os dedos. — Estou no castelo de Mag Mell! Ele existe, ele é real! Ele realmente existe! — E prosseguiu, emocionada, explorando o local, sem se dar conta de que era observada.

— Moça! — uma voz estrondosa ecoou por todo o ambiente, fazendo com que Lizzie desse um pulinho para trás, surpresa.

Ela se virou lentamente até encontrar o ponto de onde tinha vindo o som. Em um dos extremos da sala, em pé, estava o homem que conhecera mais cedo. Com ele, outros quatro homens que ela ainda não tinha visto.

— Aproxime-se — ordenou a mesma voz intimidadora.

Oculto de sua visão até então, um pouco atrás do grupo de cavalheiros, havia um trono parcialmente envolto em sombras.

Lizzie deu alguns passos tímidos e parou, com o coração na boca.

— É você? Como é possível? — E começou a andar para trás, aturdida. — Eu estou sonhando, isso tudo é um sonho... Porque, se não for, o que ele está fazendo aqui?

— Do que a senhorita está falando? — Duncan, o homem que ela conhecia, perguntou.

— Estou imaginando... Isso explicaria tudo — disse ela, olhando para os lados. — E ele, ele...

Lizzie dobrou os joelhos, abaixando-se ao chão ao dizer:

— Ele nunca pareceu tão real antes.

— Do que, em nome de Deus, você está falando? — questionou a voz que fazia os pelos de sua nuca se arrepiarem.

— Do lobo — ela respondeu, baixinho. — Do meu lobo.

E era o seu lobo que estava sentado ali, fora das sombras, em uma postura de guarda, com olhos amarelos e grandes, e o pelo cinza e brilhante. Era o seu lobo, olhando dentro dos seus olhos e conversando com sua alma, como sempre fizera em seus sonhos. Impulsiva, deu dois tapinhas no chão, chamando o animal, que, sem hesitar, veio trotando em sua direção e parou à sua frente.

Lizzie, vacilante, tocou atrás da orelha do animal, afundando os dedos nos pelos longos. Um soluço saiu do seu peito quando ele dobrou a cabeça para o lado, demonstrando gostar do contato. Sem pensar, ela abraçou, emocionada, o corpo peludo e quente.

— Finalmente! Eu esperei tanto tempo por isso — afirmou e foi presenteada com uma série de lambidas mornas na bochecha. Sorriu, incrédula.

— Killian! — a voz de barítono ecoou como uma bomba pela sala.

A jovem se sobressaltou. O lobo abandonou seus braços de forma abrupta e correu para retomar a posição de guarda, ao lado do trono.

Lizzie estava em choque e abalada. Não encontrava explicações para nada do que vivia ali. Sua mente racional deveria voltar a operar, ou ela estaria perdida.

E precisava fazer isso rápido. Afinal, se isso não fosse um sonho, ela realmente estava em um castelo lendário e, naquele momento, era encarada por cinco... *Não*, corrigiu-se mentalmente. *Seis escoceses e um lobo.*

O lobo dos meus sonhos.

Precisava ainda de respostas e de ajuda, e, pelo que tinha ouvido da senhora que cuidara dela mais cedo, o líder, possivelmente o dono do lobo, também queria respostas. Lizzie esfregou as mãos no rosto para se acalmar e respirou fundo algumas vezes. Levantou-se e passou os dedos úmidos nas saias do vestido.

— Desculpe-me. Eu sonho com um lobo igual a este há muitos anos. — Ela apontou para o animal e deu alguns passos em direção ao trono.

— Pare! — rugiu a voz masculina vinda das sombras.

Bastante abalada, Lizzie olhou na direção do homem no trono, analisando os pés calçados com ghillie brogues, amarrados sobre as meias escuras até os joelhos. Engoliu em seco — as pernas dele eram fortes. O tartan que ele vestia seguia o mesmo padrão de cores daquele dos homens que estavam em pé: azul, preto, cinza e verde.

Forçou a vista, tentando enxergar algo além da sombra que encobria o torso e o rosto do homem misterioso. Sem sucesso, vislumbrou apenas a silhueta e as mãos grandes e fortes, pousadas e firmemente fechadas sobre os braços do trono.

Como as mãos do homem que cuidou de mim enquanto estive acamada.

Nervosa, resolveu falar.

— Eu... Bom, obrigada por terem me ajudado... — Esfregou os dedos com força. — Sei que meu pai, o duque de Belmont, ficará muito grato quando souber disso...

— Como você chegou até aqui? — interrompeu-a o chefe.

— Eu me chamo Elizabeth Harold, muito prazer. Como devo chamar o meu anfitrião? — Ela ignorou a pergunta.

— Chefe MacGleann — respondeu Duncan.

Lizzie conhecia alguma coisa sobre a história dos clãs da Escócia. O sistema fora erradicado do país havia muitos anos, e os membros dos clãs que ainda existiam não viviam mais como antes da Batalha de Culloden, ocorrida havia mais de um século.

— Você vai responder a minha pergunta, ou terei que repetir, *lass*? — indagou a voz vinda das sombras.

Moça? Ele realmente vai me chamar assim?

— Sim, claro que vou responder. Eu só achei que talvez fosse importante o senhor saber quem eu sou, e eu saber com quem estou falando, antes de iniciarmos uma conversa.

A sala ficou em um silêncio tenso por um tempo.

— Ainda estou esperando a resposta — murmurou o chefe, de maneira ríspida.

Lizzie também tinha um milhão de perguntas, mas, a julgar pelo tom de voz que o homem acabava de usar, achou melhor lhe obedecer antes que realmente o irritasse.

Ela contou, com o máximo de detalhes, tudo o que recordava. Quando acabou o relato, suspirou antes de concluir:

— E então eu acordei aqui, sem saber onde estava... Na verdade, não sei até agora.

Todos a encararam por um longo momento sem dizer nada. Ou melhor, todos, com exceção do chefe MacGleann, que ela não tinha certeza pois não conseguia enxergar o seu rosto.

— Por enquanto, isso é tudo, *lass*. — Ele apontou em direção à porta da sala. — Se precisarmos de você, voltaremos a chamá-la.

Lizzie piscou algumas vezes, confusa.

— Como assim?

— Você pode voltar para o quarto e, se precisarmos, iremos chamá-la.

— Se precisarem de mim?

Lizzie ouviu MacGleann bufar.

— Sim, moça — ele confirmou. — Se quisermos saber mais alguma coisa, vamos *solicitar a sua presença*. Entendeu? — O chefe alongou as sílabas ao repetir a explicação, como se ela fosse incapaz de entender o inglês que ele falava.

Lizzie bateu o pé no chão, nervosa. Ela precisava ir embora, buscar socorro, ajudar Camille, encontrar sua família. Será que esse homem não entendia isso?

— Acho que foi o senhor quem não entendeu. Apesar de estar dentro desta construção incrível — ela pontuou, convencida de que havia algum mal-entendido —, não posso ficar mais tempo aqui. Preciso avisar a minha família e tenho que encontrar a minha camareira. Ela está desaparecida...

— Poupe as suas palavras, moça — ele disse, com soberba. — Mesmo que eu quisesse deixá-la partir, seria impossível no momento.

— Impossível? — O estômago de Lizzie encolheu.

— Na noite após você ter sido encontrada, houve uma tempestade... uma tempestade de raios, e um deles atingiu a ponte que você cruzou. O que ainda restava dela foi completamente destruído pelo fogo.

A boca de Lizzie parou aberta, e suas mãos se molharam de suor frio.

— E o que isso quer dizer?

— Quer dizer que você não poderá sair daqui até...

— Até?

— Até eu me sentir disposto a ordenar que se construa outra ponte.

Lizzie sentiu o suor cobrir sua testa também.

— Isso é ridículo! Aquela ponte não tinha a menor condição de uso, como vocês entram e saem daqui? Tem de haver outro meio.

— Nós não saímos — ele respondeu, com uma calma irritante.

Ela soltou uma risada nervosa.

— Ninguém vive isolado do mundo assim — ela se exasperou. — Isso é um absurdo!

Um silêncio pesado e tenso se instalou na sala, como se o mundo tivesse acabado. Ao menos, era o que Lizzie sentia.

— Então... então... — Ela não podia acreditar. — Mande construir outra ponte agora mesmo! Eu não posso ficar aqui nem mais um dia, preciso avisar minha família!

— A construção de uma ponte levaria no mínimo alguns dias. Usarei esse tempo para resolver o que eu vou fazer com você.

— O que vai fazer comigo? — ela gritou, alterada. — Eu sou a filha de um duque, o senhor não pode me tratar desse jeito.

Ele se ergueu.

Lizzie sentiu as pernas amolecerem. Mesmo encoberto pelas sombras, viu que o homem era imponente como uma escultura de mármore: gigante e intransponível. O lobo se levantou com ele, e era uma imagem intimidadora.

— Quem decide o que pode e o que não pode aqui sou eu — ele rugiu, furioso. — Este é o meu castelo! Você não foi convidada a vir. Considere-se, portanto, uma jovem de sorte por ainda estar viva.

Lizzie sempre se julgara forte e decidida. Não se dava ao luxo, como as damas que conhecia, de cair em prantos ou desmaios, nem gritinhos ou frivolidades. Mas nunca antes se sentira tão vulnerável. É claro que também nunca estivera em um castelo misterioso, cercada por estranhos, que impunham a ela a proibição de deixar o lugar. Estava nas mãos desse homem, dessa gente, e comprovar isso fez sua visão turvar.

— O fato de ter encontrado por acaso o seu castelo me transformou em uma prisioneira? — ela perguntou, com um fio de voz.

O homem voltou a se sentar e o lobo o imitou. Quando falou, o fez com a voz mais controlada e calma, mas nem por isso menos assustadora.

— Eu ainda não decidi se você será uma hóspede ou se devo tratá-la como uma ameaça.

— Quão ameaçadora eu pareço? — Ela se esforçava para se manter de pé.

— Quem faz as perguntas aqui sou eu, moça. Agora você pode ir. — Ele fez um gesto como se despachasse um assunto qualquer.

Ela se virou para sair, sentindo as pernas tremerem. Era orgulhosa demais para desmaiar ou chorar na presença daqueles homens.

— E, *lass*! — aquela voz enervante a chamou.

Lizzie se deteve de costas, sem responder.

— Ele não é o seu lobo, é um cão. Os lobos estão extintos, como você já deve saber.

Ela poderia se sentir mais humilhada? Acreditava que não.

Dessa vez não argumentou, apenas respirou fundo, apertou as mãos ao lado do corpo tentando se acalmar e saiu da sala.

Gareth nunca havia conhecido uma mulher tão instigante. O certo, talvez, fosse enxergá-la como a ameaça que ela representava. Deveria tratá-la como merecia. Como todos os ingleses mereciam. Apertou as mãos nos braços do trono até os nós dos dedos ficarem brancos. Se fosse qualquer outra dama britânica, ele a teria trancado na prisão sem hesitar. Ou nunca a teria levado para dentro do castelo.

Mas ela era diferente. Quando a jovem entrou na sala, ele quase perdera o controle por umas... *três* vezes.

Sentiu-se perdido entre a vontade de cuidar dela, oferecendo conforto, e a necessidade de subjugá-la por ela ser a única inglesa capaz de pôr os pés naquele castelo em uma centena de anos. Castigá-la por ela o desafiar, fazendo com que ele se lembrasse do que enterrara em sua alma. Fazê-la sofrer por trazer de volta o passado.

E, se tudo isso não fosse motivo suficiente para o abalar, a confirmação daquilo que seu coração já sabia liquidou seu autocontrole: era mesmo ela, afinal!

Expirou o ar lentamente, a fim de se acalmar. Era sua a responsabilidade de tê-la levado até eles, expondo o clã daquela maneira. Porém, mesmo sendo inglesa, se a história contada fosse verdadeira, a moça era apenas uma vítima da violência. Ela seria inocente, e ele seria responsável não apenas por ter exposto o clã, mas também por colocá-la em perigo.

Seus conselheiros estavam em silêncio desde que a moça deixara a sala. Sabia que alguns deles gostariam de prendê-la, ou até mesmo... algo pior. Gareth sentiu a mandíbula travar.

Pensativo, coçou a cabeça de Killian.

— MacGleann, mantê-la aqui não me parece uma boa ideia — Duncan quebrou o silêncio.

Duncan MacGleann havia sido o braço direito do pai de Gareth e também quem o criara depois que ele ficou órfão, quando tinha onze anos.

— Discordo. Precisamos saber se ela fala a verdade. Precisamos também de tempo para arquitetar como libertá-la, tendo a certeza de que ela jamais será capaz de voltar ou de testemunhar sobre o que viu.

— A presença dela aqui põe tudo em risco — disse seu primo Kenneth, um de seus conselheiros, e passou a caminhar de um lado a outro da sala redonda. — Ela é a filha de um duque inglês. Esse homem vai colocar a terra abaixo até encontrá-la. Devemos acabar com qualquer evidência de que ela esteve aqui... E isso, infelizmente, significa que ela não poderá sair do castelo com vida.

Gareth sentiu o estômago se contrair, ao mesmo tempo em que seu coração acelerava.

— Ninguém encostará um maldito dedo nela, fui claro? — ele explodiu.

— As pessoas não falam em outra coisa! A presença de uma inglesa aqui, entre nós... — Malcolm, outro conselheiro seu, foi enfático. — Além de uma ameaça, é ultrajante.

— Eu ainda sou o chefe deste clã, caso tenham esquecido. Sou responsável pela segurança da família e sei o que estou fazendo.

Malcolm negou com a cabeça ao dizer·

— O que as pessoas pensarão se souberem que recebemos uma inglesa como convidada, sem ao menos termos a certeza de ser verdadeira a história que ela conta?

O maxilar de Gareth travou.

— Eu não vou admitir que vocês...

— Malcolm tem razão, *mo mhac* — Duncan o interrompeu. — Além de inglesa, ela é a filha de um duque. Não devemos agir como se ela fosse uma de nós.

Gareth apertou as mãos sobre os braços do trono. Malcolm era um dos homens mais influentes do conselho, ardiloso, extremista e intolerante. Certamente um dos homens que mais incitavam a raiva e o medo pelos ingleses perante o seu povo. Era também — infelizmente — um dos melhores amigos de Kenneth. Juntos, eles conseguiam muitas vezes impor suas ideias ao restante do conselho.

Sem sucesso, esperou que seus aliados, Renan e Collum, dissessem algo. Encarou Duncan, seu tio, cuja posição sempre era ouvida e acatada com respeito por todos. Duncan havia sido o líder do clã, até Gareth ter idade para assumir a posição que era sua por direito de nascença.

— E o que vocês pensam que é o certo a fazer? — perguntou, entredentes. Não se sentia confortável com aquela discussão, pois sabia o que eles iriam sugerir.

— Precisamos ter certeza de que ela fala a verdade. Até então, devemos tratá-la como qualquer inglês que chegasse aqui seria tratado — Malcolm disse, inflexível.

Gareth apertou ainda mais as mãos contra o trono.

— Não se esqueçam — ralhou ele — de que fui eu quem a trouxe para cá.

Duncan pediu calma para ele com um gesto discreto.

— A jovem não será maltratada, vamos apenas tomar medidas que tranquilizem a todos.

Gareth passou as mãos na testa, escorregando-as com força até os cabelos, a fim de se acalmar. Enquanto não houvesse unanimidade no conselho, era ele quem decidia sozinho o que fazer, caso contrário o tema entrava em discussão e a posição dele contava como um voto, como o de qualquer conselheiro.

— Será assim somente até confirmarmos que ela fala a verdade. Depois disso, eu decido como seguiremos com relação ao futuro da jovem.

Os conselheiros assentiram, um por um. Ele, por fim, ficou um pouco mais tranquilo.

— Isso nunca aconteceu desde que nos mudamos para cá. Não podemos agir impulsivamente. — Lembrou-se da imagem da jovem vestindo algo muito menor que o tamanho apropriado para ela, com metade dos seios exposta pelo decote, e também dos lábios em sua pele, do cheiro e do calor do corpo dela.

Sua respiração se acelerou.

— Independente de como ou quando, se ela for ficar mais dias aqui, vai precisar vestir algo que caiba nela.

— E depois? E se a história dela for confirmada? — Duncan quis saber.

— Depois pensaremos no que fazer. Enquanto isso — ele se dirigiu para o tio —, tranquilizem a todos. Está tudo sob controle, ninguém tem motivo para se sentir ameaçado. Acredito que ela não passe de uma jovem inocente e mimada, nada além disso.

— E inglesa — Malcolm murmurou.

Gareth preferiu fingir não ter escutado essa última agulhada do seu conselheiro.

Eu estava apenas brincando, eu estava apenas brincando, Lizzie pensou repetidas vezes, como se as palavras tivessem o poder de alterar sua situação.

Certamente, quando ela pedira aos deuses uma aventura, não pretendia que nada daquilo acontecesse

— Era uma brincadeira com Camille — repetiu em voz alta, olhando o exterior através da pequena janela gradeada.

Os deuses deviam estar muito ocupados naquela noite, pintando o céu com estrelas, para atender as suas reclamações, ou estavam apenas se divertindo com a sua imprudência de pedir em gaélico para ser colocada em outro mundo ou época.

Encolheu-se um pouco mais no canto da cela. Ela havia sido conduzida à força logo após o seu encontro com o tal chefe... Aquele monstro... Aquela besta escocesa, quem ele pensava ser para encerrá-la na prisão, como se ela fosse uma criminosa?

Lizzie repassou, nervosa, os acontecimentos dos últimos dias: a emboscada, a floresta escura, a ponte, o homem que cuidou dela quando tudo estava bastante confuso, e a sala do trono, o lobo, o gaélico, os kilts, a maneira pouco respeitosa com que se dirigiam a ela. Tratando-a como uma inimiga. Tão bárbaros como se vivessem no século passado.

— Meu Deus! — murmurou, com o coração acelerado

E ali, sentada no colchão de palha meio úmido, com a luz das velas lançando pouca claridade nas paredes de pedra, Lizzie teve certeza de que as crendices, as lendas e o misticismo daquele povo eram de verdade. Por mais que sua mente racional tentasse encontrar um motivo para aquilo — olhou ao redor e sua boca secou —, não existia uma explicação razoável. Não era apenas por aquela construção parecer o castelo de Mag Mell, mas também pela maneira como eles viviam ali.

— Eu não estou mais no século XIX. — Lizzie tinha quase certeza.

O que eu atravessei? Uma ponte para uma realidade alternativa? Uma fenda no espaço que me levou a outro mundo?

Os dentes dela rangiam, mas não era pelo frio daquela cela escura, nem pela fome. Ela estava apavorada.

Reparou na bandeja com a comida que ela rejeitara em cima da mesa e se sentiu um pouco tonta.

Nunca foi de comportamentos infantis, mas o medo e a pressão que vinha sofrendo mexeram com algo em sua personalidade. Há pouco, havia deixado claro aos guardas que não comeria nem uma uva, enquanto aquele monstro não lhe desse respostas, e, Deus, ela realmente estava faminta.

Se tinha algo de que Elizabeth gostava tanto quanto estudar os celtas, era uma boa refeição. Ela tentou se aquecer colocando as mãos em torno dos cotovelos. Não podia ceder nem à fome, nem ao frio. Nada daquilo era importante, nem mesmo as respostas que queria. Ela tinha que falar pessoalmente com o chefe MacGleann e conseguir a palavra dele de que a ponte seria reconstruída, assim poderia ir embora...

Mas embora para onde?

Talvez, Lizzie entendeu, amuada, as respostas fossem tão importantes quanto a ponte.

Por que estou presa no calabouço, sendo tratada como inimiga? Por que eles não temem a autoridade do nome do meu pai ou da Coroa e...

— Oi, Elizabeth. — Era a mulher grisalha, de feição doce, que ela havia conhecido mais cedo, logo que acordara. Joyce. — Desculpe, minha menina, por isso. — Ela destrancou a grade da cela e entrou apontando para os lados. — Às vezes, os homens podem ser bastante teimosos e irracionais.

Lizzie observou a mulher colocar sobre a mesa uma cesta grande.

— Você está com frio?

Ela negou com a cabeça, mentindo. O frio parecia ser o menor dos seus problemas naquele momento.

— Joyce, que castelo é este? — Lizzie queria respostas, mas também deveria agir com cuidado. Revelar àquela mulher que ela pensava estar em outra época não facilitaria sua situação em nada. Se sua suspeita fosse verdade, poderia ser tachada de louca ou bruxa; se não fosse, continuaria a ser julgada como louca.

— Eu trouxe alguns livros para ajudar a passar o tempo — disse Joyce, ignorando sua pergunta.

— Livros?

— Um deles, na verdade, é um guia da sabedoria das árvores e dos ensinamentos das flores e plantas medicinais. — Ela colocou os volumes sobre um banco.

Lizzie estava confusa, com fome, frio e medo. Mas entendeu que aquela mulher poderia lhe dar respostas, ajudar. Então tentou agir com alguma naturalidade.

— E o outro? — indagou, com a voz trêmula.

— Um caderno para que você possa anotar seus estudos, tem pena e tinta também na cesta.

Não estava nem um pouco interessada em flores e sabedoria das árvores, queria respostas e precisava ir para casa.

— Joyce — disse, tentando manter a calma. — Por que eu estou presa?

— Eles acham que você pode não ter falado a verdade, agem pensando na segurança do clã.

— O que eu poderia fazer contra vocês? — perguntou, lutando contra o tremor dos lábios.

Joyce se aproximou dela com mais uma manta de lã e com os dois livros na mão.

— Nunca ninguém de fora do clã chegou até aqui antes.

Isso não responde nada.

— Onde é aqui? — Lizzie insistiu. — Por que eu estou presa?

A mulher pegou em suas mãos.

— Sinto muito, será por pouco tempo, até... Oh! Pelas deusas, você está gelada!

Lizzie, que lutava contra as lágrimas, ao sentir um pouco de carinho e contato humano, não aguentou mais conter o choro.

— Eu só quero ir para casa, eu... eu estou tão confusa — confessou, com a voz embargada. — Eu ainda estou na Escócia, não estou? E que dia é hoje, eu... eu dormi por quantos dias?

Era uma maneira de tentar entender alguma coisa.

Joyce a cobriu com a manta antes de responder:

— Sim, nós estamos na Escócia e hoje é dia 23 de abril. Você ficou desacordada por três dias.

De que ano? De que século?

— Vinte e três de abril de mil... mil e... setecen... — Lizzie arriscou e cobriu o rosto, envergonhada e perdida.

— Você deve ter uns vinte anos, estou certa? — Joyce perguntou, com a voz calma.

Lizzie suspirou, abaixando as mãos no colo.

— Vinte e um — confirmou, sem entender a que a mulher se referia.

Observou-a, não menos intrigada, abrir um dos livros que trouxera e folhear as páginas amarelas.

— Em que mês e dia você nasceu?

— Dezessete de julho.

— Vinte e um anos atrás... Mil oitocentos e quarenta e seis, é isso? — Joyce questionou, sem parar de virar as páginas do livro.

— Isso... isso mesmo. — Lizzie soltou o ar de maneira entrecortada pela boca, bastante aliviada, mas sem deixar de se sentir meio tola por ter cogitado uma hipótese tão louca em sua mente e quase ter verbalizado isso para outra pessoa.

Joyce continuou com naturalidade, apontando para o desenho na página aberta, antes de acrescentar:

— Sua árvore é o olmo. Isso faz de você uma jovem obstinada, sensível à dor dos outros, mas muito impetuosa e cabeça-dura.

— Obrigada — Lizzie agradeceu, sem saber direito por que o fazia, talvez pelo fato de aquela mulher sensível e bondosa ter respondido à sua principal inquietação.

— Beba isso. — Joyce tirou uma garrafa de vidro da cesta e a destampou.

Ainda tinha um milhão de perguntas girando em sua mente: quem eles eram? Por que viviam como se estivessem em outra época? Por que eles a consideravam uma ameaça? Aquele era o castelo de Mag Mell?

Mas, por ora, saber que não atravessara um portal até o passado seria o suficiente, concluiu, aceitando a garrafa oferecida.

— O que é isso? — perguntou antes de dar um gole.

— Uma mistura de ervas para ajudar você a dormir.

— *Tapadh leibh* — agradeceu em gaélico e bebeu, sem questionar mais nada. Por algum motivo incompreensível, Lizzie sentia que podia confiar naquela senhora.

— Boa noite, *mo nighean*... Acho que amanhã você acordará em um lugar mais confortável — Joyce disse ao se levantar.

Lizzie se aconchegou como pôde na cama estreita e fechou os olhos, ouvindo o barulho da porta da cela ao ser fechada.

Era tarde. Gareth estava bêbado, furioso e angustiado.

— Ela parecia um coelho amedrontado. — As palavras da tia voltaram à sua mente. — Isso não é jeito de tratar uma dama. — A voz de Joyce voltou a ecoar em sua cabeça, conforme ele descia as escadas em direção ao calabouço. — Nós não recebemos ninguém dessa maneira, rude e desumana.

— Nós não recebemos ninguém nunca — ele havia murmurado, pouco antes, à tia.

— Mais um motivo para a tratarmos bem.

— Eu nunca quis trancar a moça lá — justificara-se.

— Mas também não fez muito para mudar essa situação.

— Fui eu quem pediu para você ver como ela estava — ralhara ele.

— Sim, e foi você quem a trouxe até o castelo.

— Eu sei disso, *fhalbh*! — xingara baixinho. — Mas não posso me opor à unanimidade do conselho.

— Você é o chefe deste clã, *mo mhac*. Se não pode manter uma jovem em segurança aqui dentro...

— *Tha i sàbhailte* — ele grunhira em gaélico. — Ela está segura! — repetira em inglês.

— Ela estava com frio e achava que estávamos no século passado, confusa, chorando, aterrorizada. E, apesar de ter lhe dado uma poção para dormir, aquilo é um calabouço, Gareth! — a tia batera o pé ao dizer.

— Amanhã cedo teremos a confirmação da história dela, e logo eu decidirei sozinho como tratá-la.

— Você acha que ela mentiu?

— Não!

— Então...

— Me deixe pensar, *piuthar*, me deixe a sós.

Três doses de uísque depois, Gareth tinha certeza de que cometera um erro enorme. Não poderia se opor ao conselho, não poderia se enfraquecer daquela maneira, sendo ele o responsável pela segurança da família, mas também não seria capaz de deixar Elizabeth passar uma noite na prisão.

Pegou a sua capa, cobriu o rosto com o capuz e desceu, decidido a levá-la de volta até o quarto que designara para ela no castelo. Tiraria a jovem de lá, mesmo que fosse preciso passar por cima de todos os homens do clã.

— A chave — pediu para o guarda ao lado da cela.

— Chefe MacGleann. — O homem se colocou em uma postura mais rígida, indicando respeito, antes de lhe entregar a chave.

Gareth abriu a porta e, ao entrar, sentiu uma corrente de ar frio percorrer o seu corpo.

— Meu lobo — a jovem murmurou, em gaélico, e ele estremeceu, avançando em direção a ela.

— *Lassie* — disse e se abaixou, tocando de leve o rosto gelado. — Me perdoe — pediu e passou o braço por debaixo das costas dela, com o intuito de acordá-la. — Vamos, vou levá-la até o seu quarto.

— *Mi mathanas a tha thu* — sussurrou ela, aconchegando a cabeça em seu peito.

"Eu te perdoo", ela respondeu em gaélico, e Gareth sentiu o coração disparar. Com a respiração acelerada, foi tomado por uma vontade irracional de estar mais e mais perto dela. Deixou que seus lábios tocassem o topo da cabeça da jovem. O aroma doce invadiu seus sentidos, reacendendo a vontade de mantê-la protegida e segura. Essa urgência queimou dentro dele como fogo devorando palha.

— Você está acordada?

— Você me chamava em meus sonhos, eu estou aqui. Não me deixe sozinha — ela respondeu de olhos fechados.

Estava sedada, Gareth comprovou, e repetia o mesmo pedido que havia feito dezenas de vezes, enquanto delirava com a febre.

— Eu vou cuidar de você — ele prometeu, erguendo-a no colo. — Nada de mau vai lhe acontecer — disse e atravessou os corredores do calabouço, reprimindo o impulso de beijar sua testa, seu rosto, seus lábios.

— *Mo ghràdh*, eu voltei para você — ela soprou, aconchegando-se em seus braços.

"Meu amor", ela disse... e Gareth quase tropeçou, recriminando-se em seguida por desejar que aquelas palavras tivessem sido ditas para ele, e não por causa do delírio pela sedação.

Irritado com suas reações diante dela, percorreu o caminho até o quarto da jovem, tentando se convencer de que era normal sua vontade de mantê-la em segurança, afinal ele era o responsável por ela estar no castelo.

O semblante de Elizabeth, dormindo indefesa em seus braços, provocou uma onda gelada em seu estômago.

— Maldição — resmungou em voz baixa. Ele não a colocaria à frente dos interesses do clã, pois sua família e a segurança de todos eram, e sempre seriam, a prioridade em sua vida.

Uma vez dentro do quarto, deitou-a na cama e estendeu sobre ela o cobertor de pele. Em seguida, acendeu a enorme lareira no canto e se sentou na poltrona ao lado do fogo. Killian se aproximou e ele coçou a cabeça do cachorro, olhando em direção à jovem, que dormia tranquilamente.

— Você pode ter dito a verdade, Elizabeth — murmurou, antes de se levantar. — Mas eu ainda preciso de respostas... E, infelizmente, o preço da sua liberdade é a minha cabeça.

Saiu do quarto sem olhar para ela.

7

O tartan é uma parte importante da cultura celta. Representa as cores do clã ao qual ele pertence. Seu uso nas Highlands foi proibido por cem anos. Nota: Ouvi de fonte segura que os homens, ao vestirem um kilt, não usam nada nas partes... não usam nada por baixo... Meu Deus, é tão embaraçoso que não consigo escrever nem mais uma linha sobre isso.

— DIÁRIO DE ESTUDOS DE E.H., 1867

Elizabeth espreguiçou, com tranquilo contentamento. Bocejou ruidosamente, sem abrir os olhos. Fazia tempo que não tinha uma noite de sono tão reparadora. Virou o corpo de lado, aconchegando-se mais na coberta macia e desfrutando do cheiro fresco dos lençóis.

Alecrim? Lavanda? Um aroma tão pouco familiar... Abriu os olhos, assustada, ao lembrar onde estava.

Surpresa, percebeu não estar mais na cela onde recordava ter adormecido. Analisou o ambiente: paredes forradas de tecido verde-musgo, a enorme cama com dossel pesado, a lareira acesa e as poltronas dispostas perto do fogo.

Aquele era o quarto em que acordara no dia anterior. Como voltara para lá? Lizzie engoliu em seco, tentando organizar as informações em sua mente: dormira por três dias e acordara naquele mesmo quarto. Conhecera o chefe do suposto clã escocês e ele mandou que a prendessem. Não estava mais no calabouço. Nem em outra época, como chegara a acreditar.

Suspirou devagar e olhou pela janela. Apesar do céu escuro, já era de manhã. Insegura e inquieta, ela se espreguiçou, disposta a levantar para buscar respostas. Ouviu o barulho da porta sendo aberta e se sentou rapidamente, admirando, com curiosidade, a jovem que acabava de entrar. Era loira, delicada e devia ter a sua idade.

— Olá — disse a menina, parecendo sem graça. — Eu sou a Agnes.

— Oi... Eu sou a Elizabeth — Lizzie respondeu e continuou estudando a jovem.

— Eu... eu vim trazer os livros que tia Joyce deu para você ontem e... e também porque queria muito conhecê-la. — A visitante encostou a porta com um empurrão. — Todos só falam a seu respeito.

— Ah — Lizzie murmurou, como se aquilo explicasse alguma coisa.

Na verdade, aquilo não explicava nada; ao contrário, aumentava sua inquietação.

— Eu disse a todos que você devia ser linda — a jovem observou com naturalidade e colocou os livros sobre a mesa.

— Obrigada... eu acho — Lizzie replicou, confusa.

— Eu sempre achei que uma verdadeira dama inglesa devia ser exatamente assim.

Lizzie franziu o cenho. Tudo aquilo era tão estranho.

— Os vestidos que você está usando são meus — a jovem prosseguiu, sem perceber como Lizzie estava desconfortável, não apenas com a presença dela, mas também com aquela conversa peculiar.

— Me desculpe. — Lizzie não sabia se era isso o que devia falar.

— Ah, não, não. Na verdade, sou eu quem deve se desculpar. Apesar de não imaginar como são as roupas com as quais está acostumada... — A jovem mordeu o lábio, pensativa, antes de acrescentar: — O vestido que você usava ao chegar aqui está sendo lavado, e, pelo que pude ver dele, você se veste de maneira muito diferente da nossa.

— Eu não me importo — respondeu, cansada. Aquela conversa era uma grande perda de tempo.

A jovem pareceu envergonhada.

— Desculpe, estou um pouco nervosa, acho que não estou falando coisa com coisa. Nem me apresentei direito e, para ser sincera, acho muito errada a maneira como meu irmão a tem tratado... Primeiro a prendeu no calabouço e, agora, a trancou neste quarto. Imagino que você esteja bastante assustada.

Lizzie suspirou, concordando. Saíra da prisão, mas ainda estava trancada. Essa jovem — pelo que entendeu — era a irmã do chefe MacGleann. E ela tinha razão: Lizzie estava assustada. Se a moça era irmã do líder desse... dessa... o que quer que fosse aquele lugar, Agnes poderia se compadecer de sua situação e ajudá-la a sair dali. Ou, pelo menos, podia dar algumas respostas.

— Desculpe... Você disse que é irmã de quem?

81

— Do Gareth. Quer dizer — ela sacudiu a cabeça —, do chefe MacGleann, e por isso me sinto envergonhada por ele ter, bem... trancado você.

Aquela era sua chance, pensou Lizzie. Levantou da cama e disse, afobada:

— Agnes, eu estou desesperada! Preciso sair deste quarto, deste castelo! Ajude-me, por favor. Eu tenho que procurar as autoridades. Tenho que achar minha camareira, minha amiga, ela está desaparecida e eu temo pela vida dela! — Um gemido escapou do seu peito. — E minha família deve estar em pânico, tenho de avisar que estou viva... Por favor, me ajude!

Lizzie deu dois passos em direção à jovem, que ficou pálida.

— Desculpe, eu não posso... Eu queria tanto ver você, conversar! Eu tenho tanta curiosidade sobre como são as coisas fora deste castelo... Eu não devia ter vindo.

— Por favor, não vá — Lizzie implorou. — Diga: que lugar é este? Quem são vocês? O que eu tenho que fazer para ir embora?

— Eu não posso. Ele não sabe que eu estou aqui. — Ela abriu a porta do quarto.

— Vocês querem dinheiro? Joias? Tenho certeza de que meu pai pode dar o que vocês quiserem, apenas...

— Não é nada disso, nós não precisamos disso. Me... me desculpe. Eu não posso ajudar. Ele me mataria se soubesse que estou aqui. Eu preciso ir. — Falando isso, ela deixou o quarto.

Lizzie ouviu o barulho da chave sendo girada.

Meu Deus!

Ela continuava presa. Bateu, desesperada, com os punhos cerrados contra a madeira várias vezes, tantas quantas conseguiu, gritando para que a deixassem sair, soluçando ao implorar para que a ajudassem.

— Eu soube que você levou a jovem para o quarto ontem e, agora, vejo que voltou a mexer nas coisas do seu passado. — Joyce mirou a mesa onde a caixa estava aberta, e Gareth se amaldiçoou baixinho por não ter tido tempo de guardar o baú antes que a tia entrasse no quarto. Ele não abria aquela caixa havia muitos anos.

— Eu vim procurar uma coisa — disse, tentando espantar o incômodo que a leitura daquelas cartas trouxeram.

— E encontrou? — Joyce perguntou, andando em direção à mesa.

Gareth puxou o colar que usava para fora da camisa.

— O retrato, você sabe...

Ela ergueu as sobrancelhas.

— E encontrou? — repetiu a pergunta.

— Sim — disse ele, removendo o colar do pescoço.

— Você nunca tira esse colar — observou a tia, parecendo surpresa.

Ele guardou a corrente em uma gaveta da escrivaninha, trancando-a em seguida.

— Eu não quero que ela veja este colar.

— Então é mesmo ela? Elizabeth Harold? — Joyce perguntou, levantando uma sobrancelha de curiosidade.

Gareth ignorou o entusiasmo aparente da tia.

— Sim.

— As cartas... — Ela se aproximou dele novamente. — Você chegou a abri-las?

Gareth sabia que responder a essas perguntas não os levaria a lugar algum. Mas conhecia a tia: ela não o deixaria até tirar dele tudo o que quisesse.

— As cartas eram do meu pai para Duncan. Era o sonho dele, não o meu.

— Era o sonho do seu tio também, até...

— Até o inferno se abater sobre a terra por causa da maldição desse sonho — ele disse, contendo a impaciência.

— O sonho do seu pai não era maldito.

— Não. — Levantou de uma vez. — Maldito é o povo que nos fez abandonar tudo o que sonhamos.

— Os ingleses — murmurou ela, fazendo uma pausa. — A jovem é inglesa... Ela não parece uma maldição — disse por fim.

— Ela não é.

Joyce assentiu com a cabeça.

— Às vezes me pergunto se seu pai não tinha razão em querer sair daqui.

— Chega, tia — Gareth a interrompeu, nervoso, não admitiria para Joyce que ela podia estar certa. Dessa vez, ao ler as cartas do pai, duvidou pela primeira vez da chefia que ele mesmo exercia, se sua postura e suas decisões com relação ao povo, ao castelo e à vida que levavam eram as corretas.

— A presença dessa bela jovem mexeu com você mais do que está disposto a admitir.

Ele apertou os dentes antes de responder:

— Por causa dela, tive que refazer o juramento de lealdade ao clã perante o conselho... e terei também de convencê-la a me tratar com respeito diante de todos. — Bufou, impaciente. — É o único jeito de a deixarem em paz, até...

— Até... — Joyce fez uma pausa, aguardando a conclusão.

Gareth sabia que aquela conversa franca só poderia acontecer com uma pessoa do clã: a sua tia Joyce.

— Até eu decidir o que fazer.

— Eu não posso acreditar que justo ela tenha aparecido por acaso. São mais de cem anos sem ninguém chegar aqui. Tenho certeza de que foi o castelo que a trouxe.

— Não fantasie, tia. Não há isso de "algo mais". Fatos são apenas fatos.

Joyce sorriu, complacente. Um sorriso que o irritou.

— É impossível ser forte o tempo inteiro, *mo mhac*. E você já foi forte o bastante hoje, mais cedo, diante dos seus conselheiros. — Joyce encolheu os ombros. — Enfrentar a resistência do conselho e até mesmo brigar com Malcolm.

Gareth ficou surpreso. Joyce se explicou:

— Duncan me contou que você e Malcolm se desentenderam.

Ele aquiesceu com a cabeça.

— Eu sou o chefe deste clã. Não posso ser fraco, não tenho esse direito.

— Meu filho... a fraqueza, se entendida com sabedoria, conduz a novos lugares. Faz com que nos apropriemos de uma força que só pode nascer após nos entendermos fracos.

— Eu tenho mais com que me preocupar agora do que com suas filosofias. — Gareth apertou as têmporas e bufou.

— É mesmo? — Joyce indagou, tirando um raminho de um mato qualquer do bolso. Tinha mania de levar ervas e flores no avental.

— O que vou fazer com Elizabeth, por exemplo.

Ela quebrou o galho e o cheirou.

— Quer? É alecrim, um bom aliado para enfrentarmos nossos medos.

— Devo dar alecrim à jovem? — ele indagou, irritado. — Ela parece que treme só de me olhar.

— Sim, com certeza a ajudaria a percorrer a jornada dela aqui dentro.

— Mas, infelizmente, não me ajuda a decidir qual o melhor caminho a tomar com relação à moça.

— Ela é só uma menina assustada, Gareth — observou a tia, apertando as folhas entre os dedos. — E está fraca, sem comer nada há um dia inteiro.

— E devo obrigá-la a comer?

— Você sabe que deixá-la sair será impossível — a tia disse, cansada.

— Eu ainda não sei. — Estava sendo sincero, realmente não havia tomado nenhuma decisão definitiva com relação ao futuro da jovem.

— Dê um passo de cada vez.

Gareth concordou com a cabeça.

— Certo.

— Convide-a para jantar, deixe que ela fique mais à vontade. Se ela vai ficar por um tempo entre nós, será bom que encontre amigos por aqui.

— O que eu podia fazer? Ela estava muito ferida, eu só pensei em ajudá-la... — ele murmurou, introspectivo, tentando justificar para si mesmo a sua decisão. — E agora já está feito, não tem mais volta.

— E se tivesse? Você faria diferente?

— Não sei. — Gareth foi sincero.

— Então, no fim, talvez haja algo a mais sobre tudo isso.

— Talvez.

Nem ele sabia por que aquilo tinha acontecido. O porquê de ela ter aparecido ali. Mas concordou com a tia: mantê-la trancada era, com certeza, errado. Precisava mudar as coisas.

— *Piuthar*, a sua ideia é boa. Convença Elizabeth a jantar comigo hoje à noite — Gareth sugeriu.

— Está bem — disse ela, com um sorriso discreto nos lábios.

— Vamos ser bons anfitriões de agora em diante.

— Só isso? — a tia perguntou, indo em direção à porta.

— E o que mais?

— Não sou eu quem tem essa resposta.

Gareth estava com a cabeça tão cheia que a sutil indireta da tia passou despercebida. Bem... talvez, não totalmente.

Lizzie não deveria ter aceitado o convite daquele homem. Teve certeza disso quando o sujeito em questão entrou na ampla sala de jantar.

Ela não teve tempo de contemplar com o cuidado que desejava as mais de dez estátuas de mármore que circundavam as paredes como juízes silenciosos. Porém conseguiu observar, com curioso assombro, que as estátuas eram de deuses celtas, enormes e intimidadoras entidades de pedra que testemunhavam as conversas ali para, possivelmente, julgá-las depois.

A sala estava bastante escura, iluminada apenas por dois candelabros baixos, dispostos sobre a mesa. Entre luz e sombras, as deidades de pedra se escondiam, deixando à mostra apenas chifres, galhos e olhos profundos.

Entretanto, o que abalava o frágil estado de espírito de Lizzie não eram os dez pares de olhos congelados sobre ela, e sim o olhar do homem sentado na cabeceira oposta à dela.

— Boa noite — ele falou, com a voz cavernosa.

Se Lizzie tivesse uma imaginação fértil, juraria que a pessoa sentada ali era uma das estátuas que se tornara viva.

— Boa... — Sua voz saiu falha e baixa. Ela apertou as mãos sobre a mesa e limpou a garganta. — Boa noite — disse, um pouco mais resolvida.

Ele realmente vai ficar assim?, Lizzie se perguntou, enquanto tentava enxergar por debaixo do enorme capuz preto que se projetava sobre o rosto do homem. Rapidamente, ela desviou o olhar ao se lembrar da conversa que tivera mais cedo, quando a convenceram a aceitar o convite.

— Eu não vou — ela dissera à mulher de cabelos grisalhos.

— Você não pode negar — Joyce insistira.

— Não posso?

— Elizabeth, MacGleann tem um gênio difícil e, como qualquer líder, não gosta de ser contrariado.

— Eu não vou. — Lizzie cruzara os braços sobre o peito, como uma criança birrenta. — Ele que aprenda a ter suas vontades negadas.

Joyce suspirara.

— Não o aborreça, menina. Seja inteligente. Foi ele quem a tirou do calabouço.

— E foi ele quem me colocou lá também — respondera, disfarçando a surpresa. Porém, se houvesse pensado melhor, teria deduzido que apenas o chefe do clã teria autoridade para libertá-la da prisão no meio da noite.

— Você não percebe que essa pode ser a sua chance de convencê-lo a reconstruir a ponte para ir embora logo? — Joyce dissera, em tom reprovador.

Lizzie entendeu que Joyce tinha razão, pouco importando quão irritante e inacreditável aquela situação fosse. Ela engoliu em seco ao compreender que jantaria com um espectro, uma sombra, um homem poderoso, que tinha o destino dela nas mãos e que, naquele momento, parecia uma espécie de assombração.

Ele apontou para a caneca de Lizzie e perguntou:

— A cerveja está do seu agrado?

Ela se forçou a pegar o copo e dar um gole na bebida. Era a primeira vez que bebia cerveja, e lutou para não fazer uma careta.

— Ãhã... — concordou, sentindo-se envergonhada pelo tremor da caneca em suas mãos.

— Você não precisa mentir. Apesar de a cerveja ser produzida aqui, não ficarei ofendido por saber que não gostou.

Ela sentiu o estômago gelar. Nunca fora boa em esconder as emoções, e ele certamente a vira torcer a boca, apesar de seu empenho em disfarçar.

— Eu nunca havia provado cerveja.

— Ora, por que não? — Ele usou tom provocativo. — É uma bebida muito comum para uma dama como você.

A mesa estava montada com capricho, mas sem o luxo de sua casa. Ali, havia algumas louças de prata e bronze, e os dois candelabros retorcidos com quatro velas acesas descansavam sobre uma toalha bordô grossa e rebuscada. Ao lado dos pratos, poucos talheres, apenas os que seriam usados.

— Eu não sou uma menina frívola — Lizzie disse, mais para si mesma que para ele.

— É natural que estranhe um pouco a cerveja no começo, mas, se insistir, talvez venha a apreciar.

Ela mirou a escuridão que tomava o rosto do homem, sentindo o coração acelerar.

— Você não precisa ter medo, *lassie* — ele afirmou, parecendo irritado.

Lizzie observou que suas mãos ainda estavam trêmulas sobre a mesa e instintivamente as recolheu. Uma maneira de se proteger, de disfarçar a própria fraqueza. Por mais inquietante que tudo aquilo fosse, se ele quisesse lhe fazer mal, já teria feito. Além do mais, segundo Joyce, fora ele quem a soltara da prisão na noite anterior. Não tinha razão para ter medo dele. Movida por essa determinação, agarrou o copo com as duas mãos e virou o conteúdo de uma só vez, devolvendo-o à mesa com um gesto pouco delicado.

Gareth gargalhou. Um som rouco e hipnotizante, lento no começo, e então estourou, reverberando pela sala, como uma onda arrebentando no mar. Aquele som enviou uma série de choques pela coluna dela. Desconcertada, virou o rosto para os pés dele, onde o lobo descansava. O lobo-cachorro pareceu sentir que ela o admirava e levantou, abanando a cauda.

— Killian! — o dono do cão esbravejou.

Ela deu um pulinho na cadeira.

Meu Deus, a voz dele provoca as reações mais estranhas em mim.

Sem hesitar, o animal rodou, rodou, rodou e voltou a deitar ao lado do seu dono.

— Desculpe. — Ele pareceu notar que a tinha assustado.

Ela negou com a cabeça, indicando que estava tudo bem. A porta da sala foi aberta, e duas jovens ruborizadas entraram carregando bandejas com a sopa que seria servida.

— Deixem todas as travessas sobre a mesa, não quero ser interrompido novamente — ele disse em gaélico, e Lizzie sentiu o suor surgir em sua testa.

Aquela voz em gaélico.

87

Palavras sussurradas em seu ouvido, enquanto ela ardia em febre. Ela inspirou devagar. Teria sido ele?

— Sim, senhor — respondeu uma das jovens.

— Se a moça imaginasse o que pretendo fazer com ela após o jantar, com certeza estaria muito mais trêmula e intimidada — ele prosseguiu, na mesma língua. Lizzie ficou atordoada, sem ar, e subitamente tonta.

— Eu só me pergunto onde ela aprendeu a falar gaélico — disse ele, parecendo descontraído. — Uma língua bastante incomum para ser compreendida por uma dama inglesa. — E gargalhou outra vez.

Lizzie estava tão apavorada que demorou a entender o que MacGleann acabara de falar.

Ele estava caçoando dela.

— E então, moça — ele continuou, ainda em gaélico —, onde aprendeu e por que você fala a nossa língua?

Ela permaneceu em silêncio, tentando recompor sua respiração alterada.

— Vocês podem ir... Obrigado — ele ordenou às duas criadas, que saíram dando risadinhas, com certeza da cara de Lizzie. — Pode se acalmar, foi uma brincadeira. Sei que fala a nossa língua. Joyce me contou que você murmurava em gaélico quando estava febril. — E continuou rindo.

Mas que homem insuportável, arrogante e irritante... A cerveja, que tomara de uma só vez, fazia suas bochechas arderem em chamas.

— Algumas damas são dotadas de cérebro, além de leques, seios e anáguas — exaltou-se ela, arrancando outra risada cheia de prazer daquele homem horrível.

— Sem dúvida! Aprender gaélico demonstra que você é inteligente, ou ao menos que tem bom gosto. — E riu.

— Já alguns homens parecem encontrar no sarcasmo a única forma de reação diante de mulheres inteligentes. — Ela estreitou os olhos, apesar de saber que, pela penumbra na sala, seria quase impossível ele perceber o gesto.

— Se fosse inteligente mesmo, moça, você começaria a comer. Do contrário, vai desmaiar sobre os pratos. Imagino que não deva estar habituada a beber, principalmente estando em jejum há dois dias. — Apontou para a frente. — E, se está esperando o serviço dos lacaios, vai morrer de fome. Por aqui, o conforto é restrito ao necessário, nada além disso.

Ela ia argumentar, irritada, mas, quando voltou a encará-lo, a sala inteira ameaçou girar. Achou melhor comer logo. Estava mesmo faminta. Ela se serviu e eles comeram, por um tempo, em silêncio.

Lizzie mastigava o que julgou ser a melhor asa de galinha assada com batatas que já havia provado, quando ele falou:

— Vai me contar como aprendeu a nossa língua?

O estranho de tudo aquilo era que aquele homem agia como se não estivesse encapuzado, como se ela não tivesse passado metade de um dia na prisão, como se aquele não fosse um castelo lendário, como se nada estivesse fora da mais ordinária normalidade.

Sem conseguir ignorar mais a situação, ela perguntou:

— Por que eu fui presa?

Lizzie o observou baixar os talheres e dar um gole na cerveja antes de responder:

— Precisávamos ter certeza de que você falava a verdade antes de decidirmos como agir com você.

— E agora acreditam em mim?

— Sim.

— Por quê?

— Porque sim. — Ele bateu o copo contra a mesa com força ao dizer isso.

— Quando poderei ir embora? — Ela não deixaria que ele a intimidasse.

Ele comia em silêncio, ignorando-a. Quando Lizzie estava a ponto de questioná-lo outra vez, ou de se debulhar em lágrimas, ele se manifestou:

— Eu deveria responder a sua pergunta com outra, como você acabou de fazer. Mas acho que você já viveu estresse o suficiente por uma vida. — Apoiou as mãos sobre a mesa antes de concluir: — Vou ordenar que reconstruam a ponte. Assim que ela estiver pronta, você poderá ir embora.

Lizzie sentiu um bolo se formar na garganta. Ela apertou a borda da mesa com força e piscou lentamente, fazendo as lágrimas mornas descerem por suas bochechas.

— Verdade?

— Sou um homem de palavra, Elizabeth — ele murmurou, em gaélico.

Era a primeira vez que ele falava o nome dela e, por algum motivo que não entendeu, ele dizer assim, com aquela voz, em meio a uma frase em gaélico, pareceu a Lizzie a coisa mais inquietante e sensual que já havia escutado. Não que tivesse ouvido muitas coisas sensuais na vida, é só que...

— Agora, responda a minha pergunta — ele pediu, em inglês.

Respirou lentamente, mais aliviada. Ele reconstruiria a ponte. Ela poderia ir embora, procurar sua amiga e encontrar sua família.

— Eu... eu sempre gostei de estudar a cultura celta, sempre quis aprender mais sobre eles, inclusive a língua. — Ela fez um gesto, indicando o espaço ao redor. — Estar neste castelo parece um sonho.

— Não é um sonho.

Não apenas o castelo mas também o seu líder pareciam saídos de um conto, de uma lenda, de uma das histórias que Lizzie gostava de ouvir quando criança.

— Eu acho que não. — Ela engoliu em seco, com a onda fria que percorreu sua espinha. Apesar de não conseguir enxergar o rosto do homem diante dela, tinha certeza de que era encarada com intensidade.

— Você poderá explorar o castelo nos dias em que ficar aqui — ele afirmou, após dar um gole na cerveja.

— Dias? — O estômago dela se encolheu.

Ele se recostou na cadeira, parecendo relaxado.

— Semanas, talvez.

— Semanas? — ela repetiu, com a voz fraca.

— Talvez leve semanas para que os meus homens consigam reconstruir a ponte de modo satisfatório.

— Semanas!

— Eu poderia ter dito meses ou anos. — Ele riu antes de acrescentar: — Mas alegre-se, você será tratada como minha convidada, contanto que...

— Contanto que...? — perguntou, com a voz falha.

— Você jantará com meus conselheiros amanhã, e comigo todas as noites, e nos responderá com respeito.

Lizzie estava a ponto de explodir, aquele monstro caçoava de sua dor, tratava-a como um brinquedo exótico que caíra em suas mãos.

Responder com respeito. Jantar com eles! Que absurdo!

— Que tipo de homem se esconde atrás de um capuz e usa as sombras para não ter que mostrar o rosto? Que tipo de homem prende uma pessoa inocente em seu castelo e acha que está fazendo um enorme favor em lhe devolver a liberdade?

— Acabou? — a voz masculina soou seca aos ouvidos dela.

Lizzie estava muito abalada para fingir que existia qualquer normalidade naquela situação.

— Não, não acabei. Eu não vou jantar com você — ela ralhou e sacudiu as mãos no ar, nervosa. — Eu não responderei às suas perguntas enquanto você não responder às minhas e agir como uma pessoa normal. Se a sua intenção era me assustar com este cenário bizarro, ou me prendendo... terá de se esforçar muito mais.

— Chega! — ele rugiu. — Você vai jantar comigo, *lassie*. Se não por vontade própria, virá amarrada! E amanhã, com os conselheiros, você será mansa como um cordeiro. Entendeu?

— Eu sugiro, chefe MacGleann, que o senhor providencie a corda — ela disse, com a respiração acelerada.

A cadeira urrou ao ser arrastada e, em apenas dois movimentos e com a agilidade de um felino, aquele homem enorme estava sobre ela, erguendo-a da cadeira pelos braços, com o corpo colado ao seu.

— *Lassie!* — murmurou ele, próximo à orelha de Elizabeth.

Ela sentiu a respiração descompassada dele, e suas vísceras se contraíram.

— Me solte!

— Não me obrigue a *cron a dhèanamh ort.*

"Maltratar você", Lizzie entendeu, e um calafrio percorreu sua coluna, enquanto as pernas amoleciam. Ela tremeu não apenas pela ameaça presente naquela frase. MacGleann roçou os lábios na orelha dela. Ele acabara de cheirá-la, como faria um animal selvagem, ela teve certeza, e as reações estranhas do próprio corpo diante desse contato a irritaram ainda mais.

— Não encoste em mim!

Ele a largou de forma abrupta, e Lizzie quase se desequilibrou.

— Você é uma inglesinha mimada, egocêntrica e ingrata. Como todos os malditos ingleses!

Lizzie se encolheu diante do ódio e do desprezo que borbulhavam naquelas palavras. Se ele a tivesse esbofeteado, talvez ela não se sentisse tão atingida.

— Tudo isso porque eu sou inglesa, não é?

— Esteja pronta para o jantar amanhã, às dezenove em ponto — ele disse com frieza. — Se você não se comportar como eu espero, tenha certeza de que a construção da ponte levará bem mais do que algumas semanas.

— Seu déspota dos infernos!

— Muito prazer, milady. — Ele se afastou e deu um murro na mesa, fazendo os talheres e as louças pularem.

Apesar de estar apavorada, Lizzie não demonstraria isso para ele. Gareth MacGleann não merecia nem mesmo o seu medo.

— Eu cheguei a acreditar que vocês fossem celtas — ela riu com desdém —, mas não passam de bárbaros sem coração...

— Agora vá para o seu quarto, antes que eu decida provar que você tem razão — rugiu ele, avançando em sua direção.

Estou nas mãos de um louco perigoso.

Ela se virou, engolindo o choro, a raiva e as duas dúzias de ofensas que queria lançar contra ele. Saiu da sala com o queixo erguido. Não se mostraria fraca, amedrontada ou ofendida. O que quer que aquele homem quisesse provocar nela, não entregaria a ele com facilidade.

Quando fechou a porta, viu a jovem que a acompanharia de volta até o quarto sentada alguns metros adiante, esperando-a.

As duas já se afastavam quando um rugido, uma espécie de grito de dor, vindo do outro lado da porta, deteve-as. Seguiu-se o barulho de louças quebrando, móveis caindo e um estrondo enorme, que Lizzie acreditou ser uma das estátuas gigantes sendo derrubada ou atirada pela janela.

Ela encarou a jovem que sempre a acompanhava e a encontrou pálida, com os olhos arregalados.

Talvez estivesse melhor se houvesse caído nas mãos dos homens que possivelmente levaram Camille.

Lizzie acordou sobressaltada com o barulho de uma porta batendo. Sentindo o coração acelerar, ela apertou o lençol entre os dedos e o puxou até o queixo.

— Quem está aí? — perguntou para o escuro do quarto.

Apenas a luz da lareira iluminava o ambiente.

Inspirou devagar, tentando se acalmar. Tinha certeza de que havia alguém no quarto a observando.

Estou ficando louca.

Virou-se de lado para tentar dormir, mas, ao fechar os olhos, viu o rosto do seu lobo, nítido e real. Lizzie voltou a se assustar. Killian se parecia tanto com ele, porém, no sonho, o lobo não estava em um castelo misterioso onde ela era uma espécie de prisioneira.

Virou de barriga para cima, observando o dossel.

Você é uma inglesinha mimada, egocêntrica e ingrata. Como todos os malditos ingleses! As palavras rudes de MacGleann voltaram à sua mente, fazendo Lizzie travar o maxilar, enquanto os olhos se enchiam de lágrimas.

Por que eles a prenderam na noite anterior?

Quem eram aquelas pessoas?

Que castelo era aquele?

Quando poderia ir embora?

Lizzie se inquietou ainda mais diante de tantas perguntas não respondidas. Ela precisava urgentemente de respostas.

Um vento gélido percorreu o quarto. O som de passos ecoando no corredor fez com que apertasse ainda mais o lençol entre os dedos.

— Estou sendo ridícula... São apenas passos — murmurou e sacudiu a cabeça.

Levantou-se de uma vez, decidida a tentar fazer alguma coisa. Sabia que essa era a única maneira de se acalmar. Deu alguns passos em direção à porta, tremendo quando uma rajada de ar frio penetrou através do tecido fino da camisola. Lizzie agarrou o penhoar e o vestiu, fechando todos os botões.

Mesmo sabendo que a porta do quarto estaria trancada, ela foi até lá. Com uma cautela um pouco tola, colou o ouvido na madeira, próximo ao batente. O coração acelerou mais quando, sem pensar, Lizzie levou a mão até a maçaneta.

É claro que estará trancada como sempre...

Mas a maçaneta girou.

Estava aberta?

— Oh, meu Deus! — ela murmurou quando a porta cedeu.

Mirna, a jovem que a ajudava a se vestir, devia ter se esquecido de trancar.

Respirou devagar. Aquela era a sua oportunidade. Poderia tentar fugir. Era uma ideia louca, Lizzie sabia. Mas se conformar em ficar parada, esperando pela construção de uma ponte, era impossível. Eles a haviam prendido no calabouço, poderiam estar mentindo sobre aquela ponte velha ser a única saída do castelo. Precisava tentar sair e comprovar por si própria.

Tendo isso em mente, ela abriu a porta, com as mãos trêmulas, e olhou de um lado para o outro do longo corredor.

Sentiu a garganta secar ao colocar os pés para fora do quarto. Deu alguns passos rápidos, agradecendo a luminosidade das tochas, mesmo elas sendo tão esparsas.

— Poderia ser pior e não haver luz alguma — constatou, em voz baixa, para uma estátua de cervo.

Lizzie olhou para os lados e para cima quando um arrepio percorreu a sua espinha. Todos aqueles padrões geométricos e intrincados, todas as colunas e as esculturas de animais e da mitologia celta poderiam intimidar qualquer pessoa medrosa. Porém ela não era medrosa, nunca foi, e ignorou o tremor das pernas. Continuou avançando com cautela, examinando todos os lados, atenta a qualquer barulho.

Se a encontrassem ali, o que fariam?

O coração se acelerou ainda mais quando Lizzie se viu diante de uma enorme escadaria, com uma passadeira grossa e vermelha. Uma cobra e um cervo de pedra guardavam os lances de escada, um ao pé de cada corrimão.

Desceu, rápida, com medo de ser descoberta. Sua respiração saía em rajadas curtas e falhas pela boca.

Tenho que me controlar se quiser achar a saída, preciso ficar calma.

No fim da escada, chegou a um salão enorme, que Lizzie julgou se tratar do hall principal do castelo. O problema era que ali não havia quase luz alguma. Ela odiava o escuro.

Deu alguns passos, analisando para onde ir, e parou com as mãos sobre os lábios, contendo o espanto ao se dar conta de uma estátua retratando um homem, com cabeça de cervo, sentado em um trono.

Dividida entre o medo e o fascínio, ela se aproximou da escultura. Era enorme, imponente e maravilhosa. Ao lado do ser, havia dois lobos sentados.

— Cernunnos — ela sussurrou.

Aquela era a representação da deidade celta mais antiga. O deus que protegia as florestas e os animais, podendo assumir a forma de uma cobra, um cervo ou um lobo. Ele era invocado para guiar as caçadas e também nas noites de núpcias, por se tratar do deus da fertilidade.

— É perfeito — comprovou, com a voz baixa e falha.

Ela sentiu vontade de ilustrar aquela estátua e levar embora consigo o desenho.

Embora.

Precisava voltar a buscar a saída. Não deixou o quarto a fim de explorar o castelo. Por mais curiosa que estivesse, não tinha tempo para isso. Verificou o ambiente, com atenção, e localizou duas saídas.

Respirou fundo, ganhando coragem e...

— Ahhh — deu um grito sufocado ao sentir que uma mão a agarrava com firmeza pelo punho. Virou para o lado, com o coração na garganta, e deu de cara com um homem.

— O que você está fazendo aqui, sozinha? — ele perguntou, entredentes.

Lizzie o reconheceu: era um dos homens que tinha visto na sala do trono, um dia antes. Com desespero crescente, ela abriu a boca a fim de tentar explicar o inexplicável.

— Ela não está sozinha, Kenneth, está comigo — uma voz conhecida e suave a salvou. Era Joyce, que apareceu como por um milagre.

Lizzie suspirou, aliviada. Não teria como arrumar uma desculpa para sua tentativa de fuga.

— Eu fui ao quarto de Elizabeth apenas para ver como ela estava — Joyce prosseguiu calmamente —, e decidimos dar um passeio pelo castelo.

O homem olhou dela para Joyce antes de perguntar:

— No meio da noite?

— Estávamos sem sono, não é, Lizzie? Resolvemos andar um pouco para esperar ferver a água do chá que estou preparando.

Lizzie concordou com a cabeça, e o tal Kenneth soltou seu punho. Ela mordeu o lábio inferior por dentro a fim de disfarçar que ele tremia.

— Gareth sabe disso? — perguntou o homem, com o cenho franzido.

— Ele permitiu a Elizabeth sair acompanhada do quarto. — Joyce estreitou os olhos. — Você está sugerindo que eu faria algo sem o consentimento de MacGleann?

Ele coçou o queixo, parecendo em dúvida.

— Não — respondeu, por fim.

— Vamos indo, *mo nighean*, a água do chá já deve estar pronta — Joyce disse para Lizzie e, em seguida, dirigiu-se a Kenneth. — Você nos acompanha?

— Não, eu vou me recolher... Boa noite — disse, não parecendo muito convencido do que ouvira, saindo em seguida.

Quando ele deixou o ambiente, Lizzie se virou para Joyce, que a observava com os braços cruzados e alguma crítica no olhar.

— Vamos subir e tomar um chá. Nós temos muito o que conversar.

Lizzie concordou e a seguiu, em silêncio, pelos corredores. Achou melhor não perguntar aonde iam.

Joyce a conduziu até uma sala aconchegante. As paredes eram forradas de estantes, repletas de livros. Em um dos cantos, a lareira acesa bruxuleava uma luz alaranjada e morna sobre os títulos. No meio do ambiente, sofás e poltronas convidavam quem entrasse a escolher um livro, se acomodar e ler.

A sala tinha cheiro de papel envelhecido e chá de frutas. Observou os livros nas estantes e, mais nervosa que curiosa, leu os títulos: *Hamlet*, *Romeu e Julieta*, *Contos da Cantuária*, algumas Bíblias, a história da Escócia, da Inglaterra, os títulos nobiliários do século XVI, a Santa Inquisição. Engoliu em seco e passou o dedo sobre um volume específico: *O castelo de Mag Mell*.

— Alguns livros já estavam aqui quando o castelo foi descoberto.

Lizzie, perdida em pensamentos, assustou-se com a voz de Joyce.

— Desculpe, eu não quis assustar você... Venha, sente aqui, já servi o chá.

Ela foi até o sofá, sem conseguir desgrudar os olhos do último título que lera.

— Obrigada — disse ao se acomodar.

— Se você quiser ler alguns desses livros, fique à vontade.

— *O castelo de Mag Mell*? — perguntou, sem conseguir se conter. — É este castelo... não é?

Joyce concordou com a cabeça, vertendo um pouco de mel na própria xícara.

— Faz bem para a garganta, aceita? — perguntou, misturando o conteúdo com uma colherzinha.

Lizzie negou com a cabeça.

— Você disse que alguns livros já estavam aqui, então isso significa que o castelo foi descoberto?

Joyce deu um gole rápido na bebida.

— Gareth... ele é quem deve falar sobre este lugar.

Lizzie suspirou, frustrada, e observou Joyce se dirigir até a estante.

— Mas, como Gareth não acredita em praticamente nada que está neste livro, acho que não tem problema você ler. Apenas tome cuidado e me devolva assim que acabar a leitura.

Lizzie mexeu na gola do penhoar. O tecido das roupas emprestadas que vinha usando era rústico e pinicava um pouco.

— A lenda do conde inglês e da jovem sacerdotisa celta?

Joyce aquiesceu, sem esconder a surpresa. Lizzie se explicou:

— Eu tenho... tinha alguns manuscritos e li sobre a lenda.

— A história do castelo também está nesse livro. — Joyce voltou a se sentar. — Mas o principal é que nele existem textos originais do diário do conde, lorde Draxton.

Lizzie arregalou os olhos.

— Significa que pelo menos uma parte da lenda é real!

— Eu acredito.

— Você disse que MacGleann não acredita nessa lenda.

— Nem todos acreditam.

Ela franziu o cenho, recordando de que a lenda contava que o castelo não era visível para todos, e apenas aqueles que eram escolhidos chegariam até ele.

Joyce deu mais um gole no chá antes de perguntar:

— Vamos conversar sobre o que acabou de acontecer lá embaixo?

Lizzie inspirou de maneira falha. Seu coração voltou a se acelerar. Joyce parecia uma boa pessoa, mas a moça não sabia se confiar em alguém naquele castelo era seguro.

— Você... Obrigada por ter me ajudado — concluiu, por fim, recostando-se.

Joyce assentiu, com olhar analítico.

— E aonde você estava indo?

Lizzie sentiu o estômago gelar. Não esperava pela pergunta. O maxilar travou diante da vontade de chorar. Tudo aquilo era demais para ela.

— Pode confiar em mim, *mo nighean*.

A jovem não conseguia respirar. Era difícil, tudo ali era tão difícil. Joyce tinha o mesmo olhar da mãe de Lizzie. Ela não aguentava mais toda aquela incerteza, toda aquela pressão.

— Confie em mim, eu só quero ajudar — Joyce incentivou.

Os lábios tremeram de maneira incontrolável, e Lizzie cobriu o rosto com as mãos vacilantes e chorou, como teve vontade de fazer desde que acordara naquele castelo, ou melhor, desde que acordara no meio da estrada, com todos aqueles homens mortos e sua amiga desaparecida.

Sentiu a almofada ao seu lado afundar, e seus cabelos serem maternalmente acariciados por Joyce. A mulher a puxou para perto de si, enquanto repetia em gaélico:

— *Tha e ceart gu leòr...* Está tudo bem, minha menina.

Estimulada pelo toque carinhoso e pelas palavras acolhedoras, Lizzie se abriu.

— Eu preciso ir embora — soluçou no ombro da mulher. — Avisar minha família, encontrar minha amiga. Preciso sair daqui... Então, agora há pouco, eu pretendia sair do castelo e fugir pelo bosque.

Joyce arregalou os olhos.

— O bosque é enorme, você iria se perder. Chegar ao final dele levaria horas para uma pessoa que conhece o caminho. E, mesmo conseguindo, se depararia com um precipício, ou com uma parede de pedras intransponível.

Lizzie engoliu o choro e respirou, devagar, tentando se tranquilizar.

— Eu só preciso ir para casa.

— Gareth não disse que vai construir a ponte?

— Sim, ele disse — ela confirmou e se afastou, enxugando as lágrimas. — Mas é verdade? Quer dizer, não existe outro meio de deixar o castelo?

Joyce segurou em suas mãos e ficou por um tempo em silêncio.

— Você precisa confiar em Gareth. Tudo o que ele tem feito é pensando em sua proteção.

Lizzie negou, agitada.

— Eu não sei, ele é tão contraditório, e ele... ele me assusta. Como confiar em...

— Gareth é um homem de temperamento forte, mas é um líder justo e bom e... — Joyce hesitou, parecendo pensar no que falaria. — Não sei se deveria contar, mas, dado o que aconteceu agora há pouco, talvez ajude a todos se você souber.

— Todos? — Lizzie perguntou, confusa.

— Principalmente vocês dois — a mulher murmurou.

— Nós dois?

— MacGleann brigou com Malcolm, um dos conselheiros dele, hoje mais cedo.

Lizzie se sentiu estranhamente angustiada com a informação.

— Brigou?

— Malcolm o desafiou, contrapondo-se à decisão de Gareth e da maioria do conselho. Gareth perdeu a cabeça e partiu para a agressão física.

Sem que Lizzie soubesse o porquê, seu coração disparou.

— Ele está bem?

Joyce suspirou.

— Eles se machucaram um pouco, mas nada grave. Felizmente os outros conselheiros os detiveram.

— Por que ele fez isso?

— Para defender você, *mo nighean*. Para defender a sua saída da prisão.

O coração de Lizzie disparou ainda mais.

— Por que Gareth precisou me defender?

— Não recuse os convites dele para jantar.

Joyce não respondeu à pergunta de Lizzie.

— É porque eu sou inglesa? — ela insistiu.

— Elizabeth — a mulher disse, ponderada. — Tudo vai se esclarecer em seu tempo, eu já falei demais... Apenas tenha em mente que, se algumas pessoas a consideram uma inimiga, Gareth MacGleann não é uma delas. Senão você não estaria aqui, entre nós, entendeu?

Ela engoliu em seco, conformando-se com a ideia de que não tinha alternativa a não ser confiar em Joyce e, por mais absurdo que pudesse parecer, em Gareth também.

— Está bem — concordou, em um muxoxo.

— Nós jantamos juntos todas as noites. Recusar o convite do chefe é uma ofensa muito grande para o nosso povo.

Lizzie sentiu vontade de chorar outra vez, estava realmente muito sensível e abalada.

— Eu não vou recusar — concordou, com a voz falha.

— Se acalme, *mo nighean*, tudo acabará bem.

Ela engoliu em seco, tentando encontrar conforto naquelas palavras. Lizzie não tinha certeza de nada.

— Vamos. — Joyce se levantou. — Vou levar você de volta até o quarto.

— Obrigada pelo chá e pelo livro — disse, tentando parecer mais tranquila. Por mais inquieta que estivesse, aquela era a primeira conversa sincera desde que entrara no castelo. Não queria se mostrar ingrata ou amedrontada.

— Leia com o coração, minha querida — sugeriu Joyce —, e talvez você entenda mais coisas do que conta essa história.

Lizzie, que caminhava em direção à porta, deteve-se quando a voz da mulher lhe chamou outra vez:

— Amanhã, no passeio, Agnes vai acompanhá-la... Peça para ela levar você até o salão de pinturas. Acho que vai gostar.

Lizzie assentiu, e as duas deixaram a sala, sem falar mais nada.

Pouco depois de entrar em seu quarto, Lizzie pensou em tudo o que havia escutado de Joyce. Entendeu não poder ir contra e mudar o fato de estar detida no castelo.

O melhor seria dar um voto de confiança ao chefe MacGleann e a pessoas como Joyce e Agnes, que pareciam se importar com ela e querer o seu bem. Usaria a sua permissão de circular pelo castelo para explorar detalhes da cultura celta, presente em cada canto daquela construção.

Com a intenção de colocar sua nova resolução em prática, passou boa parte da noite em claro, lendo o diário do conde Draxton. O livro tinha mapas e figuras sobre o castelo, além do projeto original da construção.

Apesar de se sentir bastante confusa com toda aquela situação, não conseguia deixar de ficar fascinada com a comprovação de que aquele era o castelo de Mag Mell, e nada ali havia sido construído de maneira aleatória. Estavam sobre um enorme terreno suspenso, com tamanho suficiente para abrigar uma vila inteira e prover o necessário para muitas pessoas. As terras tinham uma área reservada para estábulo e celeiro, além do local para plantio de alimentos e pasto de animais.

Quanto mais lia, mais intrigada Lizzie ficava e mais queria conhecer aquele lugar. Então, quando Agnes a encontrou pela manhã, ela pediu que a jovem a levasse para conhecer as pinturas mencionadas por Joyce na noite anterior.

Naquele momento, caminhavam por um corredor amplo e ela comprovava a mágica que os raios de sol faziam nos vitrais, colorindo de forma quase etérea os nós celtas das colunas de pedras.

Pararam em frente a uma porta dupla.

— É aqui — a jovem disse, e elas entraram.

Havia um imenso vitral, do chão ao teto, que filtrava os raios e os devolvia cheios de cor à sala. Era a figura de um lobo negro, enorme e intimidador. Possivelmente Lizzie se emocionaria com aquela representação tão imponente se sua atenção não tivesse sido rapidamente desviada para o quadro na parede vizinha ao vitral. Era o retrato, em tamanho natural, de um homem vestido de negro, igual ao lobo que lhe fazia par.

Com o coração disparado, ela se aproximou. O homem retratado tinha o rosto marcado por uma cicatriz lateral, um traço fundo como um corte. Os cabelos escondiam parte da cicatriz e caíam revoltos até o ombro. E os olhos? Lizzie não sabia que uma pintura poderia retratar com tanta fidelidade uma alma ferida.

— Conta a lenda que ele ofendeu um bispo poderoso, negando algo que esse homem queria muito. A morte da mulher que ele amava, na fogueira, foi a maneira que o bispo encontrou para puni-lo — Agnes disse.

Lizzie engoliu a vontade de chorar. Por que essa história vinha mexendo tanto com ela? Não sabia. Talvez o trauma que vivera poucos dias atrás fosse a razão para ela estar tão sensível.

— A cicatriz no rosto — prosseguiu Agnes —, ele ganhou tentando salvá-la.

A moça apontou para o outro extremo da sala. Lizzie viu o quadro de uma jovem colocado sobre um pedestal de ouro entalhado com flores e estrelas.

— É ela? — perguntou, baixinho, ao se aproximar, como se estivessem na frente de uma deusa. Essa era a sensação.

— Sim.

— Você acredita? — ela indagou, disfarçando o tremor na voz.

— Na história deles? — Agnes fez uma pausa antes de acrescentar: — Sim, mas na lenda de que ele foi condenado e de que vive como um lobo... e de que o castelo é mágico... não.

Lizzie percebeu um detalhe na tela, nas mãos da jovem retratada.

— Ela usava uma aliança celta, com uma esmeralda no meio — comentou em voz alta, sem nem se dar conta.

— Eles chegaram a se casar antes de ela ser condenada e... ele, ele também usa. — Agnes deu um passo para trás, apontando com a cabeça a outra pintura. — As joias foram encontradas aqui, e hoje quem... — Deteve-se.

— E hoje quem...? — Lizzie insistiu.

Agnes pareceu apreensiva quando declarou:

— Esqueça! Você não quer ver os outros quadros? Olhe — apontou, com empolgação forçada —, temos pinturas de Londres no século XV e de bailes e... Sabe? Eu sempre quis conhecer Londres e ir a bailes.

— Por que vocês nunca saem daqui? — Lizzie perguntou, olhando para a jovem e não mais para os quadros.

— Nós somos felizes aqui, não temos vontade de sair — respondeu, com um sorriso forçado.

— Você acabou de me dizer que quer sair.

— Essa sou eu, é uma vontade minha. Mas, quando penso no que aconteceu, logo perco a vontade... — Agnes se calou, parecendo assustada.

— O que aconteceu?

— Acho melhor irmos embora. Gareth não sabe que a trouxe até aqui. Apesar de este não ser um dos lugares proibidos para os seus passeios, ele também não o permitiu e...

— Existem lugares liberados e proibidos para mim no castelo? — ela perguntou, entre surpresa e horrorizada.

— Ah, sim — Agnes tentou soar descontraída. — Para sua proteção, é claro.

Lizzie estava tão entusiasmada com a lenda e o mistério que envolvia o castelo que esquecera por um tempo como Gareth MacGleann a havia tratado na noite anterior. Mesmo que a tivesse defendido perante os conselheiros, ele ainda a tratava como *persona non grata*, impondo-lhe limitações e regras. Suspirou, frustrada; ainda era uma espécie de prisioneira naquele lugar.

— E quantos aposentos eu posso conhecer?

Agnes tirou um papel do bolso do vestido.

— O salão de jantar, mas receio que você já tenha conhecido, o salão de festas e... é só...

— Ah... então existe uma lista de regras? — prosseguiu, exasperada, e, antes que Agnes pudesse explicar qualquer coisa, acrescentou: — Acho melhor eu voltar para o meu quarto. Não seria prudente que chefe MacGleann descobrisse nosso desvio da rota permitida.

— Eu... eu...

— Não se preocupe, Agnes, eu perdi a vontade de continuar o passeio pelo meu cercadinho.

A jovem fez uma expressão condoída e suspirou, resignada. Fizeram o caminho de volta ao quarto em silêncio.

Maldito lugar!

Blasfemou uma vez mais, olhando pela janela até avistar o horizonte.

Bem, não podia esquecer tudo o que Joyce falara.

101

O sol se punha. Lizzie passou o dia quase inteiro ali, tentando ver algo além da floresta e da linha negra que dividia o azul do céu da vegetação. O traço no horizonte devia ser o local onde havia o enorme precipício. Por mais raiva que sentisse daquele lugar... Não, ela não odiava o lugar, apenas o dono dele.

Ela estava muito nervosa. Apesar de sua suposta liberdade, não podia sair. Quando estava sozinha, tinha que permanecer trancada no quarto. E havia as regras e a mais absurda ausência de respostas.

Estava presa, mas tinha de admitir que a vista privilegiada das redondezas era de tirar o fôlego. Naquele momento, em especial, ela quase perdeu o ar. As nuvens estavam mais baixas, entremeando as pedras e cobrindo as árvores como um manto calmo e silencioso, enquanto o sol lançava raios dourados, fazendo-as cintilarem. As nuvens simplesmente resolveram descer e vestir a terra.

Ouviu o barulho da porta sendo aberta. Não se virou, sabia que era Joyce. A mulher tentara convencê-la a sair do quarto durante a tarde. Lizzie se recusara, é claro que não sairia. MacGleann que enfiasse aquela maldita lista onde bem entendesse.

— Eu vim ver como você está.

Aquela voz...

Não era Joyce.

Era... Não podia ser.

A respiração de Lizzie se acelerou, e ela apertou o parapeito da janela.

— O pôr do sol... Tem dias que somos presenteados com essa beleza.

Ela parou de respirar, e seu coração acelerou tanto que quase tombou para fora da janela, ao comprovar que a fala, antes distante, naquele momento pareceu perto, às suas costas. Perto demais. Tão junto que ela foi capaz de sentir o calor emanar do corpo atrás de si e precisou fechar os olhos para recobrar o equilíbrio.

Quando tentou levar o ar para dentro dos pulmões, o que invadiu suas narinas, seu sangue e sua pele não foi simplesmente ar, e sim uma mistura de sol, lua, terra, madeira e floresta. Gareth MacGleann.

— Eu vim pedir desculpa — ele murmurou, quase no ouvido de Lizzie.

O sol descia por cima da floresta, tingindo o horizonte de cores impossíveis. Lizzie fingia admirar essa visão, mas se esforçava para manter o foco. Seu sangue borbulhava, e sua mente foi preenchida por lembranças vagas, apagadas e misturadas.

Um homem sem rosto, sussurrando em seu ouvido. Mãos grandes, mornas e um pouco ásperas tocando seu rosto, umedecendo sua testa. Braços compridos e fortes, acolhendo-a junto a um corpo quente. A sensação de estar em casa, aconchegada, completa. Eram memórias nubladas pelo ardor em chamas, pela febre. Tremendo pelos calafrios, ela pediu: *Não me deixe.*

— Me desculpe — ele repetiu, e ela acordou de seu devaneio.

MacGleann estava distante novamente, como se Lizzie tivesse delirado ou como se ele nunca houvesse se aproximado.

— Eu tratei você de maneira muito rude ontem. Disse coisas horríveis, coisas que, eu sei, não são todas verdadeiras — ele prosseguiu, com suavidade. — Eu não a subestimo por você ser inglesa.

— Ah, não? — perguntou, confusa.

Será que ele não se aproximou antes? Ela ainda respirava com dificuldade. *Estou ficando louca.*

— Não.

Lembrou a conversa com Joyce e sua resolução de acreditar em Gareth, de dar a ele um voto de confiança. Decidiu colocar de lado, por ora, a questão das regras. Recusar o convite dele para jantar não era educado ou inteligente.

— Vou jantar com você e seus conselheiros e me comportar...

Parou, engolindo em seco ao se virar para Gareth. Com o olhar grudado no chão, viu quatro patas cinza e peludas ao lado do par de botas pretas masculinas. Ela subiu os olhos, devagar, pelas tiras das botas de couro lustrado até a borda do kilt cinza, azul, verde e preto, seguindo pelo xadrez do tartan de corte reto. Lizzie mordeu o lábio inferior ao alcançar os quadris dele, e o torso. Ele vestia um colete preto por cima da camisa, e um paletó curto ajustado. Afundou mais os dentes em seu lábio, nervosa.

Acontece que aquele homem enorme, parado a alguns metros dela, tinha algo de sombrio. Era rústico, selvagem, poderoso, rodeado por uma aura magnética e ameaçadora, como um guerreiro celta, como se a sombra dele fosse o lobo, como se ele mesmo fosse o lobo.

Meu lobo.

— Está tudo bem? — Gareth MacGleann perguntou.

Abriu os olhos, que nem percebera ter fechado, enchendo os pulmões de ar, e o encarou mais decidida.

Sua boca parou aberta e todos os pelos do seu corpo se arrepiaram ao entender que Gareth MacGleann, o homem mais assustador e intrigante do mundo, a encarava por detrás da sombra de uma máscara negra.

— Uma máscara? — Ela olhou do lobo para ele, esperando o momento em que um dos dois a devoraria.

Gareth apenas assentiu

— Isso a incomoda?

— Não... quer dizer...

Lizzie demorou a entender que talvez ele se referisse à máscara, então acrescentou com mais firmeza:

— Um pouco. Na verdade, tudo está tão distante de parecer real, eu já nem sei mais. Eu já nem sei mais — repetiu em voz baixa, tentando se acalmar. — Por quê?

— Porque sim — ele replicou, um pouco ríspido.

Lizzie deu alguns passos para trás, até suas costas tocarem o parapeito da janela. Gareth a seguiu, encurtando a distância entre eles, e entrou na linha dos últimos raios de sol que invadiam o quarto. A luz, obediente, jogou feixes quase apagados sobre seus cabelos castanhos e longos, os fios revoltos na altura dos ombros. Ela pôde ver a barba por fazer, escurecendo um pouco o queixo quadrado, e os lábios cheios. Eles passaram a emoldurar um sorriso branco perfeito. E isso era tudo o que a máscara deixava visível.

Lizzie prendeu o ar ao ser invadida pela lembrança daquele sorriso.

Você me encontrou, Gareth disse dentro de sua cabeça, beijando sua face, suas pálpebras, seu queixo.

— Você está com medo — ele disse, trazendo-a de volta ao quarto e ao seu sorriso.

— Não estou — disfarçou. Não era bem medo o que ela sentia.

— Não precisa ter medo, Elizabeth, eu não vou fazer mal a você... Nunca faria. — As últimas palavras saíram em um murmúrio.

Lizzie não teve certeza se elas realmente foram ditas.

— Obrigada — ela agradeceu, sem saber direito por quê.

— Joyce mencionou que você não quis sair do quarto à tarde. Achei que, se eu me desculpasse pela maneira como nosso jantar acabou ontem, você poderia mudar de ideia e me deixar lhe apresentar o castelo. — Ele estendeu a mão direita em sua direção.

Um convite? Um pedido de trégua? Uma ordem?

— Sem restrições de locais — acrescentou.

— Eu... eu...

A mão dele continuava com a palma aberta para cima, aguardando a sua. Lizzie notou o anel celta com uma pedra verde no meio em um dos dedos longos de MacGleann. Sentiu a boca secar. Era um anel igual ao da pintura que vira pela manhã, teve certeza. Piscou, atordoada.

— Mandei começarem a construção da ponte hoje. Achei que gostaria de saber — ele afirmou e deu mais um passo em sua direção, percebendo que ela hesitava. — Vamos, Elizabeth, deixe-me ser um bom anfitrião.

Insegura, ela estendeu a mão, odiando o fato de a sua estar um pouco trêmula. Aceitou o convite, sem entender se fazia isso porque não tinha escolha ou se pela maneira como Gareth a chamou, pelo nome — como se fossem amigos e tivessem dividido uma vida de experiências juntos, ou como se ele a conhecesse intimamente e estivesse apenas esperando por ela.

Lizzie engoliu em seco, apavorada com o rumo de seus pensamentos e emoções diante daquele homem.

Gareth se amaldiçoou em silêncio ao perceber que havia estendido a mão para ela.

Por que, em nome de Deus, fez uma coisa dessas? Um gesto tão íntimo e pouco comum vindo dele.

Já não tivera provas suficientes de que a presença da jovem mexia com seu autocontrole de maneira bastante inconveniente?

Cristo! Ela era uma dama inglesa, afinal! A filha de um duque.

Gareth era responsável pelo bem-estar do clã, ocupação bastante grande para sua mente e seu coração. Acreditava ser esse o motivo de ter tido apenas uma amante na vida. Uma única mulher que lhe ensinara tudo sobre o ato de amar: Brenda.

Havia sido ela quem o procurara, quando ele era jovem, com a oferta de se tornarem amantes. Brenda era oito anos mais velha, experiente, madura, não estava interessada em nada além daquilo que eles dividiam.

Gareth observou Lizzie, bela e destemida, indecisa diante da mão estendida dele.

A culpa por sua escolha impensada, de a levar até o castelo, ainda o atormentava. Por isso ele, acima de qualquer pessoa, precisava fazer com que a jovem se rendesse, e precisava também fazer as coisas darem certo. E...

E...

Os dedos pequenos e trêmulos dela pousaram sobre os seus.

Ele se esqueceu de tudo o que vinha pensando quando a pele macia e morna da jovem dominou a sua percepção e abalou o seu mundo.

Gareth MacGleann, chefe do clã, líder destemido e inabalável, pela primeira vez na vida ficou com os joelhos bambos.

8

Os celtas tinham um enorme respeito pela natureza e enxergavam nela um meio de se comunicar com os deuses. Nota: O que quer que Gareth MacGleann esteja despertando em mim, eu só posso classificar como um fenômeno da natureza, impossível de controlar ou deter.

— DIÁRIO DE ESTUDOS DE E.H., 1867

Durante um par de horas, eles percorreram os principais cômodos do castelo. Lizzie estava encantada. Tentou resistir em demonstrar o entusiasmo que sentia a cada sala que visitavam. Tentou fingir indiferença e não se importar, porém falhava miseravelmente.

No final do décimo ambiente, adornado com pinturas e esculturas exaltando a cultura celta, ela desistiu de fingir não estar maravilhada e, quando deu por si, conversava com naturalidade com Gareth MacGleann.

— É incrível! — admitiu em voz alta.

Estavam agora em um ambiente que Lizzie julgou ser uma espécie de salão de festas. O seu coração disparou ao notar os padrões celtas intrincados e simétricos decorando as colunas. Eles se estendiam pela parede, cobertos por tinta dourada, e terminavam em arabescos de folhas e galhos, emoldurando as portas que davam para o jardim, ou melhor, para a floresta.

Era um salão enorme, com teto abaloado, e os afrescos que o preenchiam retratavam — Lizzie tinha certeza — o paraíso celta. Um imenso lustre de cristal pendia glorioso do meio do teto, onde reinava o sol da pintura. Aquele castelo, aquele salão, era algo que ela nunca havia visto — nem em seus sonhos mais lúdicos e criativos.

— É maravilhoso! — Ela não conseguiu se conter.

— Eu também acho — Gareth afirmou sem falsa modéstia, afinal o castelo era dele.

— Vocês... hã... vocês são celtas? — ela perguntou, um pouco insegura. Apesar de estarem conversando há algum tempo, as perguntas ou comentários espontâneos dele sempre eram sobre as cenas observadas nas pinturas, e nunca sobre as reais questões de Elizabeth: Quem eles eram? E o que faziam ali?

— Não — ele respondeu, de forma seca, e respirou fundo, parecendo estar se acalmando.

— E por que você usa esse anel, o mesmo da pintura que vi hoje mais cedo? É uma aliança cel... — Lizzie levou as mãos aos lábios, arrependida. Gareth não devia saber que Agnes a levara até lá.

— Tudo bem, minha irmã me contou sobre sua pequena excursão. Disse que você estava curiosa sobre a lenda — comentou ele, parecendo tranquilo. — O anel foi encontrado em um cofre no castelo, e é usado por todos os líderes do clã desde então.

Ela olhou ao redor antes de se voltar para ele.

— Vocês não são celtas?

— Nós somos cristãos.

— E tudo isso?

— Meu tataravô reformou o castelo, incluindo os móveis e a decoração. — Apontou para os espelhos na parede frontal antes de acrescentar: — Este lugar era a grande paixão da vida dele.

— Entendo — ela disse, pouco convicta diante da falta de coerência dos fatos. Tinha milhares de dúvidas fervendo em sua cabeça. Resolveu, com cautela, continuar sua investigação. — Quem o construiu foi o conde Draxton? Este é o castelo de Mag Mell que alguns pesquisadores afirmam existir?

— Tudo indica que sim. O meu tataravô encontrou este castelo abandonado, e o que sabemos é o que a lenda conta. — E cruzou os braços sobre o peito, em uma postura que Lizzie julgou ser mais ameaçadora que relaxada.

A curiosidade venceu a cautela, e ela prosseguiu perguntando:

— Faz tempo que vocês moram aqui?

— Bastante.

Aquilo não era bem uma resposta, e, insatisfeita, ela continuou:

— Vocês realmente nunca saem daqui, e ninguém jamais entrou neste castelo?

— Nós entramos — ele afirmou e deu alguns passos, se aproximando, crescendo para cima dela.

Lizzie ignorou o frio que envolveu seu estômago.

— É claro que sim — ela disse, forçando uma compreensão que não sentia — Refiro-me a alguém de fora.

— Somente você — ele respondeu, aproximando-se mais.

Ela tentou ignorar o ritmo insano em que seu coração batia.

— Foi seu tataravô então quem primeiro veio morar aqui. E quem são os outros moradores?

— São pessoas, assim como você.

— Em quantos vocês são?

— Você terá a oportunidade de conhecer, ou de ver, todos antes de ir embora. — Outra resposta vaga.

— E, antes de mim, há quanto tempo exatamente o castelo não recebia um forasteiro? — Ela tentou mudar a maneira de perguntar as coisas, desejando uma resposta mais clara dessa vez.

— *Stad! Tha e gu leòr, lassie.*

E ali estava o "moça" de novo, acompanhado da ordem para que Lizzie não fizesse mais perguntas. Os pelos de sua nuca se arrepiaram. Culpa, talvez, do sotaque — os "erres" tão puxados, as vogais cantadas —, que provocava alguma coisa em seu sistema nervoso. Era o sotaque, e não a ameaça contida no tom de voz de Gareth.

Havia decidido não se sentir mais intimidada, confiaria nele. E foi para provar isso a si mesma que tentou parecer descontraída.

— É um grande pecado vocês não deixarem ninguém entrar aqui. Este castelo é, sem dúvida, o maior museu da cultura celta. — Ela apontou para os lados. — Existem representações de deuses, pinturas com cenas que devem ter feito parte do dia a dia desse povo e que nunca foram vistas antes, não dessa forma. Como você deve saber — ela abriu as mãos no ar, em um gesto elucidativo —, os celtas tinham uma maneira mais simples de exaltar as coisas, e não escreviam ou pintavam seus costumes. Este castelo é um tesouro, a cultura celta sendo retratada pela nossa maneira de registrar a história.

— Nossa?

— Os... os ingleses.

— Eu não sou inglês. — Ele estreitou os olhos.

Lizzie piscou demoradamente, incomodada. Quem ele era? Quem eram eles? O que faziam ali?

— Eu... eu sei que não. Quer dizer, quem é você, afinal?

Ela estava muito decidida a expor sua nova teoria — "Gareth não me intimida e eu confio nele" — e a ter suas perguntas respondidas, e nem se deu conta de que ele parou próximo a ela, muito perto.

— *Ur ceannard* — ele murmurou.

"O seu chefe."

Nunca um murmúrio lhe parecera tão autocrático antes, nem uma frase provocara tantas reações em seu corpo. O problema era o gaélico. As malditas vogais cantadas formando aquele pronome possessivo — *seu*.

A respiração de Lizzie encurtou, as pernas perderam parte da sustentação, a visão embaçou, e ela teve que olhar para a frente, para Gareth, para dentro dos olhos dele. Gareth a encarava com intensidade, possivelmente esperando a confirmação de que ele era, sim, o seu chefe.

Mas Lizzie se viu incapaz de pronunciar qualquer palavra.

Apesar de já ter anoitecido, a lua cheia lá fora e as velas acesas no lustre tornavam o ambiente quase tão claro como se fosse o sol iluminando tudo.

Lizzie estava perdida nos olhos dele.

Foi a primeira vez em que o olhou dentro dos olhos.

Um rio caudaloso de esmeralda atravessou a máscara, envolvendo-a por inteiro.

Lizzie não conseguia mais respirar, assim como não conseguia se livrar da correnteza magnética que a fez mergulhar no interior dos olhos de Gareth e, enfim, enxergá-lo. Ele era a definição de profundidade. Tantas camadas de tudo o que traz conforto e tudo o que inquieta a alma que ela se viu obrigada a fechar os olhos.

— É você — ela disse, sem se dar conta do que falava. E, ainda entorpecida, repetiu: — É mesmo você.

— O quê?

Ela voltou a encará-lo. Ele havia se fechado. No lugar de um par de olhos profundos que falavam em silêncio, ela notou dúvida e... assombro?

O maxilar dele estava travado.

— O que você disse? — Gareth perguntou.

Sim, era assombro.

— Eu... eu não sei.

E não sabia.

A mão dele envolveu sua cintura, queimando-a como se fossem labaredas de fogo. Lizzie inspirou profundamente ao sentir o contato firme e imparcial que a levava para junto dele. Em um movimento rápido, Gareth a virou até suas costas estarem totalmente coladas no peito largo, desfazendo parte do penteado que cobria a nuca e a orelha da jovem.

As pernas dela amoleceram ao toque áspero que se estendeu do ombro e percorreu toda a linha tensionada de seu pescoço. Os lábios dele quase a tocaram, a respiração mais quente que o sol queimou sua orelha, incendiou-a com tudo o que restava de seu autocontrole.

Lizzie respondeu com um gemido baixo e longo, sabendo que estava em apuros. Gareth era o tipo de homem que arrancava o que desejava de qualquer pessoa e, naquele momento, ele desejava dominá-la, Lizzie pressentiu, sem conseguir reagir.

O seu corpo foi percorrido por algo nunca experimentado com essa intensidade: desejo. Era isso o que Gareth provocava nela. Um desejo tão cru, possessivo e ditatorial que se sobrepunha ao medo, às dúvidas, à raiva, à razão. Não lhe deixava escolha.

— Você sabe quem eu sou, *lassie?* — ele soprou em sua orelha, enquanto os dedos se enroscavam em seus cabelos.

— Sim — ela arfou, obrigando-se a reagir. — Não — corrigiu-se, mais decidida.

A outra mão que rodeava sua cintura a apertou, e Lizzie expulsou o que tinha de ar pela boca.

— Responda — ele murmurou.

Ela ofegava no mesmo ritmo que ele. A respiração, em sincronia, era como uma dança.

— Eu deveria saber?

— Responda a verdade agora, se você gosta da sua liberdade — ele exigiu, entredentes.

Lizzie sentiu que algo se rompeu na ligação entre eles. A ameaça presente no tom, nos gestos, na maneira como ele a detinha, se sobrepôs ao desejo. Gareth MacGleann mexia com suas emoções de um jeito bastante desconfortável. A presença dele a fazia mergulhar em um caldeira onde tudo fervia e entrava em ebulição.

— Você é a mistura dos meus pesadelos e também dos meus sonhos. — Era a raiva quem falava por ela agora.

— O que você está fazendo aqui no meu castelo, Elizabeth?

— Você é louco! — ela gritou e tentou se soltar dos braços que a detinham como elos de aço em brasa.

— Você sabe quem eu sou? — repetiu ele, ainda mais ameaçador.

–- Você nunca será nada meu, que dirá o meu chefe, *MacGleann*! — Ela colocou ênfase no nome dele, em um tom desafiador.

Ela queria confiar nele, tentou confiar nele, mas não via como isso era possível, diante de tanta instabilidade. Além do mais, nenhum homem era digno de confiança. Lizzie tivera prova bastante disso por culpa de Henrique.

Gareth exigia dela respeito e conseguia outra coisa naquele momento: tremores. E eles começavam nos dedos do pé e se estendiam até o último fio de cabelo. Ela estava apavorada outra vez.

Inferno!
Maldita mulher!
Ele quase a tinha beijado, em bem mais de um momento, mesmo desesperado para entender se ela realmente sabia do que falava. Se ela lembrava quem ele era.

O problema começou quando ela o olhou nos olhos, foi ali que o tempo parou e tudo mudou. Aqueles olhos contavam coisas que ele não queria saber, que nem mesmo lembrava sentir. Foram eles os culpados do seu descontrole.

— É você — ela disse, e Gareth perdeu a razão. A vontade que teve foi de tomá-la nos braços, prová-la, bebê-la, devorá-la, até ela ter certeza de que sempre havia sido ele. — É mesmo você — ela repetiu.

Então o raciocínio voltou e, com ele, a raiva. O que Elizabeth Harold estava fazendo ali?

Quando a deteve para obter as respostas, para forçá-la a falar se fosse preciso, quase se descontrolou umas dez vezes mais. Elizabeth despertava o seu corpo de uma maneira incoerente, louca e sem nenhuma explicação. Por conta do desejo, foi que agiu como o fez: tocando-a, absorvendo o seu cheiro, buscando estar ainda mais perto, precisando dela como um louco, e precisando também das respostas. Era muita necessidade para um homem só dar conta. Por isso, ele a ameaçou novamente.

E então?

Ela começou a tremer, e Gareth podia jurar que chorava também.

Ele travou o maxilar, com muita raiva de si por tê-la assustado. Havia decidido que não faria mais isso e não deixaria nada de mau acontecer a ela. Havia decidido protegê-la do que fosse preciso, cuidar dela, já que era talvez o único responsável por ela estar ali dentro, naquela posição tão frágil.

— Shhh... — Gareth fez, ofegante, e afrouxou os braços que a detinham. — Calma, eu... Perdoe-me.

Ela tentou se soltar, mas Gareth se afastou apenas o suficiente para virá-la de frente para ele.

— Me solte! — ela exigiu, entredentes.

111

E ele mergulhou em um oceano que transbordava e refletia a luz das velas. A certeza de que era ele quem provocava aquelas lágrimas o desarmou quase completamente. De novo.

— Espere — pediu, um pouco mais ríspido do que pretendia, pelo esforço que precisava fazer a fim de mantê-la entre seus braços.

Ela parou de lutar.

— Eu quero ir para o meu quarto, por favor.

— Olhe para mim.

Ela riu sem achar graça.

— Para a sua máscara?

Ele inspirou e soltou o ar devagar, tentando não se importar com o desprezo na voz dela. Desprezo que certamente aumentaria se ela realmente o visse.

E se Elizabeth soubesse quem ele era, será que isso mudaria alguma coisa em seu julgamento?

— Meu Deus! — ele ofegou, sentindo-se repentinamente cansado.

Ela finalmente voltou a olhar para ele. As maçãs do rosto delicado estavam vermelhas, vários fios de seus cabelos se desprendiam do penteado, criando uma névoa dourada e cobre sobre a pele branca, e os olhos brilhavam, verde-oliva.

Como ela pode ser tão linda?

Elizabeth respirava através dos lábios entreabertos, e o ar que chegava até o rosto dele estava carregado do aroma e do gosto doce dela. Era doce, ele lembrava. Tinha de prová-los de verdade, antes que enlouquecesse... Antes que...

— Deus sabe o que a sua presença tem provocado em mim — confessou. — O meu mundo virou de cabeça para baixo.

Uma ruguinha apareceu entre as sobrancelhas finas e desenhadas dela. Ele quis beijá-la ali, naquela curva, depois no rosto inteiro, e então nos lábios. Um desejo que sabia ser impossível de satisfazer. Desviou os olhos, em uma tentativa estúpida de se distanciar. E o que viu fez a sua boca secar ainda mais: os seios de Elizabeth, cheios e redondos, como duas luas inteiras, respingados de suor prateado e dourado por conta da luz conflitante das velas e do luar.

— Chefe MacGleann — ela disse, com ironia. — Eu posso ir agora, ou o senhor continuará admirando o vale dos meus seios até ele murchar?

Ele perdeu o ar.

Ela havia falado isso mesmo? Que mulher mais ousada e sem limites! Sacudiu a cabeça.

— Se o seu irmão a ouvisse falando assim, você estaria em apuros.

Inferno, por que ele falou aquilo? Por que mencionara o irmão dela?

— Como... Como você sabe que eu tenho um irmão? — ela perguntou, admirada.

Gareth praguejou mentalmente.

— O que eu quis dizer é que eu tenho uma irmã e imagino que, se você tiver um irmão e ele a visse falando desse jeito, não gostaria nem um pouco.

Ela o encarou, enquanto a mesma ruguinha voltava a aparecer entre suas sobrancelhas. Parecia ponderar se dava ou não crédito às palavras dele.

— Eu tenho três irmãos. E tenho certeza de que eles ficariam muito mais enfurecidos se soubessem o que me levou a falar desse jeito.

Ela tinha razão. Ele ficaria muito bravo se algum homem olhasse sua irmã daquela maneira, e seria capaz de matar o homem que olhasse Elizabeth daquele jeito.

Que pensamento louco foi esse?

— Sim, moça, você tem razão.

Apesar de saber que era errado, as mãos de Gareth continuavam na cintura dela. Era impossível não tocá-la. Um silêncio cheio de eletricidade se alongou entre eles.

— Quando eu poderei ir para casa? — ela disse, afinal.

Nunca, pensou em responder. Ele não poderia deixá-la partir.

Você me pertence agora. Queria reivindicar Elizabeth. Mas isso não era verdade.

— Já começamos a construir a ponte, como eu disse antes. Não sei. Alguns dias a mais, uma semana, talvez duas. Não depende apenas da minha vontade. Elizabeth, entenda: nós nunca fizemos isso antes.

A jovem estava aliviada por poder ir embora. Gareth sentiu raiva de si por estar mentindo, e dela por querer tanto partir. Era estúpido sentir algo assim. Não tinha direito algum de se sentir desse jeito, porém não conseguia evitar.

— *Nós* não fizemos? — ela duvidou.

— O meu clã — ele respondeu, sucinto.

Ela assentiu e não perguntou mais nada, o que era quase um milagre, dado o que já conhecia do temperamento da jovem.

— Nesses dias em que você terá de ficar aqui, será que... — *Será que podemos nos tornar amigos?*, ele quis perguntar. — Será que podemos conviver bem?

— Eu tenho escolha?

Não, não tem, Gareth quase afirmou.

— Se estou pedindo é porque, sim, você tem.

Ela bufou, descrente, e ele se irritou outra vez.

— O que mais eu posso fazer, Elizabeth? Estou construindo a ponte. Eu trouxe você para conhecer o castelo. Quero que se sinta bem-vinda aqui pelo tempo que ficar, mas, acima de tudo, eu salvei a sua vida. Será que é incapaz de demonstrar ao menos um pouco de gratidão?

Gareth acreditou que o teto se abriria e cairiam raios sobre a sua cabeça por mentir dessa maneira. Chegou a olhar rápido para cima. Deus não o deixaria passar impune, tinha certeza disso. Afinal ela poderia ter morrido na floresta, mas ele arriscou ainda mais a vida dela a levando para dentro do castelo. Fora ele quem colocara Elizabeth em risco.

— Está bem — disse ela, baixinho. — Me desculpe, é claro que podemos conviver bem. E... obrigada por salvar a minha vida. — Ela esboçou um sorriso não muito convincente.

Gareth sabia que toda aquela oscilação de humor experimentada por ele era motivo suficiente para a jovem temê-lo. As suas emoções estavam tão bagunçadas que ele mal se reconhecia. Deixou os braços envolverem as costas da jovem e a abraçou uma última vez, disse a si mesmo. E quase grunhiu de prazer quando as mãos de Elizabeth subiram por suas costas, retribuindo o abraço.

— Vamos conversar aqui, acho que MacGleann logo estará conosco e... — Vozes masculinas ecoaram pelo ambiente. Vozes que ele demorou a perceber estarem perto demais.

Gareth enrijeceu os músculos do corpo ao notar quatro dos seus conselheiros parados ali, boquiabertos com a cena. Ele ainda tinha as mãos ao redor da jovem, e os braços de Elizabeth também envolviam suas costas.

— MacGleann... O quê? Mas o que é isso? — Malcolm piscou algumas vezes, incrédulo.

Gareth respirou fundo, deixando os braços caírem. Soube ser aquela a última vez que a sentiria assim tão próximo, e não queria ter sido obrigado a terminar o contato daquela maneira. Elizabeth suspirou, parecendo sentir o mesmo que ele.

<hr/>

— Esta é Eliza... Hã... — Gareth limpou a garganta antes de acrescentar, com a voz mais firme: — Esta é Elizabeth Harold. Acredito que vocês ainda não foram apresentados formalmente, não é?

Lizzie não conseguia se decidir entre ficar intrigada com a postura de Gareth, que parecia desconfortável diante daqueles homens, ou sem graça pela maneira analítica com que os quatro a observavam.

Killian havia se acomodado em uma poltrona no canto do salão, mas, quando os homens entraram ali, levantou as orelhas e, em poucas passadas, já estava vigilante ao lado do seu dono.

Uma tensão incômoda se instalou no ambiente.

Gareth a tocou nas costas, de maneira firme e protetora. Lizzie não pôde evitar que uma onda gelada percorresse sua espinha, pela décima vez, como efeito do toque dele. Era apenas um gesto formal, demonstrando que ele estava do seu lado, apoiando-a, porém seu corpo não sabia disso. Seu corpo não sabia de mais nada.

— Elizabeth — Gareth prosseguiu —, esses são meus conselheiros. Meu tio e meu primo-irmão, Kenneth — apontou para os homens mais à direita. Um deles, Lizzie se lembrava de já ter visto: era Duncan. — E meus dois outros primos, Renan e Malcolm.

Era Malcolm quem estava falando assim que entraram na sala. Era ele quem provocava arrepios em Lizzie, e não mais a mão de Gareth. Fora ele quem brigara com Gareth no dia anterior, ela lembrou.

— Muito prazer — disse ela, dobrando levemente os joelhos e se curvando em um cumprimento que considerou adequado para a situação.

Eles não responderam, nem com um aceno de cabeça, e Lizzie torceu para ser culpa do seu gesto, afinal esses poderiam não ser os costumes por lá. Essa poderia ser a maneira de retribuir um cumprimento formal, talvez?

— Você está de máscara? — Kenneth perguntou, surpreso.

Aquele comentário surpreendeu Lizzie também.

— Mas por quê? — continuou o homem. — Você está com...

— O jantar deve estar pronto — Gareth o interrompeu. — Vamos, Elizabeth — disse e deu as costas aos homens, esperando que ela o seguisse.

Lizzie tentou sorrir para os conselheiros, que a encaravam, atônitos.

— Com licença — ela murmurou, porque a educação dada por sua mãe foi muito eficaz. E saiu do salão novamente, bastante intimidada.

Assim que cruzou as portas duplas e amplas, atrás de Gareth, Lizzie ouviu um dos homens perguntar de maneira ríspida:

— É por causa dela, não é?

— Acredito que sim — respondeu outro.

— Meu Deus, eles estavam abraçados? — a mesma voz indagou.

— Sim... nós teremos de ter...

As palavras se perderam conforme Lizzie aumentava a velocidade de suas passadas a fim de alcançar Gareth. Aquele homem cheio de segredos, que andava nas sombras e se escondia atrás de uma máscara, despertando sensações

115

irracionais e poderosas em seu corpo, era a pessoa que mais se assemelhava a um amigo para ela ali. Diante dessa certeza um tanto assustadora, Lizzie o seguiu ainda mais rápido.

A sala onde ocorrera o jantar da noite anterior caberia em um canto daquele enorme salão. Lizzie estava sentada na mesa principal, perto de Gareth. Ali também estavam Agnes, os conselheiros e as esposas.

Infelizmente, Malcolm havia ocupado o lugar à sua direita. Gareth sentou mais ao meio da mesa, de seu lado esquerdo. Havia também quatro outras mesas dispostas em linhas perpendiculares. Lizzie contou umas quarenta pessoas.

"São os meus parentes próximos", Gareth explicara a ela, assim que entraram.

Apesar da maneira desconfortável como foi encarada no começo do jantar, após meia hora esqueceram sua presença, ou a bebida e a comida eram mais interessantes que a tentativa de intimidá-la.

Ofereceram-lhe cerveja, que ela apenas bebericou. Não podia e não devia esquecer: não era uma convidada. Aquelas pessoas não a enxergavam como uma igual, especialmente Malcolm. Ela o olhou de lado e se surpreendeu ao encontrá-lo espreitando-a, como se ela fosse a peste negra materializada. Instintivamente, virou os olhos para o extremo da mesa, onde Kenneth, outro conselheiro de Gareth, a encarava com cenho franzido e igual animosidade.

Infelizmente, nem todos haviam esquecido a presença dela ali.

Um frio envolveu o seu estômago.

Ela engoliu o desconforto e a vontade de sair correndo, pegou seu copo de cerveja, mas conseguiu apenas molhar a boca. As suas mãos tremiam, era vergonhoso.

Lançou um olhar rápido para o lado, comprovando, nervosa, que Malcolm ainda a observava, transbordando ódio. Sem pensar, ela recolheu as mãos, apoiando-as sobre as coxas, e olhou para baixo. Odiava se sentir tão intimidada e ameaçada. Odiava aquele desconforto. Ofegante, fechou os olhos e os abriu, surpresa, em seguida, ao notar uma mão quente apertar a sua em um gesto de apoio: Gareth MacGleann a confortava.

— Está tudo bem, *lassie*... Não fique assim — ele murmurou, próximo à sua orelha, fazendo os pelos de sua nuca arrepiarem e sua respiração acelerar.

Ela respirou fundo, concordando. Buscou em seu interior a coragem e tentou se convencer de que ninguém mais a intimidaria naquele castelo. O medo e a insegurança, com certeza, só pioravam a sua situação ali.

— Elizabeth — Malcolm elevou a voz —, ou devo chamá-la de milady?

Tentou sorrir e olhou para Gareth. Ele estava concentrado na ruiva deslumbrante sentada a seu outro lado. Será que Gareth MacGleann era casado e não lhe falou nada?

Sentiu-se incomodada com aquela ideia e nem mesmo entendeu o porquê.

— E então? — Malcolm insistiu, e ela se virou para responder.

— Pode me chamar de Elizabeth.

Ele aquiesceu, com uma cortesia forçada.

— E me diga, Elizabeth... Você não acha uma enorme coincidência a jovem, filha de um duque inglês, ter sido assaltada e, ao fugir, se deparar com este castelo?

Não era uma pergunta amistosa, e o coração de Lizzie disparou. Ela buscou o apoio de Gareth, que agora a vigiava. O chefe aquiesceu com a cabeça.

Ele quer que eu responda, Lizzie entendeu e inspirou devagar, antes de dizer:

— Eu não planejei ser assaltada, senhor.

— Para onde mesmo você se dirigia? — O homem estreitou os olhos antes de concluir: — Cawdor Castle?

— Sim.

— Por que diabos alguém que se dirige para Cawdor Castle entra em uma estrada que aumentará o tempo de viagem?

Os lábios de Lizzie tremeram de raiva. Ela estava sendo interrogada novamente.

— Disseram-me que era um atalho.

Malcolm gargalhou, com frieza.

— Seria se aquela estrada fosse usada mais de uma vez, a cada cinquenta anos.

— O que o senhor está insinuando?

— Talvez — disse ele, com frieza — a senhorita tenha saído de casa disposta a encontrar este castelo.

— Eu não fiz nada de errado — disse, sem conseguir se conter.

— Não, é claro que não — o homem replicou, com ironia.

Ela apertava a borda da mesa com força, entendendo o motivo que levou Gareth MacGleann a brigar com Malcolm. Ele era horrível, irônico e prepotente.

— E o nosso chefe — prosseguiu Malcolm, com arrogância — vai nos explicar por que está mascarado, após tanto tempo sem fazer isso?

Tanto tempo sem fazer isso?, ecoou nos pensamentos de Lizzie.

— Já chega, Malcolm. Você sabe o porquê de eu usá-la vez ou outra — respondeu Gareth, com firmeza. — E, se não parar de tentar intimidar a nossa convidada, eu vou pedir que se retire da mesa.

— Eu achei que você estivesse de máscara com esse propósito — o homem murmurou.

Gareth se ergueu de uma vez.

— Elizabeth será tratada como minha convidada por todos aqui. Se alguém se opuser, deixe esta sala, e eu mesmo me encarregarei de aplicar a punição adequada diante de tamanha insubordinação. *Bha mi soilleir?* — ele perguntou.
— *Bha mi soilleir?* — repetiu, mais alto.

"Eu fui claro?", Gareth indagou, buscando seus conselheiros com o olhar. Quando todos concordaram, e ninguém deixou o salão desafiando sua ordem, ele voltou a se sentar.

Lizzie foi capaz de ouvir a respiração alterada de Gareth a seu lado, e lágrimas involuntárias cobriram seus olhos, mas não eram mais de medo ou nervosismo, e sim de gratidão.

— Obrigada — disse, baixinho.

Ele assentiu de maneira sucinta, como um monarca que acaba de conceder um presente a um súdito. Em meio àquele absurdo, havia mesmo sido um presente. Ela não tinha feito nada de errado e não estava naquele castelo por vontade própria. Lizzie realmente se sentiu grata por Gareth a ter defendido das provocações de Malcolm. Se Gareth não podia adiantar a construção da ponte, ao menos tentava tornar sua estadia mais confortável.

— *Carson a tha thu a 'dèanamh sin?* — a ruiva perguntou para Gareth.

"Por que você fez isso?", Lizzie entendeu.

Ele pegou na mão da mulher antes de responder:

— *Mo charaid, chan eil an teagamh mo cho-dhùnaidhean.*

Com o coração acelerado, Lizzie traduziu o que ele dizia: "Minha amiga querida, não me questione".

Suspirou aliviada. Gareth era apenas amigo daquela mulher. Lizzie se sentiu confusa e tola. Não tinha motivos para estar aliviada por essa comprovação Um pouco mais relaxada, se forçou a comer.

— Brenda — principiou Gareth algum tempo depois —, Elizabeth fala gaélico — disse sem se voltar para Lizzie, como se ela não estivesse mais lá.

Ele continuava segurando com carinho a mão da tal Brenda. A ruiva lançou para Lizzie um olhar surpreso e desconfiado. Lizzie se remexeu na cadeira, sem saber qual dos dois fatos a incomodava mais: ser ignorada por Gareth ou o assistir sendo tão carinhoso com outra mulher. Acabou o jantar sem ter metade de suas questões respondida. Talvez — convenceu-se mais tarde — nunca tivesse todas as respostas sobre aquele lugar.

9

O castelo de Mag Mell existe e, neste momento, eu escrevo de dentro dele. Como uma estudiosa da cultura celta, sou obrigada a relatar, anotar e ilustrar tudo o que for possível durante o tempo em que permanecer aqui.

— DIÁRIO DE ESTUDOS DE E.H., 1867

Lizzie estava no castelo havia sete dias. Momento a momento, as coisas mudavam, e a percepção dela sobre aquele lugar se alterava também. Gareth se tornou uma companhia frequente em suas noites, e Agnes, a irmã mais nova dele, em seus dias. Lizzie lembrou que, na tarde seguinte àquela noite no salão de festas, Agnes entrara em seu quarto quase saltitando.

— MacGleann sabe que você está aqui? — Lizzie perguntara assim que a jovem cruzou a porta.

— Sim, é claro que sim... Vamos. Ele me pediu para lhe mostrar a outra ala do castelo... Ele não contou? Não temos mais restrições sobre aonde ir. — E, animada, a puxara pela mão.

Lizzie suspirara devagar.

— Então vamos.

Agnes sorrira.

— MacGleann me deixou fazer algumas perguntas. Tenho tantas sobre como são as coisas lá fora! — Ela fizera uma pausa, pensativa. — Não poderei fazer todas que quero, mas as que estão nesta lista, sim. — A jovem tirara um papelzinho do bolso do vestido e o sacudira no ar, fazendo Lizzie arregalar os olhos, assustada. — Não são tantas assim, apenas as que Gareth permitiu — Agnes se justificara.

— Ahhh. As regras de MacGleann... Outra lista — ela constatara, um pouco irritada.

— Sinto muito.

Lizzie e Agnes vinham saindo juntas todas as tardes. A jovem falava mais rápido que pensava e a fazia sorrir. Deram-se tão bem e conversavam durante tanto tempo que quase não se lembravam dos limites entre elas, limites como a lista de perguntas permitidas. Essa era uma das muitas regras estranhas daquele castelo.

Lizzie abotoou a camisola, lembrando-se das outras: não podia sair do castelo, "ainda"; podia fazer todas as perguntas que quisesse, mas não teria todas as respostas; não podia sair do quarto sozinha, deveria ter sempre alguém a acompanhando, fosse Agnes, Joyce ou Gareth; não podia se aproximar de Gareth, não mais do que ele permitia — de todas as regras, essa era a que mais a incomodava.

Na verdade, ela tinha a impressão de que a imposição de distância piorava as reações meio absurdas do seu corpo quando estava perto dele: coração disparado, arrepios, pernas bambas. Sem mencionar que o convívio diário com Gareth MacGleann vinha destruindo a muralha erguida anos atrás no coração de Lizzie, alterando devagar a sua decisão de não se abrir mais para homem nenhum. Por razões que ela mesma desconhecia, Lizzie se sentia confortável e acolhida quando estava na presença de Gareth.

Bufou, inconformada.

Como era possível se sentir assim?

Nem sequer o rosto dele ela tinha visto ainda. Gareth podia ser um ser amorfo, ter chifres no lugar de cabelos, olhos vermelhos e rosto peludo como o de um lobo ou dentes de leão e... *Estou louca.*

Não era de estranhar. Desde que chegou ao castelo, os sonhos dela se tornaram bastante estranhos. Lizzie ainda continuava despertando com a impressão de ter sido tocada, observada, e vinha desejando — para o seu total espanto — que as sensações noturnas fossem culpa de Gareth. E, só para ter certeza de que não estava realmente perdendo a cabeça, ela decidiu esperar acordada naquela noite.

Deitou-se, vislumbrando as sombras projetadas por todos os lados do quarto, buscando se agarrar em pensamentos empolgantes. Lembrou-se da infância e dos sonhos com o lobo, dos seus irmãos e dos pais, e murmurou uma prece celta por Camille:

— Que o caminho venha ao teu encontro. Que o vento sempre sopre às tuas costas e a chuva caia suave sobre teus campos. E, até que voltemos a nos encontrar...

Três batidas firmes na porta a fizeram se sobressaltar.

Quem será?

Gareth estava parado diante da porta do quarto de Elizabeth. Tinha acabado de anunciar sua presença. Há pouco havia conversado com tia Joyce e se convencera de que estar ali, prestes a fazer um convite à jovem, era uma boa estratégia, era o que deveria ser feito.

Para ir à festa na manhã seguinte, ela precisaria saber mais sobre seu povo. Portanto, Gareth teria que responder a algumas perguntas da moça naquela noite.

Levantou o braço para bater novamente na porta, mas deteve o movimento, lembrando-se da conversa que tivera com a tia:

— Mantê-la isolada de todos, presa neste castelo, não facilita a situação dela, Gareth, só dificulta. Você deve fazer com que ela seja aceita e vista por todos da vila. As pessoas estão comentando... e, acredite, inventam histórias bastante criativas.

— Ela janta conosco todas as noites, o que mais eu posso fazer?

— Ser vista somente pelas pessoas que moram no castelo não é a saída. Por que você não a leva aos jogos amanhã? — a tia sugerira. — Peça para Agnes ir com ela.

— Eu não sei se...

— As pessoas estarão distraídas com os jogos e com as celebrações. Ela deixará de ser a atração principal em pouco tempo.

— Se eu a deixar ir embora, quanto menos ela tiver visto, melhor... inclusive o meu rosto.

— Deixá-la ir? Gareth, você sabe que os outros jamais a deixarão partir. Por mais autonomia que você tenha, meu filho, isso você não decidirá sozinho. Isso colocaria a vila inteira em perigo, todos nós. Tudo pelo que lutamos e construímos ao longo desses anos.

— Eu sei. — E sabia mesmo, porém um lado grande dele ainda nutria a esperança de arranjar um jeito de deixá-la partir.

A verdade é que não queria mantê-la ali contra a vontade dela. E achava impossível convencê-la a ficar, mesmo expondo os reais motivos para tal decisão.

A verdade mesmo era que Elizabeth o assustava.

Ela colocava em xeque seus conceitos e desejos, e o fazia pensar em coisas que nunca pensara antes. Queria que ela fosse embora, talvez até mesmo precisasse disso.

Mas, por ora — Gareth voltou a afirmar para si mesmo —, a sugestão de sua tia era a conduta mais razoável. Ele teria de apresentá-la a todos, mostrar que ela era uma pessoa normal.

Ele expirou lentamente, ainda com a mão erguida para bater outra vez na porta.

Teria também que tirar a máscara, deixá-la ver o seu rosto. Entendia que o fato de ele estar coberto desde que Elizabeth chegara levantava suspeitas. Os seus conselheiros deviam estar se perguntando se ele não se revelava para ela porque pensava em deixá-la partir, e isso certamente só complicava toda aquela situação.

Entretanto, poderia aguardar um pouco mais.

Até mesmo porque... e se ela lembrasse? Era uma possibilidade bastante remota, mas que Gareth não descartava por completo.

E talvez, um lado pequeno dele, não se sentia pronto para que ela o visse e conhecesse a dor que moldou a sua vida e o seu corpo.

Amanhã eu jogarei de máscara, decidiu-se, e com isso em mente voltou a bater na porta, mais convencido e até mesmo aliviado.

Elizabeth finalmente abriu.

— MacGleann? — Ela parecia confusa.

A luz da única vela que ele levava e a vaga iluminação das tochas no corredor não clareavam muita coisa, mas Gareth perdeu o ar. A luz foi suficiente para ele ver que Elizabeth usava apenas uma camisola fina de algodão. Os cabelos estavam presos em uma trança frouxa que caía pelo pescoço, moldando-se à curva dos seios dela.

Ele engoliu em seco.

— Hum — limpou a garganta, obrigando-se a olhar para os pés dela. Deu graças por estar usando um capuz largo, assim Elizabeth não o surpreenderia perdido em seus seios outra vez. — Sim, sou eu — confirmou e não reconheceu a própria voz.

— Aconteceu alguma coisa?

— Não, eu só preciso falar com você... Posso entrar?

— É claro.

Ele a observou sumir dentro do quarto e a seguiu. Sentou-se em seguida, próximo ao fogo da lareira, apertando as mãos nos braços da poltrona com força ao vê-la vestir o penhoar, iluminada apenas pela luz das chamas. Ela não tinha a mais vaga ideia de como aquela imagem era sensual. De como aquela imagem encheu sua mente com diversas cenas, e nenhuma delas a incluía colocando peças de roupa, e sim tirando-as. Sem saber que contrariava as fantasias dele, Elizabeth agarrou uma manta ao pé da cama e se enrolou nela antes de se sentar à frente dele.

Apesar de estarem em abril, a temperatura das Highlands ainda era bastante fria. Na verdade, era assim em quase todas as épocas do ano.

Eles ficaram um tempo em silêncio. Elizabeth o sondava, atenta e fixamente. Será que enxergava o rosto dele? Gareth se mexeu, desconfortável, e resolveu iniciar logo a conversa.

— Elizabeth, o que você quer saber sobre o castelo e as pessoas que moram aqui?

Notou os olhos dela se arregalarem, surpreendidos.

— Você está falando sério?

Ele ficou quieto, encarando-a. Elizabeth não dava crédito às suas palavras.

— Se você não tem nada a perguntar, eu vou embora — ele disse e colocou as mãos nos braços da poltrona, fazendo menção de se levantar.

— Não! — ela contrapôs, rápida. — Espere, eu não tenho apenas uma, mas um milhão de perguntas.

Os lábios dela se curvaram em um meio sorriso.

— Então é melhor você começar, *lassie* — respondeu e também sorriu.

Gareth percebeu que Elizabeth conseguia fazê-lo sorrir com mais frequência que o normal.

Notou-a morder o lábio e olhar o fogo da lareira, pensativa.

— Você acredita na lenda? — quis saber ela, voltando-se para ele.

Ele abriu a boca para responder e parou.

— Sério? Essa é a sua primeira pergunta?

— Sim. — Ela encolheu os ombros.

— Não, eu não acredito.

— E de onde Killian veio?

— Ele apareceu aqui quando era um fi... Espere... — Ele gargalhou antes de acrescentar: — Você está achando que ele é o lobo da lenda? — E gargalhou de novo. Realmente ela o fazia rir com muito mais frequência que o normal.

— Coloque-se no meu lugar e olhe para tudo isso ao seu redor... inclusive para você mesmo.

Sim, ela tem razão. Devo parecer mesmo uma criatura lendária, pensou, e todo o bom humor que estava sentindo se esvaiu.

— Este castelo é apenas um amontoado de pedras. A história encantada à qual você se refere é somente uma lenda antiga e tola. E o lobo? — Ele soprou um riso, com força. — Nada mais é que um cachorro perdido. Se você não tem nada sério para perguntar, eu vou para o meu quarto...

— Desde quando vocês moram aqui? — interrompeu, parecendo ansiosa.

— Muito bem. — Recostou-se na cadeira. — Meu tataravô foi quem encontrou o castelo e quem o reformou, em meados do século XVIII. Desde então, nós vivemos aqui.

Ela enrugou a testa e umedeceu os lábios. Gareth inspirou devagar.

— Isso foi na época da Batalha de Culloden. Foi por isso que vocês vieram para cá? — Lizzie perguntou.

Ao descobrir que a filha de um duque inglês falava gaélico e estudava os celtas, acreditou que nada mais sobre Elizabeth poderia surpreendê-lo. Porém não pôde evitar um sentimento de orgulho ao perceber que a jovem conhecia a história de seu povo. E a conhecia tão bem e era tão inteligente que, em poucos segundos, chegou à conclusão acertada do motivo de eles estarem ali.

–- Você está certa, moça.

E lá estava aquele sorriso contido nos lábios dela. E lá estavam os pelos da sua nuca arrepiados, reagindo ao sorriso de Elizabeth

— O clã inteiro veio para cá? — Ela puxou os pés para cima da poltrona e abraçou os joelhos com a manta.

Parecia uma menininha. Gareth piscou fundo diante da lembrança dessa imagem. *Isso!*, concluiu, exultante. Tinha de se focar nessa lembrança, ela era uma menina. Uma criança. Ele jamais sentiria desejo por uma menina tão nova quanto ela.

— Praticamente o clã inteiro. Meu tataravô era líder de um clã importante e muito rico. Os seus dois irmãos mais novos, sem que ele aprovasse, apoiaram os jacobitas. — Gareth esfregou um pouco as mãos por causa de um vento frio ao acrescentar: — Ele já conhecia o castelo e passava algum tempo aqui. Quando soube da possível derrota dos clãs, percebeu que a única maneira de proteger sua família era ordenando que se mudassem em segredo para cá. Algumas pessoas vieram, outras ficaram nas terras do clã no oeste da Escócia, próximo à ilha de Skye.

Lizzie o observava, pensativa.

— Até quando pessoas do clã moraram fora do castelo?

Essa era uma pergunta que ele não poderia responder. A verdade era que algumas ainda moravam fora do castelo.

— Até algum tempo atrás. — Tentou ser vago.

— Eu imagino que vocês vieram para manter os seus costumes, para manter a liberdade, o direito de todo homem e mulher... Vieram a fim de escolher, se assim desejarem, manter as próprias tradições. — Ela se aninhou na manta. — Agora eu entendo, Gareth MacGleann, o que vocês fazem aqui.

A voz dela estava embargada. A ideia de que a história deles podia de alguma maneira tocá-la, emocioná-la, fez o ar ficar denso e difícil de respirar. Gareth engoliu com força o bolo formado em sua garganta e se viu surpreendido por ela uma vez mais.

— E os que estavam aqui dentro nunca mais saíram, nem mesmo para saber o que acontecia no mundo fora destes muros? — Elizabeth continuou, com a voz mais firme.

— De tempos em tempos alguém saía. Além disso, mantínhamos contato com aqueles que tinham parte da família aqui dentro e continuavam morando fora, apenas para fazerem essa ligação.

— Tinham?

— Todos estão no castelo agora. — Era quase verdade; ele não poderia contar tudo. Não sem se comprometer demais.

— E vocês nunca pensaram em voltar? — Ela suspirou. — Bom, as coisas estão diferentes agora.

— Estão mesmo? — Gareth perguntou, com ironia contida, deixando claro que não concordava com aquele ponto de vista.

— Os kilts, por exemplo, voltaram a ser permitidos e... eu acho que, se tentarem, as coisas serão diferentes, e vocês terão...

— Por que voltar, moça? Para responder a um líder que não entende ou valoriza as nossas tradições? Para conviver e disputar com um povo para quem sempre seremos selvagens, bárbaros? Um povo que sempre acreditou que os costumes deles — Gareth apontou para ela — eram os únicos certos. Não, *lassie*, nós estamos bem aqui. E, além do mais, o que você pode saber? Você é a filha de um duque.

Gareth estava frustrado e um pouco irritado consigo mesmo. Que idiota ele fora ao acreditar que ela os entenderia ou seria diferente. Elizabeth, apesar de ter uma educação cultural bastante ampla, era a filha de um duque inglês e sempre se comportaria como tal.

Lizzie se mexeu, parecendo desconfortável.

— Você não sabe o que está falando. O meu pai pode ser um duque, mas ele é diferente. Você não conhece a minha história, nem a história da minha família.

O estômago de Gareth se contraiu. Ele conhecia, sim, a história dela e sabia que os Harold eram mesmo diferentes.

— E por que você não me conta? — perguntou, incapaz de se deter.

Ela ficou em silêncio, contemplando a lareira. Gareth acreditou que ela não falaria mais nada. Lizzie se virou para ele com os olhos cheios de emoção.

— Eles não fazem distinção entre as pessoas, eles respeitam as diferenças... Antes de ser duquesa, minha mãe até fome passou. Ela não se envergonha disso, muito pelo contrário. Meus pais nos criaram para sermos pessoas justas, pois acreditam que o mundo pode ser um lugar melhor... Vocês podem até estar tentando criar o mundo ideal aqui dentro, mas nem todos precisam se isolar para fazer isso.

Gareth, que estava de olhos fechados, aproveitando o som calmante da voz de Lizzie, sentiu o maxilar pulsar diante da prepotência daquelas palavras.

— Como eu disse, você realmente não entende.

— Vocês não podem viver isolados do mundo para sempre.

Quem ela pensava que era para dizer uma coisa dessas?

— Este é o nosso mundo — ele murmurou, entredentes, controlando-se para não gritar. — Aqui dentro eu sou respeitado, sou admirado. Sair para ser tratado com desprezo, para ser uma maldita aberração? — Parou, assustado com a própria confissão.

Ela voltou a mirar o fogo.

— Você não me entendeu — Lizzie justificou. — Eu respeito a escolha de vocês. Eu respeito e admiro tanto a sua cultura que boa parte da minha vida passei estudando o povo que deu origem a muitas de suas tradições. Quando criança, eu acreditava que a minha família seria perfeita se tivéssemos nascido em um clã das Highlands ou da Irlanda... O que eu não entendo é por que desistir de lutar por aquilo que vocês acreditam. Porque isto aqui — ela apontou ao redor — pode ter sido a melhor solução há quase dois séculos, quando parecia não haver outra saída, mas hoje? Vocês não devem desistir de lutar, não devem viver escondidos pelo resto da eternidade.

— *Nach tuig sibh!*

— Não, eu não entendo — confirmou ela, com a voz falha. — Por que vocês não lutam por aquilo que acreditam?

Ele inspirou e expirou o ar algumas vezes, a fim de se acalmar antes de responder. Do contrário, levantaria da poltrona e sacudiria a jovem pelos ombros até ela pedir desculpas por sua arrogância, por sua ousadia. Mas Gareth lembrou que Elizabeth não sabia de tudo. Eles não desistiram de lutar há duzentos anos, de tentar conseguir o espaço e a liberdade que seu povo merecia. Eles deixaram de fazer isso realmente há apenas vinte anos. A noite que mudou a sua vida também mudou o destino de sua família. Lizzie não sabia disso, e não poderia saber. Pelo menos não até Gareth ter certeza de qual seria o futuro dela, dentro ou fora do castelo.

— Nós não lutamos apenas contra os interesses da Inglaterra, lutamos também contra a ganância e a desunião de nosso próprio povo. Os clãs nas Highlands e na Escócia nunca se uniram totalmente. Talvez por isso, até hoje, não somos um país independente. Talvez por isso também tenhamos perdido tantas vidas em tantas batalhas, além da nossa liberdade.

Lizzie aquiesceu em silêncio antes de ele prosseguir:

— O meu povo não quer mais lutar para viver, para sobreviver... Aqui — ele fez uma pausa para dar ênfase à palavra — nós vivemos em paz, os pequenos conflitos são resolvidos como a grande família que somos e honramos.

Elizabeth ainda olhava para o fogo quando falou:

— É mesmo triste.

Devagar, ele encheu os pulmões de ar. De repente, sentia-se cansado. Fora até ali acreditando que a jovem faria meia dúzia de perguntas e que ele as responderia sem maiores complicações. Entretanto o que acontecia agora era uma batalha mental, estressante e exaustiva. Comprovou — e com raiva de si mesmo por ter demorado tanto a perceber — que nada com ela acontecia de maneira insossa e equilibrada. Elizabeth era o fogo se encontrando com o ar, a cada respiração dada por ela.

— Acabaram-se as perguntas? — Gareth induziu, na esperança de que ela entendesse a indireta contida em seu tom de voz.

— É mesmo triste que um povo tenha de se esconder para poder viver a sua liberdade em paz.

Ela não entendeu, e Gareth bufou.

— Nós não nos escondemos. Esta é a nossa vida, o nosso mundo, e nós somos felizes, Elizabeth.

Ela fez uma pausa, pensativa, e franziu o cenho.

— Afinal, em quantos vocês são?

— Quase quatrocentas pessoas — Gareth revelou, e Elizabeth entreabriu a boca, surpresa. — Sim — ele confirmou, com orgulho.

— Meu Deus! E eu achava que fossem apenas vocês! Quer dizer, algumas poucas pessoas a mais. — Lizzie olhou para o próprio colo, circunspecta. — Talvez você esteja certo, afinal. Eu não conheci nada ainda, acabei de chegar e logo devo partir... Quem sou eu para julgar a escolha de tantas pessoas, não é mesmo? — perguntou, dando um sorriso tímido.

Gareth se remexeu, inquieto, quando o sorriso dela aumentou, iluminando o quarto e clareando muito além do ambiente. Aquele sorriso chegou perigosamente até as curvas escuras do seu coração.

— Um verdadeiro clã escocês das Highlands!

— Sim.

Lizzie continuou, sorrindo, com ar sonhador:

— Vocês mantêm as tradições intactas? Realmente conseguiram isso?

— Sim, *lassie*. Nós realmente conseguimos isso — ele respondeu, tentando se manter distante das emoções. — E é por isso que eu estou aqui.

— Eu sei, já entendi — concordou. — Apesar de eu ainda achar que vocês poderiam tentar...

— Não, você não entendeu — ele a interrompeu antes que voltassem a discutir. — É por isso que eu estou aqui no seu quarto.

Ela balançou a cabeça, confusa.

— Amanhã é um dia de festa e de jogos. É uma grande celebração e... você poderá ir.

Elizabeth arregalou os olhos.

— Jura?!

Ele acenou com a cabeça, concordando.

— Meu Deus! — comemorou ela. — Será incrível!

Ele ergueu os ombros, sem conseguir deter uma onda quente em seu peito diante do entusiasmo da jovem.

— É uma festa bastante animada...

— Ah, meu Deus! — Ela deu um gritinho, abafado pela mão. — Amanhã é 1º de maio, não é?

Gareth apertou as têmporas, começando a entender aonde ela iria chegar.

— Sim, por quê?

— É um dos maiores festivais celtas. Vocês... vocês festejam o dia de Beltane?

— É apenas uma data comemorada há muito tempo, Elizabeth. Não tem nada a ver com um festival pagão.

— O que vocês celebram? — Os olhos dela brilharam.

— O que celebramos desde sempre: a vida, as riquezas, a união do clã.

— A fertilidade, o início da primavera, a união do masculino e do feminino, como celebravam os celtas! O dia do deus do fogo e da Mãe Terra!

Ele fez uma pausa pensativa antes de responder.

— Nós acendemos uma fogueira, dançamos, bebemos e jogamos. Celebramos o fogo que nos mantém aquecidos no inverno e assa nossos alimentos. Mas não, isso não tem nada a ver com a religião pagã.

Ela franziu o cenho, contrariada.

— Você sabe o que significa "pagão"?

— Não, não sei — ele mentiu.

— Povo do bosque.

— Nós celebramos esse dia desde que nos conhecemos como clã e somos católicos há mais tempo do que somos capazes de lembrar.

— Estamos em um castelo construído por um líder poderoso, e ele seguia a antiga religião — ela disse, desafiadora.

— Um castelo encontrado por meu tataravô católico.

— Qual é a origem do seu clã?

— Isso não vem ao caso.

— Viking?

— Escocês — ele ralhou.

— Bretão? Picto? — ela continuou tentando. — Muitos clãs escoceses são descendentes dos celtas. E vocês?

— Nós também, mas isso não quer dizer que somos pagãos.

— Pagão... Você usa o termo como se fosse uma ofensa. — Ela fez uma careta descontente.

Ele se levantou a fim de sair do quarto, e ela o seguiu, deixando a manta cair.

— Eu me orgulho de minha origem — Gareth declarou e bateu a mão no peito. — Do meu passado, do meu povo, do que nós éramos e do que nos tornamos. Mas, se você quiser ir ao festival amanhã, não mencione o tema da religião. Isso não é um pedido.

Gareth sentiu sua resistência uma vez mais esmorecer. A luz do fogo coloria a pele branca de Elizabeth de dourado e laranja, como o alvorecer nas montanhas da Escócia, ela mesma a terra alva, Alba em gaélico, tão imperiosa, pura e mística quanto a primeira hora da manhã.

Elizabeth suspirou, vencida.

— Está bem. Me desculpe. — E baixou os olhos.

— Elizabeth — ele a chamou, arrependido por ter sido um pouco rude novamente, e resolveu explicar o porquê da sua exigência. Se ela fosse ficar entre eles, era bom que os conhecesse melhor e soubesse dos problemas que enfrentavam. Talvez especialmente dos problemas. — A grande maioria de nós é formada por católicos. Não temos sacerdotes ou padres, mas estudamos a Bíblia e seguimos os seus ensinamentos. Porém existe um grupo de pessoas que, com o passar do tempo, se interessou por outra religião... — Ele respirou, devagar. — Eu sou um líder católico, entretanto não proíbo ninguém de seguir aquilo em que acredita.

Os olhos dela se iluminaram, cheios de entusiasmo.

— Isso gera alguns problemas de relacionamento entre certas pessoas — ele continuou, ponderado. — Não quero que você se envolva nesse tipo de discussão, entende? Não quero você metida em problemas.

Ela aquiesceu em silêncio e, antes que Gareth pudesse reagir, o abraçou. As mãos tocaram o seu tronco, e uma onda de choques percorreu o abdome. Instintivamente ele a afastou e deu dois passos para trás, surpreso.

— Desculpe, eu... É só que eu queria agradecer... — Lizzie balbuciou, assustada. — É como um sonho, tudo isso, viver tudo isso e... Desculpe.

Gareth soltou o ar retido nos pulmões.

— Eu vou para o meu quarto.

— Desculpe — ela repetiu.

— Amanhã, Agnes ficará com você o tempo inteiro. Ela já foi instruída a orientar e cuidar de você.

Ele virou as costas e deu alguns passos em direção à porta, ainda atordoado pelo recente contato.

— Gareth — ela chamou, detendo-o. — Por que você esconde o rosto?

— Porque sim — ele respondeu, sem se virar para ela.

Elizabeth tocou seu ombro. Ele não havia percebido a aproximação dela.

— Eu... — ela disse, em um sussurro. — Eu queria tanto ver o seu rosto... Por que você se esconde?

— Eu nunca me escondo — falou para si mesmo.

— Por quê?

Porque eu não quero que você me veja, pensou, sem dizer. *Não ainda. Talvez nunca.*

— As perguntas acabaram e as respostas também — ele disse, por fim, e voltou a se afastar.

— Gareth. — Ele parou mais uma vez. — Seja o que for que você esconde, isso não mudará nada. Eu jamais faria algo para prejudicar você... — Ela tornou a pausar. — Pode confiar em mim.

Será?

— Boa noite — ele disse e saiu do quarto, sem querer ouvir mais uma palavra.

Pouco a pouco, Elizabeth entrava por baixo de sua máscara, por dentro de sua pele. Infiltrando-se devagar, ela alcançava um lugar que Gareth jamais mostrara a ninguém.

10

O que mais me intriga no castelo de Mag Mell é o chefe daqui. Eu sei que essa não é uma observação teórica ou elucidativa sobre a cultura celta, mas, verdade seja dita, Gareth MacGleann é o que existe de mais misterioso e inquietante dentro dessa construção.

— DIÁRIO DE ESTUDOS DE E.H., 1867

Envolta em uma carícia lenta e sedutora, Lizzie suspirava, entorpecida. Sem conseguir enxergar, buscou a mão que se aninhava em seus cabelos. Um gemido lânguido escapou do seu peito quando os dedos quentes contornaram a linha do seu pescoço e desenharam a superfície da sua clavícula. Ela lutou contra o sono, ainda tentando entender quem a tocava dessa maneira tão terna.

Com um esforço grande, Lizzie conseguiu abrir os olhos e piscou lentamente, absorvendo a luz fraca que queimava a lenha. Esfregou as mãos no rosto e ouviu o barulho de algo sendo arrastado. Lutou contra o torpor do sono, vislumbrando uma sombra desaparecer dentro da parede.

Parecia a sombra de um homem.

Homens não atravessam paredes.

Sombras não nos tocam enquanto dormimos.

Sua respiração se acelerou.

Se Lizzie acreditasse em fantasmas, estaria apavorada.

Ainda bem que não acreditava.

Então, o que era aquilo?

Ela olhou ao redor, no quarto. A luz do fogo criava uma penumbra quente na maior parte do ambiente. Lembrou-se de quando Gareth a deixou, depois de conversarem. Tinha se deitado ainda decidida a não dormir, a tentar entender o que vinha acontecendo durante suas noites naquele castelo.

Levantou e calçou as sapatilhas deixadas na beirada da cama. Vestiu o penhoar e se abraçou na manta, espantando o frio. Decidida, foi até a parede, onde a sombra havia desaparecido. Sem dar atenção ao medo, ela tocou a superfície, percorrendo toda a extensão do tecido que a revestia.

— Estou ficando louca de verdade — murmurou, convencida de que imaginava coisas. Porém arregalou os olhos quando um sopro gelado tocou a ponta dos seus dedos.

Nervosa, ela continuou tateando a parede, meticulosamente, como se buscasse por grãos de areia no escuro. Parou, com o coração na boca, ao encontrar uma fenda estreita como um fio de cabelo.

Com renovada motivação, Lizzie seguiu a linha com os dedos até o chão, e mais uma vez sentiu o sopro gelado, confirmando o que já desconfiava.

— Ah, meu Deus!

Era uma passagem, tinha certeza.

Tentou empurrar com o corpo, mas a parede não se moveu, nem mesmo um milímetro. Percorreu a superfície com os olhos, fixando-se no quadro pendurado perto de onde a fenda se iniciava.

Com o coração mais acelerado, ela se aproximou e levantou a moldura, devagar. Ouviu o que parecia ser o barulho de uma alavanca sendo movida. Em três segundos, a parede girou e ela foi empurrada com brusquidão para dentro de um ambiente novo. Conseguiu dar dois passos para a frente antes de tudo ser engolido pela escuridão.

— Ha! — comemorou o fato de sua suspeita estar certa, mas parou ao sentir o ar ali dentro, quente e fétido. Ela se considerava uma pessoa corajosa, mas o escuro sempre anulava essa sensação. Culpa dos seus pesadelos durante a infância.

Tateando o ar, buscou pelas paredes nas laterais. Continuando a andar e sentindo as mãos tremerem, tocou uma superfície fria, úmida e um pouco pegajosa.

— *Arghhh!* — grunhiu, enojada.

Um calafrio intenso percorreu sua espinha, fazendo-a estremecer. Bastante assustada, ela se agachou.

— Acalme-se, Lizzie. Acalme-se. Você é uma mulher adulta e está tudo bem. É somente um lugar escuro, bem escuro, totalmente escuro.

Ai, Deus! Ela respirou com dificuldade e voltou a se levantar. Precisava sair dali.

Deu um passo para a frente e depois mais um, e logo os passos ganharam força e velocidade. Correu por cinco minutos, talvez dez. Lizzie começava a acreditar que nunca chegaria ao fim daquela passagem. Estava a ponto de chorar e...

— Deita, Killian. — Ouviu uma ordem abafada através da parede.

Ela parou, ofegante, e fechou os olhos a fim de se concentrar em qualquer barulho presente.

Era Gareth, tinha certeza.

Isso significava que fora ele quem entrara no seu quarto mais cedo? Possivelmente.

Um frio envolveu seu estômago diante dessa confirmação. Mas que diabos Gareth MacGleann iria fazer na penumbra do seu quarto, enquanto ela dormia? Sem encontrar a resposta, voltou a procurar pela parede lateral.

— Nós não vamos mais sair hoje. Eu vou dormir e você também... — a voz de Gareth ressoou novamente.

Após uma breve inspeção nas pedras geladas, sentiu uma parte forrada de tecido.

— É a saída. — Ela suspirou, com alívio.

Continuou buscando até seus dedos tocarem a superfície de algo parecido com a tela de um quadro. Com o coração disparado e a respiração ainda alterada, Lizzie levantou a borda da moldura até sentir a mesma elevação percebida na parede do seu quarto.

Estava a salvo.

Agora precisava apenas levantar a alavanca e estaria livre. Fora do escuro, livre do medo, a salvo...

— Boa noite — a voz ressoou outra vez.

Estaria dentro do quarto de Gareth MacGleann?

As mãos molharam de suor com essa certeza, e a respiração voltou a se acelerar.

O que ele faria se descobrisse que ela o seguira?

O que faria se descobrisse que ela sabia da passagem?

Ele a puniria?

A trancaria no quarto?

Na torre?

No calabouço?

Ela travou o maxilar.

Gareth não podia saber que ela o seguira por uma passagem secreta, a qual talvez somente ele conhecesse e tivesse acesso. Por outro lado — Lizzie pensou —, queria que ele soubesse de sua descoberta. Dessa forma poderia exigir que ele não entrasse mais em seu quarto e se mantivesse longe dela durante as noites, ou...

Lizzie arregalou os olhos.

Gareth não dormiria de máscara.

— Oh, meu Deus! — murmurou, nervosa.

Poderia enfim ver o rosto do homem que vinha mexendo com suas emoções de um jeito muito inquietante.

Mas não entraria lá com ele acordado, não faria isso. Ela não era assim tão desmiolada. Esperaria um tempo antes de entrar, até que Gareth dormisse.

Uma dama invadir o quarto de alguém desse jeito não era nada adequado, especialmente se esse alguém fosse um homem. E Gareth certamente o era.

Entretanto, fora ele quem começara esse jogo. Ela tinha o direito de fazer o mesmo.

Lizzie entrou. Ela realmente estava dentro do quarto de Gareth.

Esperou o que acreditava ser tempo de sobra para qualquer pessoa pegar no sono.

E ele dormia. Ao menos, tudo estava em silêncio, exceto pelo crepitar da lenha contra o fogo da lareira e os espaçados sons da noite.

Killian se espreguiçou.

— Shhh! — ela pediu, suplicante, para o animal.

O lobo, ou melhor, o cão, saiu de onde dormia, ao lado do fogo, e veio abanando a cauda em sua direção.

— Vá dormir — disse, desesperada, quando Killian chegou perto dela, pedindo atenção. — Lá! — apontou para o canto onde o animal descansava antes de notar sua presença.

Killian inclinou a cabeça e deu um latido rouco.

— Jesus, você quer que ele me mate? — ela sussurrou e se abaixou para coçar a orelha do cachorro.

Prosseguiu, enfiando os dedos pequenos em meio aos pelos macios do animal. Adulou até ele se dar por satisfeito, até ter lambido boa parte das suas mãos, do braço e do rosto. Mesmo diante da ameaça de ser descoberta — e talvez morta —, Lizzie não pôde deixar de sorrir por finalmente tocar seu lobo, após tantos anos, tantos sonhos, tantas vezes que desejou fazer isso.

Ela afastou essa ideia boba da cabeça. Não era o lobo dela, era o cachorro de um homem forte e enorme, o dono do quarto que ela invadira, capaz de a estrangular usando apenas o dedo mindinho. E esse mesmo homem dormia a poucos metros de onde Lizzie brincava com Killian.

— Vá dormir — ela pediu, baixinho, e dessa vez o animal obedeceu.

Lizzie respirou fundo algumas vezes a fim de ganhar força e determinação para seguir com a sua ideia. E se levantou, analisando o cômodo.

A cama estava no meio do amplo ambiente. Era um quarto imponente, masculino e intimidador, digno de um rei. As paredes eram forradas de um tecido vinho que, em conjunto com os tons escuros da madeira e com o dourado que cobria boa parte das sancas e dos adornos, fazia o local parecer que estava ardendo em chamas. Como se cada canto houvesse sido tocado pelo fogo.

Sentiu um arrepio percorrer sua espinha. Curiosidade, apenas isso. E talvez estivesse um pouco impressionada.

A cama era coberta por um dossel dourado, a maior que já vira na vida. Como se ali dormisse um deus, o próprio deus do fogo.

— Belenus — sussurrou e agarrou o primeiro candelabro que viu, acendendo em seguida uma das velas na lareira.

A cada passo dado, seu coração saltava do peito ainda mais rápido, mais forte.

Estava impressionada, era apenas isso.

Culpa da noite estendida embaixo daquele dossel enorme. Lizzie teve a impressão de que não encontraria ali um colchão, almofadas, travesseiros e um homem dormindo, mas a entrada do submundo.

— Hades — ela sussurrou, e um choque gelado cobriu o seu estômago.

Aproximou-se devagar, até conseguir vê-lo dormindo, semicoberto por um tecido xadrez. Entendeu se tratar do kilt dele, enrolado nas pernas.

Ela prendeu a respiração.

O tecido grosso seguia como uma trepadeira, moldando-se ao corpo perfeito e torneado de um guerreiro, subindo desde as coxas até o abdome.

Sua boca secou.

Reparou nas coxas largas: mesmo relaxadas, tinham boa parte dos músculos ressaltados, como que esculpidos.

A mão dela tremeu.

Lizzie tentou não olhar para o que sabia ser a parte masculina dele, a parte que ela ouvia os irmãos se vangloriando uns com os outros por possuírem. Apesar de ele estar coberto, lá estava — engoliu em seco — o membro de Gareth avolumando um pedaço do tecido. Avolumando *bastante*.

Rapidamente ela desviou os olhos.

Não fora até ali para isso. Apesar de que... E o observou outra vez.

Sentiu um calor cobrir suas bochechas e descer pelo colo, do pescoço aos seios, até alcançar o meio das pernas. Essa parte de Gareth não estava relaxada como deveria em um homem dormindo.

Soltou o ar devagar pela boca, tentando não respirar ruidosamente. O abdome dele parecia feito de bronze e ouro, cheio de vales e curvas, definindo cada um dos músculos do torso. Ela engoliu em seco ao alcançar os pelos esparsos e escuros que cobriam a área em volta dos mamilos.

— *Jesus!* — clamou baixinho ao sentir um desejo quase incontrolável de tocar, de beijar cada pedaço descoberto de Gareth. E que Deus a ajudasse, porque queria beijar as partes cobertas também.

Seu olhar alcançou o pescoço largo, a barba por fazer, o maxilar, a boca que ela queria tanto que mal conseguia respirar.

— Ah, santo Deus! — murmurou, admirada.

Gareth era perfeito. O nariz reto e fino, as maçãs do rosto altas e os cabelos castanhos com reflexos dourados emolduravam o rosto masculino em uma bagunça perfeita. Mesmo dormindo, a maneira como os lábios cheios não estavam totalmente soltos, ou um pequeno vinco entre as sobrancelhas, era a prova de que Gareth não era um anjo ou um deus complacente. Lizzie fechou as mãos a fim de deter a vontade de estender os dedos e tocá-lo apenas por um segundo. Apenas o suficiente para comprovar se ele era real e deixá-la insatisfeita, querendo muito mais.

Ela balançou a cabeça.

O que o seu corpo idiota queria?

Iria embora daquele castelo e teria que esquecer Gareth e tudo aquilo para sempre.

Era melhor se manter afastada, tal como ele desejava.

Espere!

A boca parou meio aberta quando ela entendeu. Via apenas metade dele. Gareth dormia de barriga para cima. A respiração constante e longa fazia seu peito subir e descer em ritmo cadenciado.

A pouca luminosidade da lareira e de suas velas não era o bastante para iluminá-lo por inteiro. Sombras escondiam sua outra face.

Com passos leves porém decididos, foi até a outra ponta da cama, tentando não fazer barulho.

Sentia-se tão maravilhada com a visão de Gareth que nada poderia mudar sua opinião. Nada que houvesse do outro lado seria justificativa para ele se cobrir daquele jeito, fugindo da luz, escondendo-se dos outros.

Nada poderia convencê-la de que ele tinha motivos para...

Ela deteve um grito, levando a mão até a boca abruptamente. A vela na outra mão balançou, derramando um pouco de cera quente sobre sua pele. Mas

Lizzie não se abalou. Não sentia coisa alguma além do horror que presenciava e tomava sua consciência: do canto do olho esquerdo para baixo, tomando metade da bochecha até a comissura dos lábios, uma cicatriz enorme, grosseira, lançava suas raízes brancas e rosadas, correndo pela lateral do pescoço de Gareth, cobrindo parte do ombro e escorregando por baixo do braço, até se alargar na lateral do torso.

Um soluço baixo escapou da garganta da jovem.

Lizzie nunca tinha visto uma cicatriz daquele tamanho. Ela conhecia pouco sobre ferimentos, mas teve certeza de que Gareth havia sido gravemente queimado. Ela não pôde conter as lágrimas.

Como uma pessoa sobrevivia àquilo?

Como ele fora capaz de aguentar?

Alguém fizera isso com ele? Quando?

Engoliu o choro e limpou as lágrimas com as costas da mão livre.

Olhou-o com vagarosa atenção e deu um passo para trás, atingida por um golpe ao entender que aquela cicatriz não o deixara feio, não fizera o encanto inicial se desfazer. Não a repelira, ao contrário: ela estava magnetizada por ele. Nunca imaginou que qualquer pessoa tivesse uma força assim, capaz de resistir a um ferimento como aquele e não se abater diante da vida.

Gareth exalava a mesma força que existia apenas nas coisas indomáveis — Lizzie concluiu, com o coração acelerado —, tal como montanhas ou uma tempestade de raios e trovões. Ele era como um animal selvagem e poderoso. Fazia-se necessário, talvez, ganhar a sua confiança antes de ele se revelar a um estranho. Como um...

Um lobo.

A vela tremeu um pouco mais em sua mão enquanto analisava o rosto dele.

Lizzie fechou os olhos, organizando suas emoções.

Controle-se!

Estava muita abalada com tudo o que tinha visto, com o que vinha sentindo, com aquele castelo, sua lenda e tudo o que Gareth despertava em seu corpo. *Estou delirando.* Precisava ficar mais calma, ir embora dali e organizar as ideias. Girou o corpo para sair rapidamente quando uma mão grande e forte se fechou, firme, em seu punho.

Elizabeth soltou um gritinho e deixou a vela cair.

Gareth estava acordado e a encarava com a fúria que somente o deus dos lobos seria capaz de sentir.

— Eu vim... — Ela umedeceu os lábios, nervosa. — Vim lhe desejar uma boa noite.

E com essa frase estúpida, ela soube, acabava de decretar a sua sentença de morte.

⁓

Gareth despertou por causa de um barulho, uma sensação forte de que era observado. E quase caiu da cama quando deu de cara com uma vela acesa, próximo a seu rosto.

Ameaçadoramente perto.

Fingiu dormir, respirando pausadamente a fim de se preparar para atacar o desgraçado que o ameaçava do único jeito que temia: com fogo.

Quem quer que fosse, conhecia os seus medos e a sua fraqueza e quis usá-los contra ele. Diante dessa certeza, mergulhou no estado de total frieza e autocontrole. Abriu os olhos com deliberada lentidão, mantendo-os semicerrados apenas para confirmar quem era o homem que perderia a vida naquela noite. Porque tinha certeza: quem estava ali era um inimigo, um traidor dentro de sua própria casa, dentro do seu quarto.

Quase caiu outra vez da cama quando o rosto de uma mulher se revelou; não de uma mulher qualquer, e sim de Elizabeth Harold.

Todo o seu autocontrole e a sua sensatez desapareceram.

Há quanto tempo ela o observava?

O sangue dele ferveu como o fogo. Nem percebeu ter agarrado o punho da jovem, até ouvir seu grito curto e abafado. Gareth tinha apenas a convicção de... Na verdade, ele não tinha certeza alguma, só sentia raiva.

O pouco revelado pela luz da lareira era uma expressão de pavor no rosto de Elizabeth. Ah, e ela tinha razão em estar apavorada, porque Gareth nunca se sentira tão furioso na vida.

⁓

— Agora você vai virar de costas. Não, não se afaste, apenas vire de costas para que eu me vista — Gareth ordenou, e o sangue de Lizzie gelou, da cabeça aos pés.

O tom frio e distante da voz dele não deixava dúvidas: ela realmente perderia a vida naquela noite. Instintivamente deu alguns passos em direção à parede. Naquele momento, essa era sua única salvação.

— Elizabeth, eu acho que você é uma moça inteligente. Ao menos era isso que eu pensava, até agora há pouco. Não tente fugir. Porque, juro, se eu precisar me levantar para deter você, as coisas vão ficar ainda piores. — Ele fez uma pausa ameaçadora antes de ordenar: — Apenas fique quietinha e não se mova.

Lizzie obedeceu e aguardou o que lhe pareceu uma eternidade, enquanto ouvia o barulho do tecido indo contra a pele — um corpo que se vestia bruscamente.

— Vá até a lareira — ele ralhou.

— Para... para quê?

— *Pffff.* — Foi o som da risada de Gareth. — Eu não vou responder as suas perguntas agora, *lassie*. Não nos faça perder mais tempo, não me deixe mais furioso e apenas me obedeça. Vá até a lareira, Elizabeth.

Os dentes de Lizzie começaram a bater, não por medo, como deveria sentir qualquer pessoa naquela situação, mas por algo muito mais perigoso — ao menos para ela, porque passou a sentir raiva. Mesmo assim, obedeceu.

— E agora? — ela perguntou, orgulhosa. Sabia se tratar de um orgulho idiota e mais perigoso que a raiva. Mas foi incapaz de evitá-lo.

— Você invadiu o meu quarto, me analisou enquanto eu dormia descoberto, viu coisas que eu jamais mostrei a ninguém sem vontade. Acredite, Elizabeth, estou com raiva suficiente para servir a um exército inteiro e ainda sobrar — ele terminou quase gritando, e sua voz reverberou pelas paredes, fazendo um eco respeitável.

Ao menos Lizzie cogitou a hipótese de respeitá-lo, porém se inconformou antes de pôr a ideia em prática, afinal fora ele quem invadira o quarto dela em primeiro lugar. Em segundo lugar, ela poderia estar dormindo bem à vontade, assim como ele estava, e tinha certeza de que isso não o deteria de observá-la.

— Não seja hipócrita — disse, de costas para ele, virada para o fogo. — Você também foi ao meu quarto enquanto eu dormia, e talvez tenha ido por mais de uma noite. Eu só o imitei.

O silêncio que se fez em seguida realçou o estalar da madeira no fogo.

— É muito diferente, *mhilleadh brat!* — ele esbravejou.

— Não vejo como pode ser assim tão diferente... E eu não sou uma menina mimada, seu grosso!

— Eu só vou ao seu quarto para ver se... — Ele pausou e bufou, impaciente. Dessa vez o silêncio fez a respiração pesada dele soar ameaçadora. — Nas primeiras noites que você passou aqui, quando esteve com febre, você tinha pesadelos horríveis.

— Como você sabe? — Lizzie perguntou, sentindo o estômago gelar.

Ele realmente cuidou dela enquanto esteve acamada?

— Eu vi com meus próprios olhos você delirando, entre dormindo e acordada. Às vezes você gritava e seu rosto se contorcia numa expressão de pavor.

Porém, nas noites seguintes, quando entrei no seu quarto, não pretendia espionar você. Eu só queria ver se você estava bem — ele concluiu, com a voz baixa.

Lizzie apertou os dedos das mãos, nervosa. Talvez tivesse passado dos limites. Mas como poderia saber que Gareth ia a seu quarto apenas para vigiar seu sono, em um gesto cuidadoso, carinhoso e tão distinto do homem que ele parecia ser?

— Des... desculpe — pediu, arrependida.

— Sabe, *lassie*, aqui nós não pedimos desculpa diante de um erro. — As palavras dele soaram sombrias.

— Ah, não?

— Não. Nós fazemos quem errou pagar com a mesma moeda. Acredite, não existe jeito mais eficiente de aprendizagem do que ser colocado no lugar de quem foi lesado... Tampouco há justiça mais satisfatória do que assistir a quem errou passar pelo mesmo mal provocado.

Os pelos de Elizabeth se arrepiaram.

O que ele queria? O que ele pretendia fazer?

— Olho por olho, dente por dente — ela murmurou, concluindo. — Isso é selvageria, não justiça.

— É como fazemos as coisas aqui. Agora — ele fez uma pausa antes de ordenar — tire a roupa!

— O quê?

— Você tem algum problema nos ouvidos? *Undresses a h-uile.*

Pensou em gritar com ele, em cruzar os braços sobre o peito e dizer "Me obrigue a fazê-lo". Mas então girou o corpo. Os olhos deles se encontraram. Gareth a encarava com tanta intensidade que Lizzie sentiu o chão se abrir sob seus pés. Ele não tinha o rosto coberto e estava sentado na beirada da cama, como se ocupasse um trono. Os cabelos longos caíam sobre o colarinho aberto da camisa branca, e o desalinho das roupas colocadas às pressas combinava perfeitamente com a sua aura selvagem. Ela segurou a respiração e, movida pelo desespero, deu um passo para trás.

— Você não vai fugir pela lareira, e também não vai sair deste quarto sem ter... — e a olhou de cima a baixo com ar desafiador antes de acrescentar: — mostrado para mim o que você vê diante do espelho, talvez nem diante dele.

Ela empinou o queixo.

— Que maneira mais estúpida, grosseira e infantil de resolver as coisas! Você não vai me humilhar desse jeito. — Empinou o queixo ainda mais, tentando disfarçar o tremor dos lábios.

— Eu posso ir até aí e ajudar.

Lizzie jurou que ele se divertia um pouco.

— Ora, seu monstro! — ralhou, inconformada.

Gareth arregalou os olhos, perdendo a cor do rosto, e Lizzie se arrependeu assim que as palavras saíram de sua boca. A expressão dele desmontou, como se ela tivesse lhe acertado um murro no estômago, e depois se crispou, como se ela o tivesse desafiado a um duelo.

— É isso mesmo que eu sou — bramiu, levantando-se. — Agora que você já viu, eu não preciso mais poupá-la de nada.

— Não foi isso que eu quis dizer. — Lizzie balançou a cabeça, nervosa. — Foi apenas uma expressão, a sua cicatriz não é tão feia a esse ponto ou...

E a situação ficava cada vez pior.

— Chega! — Gareth rugiu.

— Você não devia se esconder. — Precisava tentar consertar as coisas. — Você devia se orgulhar de ter conseguido sobreviver.

— E você — ele disse, ofegante — vai tirar a roupa, *lassie*.

Meu Deus! Era isso? Ele realmente precisava humilhá-la desse jeito para se sentir melhor?

— Muito bem. — Os olhos dela se encheram de lágrimas. — Se isso vai apaziguar a sua mente, se vai fazer você se sentir melhor, seguindo sua lógica distorcida. — Tirou uma manga do penhoar. — Se faz você sentir que está no controle de alguma porcaria — depois outra —, eu tiro a minha maldita roupa.

— O penhoar caiu. — Mas saiba: quando eu estiver nua — ela passou a desabotoar a camisola com os dedos trêmulos —, isso não mudará nada. Você não terá conseguido fazer com que eu me sinta mal ou diminuída. Assim como não deveria deixar ninguém fazer o mesmo com você. Parece que as suas cicatrizes são piores e muito mais feias na alma do que na pele, e a verdade — ela já tinha aberto quase todos os botões das costas da camisola — só você pode escolher enxergar.

Estava com a mão na manga, pronta para se livrar da peça, quando Gareth virou de costas.

— Vá embora — ele murmurou, em um tom de voz baixo. Lizzie não teve certeza se ele havia dito algo de fato.

— O quê?

— Eu não quis humilhar você, Elizabeth, mas errei. Você não é daqui e não poderia saber como funcionam as coisas. Aqui o costume é pagar com a mesma moeda.

Com o coração martelando no peito, ela engoliu um soluço e pegou o penhoar no chão, sem olhar para Gareth.

— Porém — prosseguiu ele — o primeiro a errar fui eu, que entrei no seu quarto em outras noites sem você saber. Por mais bem-intencionado que eu estivesse, devia ter lhe avisado.

Ainda muito abalada e sem processar direito aquilo que parecia um pedido de desculpas, ela correu rapidamente até a entrada na parede. Já estava com meio corpo para fora do quarto quando o olhou. Ele estava com as mãos sobre o rosto, seu corpo tremia, como se estivesse... chorando?

Lizzie o analisou, receosa, e voltou a se aproximar devagar. Ele realmente parecia chorar.

Deu mais dois passos, encurtando a distância provocada pela figura masculina imponente e transtornada. Talvez fosse estupidez, mas não conseguiu se afastar. Ou, talvez — Lizzie intuiu —, valesse a pena correr o risco, tentar se aproximar e entender um pouco mais daquele homem intrigante, misterioso, que mudava de humor com a mesma facilidade que um valete experiente muda a roupa do seu lorde.

— MacGleann... Eu sei que o senhor está bravo. — Tentou disfarçar o nervosismo que a envolvia usando o nome de chefia dele, a fim de demonstrar respeito.

Ele virou para ela sem descobrir o rosto.

— Eu não sei por que o senhor se cobre, nem mesmo se faz isso sempre, mas... quero que saiba o que eu acho de verdade. O senhor é um homem bastante... — Lizzie afirmou, com a voz incerta, e respirou fundo, tentando se acalmar antes de concluir: — aceitável, quer dizer... galante. É um cavalheiro atraente e não deveria se escon...

Parou de falar, sentindo-se uma tola, quando Gareth descobriu os olhos e ela notou o peito dele subir e descer rápido. Talvez ele não estivesse chorando, afinal. Possivelmente estava se controlando para não cortar o pescoço ou a língua dela. Ou os dois.

Acalme-se, acalme-se, acalme-se.

Então os olhos verdes líquidos se prenderam aos dela.

Lizzie sentiu tudo derreter ao seu redor, as paredes, as suas pernas, o quarto inteiro, enquanto um frio intenso cobria o seu estômago. Ela passou a lutar pelo ar da mesma maneira que Gareth parecia fazer.

O que estava acontecendo?

Ele andava, diminuindo a distância que os separava, e os olhos dele a tocavam em todas as partes e gritavam em silêncio: *Fuja, corra, fuja!*

Mas Lizzie estava paralisada.

Ele parou a poucos centímetros do seu corpo, e agora os olhos dele queriam devorá-la.

Lizzie precisou fechar os olhos para não sufocar e derreter por completo. Ela baixou o rosto, porém dedos em chamas seguraram seu queixo, obrigando-a a erguê-lo. Os mesmos dedos, um tanto ásperos, contornaram o osso do seu maxilar, e isso terminou por aquecer e desfazer o seu corpo, como fogo na lareira, como se esfarelam as lenhas recém-queimadas.

— Você é surda, *lassie*? — Gareth perguntou, tão próximo à orelha dela que os lábios espalharam choques em sua pele. — Você deveria ter ido embora quando eu mandei — ele prosseguiu, baixinho, enviando deliciosas ondas geladas a seu estômago.

Ela não queria sair nem do quarto, nem de perto dele. *Nunca mais.* Esse pensamento louco a fez perder o equilíbrio, e Lizzie deu um passo para trás. No meio do segundo passo, foi detida por braços fortes envolvendo sua cintura e a sustentando.

— Não — ele murmurou, imperturbável. — Agora você não vai mais sair daqui. Nunca mais!

Gareth ouviu os pensamentos dela.

Os lábios deslizaram mornos e macios por toda a face delicada, lançando garras invisíveis que a aprisionaram a ele. Lizzie se sentia magnetizada pelas carícias que Gareth distribuía não apenas com os lábios, mas também com a língua e os dentes, saboreando a sua pele em um banquete sedutor. A boca desceu em direção ao colo, e a jovem soltou um arquejo, dobrando o pescoço para dar livre acesso ao que quer que ele estivesse fazendo.

O que mesmo ele estava fazendo?

Não conseguiu pensar na resposta. Ela era refém das reações desenfreadas do próprio corpo diante da presença avassaladora de Gareth. Ao sentir a língua dele desenhar círculos na curva do seu pescoço, enquanto os lábios sugavam aquela porção fina e sensível de pele, Lizzie enterrou os dedos na massa de cabelos castanhos, arrancando um gemido do peito dele.

Entendendo o incentivo, as mãos grandes percorreram o tecido da sua camisola, tomando posse das costas dela, como se algo vital estivesse sob o algodão fino. Quando Lizzie se sentiu solta, embriagada, tonta e entregue, Gareth a ergueu como se ela não pesasse nada e, em poucos passos, colocou-a sobre a cama.

O corpo afundou na colcha de pelos macios que cobria o colchão, e afundou ainda mais quando Gareth se colocou em cima dela, fazendo o mundo inteiro se encaixar no lugar certo. Ela arfou ao ser invadida pelo calor que emanava de Gareth, cobrindo sua camisola e a aquecendo da ponta dos pés aos cabelos.

— Elizabeth — ele sussurrou em seu ouvido, como uma prece. — O que você está fazendo comigo? O quê, meu Deus? — repetiu, exigindo, com os joelhos, que as pernas dela se abrissem.

Continuar isso era certo? Deveria pedir que ele parasse?

— Gareth... — Foi só o que conseguiu dizer conforme os lábios dele exploravam outra vez o seu colo. Ela agarrou a cabeça dele, encorajando-o a tomar tudo o que ele desejasse.

Só mais um pouco, Lizzie tentou se convencer ao sentir uma pontada de dor e prazer no mamilo que os dedos compridos e ágeis dele apertavam por cima da camisola.

— Uhmmm — ele grunhiu. — Você gosta disso?

— Sim — ela confirmou, alterada e fora de si. — Sim!

— Meu Deus, eu também — ele soprou, tão próximo, o ar quente do seu hálito acariciando os lábios dela e fazendo sua garganta secar.

Lizzie estava ávida pela boca de Gareth MacGleann e, se ele não a beijasse em três segundos, ela teria de implorar por isso, o que era...

Ele movimentou os quadris, interrompendo todo e qualquer pensamento coerente, impelindo-a com força contra a cama, pressionando sua virilidade no ponto sensível entre as pernas dela, no lugar em que ela mais precisava dele.

Lizzie jogou a cabeça para trás e agarrou a colcha entre os dedos contraídos ao ser invadida por ondas de excitação. Ela era uma donzela, mas não uma menina inocente. Crescer com vários irmãos e ser filha de uma mãe bastante liberal tinha grandes vantagens. Ela entendia muito bem o que eles dois estavam fazendo e aonde aquilo iria dar. Gareth a pressionou com mais força, gemendo de prazer, e ela respondeu com um suspiro cheio de promessas. Ou desvantagens, Lizzie concluiu, porque não poderia alegar não saber o que acontecia ali.

Gareth, por sua vez, entendia muito bem o que estava fazendo e do que ela precisava. Repetiu uma e outra vez o movimento, pressionando a dureza da excitação dele entre as pernas dela, e a jovem se desesperou de tanta necessidade. Segurou as nádegas firmes, empurrando-o contra si, enquanto seu corpo tremia e vibrava, seus lábios buscavam qualquer parte dele, pescoço, maxilar, ombros, orelha. Ela queria a boca.

144

— Eu... ah... Gareth... — Com mãos incertas, começou, de maneira bastante atrapalhada, a tentar tirar a camisa que ele vestia.

Ele enfiou a mão por dentro da camisola, que já estava aberta, e apertou um mamilo entre os dedos com uma pressão enlouquecedora. Tudo era muito intenso, e ela não conseguia mais pensar. Um soluço escapou de sua garganta.

— Gareth — ela implorou, sem perceber que estava chorando. Queria tanto aquele homem, tanto, que doía.

A mão acariciando o seio se deteve, e a boca que não largava a sua pele se afastou.

— Maldição! — Gareth murmurou.

Entretanto, Lizzie estava absorta demais, envolvida demais na loucura das próprias necessidades para perceber que Gareth não a tocava mais com a volúpia e o desespero faminto de antes. Ele passou a tocá-la como um amigo toca uma amiga, oferecendo conforto. As mãos percorriam os braços dela em um movimento suave e cadenciado de vai e vem, e os lábios deixavam beijos rápidos e mornos em sua testa, suas bochechas e seus lábios.

— Não — ela resmungou e se contorceu embaixo dele.

Queria deixar claro que não aprovava a distância imposta por ele.

— Nããão — voltou a protestar, um pouco emburrada, como uma menina birrenta e cheia de desejos. Afinal ela *estava* cheia de desejos.

Ele emoldurou o rosto dela entre as mãos, os dois ofegantes e ainda muito próximos. Porém ficava cada vez mais claro que naquele momento tinham planos caminhando em direções totalmente opostas.

Gareth balançou a cabeça. Apesar de estar muito escuro embaixo do dossel pesado, ela conseguiu vislumbrar o movimento.

— Isso não pode acontecer... É errado. Nós não podemos.

Ela piscou repetidas vezes, tentando entender, e mesmo assim não entendeu.

— O que é errado?

— Você e eu, assim — ele disse, ainda ofegante, com a voz baixa e rouca.

— Errado?

— Sim, nós não podemos! Desculpe.

— Agora as desculpas devem ser válidas — retrucou, irritada.

— É completamente diferente, eu não fiz nada sem a sua permissão.

Lizzie deu uma risada de louca e nem se importou.

— Eu não acredito. Explique-me, MacGleann, o que há de tão diferente e errado nisso?

Sentia-se bastante tola. Lizzie podia, sem muito esforço, listar ao menos dez motivos para aquilo, naquela situação — ao menos para damas e cavalheiros —, ser considerado errado. Mas seu corpo pouco satisfeito e, pior, seu orgulho maltratado, ferido e espezinhado não a deixavam dar razão a ele.

Nunca desejara alguém tanto quanto desejava Gareth. E, em vez de estar apavorada, como normalmente se sentiria devido a seu medo de se entregar dessa maneira a um homem, estava irritada por saber que ele tinha razão. Aquilo era muito errado. Se ao menos tivesse sido ela a trazer a voz do bom senso para aquela cama...

Não era para ser assim? Por acaso não devia ser a mulher a parte mais ponderada?

Com muito mais raiva de si mesma que dele, ela o empurrou. Pego de surpresa, Gareth se desequilibrou, sentando de lado na cama. Lizzie levantou e cruzou os braços sobre o corpo.

— Quando a maldita ponte ficará pronta?

Gareth estava louco, ou acabaria por ficar. Elizabeth tinha de sair de sua cama.

Ela era uma donzela, uma dama inglesa, e ele — apesar de nem se lembrar direito — havia sido criado como um cavalheiro. Não podia continuar com aquilo, mesmo que seu corpo doesse de necessidade.

Cristo!

O desejo que sentia por ela era, sem a menor dúvida, o maior desafio com o qual já havia lidado. Muito maior que as queimaduras ou a dor. Maior que a necessidade de estar sempre no controle das situações, ou que o seu instinto de sobrevivência. Maior até mesmo que a vontade de proteger o seu povo. Porque ficar com ela poderia colocar tudo isso em risco. E entendeu naquele momento — bastante horrorizado — que só arrumou forças para se deter ao pensar nela, e não nele.

Que infernos vinha acontecendo?

— Agora é você quem está surdo, sr. MacGleann? Pode, por favor, responder a minha pergunta? — a voz enfurecida de Lizzie o despertou do devaneio.

E o que ela havia perguntado? Sem saber como responder, ele a viu engatinhar pela cama, com metade das pernas à mostra.

Maldição! Sentiu o maxilar travar.

Era melhor fechar os olhos antes que a agarrasse pela cintura e a tomasse assim mesmo, nessa posição, segurando o cabelo dela entre os dedos, enquanto se enterrava com força no corpo macio. Seu membro pulsou dolorido, e ele resmungou insatisfeito.

— Vou perguntar pela última vez... — Ela fez uma pausa, e ele por fim prestou atenção. — Quando a ponte dos infernos ficará pronta? Ou melhor, quando a ponte que vai me tirar do inferno ficará pronta?

— O quê? — ele murmurou.

Elizabeth agarrou o penhoar caído no chão, vestindo-o bruscamente. Gareth a encarava, atônito, enquanto as palavras dela — "a ponte que vai me tirar do inferno" — ecoavam em seus nervos e enchiam o seu sangue de raiva. Transtornado pelo desejo não saciado, ele não se deu conta de que era dor, e não raiva, comprimindo o seu peito naquele momento.

— Imagino que, se aqui é o inferno, eu sou o chefe dele, não é isso? — afirmou, entredentes, a sua recente e horrível conclusão.

O busto de Elizabeth subia e descia, descompassado. Ela ergueu o queixo e desviou o olhar do dele.

— Você entendeu o que eu disse.

E a confirmação de que ela realmente o achava um monstro o enjoou. Atordoado, ele levou todo o ar para dentro do peito em um golpe. Será que estivera tão cego de desejo a ponto de interpretar mal a maneira como Elizabeth reagiu ao seu toque? Será que foi o medo, e não o desejo, que a fez tremer enquanto ele a tocava?

E então ela chorou.

Maldito, estúpido! Maldita mulher que o levava à loucura!

— Você diz que eu sou um monstro, é isso? — ele rugiu e se colocou de pé em um pulo.

Estava ainda a ponto de explodir, porém agora era de ódio de si próprio. Porque se permitiu acreditar que uma mulher como Elizabeth pudesse sentir algo por ele sem ser repulsa, pena ou medo. Uma dama alienada de qualquer coisa além da opulência e do conforto, acostumada aos altos e impossíveis padrões da perfeição aristocrática. Qualquer dama inglesa olharia assim para ele, como se ele fosse um monstro.

— Muito bem, senhorita — disse ele, fazendo uma vênia forçada. — Bem-vinda ao inferno. Foi você quem desmascarou a besta, não eu, então me permita lhe dar as boas-vindas ao lugar que será sua casa pelo tempo que eu achar conveniente.

Ele avançou em direção a ela, e a jovem, em vez de fugir amedrontada, o encurralou, surpreendendo-o. Gareth parou, perplexo, ao sentir a ponta da lâmina fria em sua garganta.

Elizabeth, aquela moça impetuosa e sem limites, enfrentava-o com raiva. O sangue dele ferveu com um misto de emoções tempestuosas e contraditórias.

— *Chan eil bagairt orm, oir tha mi cuideachd fios ciamar a nì sibh seo*, Gareth MacGleann. — "Não me ameace, porque eu também sei fazer isso", ela afirmou entredentes, pressionando com mais força a lâmina na lateral do seu pescoço, obrigando-o a esticá-lo a fim de não ser ferido.

Por mais que Gareth estivesse dividido entre a admiração pela coragem da jovem e o desejo louco que corria em suas veias, não poderia fingir que nada tinha acontecido: ela o chamou de monstro, tremeu de repulsa e medo em seus braços. Elizabeth jamais se entregaria a ele. Além disso, essa desmiolada, após o ofender, desafiou-o com seu próprio punhal. Ela teria de aprender a respeitá-lo, isso não podia mais ser uma escolha.

— Você sabe quanto sangue sai do corpo de um homem cuja garganta é cortada? — ele disse, com a voz calma. — Vá em frente, me corte e descubra por si só.

Lágrimas brotaram nos olhos verdes, e a mão dela tremeu. Nessa breve hesitação, ele agarrou com força o punho fino, apertando-o até ela ser incapaz de mantê-lo fechado.

Ouviu o metal bater contra a pedra no chão quando o punhal caiu.

Agora, apenas as respirações rápidas, intercaladas com o crepitar da lenha, eram ouvidas.

— Nunca um homem levantou uma arma contra mim e viveu para contar a história. — Ele notou a cor do rosto dela desaparecer e o movimento de engolir no pescoço delicado. — Eu não mato você agora mesmo com esse punhal porque você é mulher e acredito que esteja fora de si por tudo o que viveu nos últimos dias.

Não podia deixar que ela seguisse fazendo aquele tipo de loucura. Se ela o desafiasse assim em público, ele não teria alternativa senão puni-la com severidade. Com isso em mente, prosseguiu:

— Se você ousar levantar uma arma contra mim outra vez, sugiro que tenha a coragem de concluir o que começou, caso contrário será tratada como inimiga minha e do meu povo, como uma *sasunnach* suja, e não como uma dama. Entendeu?

Ele apertou um pouco mais o seu punho e Lizzie se contorceu, tentando escapar.

Um latido os surpreendeu. Killian se pôs entre ela e Gareth. O cão rosnou de maneira ameaçadora para Lizzie e, em seguida, para ele. Gareth retesou o corpo, em alerta. Nunca antes o cão agira daquela maneira, como se quisesse afastar um do outro, como se quisesse protegê-los deles mesmos.

— *Rach gu cadal a-nis* — ele ordenou, abalado. Killian o fitou por alguns segundos e obedeceu, voltando a se deitar.

— Eu te odeio! — ela gritou, enfurecida.

Gareth se sentia perdido com tudo o que acontecera naquele quarto. Mas tinha uma única certeza: ela teria de aprender a nunca mais ameaçá-lo. Por mais ferido que estivesse com as ofensas, aquilo era para o bem de ambos.

— Não, minha querida. — Ele agarrou a curva do seu braço. — Frase errada... — Puxou-a em direção à passagem secreta. — Eis a minha nova condição: você só terá a sua liberdade quando eu acreditar que aprendeu a se comportar como eu desejo. Quando aprender a apreciar a minha companhia e, assim, demonstrar o respeito que, como líder daqui, eu exijo — terminou de falar e mergulharam na escuridão sufocante da passagem secreta.

Elizabeth não respondeu mais nada. No lugar dos protestos usuais e da rebeldia, ele ouviu apenas soluços abafados. Ela chorava, e ele se sentiu o monstro que ela o acusara de ser.

11

Os celtas sugerem que o tempo no ritmo da alma é eterno, portanto nada do que se vive é tempo perdido.

— DIÁRIO DE ESTUDOS DE E.H., 1867

O duque de Belmont, seguido por seus dois filhos mais velhos, entraram tarde da noite no castelo de lorde Campbell como se fossem donos da propriedade. Não. Isso talvez não justificasse a aparência cansada e a barba por fazer dos três homens que avançavam em direção à biblioteca da grande construção nas Highlands.

Iam com passos duros e rápidos, seguidos pelo mordomo atordoado. Foi dessa maneira pouco cordial que o grupo irrompeu o aposento sem nem mesmo ter sido anunciado.

Lorde Campbell, um homem esguio, vestido de maneira sóbria em tons de preto e cinza, levantou-se de trás da escrivaninha onde analisava alguns papéis.

— Excelência! Que bom que chegaram.

— Existe alguma outra informação? — Belmont quis saber, alheio às regras que os forçariam, em uma situação normal, a se cumprimentarem antes.

— Não, Excelência, infelizmente não... — lorde Campbell lamentou. — Apenas aquela primeira nota enviada ao senhor, antes que chegasse aqui.

— Eu mesmo vou atrás dela — Steve disse, movendo-se para a frente, como se pudesse resolver todos os problemas do mundo sozinho.

— Nós não precisamos de outra situação, Steve — Leonard, taciturno, interrompeu o irmão.

— Cabideiro, serei muito mais útil que...

— Parem, vocês dois! — o duque esbravejou. — Brigar agora não trará Lizzie de volta.

150

— Senhores, por que não se sentam? — ofereceu lorde Campbell e indicou o jogo de sofás verde-oliva perto da lareira. — Eu contratei o melhor investigador particular da Escócia, ele está vindo para cá conversar com os senhores.

Os três homens se entreolharam, trocando um consentimento silencioso, e se acomodaram.

Costas eretas, músculos tensos, maxilar preso eram a prova de que, apesar de estarem sentados, estavam longe de conseguir relaxar.

Belmont retirou a carta vincada do bolso interno do paletó e a releu pela décima vez. Ele já havia decorado aquelas linhas escritas em inglês.

Estamos com a sua filha. Se quer vê-la novamente, aguarde as próximas instruções. Ela nos contou que ficaria hospedada na casa de lorde Campbell, e é para lá que enviaremos nossas cartas. Comece a providenciar cinquenta mil libras em ouro e não avise nada às autoridades. Se descobrirmos que a polícia está atrás de nós, mataremos sua filha sem hesitar. Como prova de que estamos com ela, envio este anel que a moça usava no dia em que a levamos.

Belmont fechou os olhos e tocou o anel, guardado no mesmo bolso da carta. Era a aliança de esmeralda que pertencera à sua mãe, o anel que ele mesmo dera a Lizzie no dia do aniversário de quinze anos dela.

Lembrou-se da esposa e seu coração apertou.

Desde que recebeu a notícia do sequestro de Lizzie, Kathelyn não fazia outra coisa a não ser chorar. Belmont acreditou ser melhor ela ficar em casa, era mais seguro, mais prudente, assim ele e os dois filhos mais velhos seguiram viagem para as Highlands.

— Eu vou encontrá-la, minha menina. Você vai voltar para casa — ele jurou em voz baixa e voltou sua atenção para a conversa que seguia na biblioteca.

12

*Há uma teoria celta que diz: no reino
do amor, não existe competição.
Nota: O celta que criou essa teoria certamente não
foi obrigado a conviver com Gareth MacGleann,
porque o reino desse senhor começa no umbigo dele
e termina em algum lugar embaixo do seu kilt.*

— DIÁRIO DE ESTUDOS DE E.H., 1867

Na manhã seguinte ao incidente no quarto de Gareth, Lizzie acordou muito irritada por vários motivos, e todos eles começavam com Gareth e terminavam com MacGleann.

Aquele homem insuportável!

Está certo, ameaçá-lo com um punhal não foi uma atitude prudente. Foi, na verdade, ridiculamente impulsiva e suicida.

Ela se sentia traída. Gareth havia prometido não ameaçá-la outra vez. E então, no primeiro desentendimento entre eles desde que se acertaram, ele fizera exatamente isso.

Lizzie odiava se sentir coagida, ameaçada e traída.

Ir embora daquele lugar era a coisa que ela mais queria na vida. A segunda coisa que ela mais queria na vida, corrigiu-se. A primeira passou a ser provar para aquele homem intransigente que, apesar de ele achar ter algum poder sobre ela, quem decidia o seu comportamento, as suas emoções, a sua maneira de responder às coisas ainda era ela.

Ele podia ter o poder de decidir quando ela iria para casa, mas era só. E Lizzie, por mais inconsequente que fosse — e talvez fosse bastante —, deixaria isso claro para ele. Jamais, *jamais* deixaria que ele a coagisse novamente.

Naquele momento, Lizzie seguia Agnes para o exterior do castelo. O vestido que usava era diferente dos que vestira nos outros dias. O corpete estruturado, de lã grossa e cinza, tinha decote quadrado, e a saia longa exibia as mesmas cores dos kilts que os homens usavam. O cabelo fora amarrado com um lenço nas cores do tartan.

— Você está uma autêntica escocesa — disse Agnes, vestida de maneira parecida, enquanto cruzavam os portões em direção à área externa.

Lizzie encheu os pulmões com o ar carregado de orvalho e flores. Era bom sentir a terra sob os pés outra vez. Estava há dias sem sair daquele castelo. Deixou o sol banhar o seu rosto.

— Este vestido também é seu? — perguntou, observando alguns bancos de madeira dispostos na margem de um campo gramado e amplo.

Agnes encolheu os ombros.

— Sim, é meu também. Apesar de serem um pouco menores, eles têm servido bem em você.

— Obrigada.

A irmã de Gareth sorriu com simpatia, como sempre fazia quando estavam juntas. Para a jovem, a presença dela ali já era algo corriqueiro. Porém — Lizzie concluiu com pesar, ao se aproximarem do campo — talvez apenas para Agnes, já que, assim que elas se sentaram, todas as pessoas viraram o rosto em sua direção.

Elas se acomodaram em um dos bancos alinhados que margeavam o campo onde se dariam os jogos. Lizzie notou que a observavam com algo além de mera curiosidade. Aquilo era um pouco sufocante.

— Não se intimide, eles vão se acostumar logo — Agnes disse, percebendo o seu incômodo.

Lizzie engoliu um bolo estranho na garganta.

— Certo.

— É um dia de festa, e você está comigo, no lugar reservado para a família e os amigos mais íntimos de MacGleann — Agnes prosseguiu, estimulando-a.

Lizzie suspirou, tentando não se importar com o escrutínio nada disfarçado dos presentes.

— O que acontecerá aqui? — Ela apontou para o campo gramado.

— Gareth não explicou?

E o que ele realmente explicava? Lizzie nem mesmo sabia por que estava lá, vestida como se fizesse parte daquele povo, sendo silenciosamente criticada como a inglesa que naturalmente era.

— Não muito.

— Repare. — Agnes apontou discretamente. — Percebe as pessoas nos bancos usando outras cores no tartan?

— Ãhã...

— Bom, apesar de aqui sermos um único clã, hoje é um dia em que as pessoas se dividem, para lembrarmos as disputas entre os clãs que construíram a história da Escócia e a nossa história. É uma oportunidade para refletirmos sobre a importância de mantermos a união entre nós, de mantermos viva a união em nosso clã.

Lizzie e Agnes usavam saia preta, azul e verde. Ela reparou que as pessoas com tartans vermelho, amarelo e preto se acomodavam nos bancos opostos aos delas.

— É uma maneira também de honrarmos a valentia dos nossos guerreiros, tanto os de hoje como os de anos atrás — Agnes explicou.

— Assistiremos a um jogo aqui?

— Sim, está vendo aquelas madeiras? — A jovem apontou para as duas toras colocadas paralelas antes de prosseguir: — É ali que o nosso time deve conseguir colocar a bola, aquele é o campo do adversário.

Lizzie levou as mãos aos lábios, surpresa.

— Oh! É uma partida de hurling.

— Na verdade é shinty — contrapôs Agnes. — Apesar de serem parecidos, o hurling é irlandês e...

Lizzie sorriu, satisfeita.

— Irlandês ou escocês, eu já li algo a respeito. É um jogo de origem celta, e algumas disputas entre tribos foram resolvidas em partidas desse jogo.

— É um jogo praticado há muitos anos nas Highlands — Agnes concluiu.

Lizzie concordou, entusiasmada, esquecendo momentaneamente o clima tenso no ar. Ela apertou os dedos, ansiosa, quando os dois times de quinze homens entraram em campo segurando bastões de madeira.

Entusiasmada, agarrou a lateral do banco. Assistiria a uma partida de hurling, de shinty... Um verdadeiro esporte celta. *Deus, Deus, Deus!*

— Veja, vai começar. — Agnes apontou para os homens que agora paravam em fila, cada time diante de seus torcedores.

Ela já sorria, bastante animada, quando seus olhos encontraram duas fogueiras verdes. Essa era a sensação que tinha toda vez que o olhava. Ela se sentia queimada e, naquele momento, estava ardendo de raiva.

— Este é o lado de MacGleann, certo? — perguntou, sem tirar os olhos dele.

— Sim... Pelo menos ele não está mais se cobrindo, o humor dele deve ter melhorado.

Lizzie nem ligou para o que a jovem havia dito, porque Gareth acabara de cumprimentá-la com a cabeça. Ela o ignorou.

Agnes apontou para a frente.

— MacGleann sempre joga com as cores do clã, afinal ele é o nosso líder.

Lizzie assistiu, um pouco intrigada, quando a mulher ruiva, aquela que se sentara ao lado de Gareth em um dos jantares no castelo, levantou-se e caminhou na direção dele.

— Aquela é a Brenda — disse Agnes, enquanto a mulher tirava o lenço do próprio cabelo, descortinando-o em uma nuvem de cachos até a cintura. — Entregar o lenço para um homem antes do jogo é uma maneira de deixar claro o respeito, o carinho e... — a amiga pareceu hesitar antes de concluir — e talvez que ela goste desse homem.

A atenção de Gareth estava concentrada em Brenda. Lizzie prendeu o ar quando ele estendeu o punho, deixando-a amarrar o lenço nele.

— O homem aceitar o lenço é um sinal de que ele não a desencoraja. — Agnes sorriu, sem graça. — Sempre foi assim com Brenda e Gareth, eles têm uma relação... bem, um pouco íntima. E, apesar de não assumirem em público, também não escondem que...

Lizzie não ouviu mais nada, porque o céu, as pessoas, o campo, até mesmo os tartans se tingiram de um vermelho muito mais intenso que o dos cabelos da mulher cuja mão Gareth agora beijava.

Pensando em atingi-lo, em desafiá-lo, em qualquer maldita coisa, Lizzie se levantou e, com passos rápidos e firmes, cruzou o campo, parando diante de Kenneth, um dos poucos rostos conhecidos da equipe adversária de Gareth. Foi ele quem a encontrara no salão principal, na noite da sua tentativa frustrada de fuga. Lizzie tirou o lenço do cabelo, alheia aos olhares fixos nela. Os lábios da jovem se curvaram em um sorriso trêmulo quando ela ofereceu o lenço para Kenneth.

Ele a observava com um vinco enorme entre as sobrancelhas loiras, olhando do lenço para ela algumas vezes.

Lizzie sentiu suas mãos formigarem.

Meu Deus, e se ele recusasse?

Ela seria publicamente humilhada, ficaria ainda mais exposta diante daquelas pessoas. Lizzie engoliu em seco ao notar que Kenneth virara a cabeça para trás.

Nervosa, ela buscou a direção do olhar de Kenneth e encontrou Gareth MacGleann, encarando-a com uma expressão furiosa. O chefe desaprovava o que ela tinha acabado de fazer.

Lizzie não teve tempo de se orgulhar do próprio feito, pois Kenneth lhe dirigiu um sorriso enorme. Ele pegou o lenço que ela oferecia e amarrou no

155

próprio punho. Em seguida, rasgou um pedaço do tartan com um movimento brusco e o ofereceu a ela.

— Para os seus cabelos — ele disse, em gaélico.

— Obrigada — ela agradeceu, na mesma língua.

Lizzie voltou para o seu lugar, com o coração disparado. Não teve coragem de olhar para Gareth outra vez.

— *Mo Dhia!* Você enlouqueceu? — Agnes perguntou, afoita, quando ela se sentou.

Ela apenas negou com a cabeça.

— Tem alguma ideia do que acabou de fazer?

— Eu entreguei o meu lenço para Kenneth.

— Você sabe quem é Kenneth?

— É um dos conselheiros de Gareth — respondeu, tentando parecer descontraída.

— Sim... Não...

— Não? — Ela finalmente olhou para Agnes. A jovem estava com o rosto pálido.

— Sim, ele é, mas... — A jovem negou antes de acrescentar: — Lizzie, o que Gareth contou sobre o nosso povo?

— Algumas coisas, como vocês chegaram aqui e...

— Kenneth e Malcolm defendem interesses diferentes dos de Gareth. Eles se opõem sobre como liderar o clã.

— Eu achei que vocês fossem uma única família — Lizzie disse, angustiada. Kenneth era amigo daquele homem frio e rude com quem Gareth havia brigado duas vezes a fim de defendê-la. A sua intenção era atingir Gareth, e não se meter no meio de uma rixa política.

Agnes ficou um tempo em silêncio, pensando no que falar. Aproximou-se do ouvido da jovem.

— Apesar de ser católico, Gareth defende que as pessoas são livres para escolherem aquilo em que querem acreditar.

— Entendi — ela concordou, em voz baixa, e o jogo começou.

Agnes suspirou, cansada.

— Algumas pessoas aqui seguem outra religião — prosseguiu, em voz mais baixa.

Lizzie prendeu a respiração. Apesar de Gareth ter falado algo a respeito, ele não havia confirmado de qual religião se tratava. Lizzie tinha cada vez mais certeza de que era da antiga religião celta que Agnes falava.

156

— Druidas e sacerdotisas? — perguntou, e seu coração acelerou de expectativa.

— Eu não vou falar mais nada, não posso. Apenas saiba: Kenneth e Malcolm defendem que todos deveriam ser obrigados a ser cristãos e discordam da maneira mais liberal com que Gareth governa.

Kenneth e Malcolm se opõem à liberdade de escolha religiosa de outras pessoas.

Lizzie sentiu a garganta secar ao perceber onde havia se metido. E também ao se dar conta de que contrariava o único pedido feito por Gareth na noite anterior, quando a convidara para participar da festa: "Não fale sobre religião, não a quero metida em problemas".

Entortou a boca, frustrada. Ela não tinha como saber e, além disso, estava muito brava com as ameaças que Gareth havia feito no quarto dele, exigindo respeito em troca da sua liberdade.

A disputa já havia começado, e Lizzie resolveu prestar atenção na partida e tentar se esquecer de religião, problemas, lenços e Gareth. Foi só então que se deu conta, o jogo parecia mais uma luta que um entretenimento. Os homens usavam o bastão de madeira para se espancarem, e não apenas para bater na bola com o intuito de fazer pontos contra o time oposto.

— Eu não sabia que Kenneth se opunha a Gareth — disse, sem conseguir esquecer totalmente o assunto, e gemeu quando um dos homens foi atingido na barriga com muita força.

Agnes grunhiu ao seu lado.

— Além do mais — a irmã de Gareth principiou, nervosa —, e o que talvez seja pior, você deixou claro para Kenneth que ele pode tomar certas liberdades com você.

Lizzie gelou, não apenas porque alguns homens já sangravam, mas também porque não se dera conta de seus atos até aquele momento.

O que ela tinha feito?

— Vou conversar com Kenneth, dizer que você não tinha ideia do que estava fazendo e do significado daquele gesto.

— Ah! — Lizzie soltou um gritinho quando Gareth acertou um golpe com o bastão nas panturrilhas de Kenneth. O homem caiu de maneira violenta no chão.

— Bom, isso se Gareth não o matar antes — emendou Agnes.

Kenneth correu atrás de Gareth, que batia na bola com o bastão. Sem que Lizzie entendesse como, ele acertou o chefe nas costas, levando-o a se curvar com uma careta de dor.

Ela ficou em pé. Na verdade, queria correr até lá e ajudar Gareth. Agnes a segurou.

— Não, não faça mais nada que a exponha hoje, Lizzie.

Ela voltou a se sentar. Por mais que quisesse torcer contra Gareth, desafiá-lo, não dar o braço a torcer, por mais que sentisse ser capaz de odiá-lo, Lizzie simplesmente não conseguia.

Ela entendeu, talvez um pouco tarde, o que acontecera na noite anterior. Os dois erraram: Lizzie por invadir o seu quarto enquanto ele estava — sentiu as bochechas arderem — sem roupas, e por chamá-lo de monstro, e por ameaçá-lo, bem... com um punhal. Esfregou o rosto, nervosa.

Ela realmente havia levantado um punhal contra ele?

Sim, havia. *Meu Deus! Perdi a cabeça por completo.* Mas os seus nervos estavam à flor da pele, e Gareth a provocou, testando seus limites, jurando, entre outras coisas, mantê-la ali, contra a vontade, se ela não se comportasse como ele desejava, e tudo isso por orgulho.

O problema era que ela também se julgava bastante orgulhosa. Que Deus os ajudasse.

Mas a grande questão, e isso Lizzie não queria admitir nem para si mesma, era que sua irritação tinha outro nome: medo. Devagar, Gareth quebrava sua autodefesa e a fazia desejar conquistar o coração de um homem. Precisava, de certa maneira, provar para si mesma ter o controle sobre suas emoções. Seu coração acelerou com as lembranças de como ele a tocara e tudo o que despertara em seu corpo.

Apreensiva, desviou a atenção para o jogo. Kenneth e Gareth entraram em uma batalha de bastões, como se lutassem com espadas pela bola. Lizzie prendeu outra vez o ar, tensa, e mordeu a ponta de um, dois, três dedos. As unhas também não escaparam do ataque de sua ansiedade.

E foi ali, assistindo-o em uma disputa física com Kenneth, que ia muito além de uma rixa recreativa, enquanto todos os seus instintos a faziam ter vontade de correr até Gareth e protegê-lo, cuidar dele, foi ali que ela percebeu que talvez estivesse começando a sentir algo por MacGleann. Entendeu também — bastante assustada — que a raiva que sentiu dele, a vontade de irritá-lo, desafiá-lo na noite anterior e no início do jogo não era apenas pelos comportamentos errados dele, mas também por Gareth tê-la dispensado de sua cama, ferindo o seu orgulho, e agora há pouco ele ter... *Jesus!*

Ela sentiu ciúme daquela mulher de cabelos vermelhos, a tal Brenda. E seu orgulho foi mais ferido ainda. E então... que atitude mais impulsiva e infantil teve... tanto ao ameaçar Gareth com o punhal quanto agora há pouco, no jogo.

158

Como ela deixou Gareth se infiltrar desse jeito em sua vida? E talvez até mesmo em seu coração?

Suspirou, confusa e nervosa, olhando em seguida para a partida. Cobriu a boca, horrorizada, ao notar Gareth virar o rosto e cuspir sangue no chão.

— Lizzie — Agnes a chamou, próximo ao seu ouvido —, eu conheço o meu irmão. Não sei se tem algo acontecendo entre vocês, mas de uma coisa eu tenho certeza: ele gosta de você. — Ela respirou fundo e prosseguiu, mais decidida: — Talvez como nunca antes tenha se permitido gostar de alguém, do contrário ele nunca a teria trazido para o castelo e nunca teria permitido que você ficasse. Ele nunca havia se exposto desse jeito por ninguém. — Ela parou e levou os dedos até a boca, parecendo arrependida do que disse.

— Foi ele quem me trouxe aqui para dentro? E se expôs ao fazer isso? — ela perguntou, precisando da confirmação, porém Agnes não disse mais nada.

Lizzie também se calou. Gareth segurava a camisa de Kenneth e falava próximo ao rosto dele. Teve certeza que era sobre ela, porque, assim que Gareth se afastou, o homem a olhou com ar desafiador e beijou, de maneira provocativa, o lenço que antes amarrava o seu cabelo.

Lizzie se sentiu um pouco tonta.

Meu Deus, o que ela tinha feito?

13

Será mesmo verdade que, embaixo dos kilts, os escoceses não usam nada? Se for assim, como eles se sentem nos dias de frio? O vento gelado das Highlands pode ser bastante implacável. Como será que fica o... bem, melhor deixar isso quieto.

— DIÁRIO DE ESTUDOS DE E.H., 1867

Depois da demonstração de brutalidade na partida de shinty, os jogos transcorreram normalmente. Os homens participaram de arremesso de martelo, arremesso de tronco e cabo de guerra.

Mas Lizzie não conseguia ver tudo aquilo com naturalidade.

Não havia nada de errado com essas atividades. Exceto para ela, já que tudo o que conseguia enxergar eram os bíceps de Gareth, as pernas musculosas, Gareth arfando pelo esforço de arremessar uma tora de madeira que devia pesar mais que ela própria, as mãos grandes dele ao segurar qualquer maldita coisa, sua expressão dura e o largo vinco entre as sobrancelhas quando ele se concentrava antes das atividades. Ah, sim, também havia o sorriso torto e satisfeito que ele dava quando obtinha bons resultados.

Nunca antes ficara sem ar ao observar homens atraentes, como uma jovenzinha desmiolada. Mas havia alguma coisa em toda aquela exibição de masculinidade de saias que a deixava fora de si. Especialmente, ou exclusivamente, em Gareth. Por isso, no final do dia, Lizzie estava a ponto de explodir outra vez e, infelizmente — ela tinha que admitir —, não era por sentir raiva. Quer dizer, havia raiva também, mas não como antes. Não era uma raiva direcionada à tirania de Gareth. Era uma raiva direcionada à atenção recebida e dada por Gareth àquela mulher de cabelos vermelhos.

Toda vez que ele obtinha um bom resultado em um dos jogos, ela se levantava ou saía de onde quer que estivesse, e muitas vezes estava bastante longe.

Mesmo assim arrumava um jeito de ir até ele e tocá-lo: levava água, ou cuidava das mãos dele ou de eventuais cortes.

À Lizzie não escapou nenhum detalhe, inclusive o fato de que Gareth não olhou uma única vez para ela, porém sorria sempre para aquela cenoura seca. E aquilo a deixava com vontade de fazer aquela bruxa celta engolir uma das toras de madeira que os homens arremessavam.

Ela estava morta de ciúme. E isso era horrível.

Agnes se aproximou do seu ouvido.

— Se Brenda não cair morta pela maneira como você a fuzila, acho que ela virá tirar satisfações...

— Eu não estou olhando para ela — mentiu e virou o rosto em outra direção, encontrando o olhar fixo de Kenneth.

Cristo. Tinha sido assim o dia inteiro, e não havia o que ela pudesse fazer a não ser continuar ignorando-o.

Agnes explicou para Kenneth o desconhecimento de Lizzie em relação aos costumes do povo, mas isso não fez diferença alguma para ele. O homem, além de não devolver sua faixa, ainda se mostrou bastante entusiasmado durante todo o dia. Inclusive, naquele momento ele caminhava em sua direção. O coração de Lizzie disparou.

— Seja educada — Agnes pediu, baixinho. — Apesar de terem opiniões distintas, Gareth e ele são amigos de infância e se respeitam. Ele é um homem influente, e Gareth precisa da boa vontade dele para ajudar a manter a paz entre as pessoas.

— Está bem — ela respondeu, com a voz fraca.

Começava a entender que, apesar de viverem unidos e em aparente paz, aquele povo tinha seus conflitos e suas disputas de interesses. O orgulho, a ganância e o preconceito — Lizzie concluiu — não se mantiveram fora dos muros.

— Olá, Elizabeth — Kenneth a cumprimentou.

— Olá — ela disse e desviou os olhos.

— Agora vai começar a parte mais divertida das celebrações. Vai ter música e dança ao redor da fogueira, e também alguns jogos dos quais as mulheres participam. — Ele se dirigiu para a irmã de Gareth. — Não é, Agnes?

— Sim, é verdade — Agnes confirmou e colocou a mão no ombro de Lizzie. — Vamos indo para lá?

— Eu queria saber se posso lhe fazer companhia — Kenneth disse para Lizzie.

— Nos fazer companhia? — Agnes se adiantou, e Lizzie suspirou aliviada.

— Por que não, Kenneth? Vamos juntos até a área da fogueira. Vamos, Lizzie — ela completou, passando a mão pela curva do braço da amiga.

Lizzie gelou quando uma mão, que não era a de Agnes, se apoiou em suas costas. Ela olhou para o lado, e Kenneth a encarava com um sorriso satisfeito.

Já era noite, e Lizzie se divertia como poucas vezes na vida. Já havia feito uma coroa de flores, a mesma que usava agora na cabeça. Havia também arremessado blocos de feno, e não era maneira de dizer: ela realmente agarrou um enorme quadrado de feno, com uns dez quilos, e o lançou pelos ares com toda a força.

Tudo era tão empolgante!

Tinha até mesmo dançado ao redor da fogueira! Primeiro, Agnes ensinou a ela alguns passos, depois Kenneth a conduziu. Lizzie passou a outra metade do dia gargalhando e praticamente se esqueceu da presença de Gareth MacGleann. Praticamente.

Talvez fosse melhor assim, afinal foi ele quem escolheu se manter distante.

Nas poucas vezes em que o olhou, Gareth parecia se divertir com os amigos e com a vassoura de palha vermelha. *Ao inferno!* Ela resolveu parar de se importar tanto e aproveitar aquela que era a melhor festa de sua vida. Uma festa com raízes da cultura celta, uma autêntica festa das Highlands, no dia do festival de Beltane.

Até mesmo a companhia constante de Kenneth ela passou a apreciar. Talvez a primeira impressão que teve mais cedo, depois do que Agnes lhe falou, fosse um exagero. Um excesso de cuidado por parte da amiga. O primo de Gareth era divertido e espontâneo, fazendo-a sorrir. Ele lhe explicava a origem e o motivo de cada um dos jogos e brincadeiras das quais participavam. A própria Agnes estava mais relaxada e parecia aproveitar a noite.

Naquele momento, estavam sentados a uma mesa comprida, colocada no exterior do castelo especialmente para as comemorações, e haviam acabado de jantar.

— Gostou da comida? — Kenneth perguntou.

— Sim, estava muito boa — Lizzie respondeu, lembrando-se da carne de cervo recém-assada que comeu lambendo os dedos, igual a uma criança.

Era tão diferente a maneira como eles faziam as refeições. Tudo acontecia de forma mais descontraída e natural. Não seria difícil se acostumar com isso. Lizzie sorriu satisfeita com o clima festivo e alegre ao seu redor.

— Vocês caçam aqui? — ela perguntou, curiosa.

— Sim, mas a carne de caça é limitada a ocasiões especiais. — Kenneth empurrou seu prato. — Nós vivemos em uma espécie de ilha suspensa, cuidamos para que os recursos não acabem.

— Hum, entendi — respondeu ela, mesmo sem entender nada, porque sem perceber seus olhos buscaram Gareth, e, apesar de o dragão ruivo sussurrar algo no ouvido dele, Gareth a vigiava sem piscar, mesmo depois de ignorá-la por um dia inteiro.

Ele a encarava como se esperasse que ela o reverenciasse. Como se ela lhe devesse alguma explicação.

— Você vai participar do desafio?

Lizzie piscou lentamente, voltando-se para Kenneth.

— Do que se trata? — quis saber, enquanto jarros de barro eram dispostos sobre a mesa.

— Quem consegue virar o maior número de copos de uísque... Se alguém propuser um desafio, a coisa fica mais interessante, mas não acho que eu possa fazer isso. Você não passaria do primeiro copo.

— Eu estou acostumada a beber. — Ela notou um sorriso zombeteiro se formar nos lábios de Kenneth.

— Por essa eu não esperava.

— Lizzie, não acho que seja uma boa ideia — Agnes aconselhou, prestativa. — Na única vez em que aceitei um desafio desses, no dia seguinte me arrependi de continuar viva.

— Eu estou em uma festa nas Highlands! Deus sabe como desejei isso a minha vida inteira! — Ela olhou para Gareth outra vez, que não a observava mais. Ele sorria de algo que a palha ruiva falava em seu ouvido.

Ciúme idiota.

— Qual é o seu desafio, Kenneth? — ela indagou, com o peito inflado para parecer mais corajosa.

— Vamos começar devagar, uma dose para cada — o homem disse e virou o conteúdo da jarra em dois copos.

Lizzie viu que algumas pessoas ao seu lado já estavam bebendo, enquanto outras apenas conversavam. Ela segurou o copo entre as duas mãos, admirando o conteúdo âmbar, bonito, dourado e cheio de si.

Parecia o brandy que seus irmãos e o seu pai bebiam. Se eles bebiam, não devia ser algo ruim. Lizzie se lembrou de todas as vezes em que o pai chamava alguém para beber com ele. "Vamos apreciar um bom conhaque", o duque dizia.

Ela supôs que essa bebida, não muito diferente em cor do brandy, deveria ser apreciada. E assim a tomaria — apreciando-a.

Satisfeita e decidida, Lizzie ergueu o copo.

— Tem certeza? — Agnes, ao seu lado, insistiu.

— Absoluta. — Dizendo isso, ela respirou fundo, prendeu o fôlego e virou o conteúdo de aproximadamente três dedos de uma única vez.

Sentiu fogo saindo pelo nariz. Fogo saindo pelos olhos. Fogo queimando a boca e a garganta.

Lizzie tossiu repetidas vezes, abanando as mãos de maneira quase histérica. Como alguém podia apreciar uma bebida daquelas? Era fogo líquido!

— Respire devagar — disse uma voz, mas Lizzie não conseguiu identificar de quem. Agnes, talvez.

E uma risada masculina rompeu no ar, possivelmente Kenneth.

Através de uma cortina de lágrimas, Lizzie não conseguia enxergar.

— Tome. Água. — Agnes encostou um copo em sua boca. Ela tomou um gole grande, depois mais um, acalmando a respiração. Devagar, o fogo abrandou e deu lugar a uma maciez morna e agradável que acolheu seu estômago, para então a envolver por inteiro. — Melhor? — perguntou Agnes.

A jovem aquiesceu e olhou para Kenneth.

— Achei que estava acostumada a beber — ele disse, desconfiado.

— Champanhe, em poucas ocasiões. — Ela ergueu as sobrancelhas, um pouco envergonhada por ter sido pega na mentira, e todos riram animados.

Kenneth lhe serviu outra dose.

— Já vai desistir?

— Não — ela afirmou, passando a gostar da sensação calma e quente que envolvia seus sentidos.

— Lizzie... — Agnes interpôs.

— Eu estou bem, Agnes, mesmo — Lizzie afirmou, começando realmente a acreditar no que dizia.

A segunda dose desceu com mais facilidade, e a terceira fez uma carícia em sua garganta e acolchoou o seu estômago, e a quarta ela nem mesmo sentiu.

Kenneth bebeu a quarta, a quinta e a sexta. Ela o observava, admirada.

— *Você venceu* — Lizzie disse de maneira arrastada. Estava gostando demais de não sentir direito as próprias mãos. — É muito bom esse negócio de uísque. *Grupi!* — Um pequeno soluço escapou dos lábios, e ela os tapou com a ponta dos dedos.

— E você, Lizzie, *é surpreendente* — Kenneth falou, depois de virar a sétima dose. — Ela não é incrível, *Agnesss*?

— Eu acho, e acho que talvez devêssemos ir...

— Ahhh, não seja chata. — Lizzie ergueu um dedo em frente a um dos rostos de Agnes.

— Concordo. — Kenneth bateu com a mão na mesa. — Além disso, a *Lizzie* não vai querer perder as gaitas de fole.

— Gaaaitas de fole? *Grupi! Você* jura?

— Por tudo o que *é mais* sagrado. — Ele levou a mão até o coração.

Lizzie achou aquela resposta muito engraçada e gargalhou alto.

— *Você* é um homem muito legal e... e *sabia* que eu toco harpa *celta*?

— Mentira!

— Juro por tudo o que é mais *sagrado* — ela o imitou e os dois gargalharam.

— Eu vou *conseguir* uma harpa para você.

— *Você* é mesmo muito legal. Acho que, se *você* me der mais uma boa notícia hoje, *sou* capaz de lhe dar um beijo — Lizzie disse sorrindo, em tom de brincadeira.

— Eu não vou perder essa oportunidade por nada — Kenneth afirmou, olhando por cima dos ombros.

— Eu queria dançar mais um pouco e...

— A festa acabou para você, Elizabeth. Agnes vai acompanhá-la até o quarto.

Todo o calor que Lizzie sentia por causa do uísque virou gelo, para renascer em seguida dez vezes mais potente, ao reconhecer a voz de Gareth às suas costas. Ela virou com uma deliberada... com uma pouco deliberada lentidão, e olhou para cima até os seus olhos se encontrarem. Até ela esquecer como respirava, até ficar tonta e não ter certeza se era por causa da bebida ou pela maneira como Gareth a encarava.

— *Você* lembrou que tem outros amigos, MacGleann — disse ela, forçando o sotaque escocês.

— Sabe, Gareth, eu *gostei* muito do tempo que passei com *Lizzie* hoje — Kenneth contou, embolando as letras. — Acho que vou reclamar a companhia dela *muitas* vezes mais, e *talvez*, se ela quiser, eu não reclame somente a companhia, mas *outras* coisas também.

Gareth fechou os punhos ao lado do corpo.

— Você está bêbado. Eu não vou discutir nada com você assim.

Kenneth olhou para Lizzie, que o observava, e estourou em uma gargalhada alta e espalhafatosa.

— Se você bebesse mais, talvez fosse *menosss* chato.

Lizzie achou tudo aquilo muito engraçado, é claro, porque havia alguns Gareths e muitos Kenneths, e porque tudo no mundo estava meio bagunçado.

— Chega — Gareth rugiu, agarrando o braço da jovem, erguendo-a da mesa.

— Ai! Você está me machucando, me *solta*!

— Solte a moça, MacGleann — Kenneth esbravejou e ameaçou levantar.

— Não ouse levantar — Gareth ordenou, entredentes.

Kenneth chegou a tentar, mas se desequilibrou e caiu sentado no banco.

— Estou tão bêbado, Jesus!

Lizzie tentou soltar o braço que Gareth ainda segurava, sem conseguir.

— Seu estraga-prazeres, me *solta*!

— Muito bem, se você não vai andando sozinha, eu cuido disso.

E essa foi a última coisa que Lizzie ouviu antes de o mundo virar de pernas para o ar e girar três vezes mais dentro da sua cabeça. Ela tentou se concentrar, mas a única coisa que enxergou foi o tartan do kilt de Gareth MacGleann. Ele a carregava sobre o ombro, como se ela fosse um cervo morto.

Gareth adoraria dar umas palmadas naquela moça inconsequente e desregrada. Estava com as mãos coçando para fazer isso desde que ela o ameaçara com um punhal. A vontade aumentou quando ela entregou o lenço para Kenneth no início dos jogos. Conseguiu se segurar o dia inteiro e fingir imparcialidade em relação aos dois. Era o certo a fazer, afinal ele era o líder do clã, tinha que demonstrar ter a situação sob controle. Mas Elizabeth Harold realmente testou seus limites, um após o outro, naquele dia infernal. Que diabos essa mulher estava pensando ao praticamente se jogar nos braços de Kenneth?

— Me solta! — ela protestou.

Não, não e não!, respondeu mentalmente, sem parar de andar.

Deus sabe o que ele teve que aguentar durante aquele dia, e então...

— Me solta! — ela repetiu, dando alguns socos em suas costas.

Isso, Elizabeth, fique bastante irritada, prove do seu próprio veneno.

Ela resolveu se embebedar e chamar atenção não apenas de Kenneth, mas de todos os malditos homens do clã. Nos últimos minutos, ao menos uns cinco vieram perguntar a ele — alguns de maneira discreta, outros de forma nada sutil — se poderiam se meter entre as pernas de Elizabeth.

Todo esse furor na primeira aparição dela entre o seu povo.

E que os céus o ajudassem, porque ele teve vontade de matar cada homem que colocou os olhos em cima dela. E...

— Merda! — Gareth grunhiu, colocando-a no chão por reflexo.

Elizabeth fincou algo pontiagudo e bastante doloroso na altura do seu quadril. Ele se considerava um homem forte e bem resistente à dor, mas, merda, poderia jurar que o que quer que ela enfiou em suas costas lhe arrancou sangue. Ele olhou para as mãos vazias da jovem buscando a arma. Ela abriu um sorriso satisfeito, com dentes brilhantes, brancos e fortes... bem fortes, muito fortes.

— Mulher diabólica, você me mordeu! — Gareth exclamou, horrorizado. — Desde quando damas inglesas erguem um punhal e mordem?

Lizzie colocou as mãos na cintura.

— Desde que elas têm irmãos e... — Ela baixou os olhos, parecendo envergonhada. — Me desculpe pelo punhal, mas não pela mordida, essa você mereceu! *Grupi*... Sou capaz de andar... *Grupi!* — soluçou baixinho outra vez e deu alguns passos trôpegos.

— Você não é capaz nem de falar direito! — Ele a segurou pelos ombros, evitando que ela tropeçasse.

— Seu mandão! Eu sei me cuidar e... *grupi*... e você não é nada meu para me mandar ir dormir, como se eu *fosse* uma criança birrenta e... e... quer saber?! Você é intragável.

Ele estreitou os olhos.

— Você está exercitando o ódio entre ingleses e escoceses?

— Isso não tem nada a ver com as nossas origens... *Grupi*... Você não é nada divertido e é muito preconceituoso, tão diferente de Kenneth.

Gareth sentiu que queimava de ciúme. Queria beijá-la até ela desmaiar, até ela jurar que ele era o único homem que a divertia, que a fazia sorrir, que a...

— Inferno! — Ela voltou a andar, e ele a segurou. — Você nunca mais vai falar com Kenneth, entendeu?

Lizzie ergueu o queixo, desafiadora.

— Senão o quê? Você vai me prender ou voltar a me ameaçar?

Gareth encheu os pulmões de ar, arrependido das ameaças feitas na noite anterior. Por aquela briga tão feia que tiveram. Lembrou que ela tinha se desculpado havia pouco. Essa mulher, Jesus Cristo, ela o enlouqueceria.

— Elizabeth, eu nunca vou lhe fazer mal... Mas você precisa ser uma boa moça e me ajudar a ajudá-la. Você precisa me respeitar e me obedecer. Não pode me desafiar em público.

Ela o encarou em silêncio.

— Você me respeita, mesmo eu sendo inglesa?

Ele quis dizer que nunca respeitou tanto uma mulher em sua vida como ela, a sua coragem, a sua determinação, a sua ousadia, até mesmo a sua falta de limites.

— Respeito — respondeu, sucinto.

— Sendo assim, *grupi*... eu o respeito também — afirmou e tentou andar. — Agora eu quero voltar para a festa, Kenneth disse...

Ela se desequilibrou e ele foi obrigado a abraçá-la.

— Eu achei que tinha sido claro — pontuou, com raiva de si mesmo por sentir tanto ciúme de uma mulher que não poderia ser dele. — Você vai para o seu quarto e não vai voltar a falar com Kenneth nunca mais.

— Você é muito mandão, eu não pretendia ferir você, apesar do punhal e da mordida... *Grupi...* Mas às vezes me dá vontade de arrancar a sua arrogância com as mãos... *Grupi!*

Gareth a imaginou arrancando as roupas dele e, sem conseguir se controlar, ficou excitado. Inspirou lentamente, tentando se acalmar.

— Já que você bebe e se comporta como uma criança, merece ser tratada como uma.

Ele a pegou no colo outra vez, sem avisar, e sentiu o corpo de Elizabeth tremer.

Um som espalhafatoso ecoou pelo saguão do castelo.

Aquela desmiolada gargalhava.

— Não seja ridículo — ela disse, sem fôlego —, crianças não bebem... *Grupi.*

— Existe um motivo para isso.

— Você está me chamando de criança? — ela perguntou, parecendo não acreditar no que ouvia.

Gareth ficou quieto. Apesar do corpo dele jurar que não, era isso o que ela era: uma menina. Ele precisava se convencer disso, ou melhor, ele precisava convencer seu corpo idiota disso de uma vez por todas. Pelo que Gareth lembrava, ela tinha vinte e um anos. Ele era um homem de vinte e sete anos, e ela, apenas uma moça. Muito jovem para ele. Muito jovem para o peso e a responsabilidade que ele carregava nos ombros.

— Então é por isso — Elizabeth falou para si mesma, e seus olhos se abriram como duas bolas de shinty.

— Isso o quê?

— *Tsc,* deixa para lá... *Grupi...* Tudo esclarecido, não temos mais motivos para ficar bravos um com o outro. É claro, precisamos ter uma conversa muito séria depois da festa... Mas agora eu quero voltar para lá.

— Você vai para o quarto. Deus sabe o que sou capaz de fazer se algum homem tentar se aproveitar de você nesse estado.

— Muito bem, sr. MacGleann! — Ela bateu palmas de maneira exagerada. — Você parece o meu irmão, e o mais chato deles. Eu não sou criança.

Ele desviou os olhos do rosto dela e continuou andando rápido. Porque, ao dizer isso, os lábios carnudos de Elizabeth se estreitaram, e só Deus sabe quanto o seu corpo deu razão a ela. Sendo sincero, Gareth tinha plena consciência de que ela não era uma criança e sabia que pensar dessa maneira era apenas uma tentativa burra e pouco funcional de tentar se manter afastado.

— Olhe para mim. Eu sou uma mulher. Mulher, entendeu? — ela disse.

Ele balançou a cabeça e subiu as escadas com ela ainda nos braços. Precisava deixá-la logo no quarto. Precisava sair de perto dela.

— Ah, você está negando? — Ela apertou os braços junto ao corpo dele. — Seu sabe-tudo! *Grupi*... Então me explique: se eu não *sou* uma mulher, por que quero tanto que você me beije?

Ele se deteve abruptamente, como se uma montanha houvesse caído sobre a sua cabeça.

— Ou por que não consigo manter os olhos longe de você?

Lizzie tocou o rosto dele, e a respiração de Gareth se acelerou, e isso nada tinha a ver com o esforço de subir a escada com ela nos braços.

— Ou por que, quando você me olha, eu sinto umas mil borboletas voarem dentro da minha barriga?

Gareth olhou para ela, faces coradas, olhos brilhando. A coroa de flores estava meio torta na cabeça dela, e alguns cachos castanhos se desprendiam do coque. Era a aparência de uma mulher que acabava de sair dos braços do seu amante. A garganta dele secou. Ele estava a um passo de se descontrolar.

— Se eu não fosse embora... — Ela suspirou. — Mesmo eu indo embora, eu queria... quero que você me beije.

Lizzie fechou os olhos e abriu os lábios.

Por Cristo Jesus, Gareth poderia culpar o álcool pela tontura que sentiu — o que não vinha ao caso, já que não tinha bebido nem uma mísera gota naquela noite. Ela falou algo sobre ir embora, não falou? Ele já nem conseguia ouvir direito. Forçou-se a raciocinar. Respirou com lentidão e travou o maxilar. Não tinha sido ela quem tremera de medo e o tinha chamado de monstro na noite anterior?

— Você está falando tudo isso para que eu construa a ponte rápido, não é mesmo, sua menina mimada e ardilosa?

Ele subia os degraus com velocidade.

— Hã? Seu homem ridículo e *cego*... Se eu *fosse* mimada, estaria chorando todos os dias pela falta dos cremes e dos perfumes, *passaria* o dia gemendo por causa desses *tecidos* de lã áspera dos vestidos apertados, e também... *grupi*... também *sinto* falta dos lençóis de seda e de um maldito *sapato* novo. — Ela tentou erguer o pé para provar o que falava. — Veja, estão horríveis.

Gareth analisou o par de botas que ela usava. Não estavam assim tão velhas.

— *Você* me ouviu reclamar alguma vez da comida... *grupi*... ou de como eu me *sinto* sozinha, ou de como aquele quarto fica gelado quando a noite cai?

Ele negou com a cabeça, exalando o ar devagar. Tinha que dar crédito ao que ela falava — apesar de ser filha de um duque, Elizabeth nunca reclamara da ausência de luxo e da falta de certos produtos a que, com certeza, estava acostumada.

— Não, não ouvi.

— Estou falando tudo isso para provar que eu tenho razão.

Ele a olhou, desconfiado. Lizzie o espreitava com olhos semicerrados.

— Já que agora está provado que eu não sou uma criança, posso voltar para a festa.

Gareth não se aguentou e gargalhou.

Se ele conseguisse esquecer por alguns segundos o desejo que corria em suas veias, tinha de admitir: Elizabeth era divertida.

— Meu Deus do *céu*! — A boca da moça desenhou um O.

Aquela boca.

Aqueles lábios. *Merda!*

— Algo acontece em seu rosto quando *você* sorri. Ele se ilumina inteiro, e os *seus* olhos, eles... eles brilham como duas estrelas. — Ela tocou o rosto dele, correndo a extensão do maxilar com os dedos.

Gareth expulsou todo o ar em uma só rajada pela boca.

— Pare, Elizabeth!

— *Você* é o homem mais bonito do mundo.

Ela estava bêbada, somente isso explicava aquele absurdo. Ele abriu a porta do quarto.

— Sim, sério, *você*... *você* é... — ela suspirou antes de completar a frase — tão lindo.

— Pronto, chegamos — ele disse, aliviado, quando entraram no quarto.

Gareth a deitou na cama, e os braços da jovem, que estavam em volta do seu pescoço, não o soltaram.

— Gareth — ela o chamou de maneira arrastada.

— Hum?

— Me beija.

Ele prendeu o ar e mordeu a bochecha por dentro. Ela não tinha ideia do que estava fazendo com ele. Elizabeth estava bêbada, e isso era motivo suficiente para ele se afastar, para não tocá-la de forma alguma. Mas não sem antes...

Apenas...

Gareth abaixou a cabeça, deixando os lábios pousarem na testa da jovem. Sentiu seu corpo pulsar de desejo e se ergueu, rápido, logo em seguida.

— Não... — ela lamentou, com manha. — Não *assim*, Gareth. — Tentou se sentar e se desequilibrou, caindo deitada. — Droga de *botas*.

— O que foi? — Gareth perguntou, insatisfeito e mal-humorado.

— Quero tirar as minhas botas... — Elizabeth bocejou antes de concluir: — E quero o meu beijo.

— Eu posso ajudar com as botas.

Como ele queria ajudar com o beijo também!

— Gaaareth.

Um choque percorreu a espinha dele. Elizabeth dizendo o seu nome, com a voz lânguida e baixa, como se estivesse entorpecida de prazer em vez de álcool, era uma tortura. Gareth entendeu que estava sendo torturado. A pressão que sentia em seu ventre e se estendia até o seu membro, provocando dor, era de enlouquecer.

— Inferno!

Com as mãos incertas, ele afrouxou os cadarços e removeu as botas dela sem olhar para seus pés. Ele devia ser condecorado pela rainha da Inglaterra por resistir à tamanha tentação. Virou o corpo determinado a deixar o quarto rápido.

— Gareth! — Ela o deteve.

— Sim?

— E as meias?

— Eu não vou tirar as suas meias — respondeu ele, mais ríspido do que intencionava.

Estava bravo consigo mesmo, com seu corpo irracional e com sua mente descontrolada, que foi tomada por um milhão de imagens pelas diferentes formas como ele gostaria de tirar as meias dela.

— Sabe o que eu queria *mesmo*? — ela perguntou, com a voz mais baixa.

Gareth engoliu em seco.

— Não quero saber.

Ela o ignorou.

— Que nós fôssemos celtas e que a festa de hoje *fosse* uma verdadeira festa de Beltane.

— Pare. — Ele sentiu os joelhos bambos, porque imaginou aonde ela iria chegar.

Gareth desviou os olhos para o chão. Devia ir embora, sair dali logo, deixá-la, não ouvir mais uma palavra sequer dessa feiticeira.

Mas Elizabeth não o obedeceu, e ele não conseguiu sair.

— Queria usar uma máscara na floresta, e que *você* me disputasse com outros homens. Queria... *Grupi!*

— Pare, pelo amor de Deus, moça!

Ela umedeceu os lábios.

— Queria que *você* me encontrasse na floresta e queria... mesmo, mesmo, muito mesmo, que você me encontrasse e que você...

— Ahhh, meu Jesus amado — Gareth murmurou, atordoado, e a olhou.

Apenas a luz do fogo da lareira iluminava o rosto delicado.

Meu Deus, como ela é perfeita! E como preciso dela!

— Gaaareth — ela o chamou outra vez, e ele foi içado como um pescador encantado por uma sereia.

Ele se aproximou da cama, aproximou-se dela. Ela venceu. Ou a loucura dele venceu.

Elizabeth suspirou.

— O seu povo... Eu queria dizer que é linda a maneira como *vocês* vivem. Eu entendo o seu amor por esse povo e por esse lugar... e... entendo *você* querer proteger tudo isso com a própria vida. Isso tudo aqui vale a pena. — Ela bocejou.

Gareth fechou os olhos, o ar entrando e saindo rápido e quente por suas narinas.

Elizabeth Harold é incrível!

Ele se sentou perto da cabeceira da cama.

— Gaaareth! — Ela sorriu, sedutora. — Agora *você* vai me beijar?

— Sim, agora eu vou beijar você.

Ele baixou o rosto e pressionou os lábios contra os dela. Uma onda gelada cobriu seu estômago conforme ele se apossava dos lábios mornos e macios. Macios como seda. Um grunhido de satisfação e de prazer escapou do seu peito, e ela soltou um gemido baixinho e enlouquecedor. As mãos de Gareth subiram na colcha de pelos até encontrar a cabeça dela e emolduraram com carinho possessivo o rosto da jovem, enquanto os lábios entreabertos davam o acesso que Gareth precisava e queria. Ele ia beijá-la com toda a fúria da necessidade que corria em suas veias quando Elizabeth soltou um ronronado alto.

Aquilo era um som de prazer?

Parecia mais um...

Gareth se afastou apenas o suficiente para conseguir enxergar o rosto dela.

Parecia mais um ronco, suave e ritmado. E era.

Elizabeth dormia.

Gareth sentou na cama e levou as duas mãos trêmulas até o rosto, esfregando com vigor. Deus sabe que ele precisaria entrar em um lago congelado para que seu corpo esfriasse, e talvez até mesmo passar a noite nele.

— Por todos os santos da Escócia! — clamou, sentindo que os tremores do corpo não diminuíam.

Depois de um tempo sentado ao lado dela, com o rosto enterrado nas mãos, Gareth se deu conta de que foi um milagre ela dormir. Ele perdeu a cabeça. Descontrolou-se mais uma vez. Se não fosse Elizabeth desmaiar, era provável que ele não tivesse conseguido frear o seu desejo. Gareth a desonraria quando ela mal conseguia falar direito. Sentindo-se um pouco mais controlado, ele a admirou. Elizabeth dormia tranquilamente.

— Deus do céu, ela dorme com a boca aberta, como uma menina inocente, seu maldito irresponsável! — reclamou, olhando para seu membro pouco satisfeito.

Mas, além do desejo, Gareth tinha que admitir, houve uma fala capaz de desarmá-lo totalmente: "Entendo você querer proteger tudo isso com a própria vida. Isso tudo aqui vale a pena".

Ela tocou o seu ponto fraco: a devoção pelo seu povo. Ela disse que entendia, e foi além: disse que valia a pena sacrificar a vida e a liberdade pelo clã.

Em seu íntimo, ele sempre intuiu que ela era uma mulher sensível e extraordinária, capaz de respeitar um povo com costumes tão distintos daqueles que a constituíam. Ela seria capaz de amá-los? De tê-los como família? Ela seria capaz de amá-lo? Essa última questão fez seu estômago se contrair. Piscou lentamente para espantar a sensação e, com a mão, tocou com suavidade o rosto da jovem. Mas aquele não era o povo dela nem a sua família, e Elizabeth também não era dele.

Ela pertencia a outro povo e a outra família, que devia estar morrendo de saudade e de preocupação.

— Me perdoe, Lizzie. — Gareth se emocionou ao chamá-la pelo apelido carinhoso da infância. — Me perdoe. — Ele saiu do quarto com uma decisão em mente: faria o que estivesse ao seu alcance para que Elizabeth voltasse para casa. Arrumaria um jeito, mesmo que isso implicasse, talvez, ter problemas bastante sérios com seus parentes e conselheiros. Ele faria Elizabeth voltar para casa mesmo que, quando ela fosse embora, levasse junto um pedaço do seu coração e da sua alma.

Horrorizado demais com esse último pensamento, Gareth fechou a porta do quarto, devagar, e resolveu voltar para a festa. Tentaria esquecer Elizabeth e tudo relacionado a ela, ao menos naquela noite.

14

Muitas clãs da Escócia têm origem no povo celta, por isso muitas das tradições e da cultura desse povo foram mantidas entre os escoceses, especialmente nas Highlands.

— DIÁRIO DE ESTUDOS DE E.H., 1867

Lizzie tentou abrir os olhos, mas eles se mantiveram inertes, grudados.

Algo não estava bem com ela. Não se lembrava da última vez em que ficara doente de verdade. Sua cabeça latejou. Teve certeza de que, fosse lá o que tivesse contraído, iria matá-la.

Não tinha forças nem mesmo para abrir os olhos. Um gosto horrível preenchia sua boca, como se Edward tivesse colocado um par das meias sujas em sua boca e a costurado depois. A saliva, que deveria lhe trazer algum conforto, parecia inexistente. Entorpecida, em um estado entre a sonolência e a razão, ela tentou mais uma vez abrir os olhos.

Uma sensação úmida e prazerosa tomou a sua testa.

— Mãe?

— Você vai sobreviver — respondeu uma voz feminina.

Não era a voz de sua mãe.

Sentiu algo gelado tocar os seus lábios.

— Beba — a mesma voz pediu.

Lizzie abriu os olhos devagar e viu um rosto jovem e conhecido.

— Não estou em casa — concluiu, conforme as memórias da noite anterior retornavam como páginas de um livro ao serem viradas, uma após a outra.

— Quanto antes você beber isso, mais rápido se sentirá melhor — Agnes sugeriu.

Mas nada neste mundo poderia fazer com que ela se sentisse melhor.

"Me beija", ela havia pedido, e mais de uma vez, para o dono daquele quarto, daquele castelo e daquelas terras. Fechou os olhos, não apenas para se livrar da claridade que aumentava a dor de cabeça, mas também em uma tentativa tola de esquecer o que acontecera na noite anterior.

— Vamos, Lizzie, beba de uma vez.

Só então ela se deu conta de que Agnes lhe oferecia algo. Ainda de olhos fechados, abriu a boca e levou o conteúdo para dentro em um grande gole. Precisava mesmo se sentir melhor — ela imaginava que a água ofertada traria alívio e...

Lizzie se encheu de calafrios à medida que o líquido grosso e amargo envolvia sua boca e descia pela garganta. Aflita, engoliu aquilo e abriu os olhos, sentindo-se mortificada quando o estômago torceu e reclamou.

— Eu sei — Agnes falou, antes que ela conseguisse protestar —, é a pior coisa que você já tomou na vida, mas fará com que se sinta melhor.

Lizzie tinha vontade de agredir Agnes. Como alguém tinha coragem de oferecer essa bebida pavorosa a uma pessoa indefesa? Levou as mãos até a boca, pois teve certeza de que vomitaria. Em um impulso, curvou-se para fora da cama a fim de poupar os lençóis.

— *Grouuupi!*

Ahhh, meu Deus!

Agnes gargalhou.

Elizabeth havia acabado de soltar um arroto respeitável. Um que certamente deixaria seus irmãos orgulhosos, se tivesse sido um deles a produzir o som bizarro e grotesco — isso, é claro, se estivessem em uma das competições de nojeiras que faziam quando eram menores.

Lizzie nunca fora capaz de produzir um som daquela magnitude com a boca, como se um porco selvagem estivesse preso em sua barriga. Buscou Agnes, com os olhos arregalados. A jovem continuava a rir.

— Isso — a amiga disse, entre risadas — é algo que ninguém nunca imaginaria ouvir de uma dama inglesa.

E, antes de se sentir ainda mais envergonhada, Lizzie gargalhou com a jovem.

— Isso porque nenhuma dama inglesa bebeu um barril de uísque escocês antes.

— Eu avisei que você poderia se arrepender no dia seguinte — Agnes afirmou, enxugando o canto dos olhos.

Sim, ela estava arrependida. Gemeu, enquanto as próprias palavras ecoavam em sua memória.

Queria que você me encontrasse na floresta e queria, mesmo...

O que mais ela havia falado? Será que aconteceu algo antes de ela dormir?

Não se lembrava de nada. Mesmo assim grunhiu, envergonhada.

— O que foi? — Agnes interpretou errado o gemido de Lizzie. — Vamos, beba mais um pouco, isso vai ajudar a se sentir melhor.

— O que é isso? — Lizzie perguntou, tentando tirar da cabeça as imagens e falas obscuras da noite anterior.

— É um antídoto para os efeitos da bebida... Brenda é quem prepara.

— Entendi, obriga... — Ela quase engasgou pela surpresa. — Brenda?

— Sim, aquela de cabelos vermelhos, aquela que estava com...

— Eu sei quem ela é — disse, apertando as têmporas, porque sua cabeça começou a pulsar outra vez.

— Brenda tem o conhecimento das ervas. Ela é uma mulher muito sábia.

Lizzie quis gritar que não se importava se Brenda era a dona das ervas e do conhecimento de toda a Terra. Porém, enjoada e tonta, não teve energia suficiente, e só por isso resolveu aceitar um pouco mais da bebida.

Agnes a ajudou a se sentar recostada nos travesseiros.

— Logo você vai se sentir bem melhor. Brenda realmente sabe o que faz.

Lizzie não queria se sentir melhor. Na verdade, acreditava merecer ser castigada por sentir tanta raiva de uma mulher que nem conhecia. De uma mulher que, pelo que entendera agora, gostava de ajudar os outros.

E a pior parte do castigo? O que havia dito por livre e espontânea vontade a Gareth na noite anterior.

Aliás, por que diabos Gareth a tinha levado embora da festa? Por que diabos ele havia se intrometido e se aproximado quando ela estava naquele estado ridículo e embaraçoso?

Lizzie bufou e torceu a boca contra o gosto ruim remanescente da bebida. Fechou os olhos e apoiou a cabeça nos travesseiros.

Pelo menos o mundo tinha parado de girar, e a sensação de que ela seria capaz de colocar para fora todos os órgãos também estava diminuindo. Talvez a poção realmente funcionasse.

Por que mesmo os homens gostavam tanto de beber?

— Bom, você não está verde. Isso deve significar que vai sobreviver — uma voz masculina afirmou.

Lizzie apertou os dedos nos pelos da colcha, notando que um calor intruso cobria o seu rosto. Gareth havia acabado de entrar no quarto.

Ela ainda estava de olhos fechados e não sabia se teria coragem de abri-los outra vez na vida.

— Agnes acreditou que você não sobreviveria hoje pela manhã.

Eu também acreditei.

A morte parecia um fim muito mais atraente do que confrontar aquele homem.

Talvez, se ela não dissesse uma palavra, Gareth a deixasse em paz.

Silêncio. Silêncio. Silêncio.

Curiosa, ela abriu apenas uma fresta de um olho para espiar se eles haviam saído do quarto.

— Ou talvez ela esteja mesmo morta. Uma pena — Gareth falou, com um pesar forçado, e Agnes deu risada. — Vamos, Elizabeth. Eu vi você abrir um olho agora há pouco. Reaja ou vou ser obrigado a chamar alguém para examiná-la... Ou talvez forçá-la a tomar mais um litro da poção de Brenda.

Não tinha jeito. Ela teria que enfrentá-lo.

Abriu os olhos, fingindo irritação, quando na verdade estava brutalmente, totalmente, absurdamente... envergonhada.

Cruzou os braços sobre o peito e o encarou. Os lábios de Gareth subiram em um sorriso torto.

Gareth, me beija.

Lizzie mordeu a bochecha por dentro. Nunca na vida se sentira tão envergonhada. Nunca. Nem mesmo quando Steve a fez entrar vendada em uma sala cheia de nobres arrogantes. Ela tinha oito anos, e Steve, dez. O irmão a convencera de que uma fada visitava a propriedade.

— Vá logo, ela está nessa sala — ele dissera após vendá-la.

— Mas eu não vou enxergar nada.

— Você não pode espiar, senão o seu pedido não se realiza.

— Está bem — Lizzie respondera, conformada.

— Não se esqueça de imitar com o maior realismo possível o que quer que você deseje se tornar.

Como se o irmão não soubesse.

É claro que ela queria ser um lobo. É óbvio, também, que as dez velhas matriarcas da sociedade que tomavam chá inocentemente com a duquesa viúva naquela sala não sabiam disso. Não sabiam, inclusive, que o irmão a convencera de que a tal fada só atenderia meninas sem a menor vergonha de aparecer para ela em roupas íntimas.

— Afinal — o irmão havia dito —, a fada precisa de uma prova de que você confia nela e de que você realmente está disposta a fazer o que for preciso para alcançar o seu desejo.

Mas a humilhação experimentada aos oito anos diante de uma dezena de velhas apopléticas tinha sido um sentimento inocente perto da vergonha que ela sentia naquele momento, olhando para Gareth. Ele fazia piadas e sorria como se... como se ela não tivesse praticamente implorado para ele a beijar na noite anterior — e Deus sabe mais o quê.

Céus!

— Você está tão corada que eu poderia jurar que não colocou as tripas para fora durante a noite, como me falaram — ele provocou.

— Quanta delicadeza! Bom dia para você também — Lizzie foi capaz de afirmar.

— Agnes me contou que chegou realmente a ficar preocupada.

Meu Deus, ainda por cima isso? Ela havia vomitado a noite inteira, pelo que entendeu, e não se lembrava de praticamente nada. Por que Cristo ela não se esqueceu do que havia dito para ele também?

— Obrigada, Agnes — Lizzie continuou, disfarçando a vergonha. — Peço desculpa se causei algum inconveniente.

— Tudo bem. Você só falou coisas... — Agnes se deteve e olhou para Gareth, sorrindo. — Bom, depois conversamos, eu preciso mesmo descansar.

Jesus, mais coisas?

Que coisas?

Lizzie forçou um sorriso.

— Está bem — despediu-se. — Agora eu acho que, como estou me sentindo melhor, quero tomar um banho. — E olhou para Gareth, na esperança de ele deixar o quarto o mais rápido possível.

— Tem certeza de que não quer alguma coisa antes do banho? — Gareth ergueu as sobrancelhas em uma expressão indecifrável. — Uísque, talvez?

Ela quis rir na cara dele. Mas, em vez de demonstrar sua vergonha ou irritação, Lizzie olhou para as unhas com ar descompromissado.

— Sim, acho que aceito algumas doses, mas depois do banho.

Gareth não sorriu da resposta e, por Deus, a maneira como ele a olhava fez o ar do ambiente ficar denso e quente.

— Se você estiver melhor, eu gostaria de lhe mostrar algo — Gareth disse, por fim.

— Algo? — ela perguntou, deixando a curiosidade vencer a vergonha.

— Acho que vai gostar... Venho buscar você daqui a uma hora. Tome o seu banho, coma alguma coisa e, se posso dar um conselho, fique longe do uísque por um tempo — concluiu, com uma risada na voz.

Lizzie quis rir alto com ironia uma vez mais, porém se calou ao se dar conta de que Gareth devia lembrar com detalhes da noite passada.

Eles haviam se beijado?
Ele a havia beijado?
Se ela não morresse de vergonha antes, talvez perguntasse isso para Gareth.

— Ohhh, meu Jesus! Meu Jesus amado! Isso... isso é... — Ela tentava se expressar e apontava para uma pilha de manuscritos.

Tomou fôlego a fim de se acalmar.

— É mesmo o que você falou? — Lizzie nem se lembrava mais de ressaca ou vergonha.

— Sim, *lassie* — Gareth confirmou, bem-humorado. — Possivelmente é o maior número de manuscritos que deve existir sobre a cultura celta no mundo.

— Feitos por monges?

— Do século VI — ele confirmou.

— Sim. — Ela tocou uma das pilhas de papéis. — Essa é a data em que os monges copistas registraram os principais relatos da cultura celta.

Lizzie puxou uma das folhas.

— Você deve saber que os celtas não sabiam escrever. Eram os bardos e os druidas quem contava os mitos e as histórias do povo. — Sorriu. — Eram tantas tribos! E muitas delas com mitologias e culturas diferentes. Sabe o que determina se um povo é celta?

Ele fez que não com a cabeça.

— A língua gaélica ou bretã. Por isso eu fiz tanta questão de aprender. Além disso, eles acreditavam que as histórias e as poesias, os feitos e as conquistas, os mitos e as crenças do seu povo deviam sempre ser contados e não registrados. — Lizzie analisou o documento com uma ruga entre as sobrancelhas finas. — Graças a alguns monges, conhecemos um pouco melhor esse povo. Não é irônico?

— O quê? — Gareth franziu a testa, confuso.

— Os monges da Igreja que caçou e proibiu a continuidade da antiga religião celta foram os responsáveis por hoje a conhecermos.

— Pensando dessa maneira, parece mesmo estranho.

Ela suspirou ruidosamente e voltou a olhar o papel.

— Esse está em latim...

— Se... — Gareth limpou a garganta. — Se quiser, eu posso traduzir para você.

— Parece ser um mito religioso.

179

— Você entende latim?

Ela se voltou para ele.

— Eu precisei aprender. A maior parte dos documentos já encontrados está em latim. Há alguns anos, Charlotte Guest tem se esforçado para traduzir os textos para o inglês e...

— E gaélico? — ele perguntou, admirado.

— Por ser a língua original dos celtas, é claro.

— Não, não é claro, Lizzie. É bastante surpreendente, na verdade.

Ela abaixou o papel e sorriu para ele, surpresa.

— Você me chamou de Lizzie — disse, e uma sensação morna e deliciosa se alastrou em seu peito. Como se ele tivesse nascido para chamá-la assim. Como se o nome dela estivesse em casa nos lábios dele.

Gareth a admirou em silêncio, respirando de maneira acelerada.

— Eu... — Ele se deteve e piscou algumas vezes, parecendo recobrar o raciocínio antes de acrescentar: — Eu estudei boa parte desses documentos.

Lizzie acreditava que Gareth iria falar outra coisa, mas mudara de ideia.

— E sobre o que eles falam? — Ela não insistiu, mas o seu coração ainda batia descompassado.

— Mitos sobre os deuses, feitos heroicos, lendas.

— E o que você achou?

— São... interessantes.

— Só isso? — Ela não podia crer naquilo.

Ele sorriu como resposta, e o coração de Lizzie acelerou um pouco mais.

— Vou deixá-la à vontade para ler os documentos.

— Gareth — ela o interrompeu. — Agnes me falou ontem que algumas pessoas seguem outra religião e...

Fez uma pausa para pensar em como perguntar, em como convencê-lo a responder e, talvez o mais importante, em como fazer Gareth MacGleann se abrir de verdade. Ela queria isso? Aproximar-se ainda mais dele? Sim, mesmo morrendo de medo, ela queria.

Recomeçou, mais decidida:

— E como você disse outro dia que eu poderia perguntar... Bom, na verdade estou bastante curiosa e gostaria mesmo de saber mais sobre você... sobre tudo por aqui.

Gareth ficou um tempo em silêncio, parecendo pensar no que responder.

— Você gosta de crianças? — perguntou, com um brilho sugestivo no olhar.

— Sim, eu gosto. Por quê?

— Venha comigo, eu vou mostrar. — Ele estendeu a mão, convidando-a.

Lizzie sentiu o coração acelerar uma vez mais e não soube se era porque os dedos longos e ásperos de Gareth envolveram os seus ou se porque ele havia concordado em deixá-la participar um pouco mais de seu dia.

— Ali — Gareth apontou — é onde a cerveja é feita. — E ali — prosseguiu — é onde o uísque é destilado... Talvez você queira passar por lá daqui a pouco — sugeriu com um sorriso contido.

Lizzie sentiu o estômago embrulhar somente com a lembrança do cheiro da bebida. Antes que ela pudesse reclamar do enjoo, Gareth prosseguiu:

— E ali estão os teares e a casa de costura... Um pouco mais adiante, o ferreiro, os pastos de ovelhas e gado, os estábulos e o celeiro, ali, bem mais adiante. Está vendo?

Lizzie sorriu maravilhada porque aquele lugar era uma passagem para uma realidade paralela e preservada pelo tempo, como se ela tivesse realmente voltado à Escócia do século passado.

— Como o gado veio parar aqui? — indagou, curiosa.

— Não sei. Por que não vamos até lá perguntar para eles? — Gareth contrapôs, sério, em seguida a olhou de lado e desatou a rir.

Lizzie parou com a boca meio aberta e as mãos na cintura.

— Engraçadinho.

— Quase tudo o que consumimos é produzido aqui dentro — Gareth contou quando ela voltou a se emparelhar com ele.

— Quase tudo?

— Alguns itens mais difíceis nós conseguimos de fora.

— Fora daqui, no mundo real? — Lizzie perguntou, parando de andar.

— Em raras excursões nós saímos, somente quando é muito necessário — ele respondeu, com ar pensativo. — Mas, como disse, faz bastante tempo que ninguém sai ou entra no nosso mundo real.

— Entendo — murmurou ela. — Ainda bem que logo haverá uma nova ponte, porque a que... — Lizzie se deteve e seu coração acelerou ao sentir a mão de Gareth em suas costas.

— Vamos entrar — disse ele, conduzindo-a. — Chegamos.

Eles avançaram para uma construção que se assemelhava a uma casa. Paredes de pedra, duas janelas amplas e...

— Uma escola? — perguntou ela, surpresa, ao se deparar com cerca de trinta crianças de idades variadas sentadas em bancos de madeira. Elas prestavam sincera atenção na mulher lendo um livro na frente da sala.

181

— Chefe MacGleann — a senhora exclamou, surpresa, fechando o livro e se aproximando. — É uma honra ter o senhor aqui.

— Elizabeth, essa é a Emma, tutora da vila.

— Muito prazer — Lizzie cumprimentou, olhando sobre os ombros da mulher as crianças que a observavam, curiosas.

— Crianças — Gareth principiou —, esta é Elizabeth Harold.

— A *sasunnach*! — uma das crianças cochichou, mas Lizzie escutou o comentário.

— Ela não parece perigosa — outra criança disse, baixinho, e Lizzie arregalou os olhos.

— É claro que ela é. Os ingleses são todos perigosos. Eles são nossos inimigos, sua tola — disse uma menininha.

Lizzie prendeu o ar diante do último comentário.

— Crianças! — a tutora esbravejou. — Isso são modos?

A sala ficou em silêncio. Lizzie engoliu em seco e olhou para Gareth. Ele havia perdido a postura relaxada, uma veia pulsava em seu maxilar, estava tenso.

— Ela não é nossa inimiga — Gareth corrigiu as crianças. — Sou o chefe deste clã e jamais traria uma inimiga para a nossa casa.

Mesmo com Gareth a defendendo, os olhos de Lizzie se encheram de lágrimas. Aquelas crianças aprendiam a odiar os ingleses desde pequenas, a temê-los, e ela compreendeu por que ninguém sentia vontade de sair dali, de abandonar aquele lugar. O que tornava aquela percepção ainda mais cruel era a certeza de por que isso tinha espaço. Por culpa do seu povo, dos ingleses, eles foram obrigados a se isolar, e talvez, se não houvessem feito isso, perderiam tudo, até mesmo o direito de acreditar na liberdade. Talvez todos tivessem sido mortos e muitos não teriam nascido. Mesmo assim, aquela hostilidade não era certa. Eram apenas crianças, afinal.

— Vamos, façam fila — a voz de Gareth chamou sua atenção. — Venham cumprimentar a nossa nova amiga.

Devagar, as crianças formaram uma fila e, uma a uma, foram apresentadas a Lizzie. Algumas responderam com entusiasmo e carinho, outras com mais timidez, e ainda havia o receio de poucas. Um momento depois, ela estava cercada por uma dúzia de crianças que a tocavam e faziam perguntas curiosas. Vez ou outra, Lizzie lançava um olhar para Gareth, que a encarava com... Que olhar era aquele?

Admiração? Entusiasmo? Arrependimento?

— Para você. — Uma menina tirou uma flor do próprio cabelo e ofereceu a ela.

— Obrigada — disse, colocando a flor atrás da orelha.

Gareth agora sorria.

— O que faz uma pessoa ser boa ou má, perigosa ou amiga, são as escolhas e as ações dela, não a origem. Entenderam? — ele concluiu, olhando para Lizzie, que mordeu o lábio por dentro a fim de conter a emoção.

Gareth, talvez sem perceber, acabava de derrubar alguns muros. Não os do castelo, mas muros internos. Lizzie nunca admirou tanto um homem quanto ele naquele momento.

— Ela é linda — ouviu um menino sussurrar. — Posso te dar um beijo?

E foi surpreendida por um beijo quase nos lábios.

— Já chega! — Gareth ordenou, impondo uma pressão em seu ombro a fim de que ela se afastasse. — Não vamos mais atrapalhar a sra. Emma.

Eles se despediram e saíram em silêncio, enquanto a voz da tutora voltou a preencher a sala.

Quando estavam a alguns metros da escola, Gareth parou e virou de frente para ela.

— Desculpe, eu nunca imaginei que as crianças fossem ter aquela reação.

— Eu sei o que o meu povo fez com o seu durante anos e não me orgulho disso. — Ela olhou para baixo. — Mas nem todos os ingleses são ruins e... nem todos os escoceses são bons.

— Tudo isso... Sua presença aqui tem me feito pensar em tantas coisas. Eu só... Me desculpe.

— Você foi um bom líder lá dentro.

Ele deu uma risada triste.

— Só quis levar você até lá para que pense na possibilidade de, em algum momento de sua vida, passar o seu conhecimento para outros, ensinar o que aprendeu. Isso pode trazer um significado diferente ao que você sabe.

Lizzie quis abraçá-lo, quis dizer a ele que poucas pessoas conseguiram surpreendê-la como ele naquela sala. Quis dizer também que a ideia de se afastar dele para sempre não parecia mais tão certa.

— Obrigada, eu realmente vou pensar sobre isso — foi o que ela disse no lugar, tentando dar conta das próprias emoções.

No escritório, o constante deslizar da pena seguido pelo barulho espaçado do mata-borrão eram os únicos sons que cortavam o silêncio.

Gareth repassava com determinada concentração a tabela de provisões para o inverno quando seu tio Duncan o interrompeu.

— Você perdeu o juízo? — perguntou o homem, exasperado.

Gareth apenas ergueu os olhos dos números e permaneceu em silêncio.

— Levar Elizabeth à escola, dar uma lição de moral nas crianças, apresentá-la como a sua nova amiga? Jesus, Gareth! — Duncan deu um murro de leve na mesa.

Ele baixou a pena sobre o livro e respirou fundo a fim de manter a calma.

— Quem contou?

— A sra. Emma. — O tio se deteve, abrindo as duas mãos no ar. — E isso importa? A mulher veio até mim horrorizada.

— Bem — fingiu uma descontração que não sentia —, ela demorou dois dias para dar com a língua nos dentes.

Duncan fechou as mãos em punho ao lado do corpo

— A essa altura os pais das crianças também já sabem.

Gareth bufou.

— As crianças agrediram Elizabeth gratuitamente, apenas por ela ser inglesa.

— Apenas? — perguntou, indignado.

— O que você queria que eu fizesse? — Gareth rebateu com mais firmeza. — Se ela vai ficar entre nós, vivendo aqui dentro como uma pessoa da família, não será apedrejada na rua, e esse já é um excelente começo.

— Não trazê-la aqui para dentro teria sido o melhor começo

Foi a vez de Gareth dar um murro na mesa.

— Só que ela já está aqui!

— Talvez Malcolm e Kenneth tenham razão — Duncan grunhiu.

Gareth levantou de uma vez, empurrando a mesa.

— O que você está sugerindo?

O tio cobriu os olhos com a mão.

— Você sabe que eu jamais faria mal a uma jovem inocente que só está aqui dentro porque você a trouxe.

— Ela morreria se eu não a ajudasse.

— Muitas pessoas morrem todos os dias.

Gareth andou até a janela, virando as costas para o tio.

— Ela fica, e, enquanto não houver unanimidade do conselho, sou eu quem decide de que maneira.

— O que você pretende com isso? O que pretende com esse tipo de atitude, quando sabe que o que mantém a paz e a ordem deste lugar são as nossas tradições?

Gareth virou de frente para Duncan e soltou o ar pela boca devagar.

— Acontece que tenho me questionado bastante sobre as nossas tradições, sobre a maneira como ensinamos as coisas aqui dentro, inclusive sobre o sonho nunca realizado do meu pai.

— Foi você quem entendeu que era certo abrir mão desse sonho pelo bem da família, de todos do clã, pela nossa segurança.

Eles ficaram se encarando demoradamente, em silêncio.

— Eu, mais que ninguém, senti na pele o que esse mundo é capaz de fazer.

O tio se sentou, com ar preocupado.

— As suas atitudes com essa *sasunnach*...

— Ela tem nome — Gareth reclamou.

Duncan balançou a cabeça.

— Suas atitudes atualmente o estão enfraquecendo, meu filho. Estão diminuindo a sua credibilidade, e as pessoas podem...

— Podem o quê? — Gareth ralhou. — Me banir? Tirar o meu direito de sangue de ser o líder?

— Não estou dizendo isso, apenas...

— Apenas o quê? — Ele apoiou as mãos sobre o tampo da mesa, com força. — Eu dei a minha vida por este clã, carrego no corpo as marcas da minha devoção à família.

— Estou preocupado, Gareth. Mantenha Elizabeth mais distante da vila.

— Ela não será tratada de maneira diferente, estando aqui sob os meus cuidados. Eu sou o líder deste clã e ainda decido como tratarei as pessoas que vivem aqui.

— Meu filho, não faça nada que possa prejudicar a sua liderança.

— Maldição! — ele berrou. — Ela será tratada como igual, como membro da família, fui claro? E, se eu quiser desfilar com ela, colocá-la em um maldito pedestal, fazer dela minha esposa, amiga ou que diabos eu decidir, deixe isso claro aos demais, assim será. Eu não vou tolerar que uma jovem que chegou aqui por minhas mãos seja maltratada.

— Muito bem. — Duncan se levantou. — Espero que você saiba o que está fazendo e o que está colocando em jogo.

— Sim, eu sei — ele disse e voltou a pegar a pena sobre a mesa. — Agora você pode ir, eu tenho mil números para revisar.

Assim que Duncan saiu do escritório, Gareth baixou a pena, cobriu os olhos com a mão e chorou. Sem fazer barulho, fingindo não sentir a dor que sentia.

Chorou, deixando de lado o anel de sua liderança e a faixa impenetrável da autonomia. Esquecendo, por ora, a capa da insensibilidade e se vestindo de gente. Antes de amar uma pessoa, ele devia amar o propósito do povo que jurou proteger. Antes de ser Logan Gareth Wharton Graham — filho, irmão, amigo e homem —, ele deveria ser o chefe do clã MacGleann. E chorou mais um pouco, porque há muito tempo não sabia o que era desejar ser apenas um homem. Não lembrava o que era querer não carregar as marcas daquele mundo no corpo, no rosto e na alma, e, se assim fosse, talvez Elizabeth pudesse ser apenas uma mulher para ele.

15

O povo celta respeita tanto as árvores e a sabedoria intrínseca de cada uma delas que possui um oráculo baseado em várias espécies. Como se as árvores falassem e eles fossem capazes de escutar.

— DIÁRIO DE ESTUDOS DE E.H., 1867

Depois daquele dia em que Gareth a levara até a escola, Lizzie passou a contar com a companhia frequente dele durante as tardes, além de no jantar quase todas as noites. Já estava há um mês no castelo, e há quinze dias Gareth atendera ao seu pedido de conhecer melhor o clã.

Durante as tardes, ele a levava até a vila, onde Lizzie podia acompanhar de perto a rotina daquele povo que lhe parecia a cada dia mais surpreendente e encantador. E naquela tarde ele a surpreendeu.

— Venha, eu quero mostrar um lugar só meu... Um lugar aonde nunca levo ninguém, nem mesmo Agnes ou Joyce — ele confessou, arrancando espanto e surpresa da jovem.

Lizzie o seguiu com o coração na mão, entre os passos que ressoavam nas paredes intrincadas do castelo.

Pararam diante de uma porta pequena, que parecia esconder a entrada de um mundo secreto. A entrada de um lugar proibido.

O coração de Gareth. O meu próprio coração partido. Prendeu o ar diante de tal pensamento e resolveu empurrá-lo para a gaveta de coisas que não devemos pensar ou desejar.

A porta se abriu e Lizzie entrou, seguindo-o.

Era um lugar amplo, com enorme pé direito e janelas que não escondiam a luz nem a vista da floresta em volta do castelo.

Desviou os olhos para o interior, reparando, surpresa, em bancadas e cavaletes. Era uma sala de pintura, mas não havia tintas ou telas, somente papéis e carvão. Alguns pigmentos que tingiam parte das folhas e parte dos desenhos.

— Você... você quem faz?

— Sim — ele respondeu, sucinto, como se estivesse se adaptando ao fato de ter alguém dentro do seu coração, além de todos aqueles desenhos.

Lizzie olhou com interesse para alguns, viu imagens do castelo, de árvores, de uma cabana no meio do bosque. Passou para outra bancada, pedindo permissão com os olhos para o dono do lugar. Ele assentiu, e ali havia desenhos de rostos, uma criança com um sorriso tímido, que ela acreditou se tratar de Agnes. Joyce e seus olhos acolhedores, um homem e uma mulher fazendo o lápis e os traçados se misturarem com a emoção e renascerem em imagens.

— Meu pai e minha mãe — Gareth disse, às suas costas.

Lizzie suspirou; eram as pessoas que ele amava.

— São lindos.

Com passos tímidos, seguiu para a próxima mesa.

Uma casa em chamas, um rosto pela metade, absorvido pelo fogo. Um calafrio percorreu a sua espinha.

— As pinturas são como a vida — Gareth disse de maneira espontânea, e o coração de Lizzie traçou um risco no peito. — Sem o escuro, nós não conseguiríamos ver as cores, ou nos dar conta da luz que as figuras são em sua essência. Por outro lado, quando acendemos uma luz na escuridão, percebemos que é a luminosidade que envolve as sombras. A escuridão nada mais é que a ausência de luz.

Lizzie mordeu o lábio, conforme se atentava para um desenho, e murmurou sem nem se dar conta:

— Assim como o medo é a ausência do amor.

Gareth se aproximou e ela engoliu em seco ao sentir a respiração dele na nuca.

— O problema é que, às vezes, nos esquecemos da luz e nos fechamos dentro da escuridão dos nossos medos, dos nossos conceitos, da nossa intransigência na maneira como enxergamos o mundo.

— É lindo — disse, emocionada pelas palavras dele e pelo desenho que ainda tentava absorver.

— Às vezes, precisamos de alguém de fora para nos lembrar — murmurou Gareth.

— Sou eu? — perguntou, apontando para o papel, sem conseguir processar tudo o que sentia.

— Sim.

Lizzie olhou mais uma vez para a pintura, o fundo coberto de negro, e ela vestida com a luz de uma chama, acesa como uma tocha. Como se o fogo não a ferisse, como se alimentasse a sua alma. Ao lado dela, um lobo branco de olhar do tamanho do céu.

— Por quê? — perguntou, com a voz embargada.

— É assim que a vejo, com uma força que está além da compreensão deste mundo, com uma grandeza que apenas a imagem humana seria incapaz de definir. Como o fogo que chega mudando tudo ao redor. Mas dona de uma alma capaz de acabar com a escuridão à sua volta.

Ela se virou para ele, que admirava a pintura, fugindo do confronto do seu olhar.

— Gareth — chamou, ainda mais comovida.

Ele a olhou, assustado, parecendo despertar de um transe.

— Eu só quis que você soubesse como te vejo. Apesar de a razão ter me mandado enxergar você como inimiga, por ser inglesa, meu coração sempre te viu dessa maneira linda e mágica.

— Obrigada.

Gareth virou de costas, afastando-se outra vez.

— Por favor, independentemente do que acontecer, não se esqueça disso.

— Não vou me esquecer.

Nunca vou te esquecer, Gareth. O coração de Lizzie deu um salto com esse pensamento.

— Vamos — ele a chamou, próximo à porta.

Saíram em silêncio e ficaram assim enquanto ele trancava a porta, trancava o seu coração.

Lizzie sentiu o próprio coração voltar a disparar ao entender que havia entrado de vez naquele espaço e que foi Gareth quem a desenhou ali.

Olhou de lado para o homem forte, dono de uma sensibilidade enorme, escondida atrás da dor e da máscara dos muitos papéis que ele era obrigado a vestir. Gareth caminhava como se não tivesse acabado de virar o seu mundo do avesso ao abrir uma porta. Apenas uma porta...

Foi ali, desconstruída entre imagens vivas e traços de luz no escuro, com a chama acesa nos olhos da alma, que Lizzie o amou. E, ao contrário do que acreditava desde que fora traída anos atrás, ela não se sentiu pequena nem mesmo ameaçada. Lizzie se sentiu gigante, indestrutível e bela, como a mulher retratada naquele desenho, através dos olhos de Gareth.

Gareth procurava Lizzie havia uns trinta minutos. Queria ficar com ela. Havia acabado de se reunir com seus conselheiros, porém, há alguns dias, nem mesmo se concentrar nos assuntos do clã ele conseguia. Lizzie invadia as conversas, desviava sua atenção de números e reivindicações, roubava o foco que deveria ser dedicado apenas à sua liderança.

Há poucas horas, depois de revelar a ela suas pinturas, eles deixaram a sala de desenhos e Gareth a presenteou com uma harpa.

Agnes havia lhe contado que Elizabeth tocava. Ela o surpreendeu com um abraço de agradecimento. Lizzie ficava genuinamente feliz com tão pouco. Nem parecia ter sido criada em meio a tanto luxo. Queria ouvi-la tocar, mas Kenneth o chamou para resolver uma briga entre dois homens na vila.

Após resolver a questão, ele foi atrás dela na área externa do castelo e, como também não encontrou Agnes, imaginou que as duas estariam juntas.

Gareth já havia desistido de lutar, de tentar se enganar; a origem da jovem não significava uma barreira para os seus sentimentos. Afinal era o passado que o ligava a ela de maneira profunda e inquietante.

Já havia também desistido de brigar contra a necessidade que sentia de estar com ela. Lizzie entrou em seu sangue e mudou a sua visão das coisas, desafiando-o a confrontar os seus preconceitos e medos. Assim como muitas de suas convicções e certezas. E, naquele momento, ele só tinha certeza de uma coisa: queria encontrá-la.

Deu a volta nas casas de pedra da vila que se enfileiravam, formando uma espécie de muro perto do bosque.

— Chefe MacGleann, o senhor procura a sua irmã e a moça inglesa? — Isobel perguntou subitamente. Ela era uma loirinha de uns doze anos, filha do ferreiro.

Gareth assentiu, sorrindo.

— Ali — a menina apontou para um espaço entre as árvores, após a última casa.

A imagem descortinada fez Gareth dar um passo para trás, como se atingido por um golpe. Os raios de sol se misturavam com as cordas da harpa. Lizzie estava vestida de azul, abraçando o céu com os dedos. Ela criava uma melodia com a alma. Fisgado por cordões invisíveis, ele se aproximou.

— Ela parece uma fada — disse Isobel ao seu lado. Ele nem tinha visto a menina o seguir.

— Acho que ela é uma — comprovou para si mesmo.

190

Gareth nunca acreditara na magia ou no misticismo, nas sincronicidades ou nas forças invisíveis. Mesmo com a sua tia insistindo e tentando o instruir por anos. Desde que fora queimado, desde que era uma criança, tivera de aprender a suportar a dor física e a dor da perda para não morrer. Ele deixara de acreditar em anjos, fadas ou em qualquer espécie de magia. Era cristão mais por conveniência de postura que por fé autêntica.

Como podia Deus reger a maldade dos homens? A ganância que marcou a sua pele, a crueldade moldada no mundo em que viviam?

Gareth era um líder forte e justo e tinha de manter a postura impassível e férrea diante de muitas situações no seu dia a dia.

Não, ele não tinha tempo nem disposição para acreditar em magia. Era encantamento demais. Toda a beleza que cabia em sua vida era traduzida em suas pinturas e trancada em um quarto isolado do mundo. Ele estava mais seguro trancando-as ali.

— Assim como nos trancamos atrás dos muros deste castelo — murmurou, sem perceber.

— O quê? — Isobel perguntou.

— Nada — ele desviou, hipnotizado pela cena de Lizzie tocando para um grupo de pessoas, parecendo criar, além da música, asas para o coração de cada um que a ouvia.

Seu mundo era objetivo e controlado, até uma moça do seu passado voltar, Gareth concluiu, inspirando lentamente. Até ela encher o seu mundo, feito de cinzas e carvão, com a magia e as cores das asas de uma fada e lembrá-lo de que, talvez, o seu maior problema fosse que ele tinha medo de amar.

Estavam na área externa do castelo havia um par de horas, ela, Gareth e Killian. A presença do cão era tão constante ao lado do dono que Lizzie não lhe dispensava mais tanta atenção. Killian era a sombra de Gareth. Uma sombra selvagem e cheia de instintos. Um reflexo do seu dono. Lembrou-se do desenho visto no dia anterior, e do lobo com que ele a presenteara na tela.

Lembrou também que, quando saíram mais cedo, naquela manhã, Gareth havia mostrado para ela o local em que os homens trabalhavam na construção da ponte.

— Vê? — ele dissera. — Eles já fixaram as cordas entre os lados. Agora falta apenas montar a estrutura e testar a segurança, e você estará livre — concluíra, parecendo distante. Como se tentasse convencer um doente terminal de que existe esperança.

Lizzie deveria ter ficado feliz; finalmente as coisas pareciam andar a uma velocidade maior. Em breve ela poderia ir para casa. Deveria ter ficado radiante, só que... não conseguiu. Não entendeu direito por que a ideia de ir embora, de encontrar sua família, de procurar Camille, não a entusiasmava mais. Mentira, ela entendeu sim: era por causa dele. Mas fingiu não perceber.

Naquele momento, eles caminhavam no bosque, entre as árvores esparsas e cobertas de musgo que circundavam boa parte do terreno visível do castelo.

— Quero mostrar um lugar para você. Acredito que vá gostar — disse ele, com ar misterioso.

— Que lugar?

Gareth apontou para a frente, indicando o bosque.

— Estamos chegando.

Lizzie viu um círculo de pedras altas e robustas brotando da vegetação. Era uma reprodução em menor escala do círculo de pedras de Stonehenge, ela percebeu, seguindo adiante, hipnotizada.

Os raios de sol do início da tarde obedeciam a um regente bastante competente, criando magia sobre a terra. A luz atravessava a copa das árvores em feixes dourados, como um bordado celestial. Lizzie entrou no meio do círculo e deixou os dedos tocarem a superfície lisa e fria da pedra central de uma mesa ritualística. Em silêncio, ofereceu a sua devoção às flores no canto das pedras, aos pássaros que imitavam o sol criando faixas de som entre o ritmo da floresta, ao rio que permitia que a água murmurasse ali próximo.

E suspirou, encantada.

— É lindo!

Gareth se aproximou.

— Era usado para cerimônias de...

— Druidas? — ela questionou.

Ele aquiesceu.

— E não é mais usado?

Gareth a examinou com ar analítico.

— Às vezes.

— Por quem?

— Por aqueles que seguem a antiga religião.

Oh, meu Deus! Ela sabia desde o começo. Lizzie sabia que aquele povo, ou parte dele, devia seguir a religião da deusa. Sentiu os olhos se encherem de lágrimas.

— Eu sabia — ela confirmou, emocionada. — Você? — perguntou e se voltou para ele.

Gareth estava de lado, olhando em outra direção, e um feixe de luz iluminava a linha da sua cicatriz. A marca se abria do canto do olho, cobria mais da metade da bochecha esquerda e seguia a extensão do maxilar, percorrendo o pescoço até sumir por dentro da camisa. A cicatriz dava a impressão de que a pele havia derretido e se misturado com a carne. Um frio percorreu a espinha de Lizzie.

— Eu não, mas respeito as escolhas de todos e não me oponho.

— Você é uma pessoa linda. — A jovem piscou demoradamente, horrorizada com o trocadilho de suas palavras. Um trocadilho não planejado, mas real.

Ela notou as sobrancelhas escuras desenhando um arco na testa dele e tentou explicar:

— Acho bonito você permitir que as pessoas escolham aquilo em que querem acreditar.

Sem dizer nada, Gareth se sentou, apoiando as costas na pedra do centro.

— Eu sempre venho para cá quando preciso pensar. Simplesmente fico aqui... E atualmente tenho pensado muito sobre tudo.

Lizzie o acompanhou, sentando-se ao lado dele.

— Alguma coisa está incomodando você?

Ele ficou um tempo em silêncio, admirando a paisagem

— O que você acha da nossa vida aqui, Lizzie? O que você acha de tudo isso?

Ela cruzou os dedos sobre o colo, um pouco surpresa com a pergunta.

— Acho mágico, acho linda a maneira como vocês escolheram viver, mas ao mesmo tempo... — deteve-se.

— Ao mesmo tempo... — ele a incentivou.

— Penso em como vocês conseguem manter as pessoas aqui, como elas não têm interesse em conhecer tudo o que está acontecendo no mundo... E, apesar de entender a decisão de vocês — ela umedeceu os lábios antes de concluir —, meu Deus, já faz quase duzentos anos...

— Nós tentamos, Lizzie — ele a interrompeu.

— Tentaram? — perguntou, surpresa.

Gareth olhou para ela com ar sério.

— O clã ficou dividido durante muitos anos, uma parte aqui dentro e ou tra vivendo fora do castelo. Até que... — Ele fez uma pausa pensativa. — Até que entendemos que isso era insustentável.

Lizzie se lembrou do que viu e conheceu durante aqueles dias vivendo entre eles.

— Vocês não acham que aqui dentro também existem problemas, que as coisas não são perfeitas? Quer dizer — apontou para ele —, a liberdade religiosa poderia ser um problema se não fosse você o líder. E você acha que eu não percebo, apesar de todo o seu esforço, como algumas pessoas me olham com raiva e desconfiança?

Gareth respirou fundo.

— Eu sinto muito, Lizzie. Não é nada contra você, e sim o que a sua origem nos lembra.

Ela engoliu a vontade repentina de chorar. Aquela hostilidade era algo tão entranhado entre eles que Lizzie poderia passar a vida inteira ali e não veria isso acabar, nem mesmo diminuir. E, apesar de sentir muito por tudo o que ocorrera naquele país, jamais faria algo para prejudicar aquelas pessoas ou para podar suas raízes. Lizzie amava aquela cultura, mas ninguém ali, com exceção de Gareth, parecia enxergar isso.

— Sinto muito por ser inglesa e por lhe causar tanto incômodo por isso — disse, condoída. — Apenas construa logo a ponte, e assim vocês ficarão longe do desgosto de me ter por perto.

— Você não entende, não é mesmo? — perguntou ele, enfático.

Lizzie negou com a cabeça, sem saber a que ele se referia.

— Você não entende como a sua presença mexeu comigo, com as minhas convicções. Como, desde que você chegou, eu venho questionando tudo o que defendia como certo. Eu sempre soube que daria a minha vida pelo clã, pelo que construímos aqui. Agora...

O coração de Lizzie batia acelerado, fazendo o tecido de linha do vestido saltar.

— Agora — prosseguiu ele —, eu já não sei! Simplesmente não sei o que pensar ou como agir...

— Gareth, eu... Desculpe, não sabia que você se sentia assim. Não quero deixar você confuso sobre as suas certezas e os seus propósitos.

Ele exalou o ar devagar.

— Tudo vai ficar bem.

Lizzie acreditava que tudo ficaria bem. Mas não conseguia afastar a angústia de saber que, se não houvesse encontrado aquele castelo quase como em um ato de mágica, poderia nunca ter conhecido Gareth. Entendeu também que precisou atravessar e confrontar o medo de ser traída, de se apaixonar e não ser correspondida, de sofrer por acreditar em alguém, a fim de sentir o que vinha sentindo por Gareth, e não se arrependia disso.

— Acho que vocês não podem viver a vida inteira na floresta encantada, por mais mágica que ela seja. Por mais perfeita que seja essa realidade, cada pessoa aqui tem um dom para oferecer ao mundo...

— Nosso mundo não é menos valioso que o de vocês — murmurou.

— Sei que não, não foi isso que eu quis dizer. É apenas que... mesmo nos contos de fadas, chega o momento de sair da floresta e enfrentar as bruxas e os monstros. Talvez, na maioria das vezes, o pote de ouro esteja fora da nossa zona de conforto.

Ele concordou em um silêncio introspectivo. Lizzie prosseguiu:

— Se eu não tivesse chegado aqui, por exemplo, nós nunca teríamos nos conhecido... E eu nem sei como será ir embora e nunca mais te... — Ela parou ao perceber o que acabava de confessar.

Gareth a encarava, surpreso.

— Você se tornou um bom amigo. Eu sentirei sua falta — ela tentou disfarçar.

— Eu não sei como deixar você ir embora — ele sussurrou, e Lizzie sentiu que o ar faltava, porque agora Gareth a olhava intensamente.

— Obrigada por me trazer aqui — disse, resolvida a mudar rápido o foco da conversa, com o coração acelerado. Olhou para o lado e, admirada, notou pequenos flocos brancos voando entre os raios de luz. — É mágico!

Gareth desviou os olhos dos dela e apontou para a frente com o queixo.

— Tem um campo deles aqui perto. Nessa época do ano, eles voam para cá... Dentes-de-leão.

Lizzie passou a admirar a dança dos pequenos flocos brancos, que cintilavam a cada giro no ar, tingidos pelos raios de sol. Agradecida pela distração, fechou os olhos e ergueu o rosto, sentindo as hastes das sementes tocarem sua pele.

— Parecem fadas! — comentou, sorrindo como uma criança.

— E ela se move como uma fada, enquanto o sol a tira para dançar... Aine — Gareth murmurou.

O coração de Lizzie saltou no peito ao notar que Gareth a encarava outra vez, esquecendo-se das pequenas sementes voadoras.

Era dela que ele falava?

Aine?

Mordeu o lábio inferior por dentro e tentou disfarçar o rubor que cobriu sua face.

— Aine, a rainha das fadas?

— A própria. Filha do sol, deusa da fertilidade, da alegria — ele pegou uma das sementes entre os dedos —, soberana da luz.

Lizzie sorriu, segurando o seu coração, que queria sair pela boca.

— *Leanan sídhe*. — Gareth continuou encarando-a.

— A amante — ela traduziu, com a voz falha.

A respiração de Gareth acelerou.

— A fada amante. — Ele desviou, rápido, os olhos dos seus.

Lizzie, nervosa, sentiu um calor tomar o seu corpo. Conhecia a lenda. Aine, a deusa sábia e sedutora. Ela podia assumir o aspecto de uma anciã, e fazia isso para ensinar aos homens sobre o equilíbrio e a bondade, e também podia se transformar em uma jovem tão atraente que nenhum mortal seria capaz de resistir. Quando a fada escolhia um amante, o homem recebia o anel de Aine, e podia assim enxergar o mundo das fadas. Lizzie olhou ao redor — aquele círculo de pedras em meio a um bosque representava o anel que abria o contato para o outro mundo, o mundo invisível.

Olhou novamente para Gareth, que não a encarava mais. Somente o lado direito do rosto dele era visível. A parte perfeita, o perfil mais magnífico que devia existir.

— Gareth... Por que você cobriu o rosto nos primeiros dias que passei aqui? — falou impulsivamente, mas não se arrependeu. Era algo que queria mesmo saber.

Ele a olhou, assustado.

— Eu não escondi... É que... — Sua voz tinha uma timidez palpável, tão diferente do homem seguro e resolvido que sempre se mostrava a ela.

— Tudo bem se não quiser falar sobre isso.

Ele negou com a cabeça e mexeu em uma pedrinha solta.

— Eu não queria que você me visse antes de eu ter certeza de por que você estava aqui. E esse foi um dos motivos. Além disso, ninguém de fora jamais tinha visto as minhas cicatrizes... Eu não sabia como agir — terminou em um murmúrio.

Lizzie arregalou um pouco os olhos e, imitando-o, passou a mexer em uma pedra, rolando-a sobre a terra.

— Parecem tão indestrutíveis e fortes, não é? — perguntou ele, esfregando os dedos sobre a palma, livrando-se do que havia sobrado da pedra.

— Ãhã... — ela concordou, analisando a pedra entre os dedos.

— Aperte-a com força e você perceberá que a dureza e a aridez estão apenas na aparência.

Lizzie fez o que ele sugeria, desconfiando de que talvez aquelas palavras tivessem duplo sentido. Era dele mesmo que falava, ela teve certeza. Sentiu a pedra se dissolver como areia em sua mão.

— Não são rochas, veja. — Ele apontou para outra pedrinha no chão. — São feitas de terra endurecida.

— As aparências enganam.

— É isso mesmo, Aine — ele concordou, em voz tão baixa que Lizzie não teve certeza se Gareth queria ser ouvido.

Eles ficaram se olhando, em silêncio, pelo que pareceu uma eternidade. Trocando parte de suas almas e as misturando com o olhar. E foi por causa da eletricidade correndo entre eles que Lizzie se sentiu afetada.

E então aconteceu.

Ela começou a falar sem parar, sobre tudo o que aparecia em sua mente. Algo que sempre ocorria quando ficava muito nervosa.

— Killian é um nome bonito. Eu amo lobos, apesar de nunca ter visto um pessoalmente. Mas desde criança foi assim... Não sei bem quando começou. Minha mãe conta que foi com os sonhos, sabe? — Ela pegou uma pedrinha nova e passou a apertá-la de leve. — Eu sempre sonhei com lobos. Meu irmão mais velho, Arthur Steve, diz que eu fui um lobo em outra vida. Bem, eles não acreditam em outras vidas, mas como sabem que os celtas acreditam... — Lizzie olhou para Gareth, surpresa, e apontou para o rosto dele antes de acrescentar: — Eu nunca tinha reparado que os seus olhos mudam de cor. Ontem mesmo eu poderia jurar que eram verde-claros, agora estão mais escuros?! Sim, acho que estão.

Gareth não desviou o olhar. Ele respirava pela boca, o peito subindo e descendo, rápido.

Ela continuou, ainda mais agitada:

— O que eu acho mais incrível na cultura celta é que tudo, tudo mesmo, está relacionado com as forças da natureza, com a simplicidade e a perfeição da vida e... e a importância dada para as árvores, o significado e a sabedoria que eles entendem em cada aspecto da natureza e... E, se você pensar bem, a lenda de Aine, por exemplo, é tão rica e completa... Em um único mito, você encontra todos os elementos — ela ergueu os dedos no ar e passou a numerar os itens conforme falava —, sol, luz, água, fertilidade. Uma deusa capaz de se transformar em um cavalo vermelho e assim abrir caminho para outras fadas serem vistas dançando no solstício de verão...

Por que ele não fala nada?

Lizzie não se deteve. Qualquer coisa parecia melhor que o silêncio.

— Aine é a rainha das fadas, mas é também uma mulher sedutora. Na festa de Beltane...

E parou, com os olhos arregalados, ao se lembrar do que havia falado para ele na noite do festival. *Eu queria que fôssemos celtas. Eu queria entrar mascarada na floresta e que você me disputasse com outros homens.*

Bem, talvez o silêncio não fosse uma ideia tão ruim.

— Você me pediu, naquela noite, que eu a beijasse — Gareth falou, lendo os pensamentos dela.

— Eu... eu não lembro — mentiu. O que mais poderia fazer?

— Mais de uma vez.

Sim, era verdade.

— Bom, estávamos no festival de Beltane — ela contrapôs, e suas bochechas arderam de vergonha.

— Você também falou isso. — A voz de Gareth estava rouca e baixa.

Lizzie sentiu que o calor das bochechas descia pelo colo, barriga, até o meio das pernas.

— E pedir um beijo não deve ser motivo de vergonha. — Ela tentou, tentou de verdade imprimir um tom descontraído em sua voz. — Se você me beijou e...

— Nós não nos beijamos. Eu nunca beijei você.

Isso respondia a sua dúvida. Mas a resposta dele a incomodou.

— Você fala como se não tivéssemos nos beijado naquela noite, em sua cama. — Lizzie mordeu a língua. Por que simplesmente não conseguia ficar de boca fechada?

Os olhos de Gareth se estreitaram.

— Não, nós nunca nos beijamos.

De maneira meio desesperada, Lizzie tentava disfarçar a intensidade de tudo o que Gareth despertava em seu corpo ao falar sobre beijos.

— É claro que sim!

Ele se aproximou.

— E o que você entende de beijos, *lassie*?

— Muitas coisas... Os celtas, por exemplo, eles eram... — Ela se deteve, porque Gareth a olhava, focado nos lábios dela, como se quisesse beijá-la. Como se precisasse disso.

— Não — ele negou e ergueu a mão, tocando seu rosto. — Se tivéssemos nos beijado naquela noite... — Deixou o polegar escorregar pelo maxilar dela, e uma série de deliciosas ondas geladas percorreu o estômago da jovem. — Se eu tivesse mesmo te beijado... — o polegar tocou o lábio inferior de Lizzie como uma pluma, como as hastes das sementes voadoras — não teria conseguido parar. — Ao dizer isso, ele aumentou a pressão do dedo e espalhou, em seguida, a umidade por todo o seu lábio.

Assim como um pintor prepara as tintas e um ourives os seus instrumentos, Gareth preparava seus lábios para beijá-la, e o prazer percorreu o corpo dela como um enxame em suas veias.

Lizzie fechou os olhos quando ele segurou sua nuca e sentiu o calor úmido da respiração dele sobre sua boca.

— Aine — ele murmurou, tão próximo, as palavras acariciando os lábios dela, e então a boca de Gareth MacGleann cobriu a sua.

Gareth a beijou. Por poucos segundos, talvez milésimos de segundo, antes de um estrondo fazer a terra tremer. Foi o suficiente para o mundo inteiro girar. Lizzie não soube se era um trovão arrebentando o mundo ou os lábios de Gareth sobre os seus que provocaram tudo aquilo. De olhos fechados, sentiu quando ele se afastou.

— Vai chover — ele afirmou, com a respiração falha.

Ela abriu os olhos. Gareth examinava o céu. Lizzie ouviu mais um trovão rugir uma discórdia entre as nuvens.

Malditas nuvens.

Gareth segurou sua mão e se levantou, puxando-a.

— Venha, vamos sair daqui — disse e sacudiu a cabeça. — O clima na Escócia muda assim, como se os deuses pintassem o céu em um segundo.

Ela aquiesceu, vendo as nuvens negras avolumadas escurecerem a tarde e o restinho de sol sumir por completo, entregue à vontade da tempestade.

Os dois já haviam se enfiado entre as árvores.

— Tem um lugar aqui perto onde podemos nos abrigar.

Eles quase se beijaram, e o mundo para Lizzie ainda não voltara ao normal. Nem mesmo os pingos, espaçados e gelados, da chuva que começava a cair conseguiam fazer o seu corpo voltar ao eixo.

Gareth acelerou os passos, distanciando-os do lugar mais fantástico que ela já tinha visto na vida e da sua quase morte nos braços dele.

Assim que colocou os pés na casa de sua tia, Gareth se arrependeu.

Por que acreditou que seria uma boa ideia ir com Elizabeth até lá?

199

Levou-a ao círculo de pedras porque se sentia impulsionado a dividir com ela tudo o que lhe era querido e importante. Por isso também, há dias, passeavam na vila, mesmo sabendo que isso não agradava a todos. Sem pensar nas consequências — algo bastante comum desde que encontrara Elizabeth —, resolveu levá-la até a casa de sua tia para fugir do mundo despencando lá fora. Apesar de dormir no castelo na maioria das noites, Joyce passava boa parte dos seus dias ali.

Ele observou Lizzie analisando o interior da casa com um ar curioso e maravilhado, e se lembrou dos laços que os uniam — uma história iniciada muito antes de ela chegar ao castelo. Queria contar tudo para ela. Sabia que a verdade sobre o seu passado não mudaria nada entre eles, talvez até mesmo fortalecesse o vínculo criado entre os dois com o passar dos dias. Lizzie não o reconheceu, e era possível que nem se lembrasse dele. Ela era muito pequena à época para se lembrar de alguma coisa — muito diferente das suas próprias lembranças, gravadas a fogo em sua pele.

Estavam parados no meio da sala da cabana de Joyce, o local onde ele foi curado das feridas quando chegara ali, com apenas onze anos e metade do corpo queimado. O lugar ao qual ele aprendera a chamar de casa, e a pessoa a quem ele aprendera a chamar de mãe dentro do seu coração, mesmo sem verbalizar isso. A segunda mãe que a vida lhe dera.

Olhou outra vez para Lizzie.

Ele não seria mais hipócrita. Já tinha admitido para si mesmo a verdade: estava irremediavelmente enfeitiçado por Elizabeth Harold. Talvez desde que colocara os olhos nela pela primeira vez, há trinta dias. Talvez desde sempre. Quase a beijara dentro do círculo de pedras há pouco. *Santo Deus!*

Não poder tocar nela se transformava em um desafio cada vez maior. E, como não podia obrigá-la a ficar entre eles, a ficar com ele, já havia tomado a decisão de tirá-la rapidamente do castelo. Se ele não a deixasse ir embora logo, simplesmente não conseguiria mais fazer isso acontecer.

Mas e se Lizzie aceitasse ficar?, Gareth se perguntava vez ou outra. Ele seria capaz de... Bobagem, ela jamais aceitaria.

— Gareth nunca trouxe ninguém aqui antes — disse sua tia Joyce, sorridente.

— Fazia tempo que não a via, Joyce — Lizzie comentou.

— Eu passo boa parte dos dias no jardim. — A tia arrumou um jarro de flores pequenas e azuis.

— Não-me-esqueças — Lizzie reconheceu, analisando o arranjo.

— Para curar um coração perdido de saudades. — Joyce empurrou o jarro sobre a mesa em direção a ela.

Gareth observou Lizzie tocar as pétalas azuis; tinha os olhos acesos, os fios do cabelo castanho-dourado meio soltos, emoldurando o rosto, os lábios cheios e rosados. Lábios que Gareth queria sobre os dele, sobre sua pele. Lábios que ele precisava em todas as partes do seu corpo.

Ele engoliu em seco.

— Eu conheço a lenda. Diz que uma jovem apaixonada — Lizzie principiou, com ar sonhador — pediu para seu amante um ramo dessas flores, mas elas estavam no meio do rio. O jovem se jogou nas águas para pegar as flores e presentear a amada, porém foi arrastado pelas correntezas. Antes de desaparecer, ele gritou à jovem: "Não me esqueças" — as duas mulheres completaram juntas e sorriram.

— Tolices românticas. — Gareth cruzou os braços sobre o peito, carrancudo.

Joyce se virou para ele.

— Não, Gareth. Apesar de parecer triste, é uma mensagem de esperança. As flores passaram a crescer nas margens dos rios daquele dia em diante, para que nenhum casal de amantes precisasse mais se separar.

— Por isso a senhora disse que elas curam um coração partido? — quis saber Lizzie.

— Isso mesmo.

— Entendi, elas curam a saudade da alma... Trazem a esperança de que, mesmo com a distância, o amor prevaleça.

— Vejam só! — Joyce bateu as mãos sobre o tampo da mesa, entusiasmada. — Como não tinha me dado conta antes? Você é uma sacerdotisa, Elizabeth.

Gareth, que começava a relaxar na cadeira na qual havia se sentado fazia pouco, sentiu todos os músculos se tensionarem.

— Não, tia. Pare! — ele exigiu, entredentes.

— Você quem a trouxe aqui, Gareth.

Ele pressionou o alto do nariz, tenso, e olhou para Elizabeth, que abriu um sorriso capaz de iluminar as curvas mais escuras e escondidas de sua alma.

— Você acha mesmo? — Lizzie indagou, ainda sorrindo.

— Uma sacerdotisa reconhece outra.

— Isso quer dizer que você é uma?

— O que você acha? — Joyce provocou, pegando um saquinho de seda que estava no canto da mesa.

— Sim, acho que sim.

— Muito bem. — Joyce sacudiu o embrulho.
— Nem pensar, a senhora não vai jogar isso! — Gareth apontou para o saquinho com uma expressão de horror.
Por que mesmo a levara até ali? Ah, sim, por causa da maldita chuva. Joyce o ignorou.
— Você quer conhecer o oráculo celta, Lizzie?
— Não, ela não quer — ele se adiantou.
— Sim, eu quero! — Lizzie o repreendeu, franzindo o cenho.
A tia sacudiu o saquinho no ar mais algumas vezes.
— Por que você não vai até o meu quarto, Gareth?
Ele apertou mais os braços cruzados.
— Não.
Lizzie o imitou.
— Vá até o quarto, Gareth.
— Não! — ele rosnou.
— Por que você a trouxe até aqui, se não era para Lizzie conhecer um pouco mais a maneira como alguns de nós enxergamos as coisas e levamos a vida? — Os lábios de Joyce se curvaram em um sorriso cheio de sabedoria.
Por que mesmo ele havia levado Elizabeth até lá? Sim, porque as nuvens resolveram jogar toda a água da terra sobre as montanhas da Escócia bem naquele momento. Tentou se convencer disso e se levantou, caminhando em direção à porta.
— Alguns minutos apenas — disse, com a mão na maçaneta. — Eu estarei aqui ao lado.
— Eu vou ler o que as árvores têm a dizer para ela, Gareth, não vou torturá-la — Joyce ironizou.
— O que, às vezes, pode causar uma sensação parecida — ele murmurou, cruzando a porta em direção ao quarto de sua tia.

Lizzie estava maravilhada, entorpecida, encantada. A casa era rústica e pequena, no meio do bosque. Era inteira de madeira, com janelas grandes de cristal. Sentia-se como em um conto de fadas, dentro de uma casinha de bonecas. Havia flores em cada canto, e jarros com ervas enchiam o ar de fragrâncias frescas, deixando-a inebriada. O aroma ali dentro parecia ganhar uma vida diferente, capaz de despertar sensações, recolher memórias, contar histórias e regar a alma. A lareira esquentava uma panela, e Lizzie acreditou não ser sopa o que fervia ali, e sim uma poção de algo mágico e curativo.

Lá fora a chuva caía, enchendo os seus sentidos da revigorante força da natureza.

— O que você sabe sobre a religião celta, *mo nighean?* — Joyce perguntou, chamando-a de filha.

— Eu conheço bastante os mitos dos deuses e as lendas. Já li alguma coisa sobre o druidismo, o círculo sagrado e alguns rituais.

Joyce fez que sim com a cabeça e apontou para uma cadeira vazia, para que a jovem se sentasse. Ela obedeceu.

— Sabe, o que os celtas praticavam não era uma religião.

— Não?

— Não, porque não é possível considerar religião algo que está em tudo, não é?

— Eu... eu acho que não — Lizzie respondeu, sem ter certeza.

— Os celtas acreditavam que a natureza é como um mapa de sabedoria, uma ponte fazendo a união entre a alma e as estrelas.

— Ãhã — ela murmurou, interessada.

Joyce voltou a sacudir o saquinho.

— Esse oráculo é feito com pedaços de tronco de carvalho. Temos onze letras. Cada uma representa a sabedoria de uma árvore e traz a mensagem que essa árvore quer dar a você. — Ela estendeu o saquinho aberto. — Pegue cinco peças e as coloque sobre a mesa.

Lizzie fechou os olhos, sentindo o coração disparar. Deixou os dedos deslizarem pela seda verde e tocou os pedacinhos de madeira. Escolheu o primeiro e colocou sobre a mesa, repetindo o movimento mais quatro vezes. Abriu os olhos em seguida; a tia de Gareth contemplava as peças com o semblante pensativo. Lizzie sentiu o coração disparar, entendendo o que ele quis dizer sobre se sentir um pouco ameaçado.

— Não precisa ter medo — Joyce disse.

Lizzie soltou o ar que nem percebera ter retido.

— São apenas alguns conselhos — a senhora prosseguiu. — Eadha-Aspen fala para não desistir diante das adversidades, Ngetal-Reed mostra um coração partido no passado... Ur-Heather e Ohn-Furze falam sobre fertilidade e paixão e, por fim, Nuin-Ash nos conta de um encontro entre a matéria e o espírito. A junção das cinco árvores e suas respectivas posições na leitura apontam que um encontro muito poderoso pode acontecer ou já aconteceu. — Joyce mirou a jovem. — Uma paixão forte, um encontro de amantes antigos, *anam cara* — ela terminou, em gaélico.

203

— Almas gêmeas? — Lizzie perguntou, com o coração saltando pela garganta.

— Você acredita?

— Não sei.

— Um encontro desses não acontece com todos. — Joyce se levantou devagar e tirou a panela do fogo. — Chá de ervas para acalmar o corpo e a mente, aceita? — perguntou, vertendo o líquido em uma xícara.

— Sim, por favor — pediu, olhando as peças sobre a mesa antes de confessar: — Sabe, eu quis fazer essa viagem para encontrar um sentido diferente, um propósito em que eu pudesse me realizar, algo que não estivesse relacionado a casamento e filhos.

— Muitas vezes, quando saímos em busca de nós mesmos, encontramos aquilo ou quem nos buscava.

Joyce serviu o chá, deu um longo gole e voltou a se sentar, pensativa.

— E entenda: normalmente, quando duas almas gêmeas se encontram, o caminho a ser percorrido para ficarem juntas pode ser desafiador.

— Por quê? — Lizzie também deu um gole na bebida fumegante. Precisava mesmo se acalmar. Naquele momento, Gareth ocupava todos os seus pensamentos.

— Porque... Vejamos um exemplo metafórico: imagine que o seu valor para a cadeia da vida, para o equilíbrio das forças entre céu e terra, seja igual a cinco, e o de outra pessoa também.

— Certo. — O coração de Lizzie continuava acelerado.

— Alguns casais somam vinte.

— E isso seria uma ameaça para quem?

— Lizzie, você acredita que tudo o que vivemos de certa maneira é um reflexo de como nos sentimos? — Joyce perguntou após dar outro gole no chá.

— Eu... eu nunca pensei nisso.

— Toda agressão de uma pessoa a outra é um pedido de amor. Quando nos sentimos feridos ou ferimos alguém, estamos muitas vezes projetando nos outros as nossas próprias feridas.

— Como assim? — Lizzie perguntou, confusa.

— É mais fácil projetar nossos medos, nossas dores, nossas carências nos outros do que admitir que tudo isso está dentro de nós... Mas em algum momento somos obrigados a olhar para dentro e a curar nossas feridas, por mais assustador que pareça. E, nesse processo de cura, o outro se torna um espelho. Por isso é tão difícil e tão precioso se relacionar.

— E é assim somente em um encontro de almas gêmeas? — ela indagou, nervosa.

— Não, é assim em qualquer relacionamento. Mas, em um encontro de almas gêmeas, tanto as virtudes como os medos são potencializados, fazendo com que o seu melhor e o seu pior venham à tona. Portanto, é necessário ir além dos medos para viver algo dessa magnitude. É preciso se permitir, com confiança e entrega, afinal nada que nasce do amor pode dar errado.

— Entendo — concordou Lizzie.

Joyce a olhou, introspectiva.

— Mas nem sempre as pessoas estão dispostas a olhar para si mesmas desse jeito tão transparente e intenso... E, se isso não acontece, pode haver sofrimento.

Lizzie sentiu as mãos molhadas de suor, e não era pelo calor da xícara entre elas.

— Não fique assustada. Esse tipo de encontro é uma dádiva, não um fardo. Você estar aqui — ela mirou a porta do quarto onde Gareth estava —, vocês se reunirem aqui, dentro do castelo... Eu sempre acreditei que a história envolvendo a lenda teria o seu fim reescrito.

Agora a testa de Lizzie estava molhada também. Lá fora a chuva continuava caindo.

— A senhora está dizendo que Gareth é o conde Draxton? — ela perguntou, baixinho. — Ele é a minha alma gêmea?

— Estou dizendo...

A porta se abriu e Gareth entrou na sala, interrompendo a fala de Joyce.

— Já chega, tia. — Ele olhou para Lizzie. — Meu Deus, o que você disse a ela? A moça está branca feito uma nuvem!

— Apenas o que as árvores revelaram. — Joyce sorriu, inocente.

Gareth bufou.

— Eu não devia ter deixado isso acontecer.

— Porque no seu coração você sabe o que eu disse, não é?

Gareth bufou com mais força.

— Não é nada disso. Vamos, Lizzie, esqueça o que você ouviu aqui — ele disse, estendendo a mão para ela.

Lizzie tocou os dedos dele e sua respiração acelerou.

Almas gêmeas. Ela engoliu em seco.

— Lembre-se do que eu falei sobre os medos. — Joyce se recostou na cadeira.

— Chega, tia! Vamos embora. E, por favor...

Gareth parou ao ouvir que a porta se abria.

— Olá, Brenda — Joyce disse, com natural simpatia.

Sem perceber, Lizzie apertou os dedos de Gareth, que olhava fixamente para a mulher esguia, de cabelos longos e vermelhos. Ela estava ensopada, os cabelos pingando.

— Gareth, que surpresa! — Brenda disse, com um sorriso aberto nos lábios, e, ao se dar conta da presença de Elizabeth, deixou de sorrir.

— Brenda — ele a cumprimentou.

— *Ghràdhach* — Joyce chamou a ruiva de maneira carinhosa —, essa é a Elizabeth. Lizzie, como ela gosta de ser chamada. Vocês já se conheciam?

— Não — Lizzie respondeu, ao mesmo tempo em que a mulher dizia:

— Só de vista.

Gareth limpou a garganta.

— Nós já estamos de saída.

— Lizzie — Joyce a chamou. — Brenda é minha aprendiz. — E se dirigiu à outra mulher. — Acabei de tirar Ogham para Lizzie. Você ficaria encantada com o que as árvores apontam para essa linda jovem...

— Chega, tia — Gareth a interrompeu. — Nós já vamos.

E a puxou em direção à porta.

Lizzie estava envergonhada, é claro que estaria.

Há pouco conversava com Joyce sobre almas gêmeas e relacionamentos mágicos, e tudo o que conseguia pensar era em Gareth.

Agora estava de mãos dadas com ele na presença da mulher que ela sabia ter um envolvimento amoroso com Gareth. E Brenda a fitava com uma expressão condoída. A boca presa em uma linha, a feição sombreada pelo ciúme? Acreditou que sim.

Gareth nem mesmo a apresentara à tal Brenda. E o que era a vontade aparente dele de escapar dali, correndo se fosse possível? Lizzie se irritou, por isso não cedeu à insistência dele em alcançar a porta.

— Um amor de *anam cara*! Você acredita, Brenda? — Joyce juntava as peças de madeira sobre a mesa. — Nunca uma leitura tinha apontado isso de forma tão evidente.

— Ah — Brenda murmurou.

Joyce bateu com o indicador nos lábios, com ar pensativo.

— Na verdade, acho que eu nunca vi uma leitura apontar isso antes... Você já viu, Brenda?

— Não — a ruiva respondeu, focada na mão de Lizzie entrelaçada à de Gareth.

— Tia, você sabe o que eu penso desses oráculos... — Gareth pontuou. — Já chega.

— Você não gosta do que é lido e fica assustado porque as árvores não erram.

Ele inspirou lentamente.

— Vamos, Lizzie. Eu realmente não devia ter trazido você aqui.

Joyce gargalhou de maneira pouco discreta.

— Ainda está chovendo — apontou para a janela.

— Eu preciso... preciso resolver um assunto no castelo.

— Ah, Gareth, você me diverte! Você pode fugir daqui, mas não pode fugir dos encontros predestinados muito além desta vida.

Brenda agora olhava para Gareth com uma expressão de dor. Lizzie se sentiu ainda pior com a situação.

— Vamos, Lizzie — ele pediu e a puxou.

Dessa vez ela cedeu.

— Brenda, mais tarde eu a procuro — ele falou, fechando a porta atrás de si.

O quê?

Conforme andavam, a realidade se abateu sobre ela. Logo a pena que sentia daquela mulher, daquela ruiva, daquela cenoura seca, evaporou.

Sentia a chuva, gotas enormes dela, molhando os seus cabelos.

Brenda era uma sacerdotisa celta, de cabelos vermelhos encaracolados e compridos. Como uma sacerdotisa celta deveria ser. Parecia uma mulher forte, sábia e sedutora. Como uma sacerdotisa celta deveria parecer.

Pingos contínuos caíam do céu e faziam seu vestido grudar na pele.

Que chance ela tinha contra uma mulher como aquela?

Sentiu raiva de si por ter se deixado levar por aquele papo de árvores, lenda e almas gêmeas. Mentira! A raiva era por ter associado tudo isso a Gareth, por estar associando tudo a ele nos últimos tempos. Por ter deixado que ele se infiltrasse em seu sangue e em seu coração, como jurara nunca deixar homem nenhum fazer.

A terra estava molhada, criando poças e enlameando suas botas.

Apesar de parecer mais velha que ele, Brenda era uma mulher atraente.

Uma mulher...

E Gareth a via como uma criança.

— Está frio — ele falou pela primeira vez desde que deixaram a casa de Joyce.

— Não me diga! *É porque saímos na chuva* — ela disse, imitando o sotaque escocês.

Certo. Não era algo muito maduro a se fazer. Mas ela estava com raiva.

Ele sorriu.

Idiota.

— Você fica engraçada quando imita o sotaque escocês.

E você fica um babaca quando está perto da Brenda.

Meu Deus, Lizzie, controle-se.

— Você e Brenda são amigos? — Ela não conseguia se controlar.

— Sim.

— Por que você vai procurá-la mais tarde?

Deus amado, ela estava absolutamente descontrolada e molhada, e agora o seu queixo tremia de frio.

Ele franziu o cenho.

— Eu preciso falar algo com ela. Assuntos do clã... Por quê?

— Por nada. — E, com um movimento brusco, soltou-se da mão dele e saiu andando rápido. Na verdade ela quase correu, porém, como as pernas de Gareth eram mais longas que as dela, ele a alcançou sem muito esforço.

Que raiva.

— O que aconteceu, Lizzie? — ele perguntou às suas costas.

Ela girou sobre os calcanhares e deu de cara com uma parede molhada de músculos e kilt.

Chuva, chuva, chuva.

— O que aconteceu? — Lizzie cutucou o peito dele e se afastou um pouco.

Estava realmente descontrolada.

— Quer saber? — Ela tentou empurrar Gareth com a ponta dos dedos. — É ridículo andarmos de mãos dadas e você me trazer para conhecer o seu povo, ou tentar fazer com que eu me sinta em casa aqui e... e me procurar todas as tardes, e jantar comigo todas as noites.

E me fazer amar você um pouco mais a cada dia.

— O quê? — ele perguntou, perdido.

— É ridículo ficarmos falando sobre beijos celtas ou... ou... — E o empurrou de novo, com mais força.

Gareth nem se mexeu. Ele a olhava de cima para baixo, como se ela tivesse o tamanho de um coelho.

208

— É ridículo você me mostrar lugares especiais e... e me levar para ouvir árvores que falam de almas gêmeas. Você é ridículo, eu sou ridícula, e o que mais? — Lizzie apontou para Killian, que inclinou a cabeça. — Até esse lobo--cachorro é ridículo — esbravejou e saiu pisando duro.

Os pés chapinharam em uma poça ao ter o seu passo detido por Gareth, que a segurou pelos cotovelos, virando-a para ele.

— O que está acontecendo, Lizzie? — perguntou, com a respiração acelerada, e a puxou até seus corpos estarem colados.

O frio por causa da chuva, somado ao contato com o peito quente de Gareth, disparou ondas geladas em seu estômago.

— Você não sabe?

Em resposta, ele balançou a cabeça e a trouxe mais para perto, até o nariz pequeno tocar o dele. Gareth estava curvado sobre ela, enorme, poderoso, intransponível. Lizzie gemeu de maneira involuntária e os braços fortes a sustentaram pela cintura.

A água caía em ritmo lento, envolvendo seus corpos e se misturando ao calor deles. Um trovão ecoou e a fez tremer; o som reverberou em ondas elétricas através de seus músculos. À medida que Gareth encostava os lábios entreabertos e quentes nos seus, marcava-os lentamente com movimentos precisos, provocando-a e convidando-a a algo mais profundo. Lizzie se sentia zonza, fraca e entregue. Ela se apoiou nos braços fortes, tocando a camisa molhada e apreciando os músculos do peito, que se contraíram em resposta ao contato. Sem pensar, permitiu que Gareth prosseguisse acariciando seus lábios, em um ritmo lento e irresistível. Ela subiu os dedos incertos pelo pescoço largo e ele grunhiu de prazer.

O desejo a invadiu diante da certeza de que sua própria entrega era capaz de provocar tais reações descontroladas em Gareth. Ela arfou, perdida, enquanto as mãos quentes e ásperas envolviam sua nuca. Gareth iria beijá-la para valer, e Lizzie não pôde deter um tremor de expectativa e medo quando as palavras de Joyce voltaram à sua mente.

Um amor de almas gêmeas. Uma dádiva, mas pode trazer sofrimento.

Ouviu, por cima do barulho da chuva, a respiração forte e entrecortada de Gareth, ao mesmo tempo em que reverberava o eco da voz dele prometendo encontrar Brenda mais tarde.

O coração dela sangrou.

Não podia, não seria capaz de aguentar vê-lo ficar com outra, ele a beijar e em seguida procurar outra mulher.

Deus!

Os pingos gelados e ásperos passaram a arranhar a sua pele, enquanto os lábios de Gareth, acariciando os seus, a queimavam. Ela o empurrou, decidida. Precisava se afastar.

Pego de surpresa, Gareth deu alguns passos para trás, com os olhos arregalados.

Lizzie negou com a cabeça.

— Eu quero ir para casa. Por favor, eu não posso fazer isso.

Naquele momento, lembrando-se de Brenda, da maneira como Gareth reagira dentro da cabana, e com a certeza do encontro que se daria entre eles em breve, Lizzie só queria fugir. Voltar para casa, para sua família, para seus manuscritos e nunca mais ver Gareth.

Seu coração sangrou ainda mais.

Ela agradeceu a chuva abundante, misturando-se e acobertando suas lágrimas. Virou de costas e começou a se afastar.

— Lizzie — Gareth a chamou, com a voz falha.

Olhou para trás e viu, entre a cortina de lágrimas e chuva, Gareth com uma expressão tão transtornada como ela própria deveria estar.

— Você irá embora muito em breve. Eu prometo.

Um trovão rasgou as nuvens, partindo seu coração. Então seria assim, sem pedidos para que ela ficasse, sem qualquer declaração ou protesto. Simples, como deveria ser a situação. Mas seu coração entrou por um caminho diferente naquela história. E Lizzie se sentiu vulnerável, exposta e fraca. Ela odiava se sentir dessa maneira.

— Obrigada — forçou-se a dizer.

— *Nach fheum thu airson taing a thoirt dhomh a chionn.*

"Você não tem por que me agradecer."

Essa foi a última frase que ela ouviu de Gareth MacGleann pelos dois dias seguintes.

16

Não é surpresa que um povo que honra tanto as árvores possua raízes culturais tão fortes. Nota: Nunca me senti tão confusa e perdida, nem mesmo a sabedoria das árvores foi capaz de clarear o que venho sentindo. Na verdade, acho que essa sabedoria me confundiu ainda mais. Estou sendo injusta com as árvores; a minha confusão é culpa de Gareth MacGleann.

— DIÁRIO DE ESTUDOS DE E.H., 1867

Na primeira noite da ausência de Gareth, Lizzie, deitada em sua cama, se convencia de que era melhor dessa maneira. Era melhor eles ficarem afastados até ela ir embora, e que ele voltasse aos braços de Brenda, se é que algum dia os tinha deixado. Olhou a harpa celta com que Gareth a presenteara. Seu coração encolheu.

Lizzie havia deixado o quarto de Agnes, onde tocara para ela havia pouco. A jovem contraíra uma gripe e não estava com disposição para sair da cama.

Lembrou-se da maneira como Gareth a observara nos jardins, enquanto ela tocava a harpa dias atrás, e seu coração se acelerou. Não conseguia tirar Gareth dos pensamentos. Mas precisava esquecê-lo. Precisava esquecer a maneira como os olhos dele se iluminavam quando sorria, ou como o mundo se desfazia quando Gareth olhava para ela. Teria que esquecer seu rosto lindo e imperfeito, uma mistura certa de luz e sombra, rusticidade e cortesia, homem e lobo. Teria que arrancá-lo do coração e deixá-lo ir embora para sempre, todas as partes dele.

— Tenho que esquecer Gareth MacGleann — murmurou, deitada em sua cama, mirando o teto. Virou de lado, convencida a tentar dormir.

Sobressaltou-se ao ouvir batidas na porta. Lizzie não pôde evitar o salto do coração dentro do peito pela expectativa de encontrá-lo. Seus olhos se arregalaram ao comprovar quem acabava de entrar.

— Desculpe — disse a ruiva —, não quero incomodar.

Lizzie negou com a cabeça.

— Posso? — a mulher pediu permissão, dando dois passos para dentro do quarto.

Lizzie se sentou, nervosa e desconfiada.

— Pode.

— Não vou demorar — ela se justificou. — Só quero... conversar um pouco.

A jovem se levantou, arrumando os cabelos de forma desconfortável.

— Sente-se — indicou o jogo de sofás.

Observou, um pouco agitada, a mulher que se movimentava com natural segurança. Acompanhou-a, também se sentando.

O que Brenda fazia ali, afinal?

A ruiva entrelaçou os dedos sobre o colo antes de falar:

— Gareth sofreu muito quando criança e venceu. Apesar das adversidades, ele sobreviveu e se tornou um grande líder.

Lizzie concordou, porque não sabia o que mais podia fazer.

— A verdade é que homens com a força de espírito dele não se iludem com facilidade — Brenda continuou, com um suspiro. — Sabe... eu o conheço há muitos anos e nunca o vi tão enfraquecido.

O coração de Lizzie disparou.

— Enfraquecido?

— Talvez eu devesse ter dito iludido. O fato é que ele é homem e, como todo homem, é atraído pelo gosto da conquista de uma novidade.

O que aquela mulher estava insinuando?

— Não me leve a mal, Gareth e eu estamos juntos há anos e eu sempre fui suficiente para ele, porém nunca existiu um desafio tão instigante quanto você na vida dele.

— Desafio?

Brenda se recostou na poltrona.

— Você jamais se adaptaria totalmente à vida aqui dentro, e, para Gareth, abrir mão disso tudo seria como... desistir de um pedaço da própria alma.

Lizzie engoliu um gosto amargo e sua respiração se acelerou.

— Por que... por que você está falando isso?

Brenda sorriu, mas Lizzie soube que ela não achava graça.

— Você acha que está apaixonada por ele e, acredite, poucas coisas são mais tentadoras para um homem do que uma mulher disposta a se entregar a ele de corpo e alma.

212

Lizzie sentiu os olhos se encherem de lágrimas.

— Eu vou embora daqui e... não sei do que...

— É disso que estou falando, Lizzie. Posso chamar você de Lizzie, não posso? — Brenda disse e a jovem assentiu, desnorteada. — Ele jamais escolheria você definitivamente, porque, para estarem juntos, ele teria que abrir mão de tudo o que construiu na vida. E você? Jamais seria feliz com um homem pela metade... ou seria?

— Não — ela confirmou, amuada.

— Eu sei que não. E sei também que, por mais apaixonada que esteja, você não quer que ele sofra... Quer?

Lizzie, que até então estava totalmente confusa com aquela conversa e com a presença de Brenda em seu quarto, sentiu o sangue esquentar no rosto. Aquela mulher não tinha o direito de invadir sua privacidade exigindo respostas e sugerindo coisas que nem mesmo Lizzie sabia ou queria pensar com profundidade.

— Gareth sabe que você está aqui? — perguntou, tentando manter a calma.

— Não.

— Então, por quê?

— Porque eu amo Gareth e quero que ele seja feliz, e sei que sou a mulher certa para isso.

A respiração de Lizzie se acelerou ainda mais.

— Não se preocupe, eu não vou fazer nada para atrapalhar a felicidade dele. Aliás, em breve irei embora, e nem você nem Gareth precisarão se preocupar mais comigo.

Brenda se levantou.

— Você é somente uma menina, Lizzie. Uma menina que está confusa, longe de casa e de sua família, é natural que suas emoções estejam bagunçadas. Logo tudo voltará ao normal.

Era isso, ela era somente uma menina, assim como Gareth a via. Uma moça imatura e teimosa. Naquele momento, Lizzie só queria ficar sozinha.

— Boa noite — disse, reprimindo a vontade de chorar.

— Você vai encontrar o jovem que a fará feliz como Gareth me faz, tenho certeza... Você é uma boa moça, Elizabeth.

— Eu não quero me casar, não estou atrás disso — murmurou.

Os olhos de Brenda cresceram um pouco, por um momento breve, mas Lizzie percebeu.

— Uma última coisa... — a mulher disse, colocando a mão no bolso do vestido, tirando um ramo de ervas, galhos e flores amarrados em formato de teia. — É um amuleto para sua proteção. Foi Joyce quem me pediu para fazer e lhe entregar.

Lizzie pegou o objeto da mão de Brenda, sem saber se agradecia ou jogava na lareira.

— Obrigada — agradeceu por fim, levantando-se. Brenda a seguiu.

— Eu pensei em não contar, mas acho que você deve saber.

Lizzie mordeu o lábio por dentro; não queria ouvir mais nada.

— A jovem que faz a limpeza nos quartos encontrou embaixo da sua cama... — Ela hesitou. — Encontrou uma boneca coberta de sangue animal.

— Sangue? — perguntou, sentindo-se repentinamente enjoada.

— Magia ruim... Uma que pede a sua morte, o seu sofrimento. É usada para desfazer feitiços de amor e suas ilusões. Eu e Joyce sabemos que você não manipula a arte da magia dessa maneira, mas há quem pense o contrário aqui dentro.

Lizzie empalideceu.

— Desculpe, não queria assustar você... Era só para explicar o motivo do amuleto e avisar que nem todos aqui querem o seu bem.

Lizzie apertou as ervas entre os dedos, nervosa.

— Obrigada.

— Algumas pessoas se dizem cristãs, se dizem contra a antiga religião e a distorcem para a prática da maldade.

— Entendo — ela sussurrou, indo em direção à cama. — Obrigada. — Só queria ficar a sós. Estava tonta e nauseada.

— Você estará melhor e mais segura longe daqui. — Brenda abriu a porta ao concluir. — Boa noite.

Lizzie não respondeu e a porta foi fechada. Ela esperou alguns segundos antes de cobrir o rosto com o travesseiro e chorar. Queria que Gareth estivesse com ela, queria os seus braços a protegendo, e queria não desejar tudo isso. Estava com medo e sozinha. Nunca se sentira tão sozinha na vida.

No fim do segundo dia da ausência de Gareth, Lizzie se sentia ainda mais confusa com o que Brenda havia dito. Mas muito pior que a confusão e o receio daquela conversa era a saudade que sentia de Gareth. E ficar assim só podia ser uma estupidez, já que iria embora e nunca mais o veria. Percebeu também estar com raiva por Gareth ter sumido sem dar satisfação. Por tê-la deixado sozinha e com medo. Por tê-la feito entender quanto sua ausência a incomodava e quanto ela queria que essa ausência não fosse por ele estar ocupado com Brenda. Por eles estarem juntos, e aquela mulher dar prazer a ele e... Droga!

Somente dois dias de distância! Deus!

Naquele momento, sentada à mesa de jantar com Kenneth, ela se convencia de que ter aceitado o convite do primo de Gareth para jantar havia sido a decisão mais sábia de sua vida.

O homem explicou que Gareth estava afastado do castelo e que ele não achou certo deixá-la jantar sozinha no quarto pela segunda noite seguida.

Afastado do castelo, na casa de Brenda, nos braços daquela mulher...

Ela também não achou certo.

— Lizzie — Kenneth disse —, o que você está achando daqui?

Ela deu uma colherada na sopa antes de responder.

— Eu sonhei a minha vida inteira em estar em um local como este, com esta cultura, com esta maneira mais simples e talvez mais autêntica de apreciar a vida. Estou feliz, mas com saudade de casa.

Foi sincera. Por um lado, o vazio pela ausência de Gareth a incomodava; por outro, diante da distância dele, Lizzie passou a perceber mais a saudade que sentia de sua casa e de sua família.

Kenneth deu um gole na cerveja e limpou a boca com o guardanapo.

— Vi você tocando harpa no jardim outro dia. Você tinha razão quando disse saber tocar esse instrumento.

— É sério? — Lizzie se animou um pouco. — Você lembra o que falamos no dia de Beltane?

— Lembro-me de cada minuto daquele dia.

Ela sorriu e enfiou um pedaço de pão na boca. Aquele último comentário de Kenneth não parecia algo que um amigo comum diria, parecia?

— Obrigada. Mais tarde eu ficarei feliz em tocar.

— E eu ficarei feliz em ouvir você tocando.

Ela sorriu e enfiou mais um pedaço de pão na boca.

Céus, por que Agnes tinha de contrair uma gripe justo agora? Aquele jantar seria mais fácil se a amiga estivesse com eles.

— Me fale um pouco de você... Não conversamos muito desde o dia da festa — Kenneth pediu e cruzou as mãos sobre a mesa.

— Como assim? — Ela bebericou uma taça de água.

— O que você gosta de fazer? O que não gosta? Eu queria saber mais sobre você.

— Eu gosto de estudar os celtas, mas isso acho que você já percebeu — Lizzie contou, disfarçando a sensação estranha que pairava no ar.

Ele aquiesceu.

— Gosto de jogar — ela prosseguiu —, qualquer esporte que envolva uma bola e adversários.

Kenneth sorriu, divertindo-se.

— E do que você não gosta?

— Não gosto de mentiras.

— Nem eu, Lizzie. Também não suporto mentiras. — Ele a olhou com intensidade, e ela desviou os olhos, pescando um pedaço de carne da travessa.

Onde estará Gareth?, ela quis perguntar pela milésima vez no dia. Mas se deteve, mastigando a carne com mais força do que era preciso.

— Lizzie — Kenneth a chamou, baixando os talheres sobre o prato. — Eu pretendo conversar com Gareth. Eu realmente gosto da sua companhia, gosto de verdade.

— E eu realmente aprendi a gostar de cerveja — ela contrapôs, rápida, querendo impedi-lo de prosseguir.

Kenneth ergueu o copo dele em um brinde, e Lizzie o acompanhou.

— Mais uma qualidade sua que com certeza eu admiro! — Ele deu um gole na cerveja antes de acrescentar: — Quero falar com Gareth, pois eu ficaria muito feliz se você aceitasse ser uma companhia mais frequente em meus dias e... quem sabe, com o tempo, e se eu tiver sorte, nas minhas noites também...

Lizzie engasgou.

— Desc... — Ela tossiu, sem conseguir completar a palavra.

— Você está bem?

— Sim... — Mais tosses, baixinhas, e ela lutando para recuperar o fôlego.

— Beba um pouco de água — Kenneth sugeriu, e Lizzie obedeceu, levando o copo até os lábios.

Quando conseguiu parar de tossir, tentou responder a proposta de Kenneth com um humor descontraído que ela não sentia.

— Eu adoraria que nos tornássemos mais amigos, mas imagino que logo a ponte estará pronta e eu irei embora... Na verdade, quanto mais amigos eu fizer por aqui, mais difícil será a minha partida.

Lizzie parou ao notar Kenneth boquiaberto.

— O que foi? — perguntou, apreensiva.

Linhas marcaram a testa do homem e um vinco surgiu entre as sobrancelhas loiras. Kenneth parecia preocupado.

— Lizzie... Gareth não lhe falou ainda?

— Falou o quê? — Os lábios dela começaram a tremer. Todos os seus instintos diziam que algo não estava certo.

— Você acredita que uma ponte de madeira demore mais de trinta dias para ficar pronta?

— Eu não sei... — O coração dela se acelerou. — Não entendo nada de pontes.

— Lizzie. — Kenneth balançou a cabeça. — Se Gareth quisesse, essa ponte estaria pronta em poucos dias.

— Como assim? — ela indagou, com uma risada nervosa.

— Maldição! — Kenneth murmurou. — Gareth não quer que você deixe o castelo!

Uma fina camada de suor cobriu sua testa, enquanto a afirmação "Gareth não quer que você deixe o castelo" varria seus nervos.

— Até... até quando? — perguntou, sentindo a boca repentinamente seca.

— Eu não tenho a menor ideia... Achei que ele já havia lhe contado a verdade.

— Que verdade?

— Que ele não quer que você deixe o castelo por causa do clã. Por proteção ao nosso segredo — Kenneth disse, baixinho, como se as palavras ditas assim pudessem ferir menos.

Ela se sentiu tonta.

— Proteção?

— Se você sair, quem garante que ficará calada? Isso é o que Gareth pensa, e essa é a verdade, Lizzie. Eu sinto muito.

Os olhos dela se encheram de lágrimas.

— Ele mentiu para mim por todo esse tempo!

E a dor experimentada não tinha nada a ver com o fato de ela ser uma espécie de prisioneira ali. Por mais absurdo que parecesse, a dor que sentia era porque Gareth havia mentido para ela.

— Eu lamento muito, Lizzie.

O mundo inteiro se despedaçou e caiu sobre ela, sufocando-a.

— Ah, vocês estão aqui! — uma voz estrondosa ecoou pela sala, e o estômago dela se contraiu.

Através da cortina de lágrimas que cobria seus olhos, Lizzie viu Gareth próximo à porta, com os braços cruzados, empertigado, com a postura de um rei. Encarando-os como se eles fossem traidores da Coroa. Lizzie desviou o olhar. Ali, o traidor era ele.

— Eu saio por dois dias e vocês se tornam melhores amigos? — Gareth provocou, sem leveza na voz controlada e baixa. Um frio percorreu a espinha de Lizzie.

Ele parecia ter sido atingido por um golpe.

Contudo, era ela quem havia sido golpeada.

— Quando acabarem me avisem — Gareth murmurou, cáustico. — Eu preciso conversar com você, Elizabeth.

Os lábios de Lizzie tremiam de raiva, dor, angústia.

— É isso mesmo! — ela explodiu. — Kenneth e eu somos amigos, e amigos falam a verdade uns para os outros.

Lizzie se levantou e Kenneth a seguiu.

— Desculpe, Kenneth — ela disse, com a voz falha. — Eu perdi o apetite, vou para meu quarto.

Se ficasse ali, perderia a batalha contra as lágrimas que lutava para não derramar. Não queria chorar na presença de Gareth. E não queria ficar nem mais um segundo perto dele.

— Lizzie! — Gareth a chamou, confuso.

Ela, que já estava de costas, sentiu um frio percorrer sua espinha pelo desespero na maneira como Gareth a chamou e então se virou para responder:

— Não me chame de Lizzie! Apenas meus amigos me chamam assim. — E o mediu de cima a baixo, com toda a frieza que foi capaz de reunir, deixando a sala em seguida.

Conforme se afastava, as lágrimas que lutou para esconder ganhavam suas bochechas. Ela ouviu, entre os próprios soluços, a voz de Gareth rugir:

— O que você disse a ela, seu desgraçado?

A resposta de Kenneth terminou de enterrar uma lança em seu coração.

— A verdade, eu disse a verdade.

Lizzie saiu correndo e não ouviu mais nada.

Assim que deixou a sala de jantar, Gareth enviou uma mensagem para Brenda o encontrar. Ele estava transtornado pela briga com Kenneth e por Lizzie ter descoberto a verdade. Ele não teve a chance de explicar para ela os motivos que o levaram a omitir os fatos, a mentir. Ela jamais o perdoaria.

O que Kenneth pretendia com isso? Fazê-lo sofrer? Manipular Elizabeth em benefício próprio? Disputar com ele algo valioso, como sempre disputava pelo poder?

Porém talvez Kenneth não soubesse o que Lizzie passara a significar para ele. Sem que Gareth entendesse como, a jovem se infiltrara em sua alma e se misturara a ela.

Estava tão fora de si nos últimos dias que chegou até mesmo a se questionar se Joyce não teria razão.

Anam cara. Almas gêmeas.

Em que tipo de delírio eu entrei?

— Você pediu que me chamassem? — Era Brenda quem vinha ao seu encontro.

— Sim, nós precisamos conversar.

— Eu fiquei esperando por você dois dias atrás.

Gareth se distanciou.

— Tive que resolver umas questões fora daqui.

— É sobre ela, não é? Sobre a *sasunnach*?

— Sim, é sobre Elizabeth.

Ela deu um sorriso triste.

— Você realmente acredita estar apaixonado por ela?

Ele apenas respirou fundo, de maneira ruidosa, e não respondeu. Não acreditava; tinha absoluta certeza de que estava loucamente apaixonado por Elizabeth. Por uma mulher que jamais seria dele. Ela iria embora de seu mundo e de sua vida. Ele mesmo a levaria dali.

— Eu sempre achei que nós acabaríamos casados. — Brenda balançou a cabeça e olhou para baixo ao dizer: — Acreditava que você perceberia com o tempo que eu sou a mulher certa para estar ao seu lado de maneira definitiva.

Gareth analisou o ambiente ao redor. A noite estava calma, o céu, cheio de estrelas, e a lua sorria com uma serenidade acolhedora. Um clima tão diferente do seu humor conturbado.

— Eu não escolhi isso.

Brenda tocou seu rosto e ele sentiu vontade de recuar.

— Você acha que ela o fará feliz? Ela vai destruir tudo o que você lutou para construir. Ela vai te destruir, Gareth.

Ele pegou a mão dela e afastou do seu rosto, com cuidado.

— Eu achava que tinha tudo, acreditava não precisar de mais nada. Como alguém que nunca enxergou pode sentir falta da luz ou da cor que não conhece? — Gareth esfregou os olhos. — Ela chegou com o meu passado e me fez reviver os meus maiores medos. Elizabeth me colocou de frente para um espelho e iluminou a minha alma.

— Você está iludido, entusiasmado com a novidade... Vai entender isso com o tempo.

Gareth friccionou uma mão na outra para se livrar do frio e da própria inquietação.

219

— Eu não sei, Brenda. Me explique você, que é uma sacerdotisa, como uma maldita mistura de água e açúcar pode se separar? Eu não voltarei a ser o que era antes de ela aparecer em minha vida.

— Você está confuso, *gràdh*.

— Brenda — ele disse, baixinho —, eu chamei você aqui porque não acho certo continuarmos a nos ver como antes, como sempre.

Brenda balançou a cabeça, e as ondas de cabelos vermelhos, vivos como o fogo, tocavam a cintura fina. Ela estava com um vestido branco e, em contraste com o escuro da noite, parecia um reflexo da lua. Ele agiu como mandavam o seu coração e o seu senso de honra. Nas últimas vezes em que estiveram juntos, Gareth não conseguira evitar que Elizabeth saísse do seu coração e invadisse a sua mente. Brenda fora uma mulher muito especial em sua vida, merecia ser tratada com respeito.

— Não fale besteira. — Ela tocou o ombro dele.

— Não é certo, nem com você nem comigo. Eu não estaria inteiro com você...

— Gareth, deixe eu te fazer esquecer.

Lizzie estava decidida a encontrar a casa de Joyce e pedir sua ajuda. Se havia alguém ali com sensibilidade para ajudá-la, era a tia de Gareth. Na verdade, ela não tinha certeza do que falar para a mulher. Talvez começasse a dizer o que achava daquela história de tocos de árvores videntes, almas gêmeas e encontros sagrados — e, naquele momento, ela achava tudo aquilo uma grande estupidez.

Tinha certeza de que almas gêmeas não mentiriam uma para a outra, muito menos tornariam a outra parte prisioneira. Porque fora exatamente nisto que Gareth a transformara: uma prisioneira conformada, iludida e tola.

Entretanto, antes de tomar a decisão de buscar ajuda, Lizzie se fechou em seu quarto e chorou até as lágrimas virarem revolta, até a dor virar raiva, até que a única vontade a dominá-la fosse a de matar aquele homem arrogante, manipulador, frio e mentiroso. E foi por essa vontade incontrolável de sair esmurrando paredes, árvores e Gareth que ela resolveu ir atrás de Joyce. A mulher era uma sacerdotisa celta, saberia o que dizer. Poderia aconselhá-la sobre como agir e talvez até influenciasse alguém para ajudá-la a escapar dali, ou pelo menos teria uma poção que a acalmasse.

Sim, era isso! Uma maldita poção para dopá-la, para curar a raiva, a dor que, apesar de não querer admitir, ela sentia. Uma poção que a fizesse esquecer Gareth.

Santo Deus!

Ela soluçou conforme entrava na floresta.

Havia se apaixonado por um monstro. Um homem que não era deformado pelas cicatrizes que cobriam parte do seu corpo. A única parte deformada nele era o coração.

Soluçou outra vez e limpou as lágrimas com as costas da mão. Lizzie segurava uma lamparina e adentrava pelas trilhas do bosque, perguntando-se se realmente conseguiria encontrar o caminho percorrido anteriormente com Gareth.

As árvores pareciam todas muito similares, e as passagens eram estreitas e bastante iguais.

Ela continuou, e lágrimas de raiva — raiva, ela disse para si mesma — insistiam em brotar.

Olhou para os lados e para cima, tentando lembrar que direção tomaram naquele dia. Teve um vislumbre da lua entre a copa das árvores; ela rabiscava um sorriso no céu.

Que ironia.

Talvez a lua fosse ingênua como ela nunca mais seria. Como ela jurou, não deixaria ninguém fazer com que se sentisse outra vez enganada, traída, humilhada. Deteve um soluço entre os lábios apertados.

— É raiva — disse, em voz alta.

Se não estivesse com tanta raiva, Lizzie teria conseguido notar a beleza dos vagos reflexos da lua costurando teias de prata entre as árvores. Teria conseguido ver também que, ao contrário de antes, quando os dentes-de-leão voavam exibidos, naquele momento quem coloria a floresta com orgulho brilhante eram os vaga-lumes. Teria sentido como era mágico aquele lugar, assim como havia experimentado dois dias atrás.

Entretanto, Lizzie estava chorando, sem perceber isso ou qualquer outra coisa, mágica ou não. Portanto demorou a notar que não se aproximava da casa de Joyce. Também não ouviu os murmúrios abafados que se tornavam mais altos à medida que ela avançava, sem se dar conta, em direção ao círculo de pedras.

— Deixe-me fazer isso por você, Gareth — uma voz feminina pediu.

Lizzie se deteve, espantada, ao perceber: estava perto do anel sagrado para onde Gareth a levara, e ficou horrorizada ao entender que ele estava ali, agora mesmo, com outra mulher.

O coração dela se acelerou e mais lágrimas agulharam os seus olhos. Raiva, disse a si mesma, e se escondeu atrás de uma das pedras altas e largas, tentando definir a direção que deveria tomar para a casa de Joyce.

— Não, Brenda. Não hoje.

Lizzie apertou as mãos, completamente desnorteada. Mais uma vez ela presenciaria o homem por quem estava apaixonada com outra mulher.

— Gareth, eu sei como fazer você relaxar — Brenda insistiu, com a voz suave. — Apenas me deixe fazê-lo.

Porém o que ela experimentava com Gareth fazia do sentimento que um dia julgara ter por Henrique uma ilusão. Lembranças apagadas e sem sentido.

— Chega! Hoje eu preciso ficar sozinho... Não, não faça isso. Brenda, hummm... — ele gemeu, parecendo relutante. — Pare, merda! — disse, de maneira enfática.

Lizzie estava paralisada, pregada na terra. Não conseguia nem mesmo respirar. Apoiou as mãos nas pedras, com a certeza de que poderia desmaiar a qualquer instante.

— Não aqui dentro — ele continuou, ríspido. — Você sabe o que isso significa.

— Desde quando você acredita nisso? — a mulher indagou, com a voz manhosa.

— Mas você acredita.

— Podemos sair. Eu só quero fazer você ficar bem.

— Não! — ele disse, grosseiro.

Lizzie ouviu murmúrios e ofegos, que acreditou serem de carícias trocadas entre os dois. E mordeu o lábio com força, enquanto o seu corpo tremia de raiva, indignação e revolta.

— Agora chega — Gareth ordenou, com frieza. — Nós não vamos continuar com isso, eu achei que tinha sido claro.

— Eu só acho que ela não te quer de verdade. Deixe que eu faça você esquecer.

Lágrimas rolaram pelo rosto da jovem. O seu sangue gelou, impedindo-a de se mover. Estava tão fora de si que demorou a perceber uma respiração quente e rápida na altura do seu quadril.

— Ah! — ela deu um gritinho, que rapidamente abafou com a mão. — Killian! — sussurrou, nervosa, e o susto a despetrificou. — Saia daqui, saia — pediu, com gestos.

— Shhh, fique quieta, tem alguém aqui — Gareth falou em voz baixa para a outra mulher.

Porcaria!

Lizzie recuou, mas galhos e folhas estalaram embaixo dos seus pés. Ela tentou fazer o mínimo de barulho possível, porém Killian não concordava com sua fuga discreta e abanou o rabo, latindo.

Cachorro estúpido!

Ouviu conforme os passos se tornavam altos e nítidos às suas costas. Lizzie não pensou duas vezes e começou a correr.

O contraste de suas sapatilhas azul-claras com o escuro da noite, o vestido esvoaçante da mesma cor, deixava um rastro luminoso, delatando sua presença.

Ela saltou os galhos mais grossos e desviou das pedras, tentando entender se os barulhos que vinham de trás eram de Gareth, buscando alcançá-la, ou do cachorro idiota e delator, seguindo-a. Não poderia se arriscar a perder tempo virando para confirmar, por isso continuou correndo e correndo, até que um passo ficou interrompido no ar quando dois braços enlaçaram sua cintura, como cordas quentes e grossas.

— Que diabos você está fazendo aqui, *lassie?* — Gareth perguntou, alterado.

Lizzie não pensou em nada. Toda a raiva que sentia explodiu e transbordou por seu sangue, por sua pele, por tudo o que existia.

— Vá para o inferno! — gritou ela, lutando para se soltar dos braços dele, que pareciam detê-la com uma facilidade ridícula.

— Você me seguiu? — ele indagou, entredentes.

— Vá para o inferno! — ela repetiu, se contorcendo e o acertando como conseguia, com as pernas, com os pés, com o cotovelo.

— Pare! Ai! Pare quieta, Elizabeth!

Ela inspirou de maneira entrecortada.

— Se tem alguém aqui no direito de exigir explicações, sou eu! Seu desgraçado mentiroso! — Lizzie estava ofegante pelo esforço da corrida e sentiu os braços de Gareth se afrouxarem ao seu redor.

Parou de lutar quando Gareth, devagar, a soltou. Ela se virou para ele, exigindo:

— Eu só quero ir embora daqui, agora! Construa a maldita ponte!

— Eu ia lhe contar a verdade — ele se defendeu. — Eu sei que errei, Lizzie. Por favor, há uma explicação. As coisas não são como parecem agora, apenas me escute... Por favor.

Ela baixou os olhos, porque eles estavam cheios de lágrimas. Não sabia se queria ouvir. Não sabia se queria que ele tentasse convencê-la de que teve motivos para mentir. Não queria se permitir acreditar nele.

— Gareth — a voz de Brenda surgiu atrás dele.

A mulher com quem ele estava havia pouco.

A mulher a quem ele oferecia tudo o que negava a ela, inclusive a verdade.

Movimentou o corpo no intuito de sair dali, fugir para qualquer lugar, tentar fazer sumir toda a bagunça que vinha sentindo, quando a mão grande de Gareth se fechou na curva do seu braço, impedindo-a outra vez.

— Não! Espere!

Meu Deus, ele só precisava que ela parasse um pouco para escutá-lo. Que desse uma chance para ele explicar as coisas. Lizzie precisava saber que tipo de pessoa Kenneth era e o que ele tentara fazer quando contara a ela a verdade "aparente" dos fatos.

Porque ninguém poderia saber que ele havia, sim, decidido deixá-la ir embora. De fato, ele havia decidido deixar Elizabeth resolver o que ela queria fazer. Mesmo sentindo que seria capaz de sangrar se ela escolhesse partir. E então Kenneth contou a versão dele da verdade.

Gareth sabia como seria difícil convencer Elizabeth a escutá-lo, a acreditar nele, e foi só por isso que resolveu ir até o círculo de pedras. Precisava esfriar a cabeça, resolver sua situação com Brenda e ter um problema a menos antes de confrontar Lizzie.

E que momento horrível para Lizzie aparecer. Brenda tentava seduzi-lo usando todos os artifícios conhecidos por uma mulher com tal fim.

Gareth respirou fundo, ainda atordoado pelo esforço feito para alcançar Elizabeth. Estava em pé entre as duas mulheres: uma triste pelo fim do relacionamento de anos, e a outra transtornada por acreditar, com razão, que ele era um mentiroso frio.

Ele tentaria resolver as coisas por partes. Olhou para Brenda, que o encarava de braços cruzados.

— Brenda, por favor, vá para casa. Depois nós conversaremos melhor.

Então se voltou para Elizabeth. Os lábios da jovem entreabertos, a luz da lua iluminando os olhos verdes e deixando sua pele incrivelmente clara, enquanto os cabelos dourados ou acobreados — ele não conseguia definir aquela cor — se espalhavam como uma nuvem de cachos em torno do rosto delicado, davam a Elizabeth o aspecto de uma deusa, uma sacerdotisa, uma mulher que acabara de ser amada. A imagem fez o ar sumir do mundo, e Lizzie ofegou e...

Acertou um murro no queixo dele.

Um murro que fez a cabeça de Gareth girar e o seu maxilar pulsar de dor instantaneamente.

Sem perceber, ele a soltou, e agora levava a mão até o queixo dolorido, apertando-o. Gareth movimentou o maxilar repetidas vezes, incrédulo e surpreso.

Santo Jesus!

A dor era tanta que ele nem mesmo notou quando Lizzie voltou a correr, abrindo distância.

A única coisa que conseguiu pensar naqueles segundos, enquanto o queixo latejava, foi na jovem delicada, que deveria ter os modos de uma dama inglesa, afinal ela não era filha de um duque? Cristo! Aquela moça tinha lhe dado um murro respeitável.

Gareth ouviu uma risadinha atrás de si.

— Ela acertou mesmo você? — Brenda perguntou.

— Sim — ele disse, depois de abrir e fechar a boca mais algumas vezes, apenas para se certificar de que os ossos estavam no lugar.

— Se eu não estivesse triste, iria gargalhar... Jesus, a mulher bate como um viking!

Gareth podia confirmar isso. Ele o faria com orgulho, caso essa confissão em voz alta não o fizesse se sentir um pouco humilhado. Era uma moça, afinal, pequena e aparentemente frágil.

Ele olhou de lado para a única amante que tivera. Brenda fazia uma negação com a cabeça.

— Poucos homens que eu conheço teriam a coragem ou a loucura de dar um murro desses em você. Vindo de uma mulher... — ela constatou, admirada. — Por mais que eu queira odiá-la, acho que ela acaba de ganhar o meu respeito.

Ele suspirou e buscou a figura de Elizabeth, que sumia entre as árvores.

— Você vai atrás dela, não vai? — indagou Brenda.

Ele a olhou, consternado.

— Sim.

— Não me olhe desse jeito. O que vivemos foi bonito e especial, não sinta pena de mim.

— Me perdoe, Brenda.

Ela suspirou de maneira audível.

— Eu sou mulher, Gareth, e sei reconhecer quando outra mulher está apaixonada.

Ele se virou em direção ao bosque, depois para Brenda outra vez.

— Mas ela não está...

— Sim, ela está, e acho que você também. Talvez a sua tia tenha razão. Talvez a errada seja eu de tentar manter um homem cuja alma é destinada a se fundir com a sua metade. — Brenda sorriu com tristeza. — Sabe o que mais importa para mim?

Ele negou com a cabeça.

— Que você seja feliz — terminou em um muxoxo.

Gareth se aproximou e abraçou o corpo curvilíneo e conhecido em um gesto de carinho, agradecimento e despedida.

— Vá — Brenda disse, com a voz embargada —, antes que eu mude de ideia e tente convencê-lo mais uma vez a ficar.

Ele deu um beijo na testa dela.

— *Tapadh leibh.*

Agradeceu e saiu correndo atrás de Elizabeth, com a certeza de que logo a alcançaria, afinal o bosque era como uma segunda casa para ele. Gareth também sabia ser muito maior e mais forte que a jovem, e eliminaria a distância entre eles sem muita dificuldade.

Imaginou que ela teria acabado de sair do bosque, por isso correu o mais rápido que pôde e, em pouco tempo, deixou para trás a área das árvores.

Gareth se deteve apenas para entender que caminho ela havia tomado. Recuperou o fôlego e franziu o cenho ao perceber que Lizzie seguia na direção dos muros do castelo.

Viu quando ela usou o peso do próprio corpo para acionar a enorme roldana que subia os portões. Com o coração bombeando todas as suas veias e sem conseguir respirar direito devido ao esforço, Gareth voltou a correr rápido, o mais rápido que pôde.

Para onde ela ia?

Lembrou que a tinha levado ali dias antes para mostrar a construção da ponte.

O mundo se tornou um borrão ao seu redor quando viu Lizzie cruzar o portão que nem acabara de ser aberto.

Para onde ela ia?

Ele conseguiu alcançar a saída. Abaixou-se com o coração explodindo. Os sons do mundo tinham desaparecido.

Para onde ela ia? O que Lizzie pretendia fazer ali fora?

Correu em direção ao penhasco e foi lá que a viu.

E ele parou.

O mundo parou.

A vida parou.

— Elizabeth! — tentou gritar.

Gareth se deteve, desesperado, na beirada do precipício. Aquela louca, aquela maldita louca, já tinha dado alguns passos sobre a entrada do inferno. Se ela caísse, aquele seria para sempre o inferno dele.

Ela se segurava na corda de cima e colocava um pé de cada vez na corda de baixo.

Duas cordas paralelas, e Elizabeth caminhando sobre uma delas. O eixo do mundo passou a depender da fragilidade estúpida daquelas duas cordas finas, que foram fixadas, sabe Deus como, ligando a extremidade do castelo com o restante da Terra.

— Lizzie. — Ele se aproximou o máximo possível e estendeu a mão o quanto conseguiu. — Lizzie, volte, pelo amor de Deus!

Ela já havia caminhado cerca de dois metros sobre o abismo, porém, para atravessá-lo por completo, ainda restavam uns duzentos.

— Lizzie...

Ela parou e olhou para ele com olhos enormes.

E então um som: as trombetas da morte, o arauto do medo, invadiram a sua percepção. Estalidos agudos como o chicote do diabo crispando no ar.

— Não! — ele gritou em uníssono a outro som que rasgou sua alma: o grito dela. O grito de pavor de Elizabeth.

Ela sumiu.

A corda debaixo dos pés da jovem se desprendeu e ela desapareceu. Gareth deitou na beira do penhasco, com metade do corpo para fora e olhou desesperado para baixo. O coração batendo como um tambor gigante contra o peito.

— Gareth! — ela chamou, em pânico. — Me ajude!

Lizzie segurava a corda com as duas mãos pequenas, com os braços estendidos sobre a cabeça, pendurada alguns metros abaixo do nível do chão.

Ele agarrou a amarra e a puxou, com o desespero de um condenado ao receber a última chance de continuar vivo.

— Segure-se, Lizzie. Eu vou te salvar, juro! Eu vou te salvar!

Gareth puxava a sua própria salvação.

E, quando as mãos de Elizabeth ficaram ao seu alcance, ele agarrou os punhos dela com um movimento rápido e certeiro. Usando o próprio peso, puxou o corpo de Lizzie para cima, para a segurança. Ela desabou, deixando-se cair sobre ele. Gareth havia sido salvo. Apesar de não merecer, ele recebera o indulto, pois, se ela morresse, ele também morreria. Lizzie tremia e soluçava conforme os braços dele envolviam suas costas.

— Graças a Deus! Graças a Deus eu peguei você! — ele disse, resfolegando, e beijou a fronte dela algumas vezes. — O que, em nome de Deus, você pretendia fazer? — E continuou deixando beijos na cabeça da jovem.

Eles ficaram um tempo abraçados até que, devagar, a respiração de ambos desacelerou e os soluços dela diminuíram. Elizabeth moveu o corpo e se sentou, afastando-se dele. Gareth se ergueu e a abraçou novamente.

Não conseguia ficar longe dela, não podia mais.

Ela não retribuiu o gesto; seus braços permaneceram inertes ao lado do corpo.

— Você mentiu para mim — Lizzie murmurou, chorosa.

Gareth prendeu o fôlego, horrorizado.

— Foi por isso que você andou sobre a corda?

— Eu quero ir embora.

Ele estava tonto e sem ar, e talvez o sangue do seu corpo houvesse sido drenado precipício abaixo, pois nunca tremera tanto na vida, mas teria de achar forças para se explicar. Gareth a estreitou mais em seus braços, apenas para se certificar de que ela permaneceria ali, respirou fundo e disse:

— Lizzie, me escute. Sim, eu menti no começo, porque realmente não sabia o que fazer. Eu queria respostas suas e não sabia como agir. Simplesmente não sabia.

— Quem me contou a verdade foi Kenneth, um homem que eu nem conheço. — A voz dela falhou e ela lutou para se soltar dos braços de Gareth.

Não, ela não sairia, não sem antes ouvi-lo. Ele a deteve com mais força.

— Eu sou apenas o chefe do clã, Lizzie. A palavra final normalmente é minha, mas eu não governo sozinho.

Elizabeth usou as mãos em punho contra ele.

— Pare e me escute, por favor! Você quase morreu há poucos minutos. Pare e me escute! Por Cristo! — Ele ainda estava com o corpo instável e o rosto gelado. Gareth tinha certeza de que não era apenas pelo suor do esforço físico contra o vento, mas também por causa das lágrimas derramadas pelo desespero de presenciar Elizabeth quase cair no penhasco. Ele vinha chorando mais nos últimos dias do que nos últimos anos.

Ela se contorceu mais um pouco.

— Me solte! Eu não sou uma criança mimada, uma maldita marionete que você pode movimentar de acordo com a sua vontade! Eu sou uma mulher e tenho sentimentos! Eu quero ver a minha família. — Ela soluçou. — Eu quero ir embora deste lugar!

— Kenneth foi o primeiro a exigir a sua morte quando você chegou aqui — Gareth declarou de uma vez. Pronto, tinha falado. Por mais assustador que fosse, era verdade. — Ele ou Malcolm não hesitariam em fazer isso agora — continuou, rápido — se acreditassem que a segurança do clã depende disso. E não apenas eles. Pelo menos mais um dos meus cinco conselheiros se colocaria a favor da mesma ideia absurda! Se você saísse, eles iriam atrás de você, mandariam homens para matá-la, antes que você conseguisse alcançar qualquer lugar!

Ele sentiu o corpo de Elizabeth ceder. Ela havia parado de lutar.

— Eu não contei a verdade porque tinha certeza de que você ficaria apavorada. Eu precisava pensar em uma maneira de mantê-la segura, precisava encontrar uma maneira de tirar você daqui em segurança. Há alguns dias eu decidi que, se você quisesse ir embora, eu faria... eu farei isso acontecer, mesmo que me custe... tudo — ele concluiu, com a voz entrecortada.

O som das respirações aceleradas foi o único barulho ouvido durante um bom tempo.

— Meu Deus! — ela disse, por fim.

— Eu sou o responsável pela sua segurança, pelo que pode lhe acontecer. Você só está aqui por causa da minha escolha de trazê-la para cá. Jesus! Eu só a trouxe porque você parecia tão ferida — justificou-se, antes que ela o repreendesse. — Como poderia abandonar você, deixá-la na floresta?

— Eu não tinha pensado dessa maneira — confirmou ela em um suspiro.

— No começo eu realmente não sabia o que fazer, como agir. Entenda, por favor. Meu clã está dividido. O fato de eu ter trazido a filha de um duque inglês aqui para dentro e ameaçar veementemente quem ousasse lhe causar qualquer mal enfraqueceu ainda mais a minha posição diante das pessoas que se opõem à maneira como eu lidero. Muitos se sentem ameaçados. Eles veem que a ponte está sendo construída, e as pessoas falam... Elas não acreditam que poderiam confiar em você se saísse daqui.

— Eu não sabia — ela disse, baixinho. — Quer dizer, eu sabia um pouco, mas não imaginava tudo isso. — Lizzie encostou o rosto em seu peito.

O coração de Gareth se acelerou ainda mais.

— Nos dois dias em que eu sumi, estive em contato com algumas pessoas de confiança fora daqui. Pessoas que me ajudariam a levar você em segurança até o castelo de lorde Campbell, o lugar para o qual você se dirigia antes de ser atacada na estrada.

— Fora daqui? — Ela ergueu o rosto e olhou confusa para as cordas e a ponte inacabada.

— Eu ia lhe contar hoje mais cedo... Lizzie, eu ia contar tudo. — Ele segurou o rosto dela entre as mãos.

Ela o encarou, confusa.

— O quê? — perguntou.

— Existe uma outra saída do castelo, um jeito mais seguro.

— Uma outra saída? — ela repetiu, com os olhos arregalados.

— Uma escadaria cuja entrada está escondida na parte oeste do bosque. Poucos sabem da existência dessa escada, cavada na própria montanha. Eu saí do castelo e falei com algumas pessoas nas quais confio, que estão dispostas a me ajudar. — A boca de Gareth estava seca. Tinha certeza de que Lizzie jamais o perdoaria. — Eu não podia lhe falar sobre isso até estar tudo decidido e organizado.

— Entendi — ela contrapôs baixinho.

Ele desviou os olhos dos dela.

— Se você quiser ir embora agora, eles estão nos aguardando.

Lizzie mordeu o lábio inferior e ficou quieta por um tempo.

— Agora?

— Logo quando eu voltei, fui procurar por você. Eu ia contar tudo. — Gareth buscou o olhar dela. As sobrancelhas finas estavam juntas, franzindo a testa delicada. — Mas então você estava jantando com Kenneth, e ele já havia contado a versão distorcida dele, e depois...

— Eu quase me matei agindo por impulso — ela declarou, arrependida.

Gareth engoliu em seco com a lembrança daquela cena horrível.

— Eu não sei por que Kenneth fez isso. Talvez ele tenha agido por saber que... Por saber...

Os olhos dela cravaram nos seus.

— Por saber?

— Que eu me apaixonei por você. — Apesar de a última frase ter sido sussurrada, como uma confissão para si mesmo, Gareth sabia não ter o direito de falar aquilo. Tentou se corrigir: — Você quase caiu de um penhasco por minha culpa. Se for capaz de me perdoar por ter mentido, por ter segurado você aqui durante esse tempo — ele se levantou rápido, engolindo a vontade de chorar presa na garganta —, se for capaz de me perdoar, eu ficarei em paz.

Lizzie não respondeu.

Ele estendeu a mão para ela e disse:

— Nós podemos partir agora.

— E depois que eu for embora? Você voltará para o seu castelo? — Lizzie perguntou, por fim.

Ele concordou com a cabeça.

— E como ficarão as coisas para você diante do clã? — ela insistiu.

Gareth olhou para o chão. Ele não sabia. Possivelmente ele iria estar bastante encrencado. Talvez perdesse a liderança do clã, ou fosse banido. Seu maxilar travou e um gosto estranho cobriu sua boca. Isso pouco tinha a ver com o seu futuro incerto dentro do clã, tinha a ver com a certeza, tornando-se clara, de que Elizabeth iria embora do castelo e da sua vida para sempre.

— Eu não sei. — Ele limpou a garganta, sentindo-se como um jovenzinho imaturo dominado por sentimentos loucos e incontroláveis. — Não se preocupe com isso, você precisa voltar para sua casa, para sua família, para sua vida. — Tentou soar despreocupado e inabalável, mais próximo do homem que ele era antes de conhecê-la.

— E... — ela pareceu hesitar — e com Brenda, vocês se acertaram?

O coração de Gareth era uma revoada de pássaros se debatendo em seu peito. Não cogitava se apaixonar um dia. Mas Elizabeth provocara um incêndio em sua alma e destruíra barreiras, quebrando seus conceitos mais rígidos.

O que sobraria dele quando ela levasse todo aquele fogo embora? Gareth não sabia.

— Eu não podia continuar com Brenda... Como poderia ficar com uma mulher, amando outra? — admitiu, por fim.

Ela aceitou a mão que ele oferecia.

Lizzie segurou a mão de Gareth, erguendo-se do chão. Com os pensamentos embaralhados, falou a primeira coisa que lhe veio à mente:

— Brenda me procurou quando você esteve fora.

Notou os olhos de Gareth se arregalarem e entendeu que ele não sabia disso.

— Ela disse que aqui não era lugar para mim e... — hesitou — e que alguém fez magia negra para me prejudicar.

— Meu Deus, Elizabeth. — Gareth a abraçou, surpreendendo-a. — Perdoe-me, eu não fazia ideia. Vou conversar com ela, exigir explicações. Ela jamais deveria ter assustado você desse jeito.

Lizzie sentiu os olhos se encherem de lágrimas.

— Ela me deu um amuleto para proteção, mas tudo o que eu queria naquela noite era sentir você assim.

Amuletos, ou orações, nada poderia ser mais poderoso que a sensação daqueles braços em volta dela.

Ele beijou a fronte da jovem antes de dizer:

— Eu nunca vou deixar algo de mal lhe acontecer. Prometo que vou descobrir quem a assustou desse jeito e punir com as minhas próprias mãos.

Ela balançou a cabeça, em uma negativa.

— Isso só iria enfraquecer você ainda mais diante do seu povo, e além do mais você está me levando embora daqui — falou com a voz firme, tentando convencer a si mesma. — Deixe essa história para lá. Isso... isso não tem mais importância.

Gareth aquiesceu e eles caminharam por um tempo em direção ao bosque, os dedos longos enroscados como as raízes de uma árvore entre os dela.

— Ela me disse também que eu faria você infeliz — Lizzie prosseguiu, andando logo atrás dele. Precisava clarear a mente e as emoções antes de partir. Estava confusa e já nem sabia direito por que seguia falando.

Ele negou com a cabeça, parecendo atônito.

— Nunca, Lizzie! Esqueça tudo o que Brenda falou e me escute: você me fez perceber como eu era infeliz antes. Eu posso ter estragado tudo ao mentir porque não sabia como agir. — Ele baixou o tom de voz, lançando-lhe um olhar penetrante. — Mas não sou cego e sei que nunca seria infeliz ao lado da mulher que tem o dom de transformar o comum em extraordinário e qualquer cena simples em encantamento.

— Eu não entendo — ela sussurrou, tentando absorver o significado daquelas palavras.

Gareth respirou lentamente antes de falar:

— Você transformou um amontoado de pedras em um castelo encantado, uma lenda tola em conto de fadas e um cachorro perdido em lobo. Você é quem faz isso em meu mundo e em minha vida, Lizzie, e mais ninguém.

Ela interrompeu os passos, o coração saltando diante da declaração de Gareth. Entendeu ali que aquela conversa com Brenda talvez tivesse sido impulsionada pelo ciúme da mulher. Talvez a ruiva não estivesse tão bem-intencionada quanto parecia.

Gareth olhava para Lizzie com um misto de paixão e doçura.

Os olhos dela se encheram de lágrimas. Como ficaria sem ele?

— Me perdoe por tudo — ele murmurou, tempos depois.

A cada passo que dava em direção ao que seria sua liberdade, Lizzie entendia se afastar de Gareth e de todo aquele mundo mágico que ela aprendera a amar. Tentou se concentrar no que lhe daria força para ir embora, pois era o certo a fazer. Buscou na memória o sorriso de seu pai e de seus irmãos e os olhos acolhedores de sua mãe, mas só conseguiu ver o sorriso que tirava seu equilíbrio e o par de olhos profundos como os de um lobo que roubava seu fôlego: Gareth.

Lobinha, ouviu a voz de Steve a chamando.

E olhou para o seu lobo caminhando à frente de Gareth. Porque ele podia ser um cão, mas, para ela, sempre seria o lobo dos seus sonhos. Sentiu a mão de Gareth apertar a sua e uma onda fria cobriu o seu estômago. Lembrou-se de todas as noites ao lado dele, de todas as conversas que sempre aconteceram com uma natural desenvoltura, de todas as brigas e de todas as vezes em que sentiu vontade de matá-lo, de beijá-lo, de estar com ele. Recordou-se das risadas e dos dentes-de-leão, das pinturas e da maneira como se sentia intimidada e protegida, da forma como todo o seu corpo reagia à presença dele.

Como ela ficaria sem ele?

— O começo da escada é aqui. — Gareth abriu com o braço uma cortina de vegetação, deixando visíveis os primeiros degraus.

Ele olhou para baixo, e Lizzie sentiu o coração encolher. Sabia que ir embora era o que uma parte enorme sua queria, era o que deveria fazer. Mas nada nunca parecera tão errado.

— Eu vou com você, vou acompanhá-la até encontrarmos as pessoas de quem falei, e só vou deixá-la quando você estiver em segurança.

Lizzie deu alguns passos na direção de Gareth, surpreendendo-o ao abraçá-lo pela cintura, colando o corpo ao dele.

— Não foi tempo o bastante — ela sussurrou.

— Nunca teria sido — ele admitiu, lutando contra a vontade de chorar.

Os braços dela o envolveram com mais força.

— Você cometeu um erro enorme em suas conclusões. — O hálito de Lizzie tocou seus lábios em uma carícia leve.

Ele foi incapaz de falar.

— Você devia ter confiado em mim antes — ela disse, com suavidade.

Gareth sentiu a boca secar, porque os lábios dela, os mesmos com que ele vinha sonhando em todos os minutos dos dias e das noites, roçaram os seus, enlouquecendo-o e tirando a sustentação de suas pernas.

— Eu não quero ir embora agora, não sem antes...

Ela arqueou o pescoço para trás e entreabriu os lábios, convidando-o, e que os céus o ajudassem, porque ele não seria capaz de se afastar.

— O que você está fazendo? — Gareth não reconheceu a própria voz.

— Não me faça pedir de novo por isso.

Gareth não pensou em mais nada. Seus lábios pressionaram os dela, entreabertos, com o maior desejo que já correra em suas veias. As mãos pequenas deslizaram por seu peito e se fecharam na nuca, seus músculos foram percorridos por choques de prazer. Ela tocou seus lábios com a língua e ele arfou contra a boca doce, invadindo-a em seguida com uma urgência possessiva.

Gareth espalmou as mãos nas costas macias, moldando a suavidade das curvas contra a dureza do seu corpo, pressionando-a contra a sua ereção rígida, e ela cedeu, apaixonada, estreitando-se a ele e arrancando um grunhido primitivo de prazer do seu peito. Gareth foi consumido pelo desejo que o enlouquecia havia muitos dias.

Lizzie estava confusa, perdida. Ela precisava partir por sua família, seus pais e Camille. Mas não queria ir. Na verdade, não conseguia encontrar forças nem mesmo para se manter em pé, porque a língua de Gareth invadia sua boca com uma urgência arrasadora. Os braços fortes dele envolviam suas costas como ligas de ferro, como elos de aço, e não havia nada que Lizzie desejasse mais naquele momento.

Gareth não a estava só beijando, ele a reclamava com a boca, conquistava cada canto do seu corpo com a língua e dominava seus sentidos com leves mordidas nos lábios, fazendo-a tremer, dominada por uma louca necessidade.

Eles respiravam cada vez mais rápido. Ela deixou a língua deslizar sobre a dele em um embate que beirava o caos do prazer, cada movimento recompensado por um gemido de satisfação de Gareth. Lizzie se perdeu por completo, recebendo-o... recebendo-o e se entregando.

Uma eternidade depois, Gareth diminuiu a intensidade do beijo e se afastou.

— Por favor — ela pediu, e ele a abraçou, deslizando as mãos sobre as costas dela em um movimento de vai e vem, enquanto os lábios deixavam beijos breves e calmantes em sua fronte.

Ela ergueu o pescoço, buscando o contato perdido.

— Gareth?

— Lizzie — ele arfou, com a voz aveludada, os olhos nublados de desejo —, se não pararmos agora, eu não vou mais conseguir. Já nem sei se consigo.

— Eu não quero que você pare. — As mãos dela escorregaram pelo abdome duro feito as montanhas da Escócia.

Gareth emoldurou o rosto da jovem com as mãos.

— Lizzie, *mo mhiann*. Se levarmos isso adiante, eu não serei capaz de deixá-la partir.

"Meu desejo." Lizzie entendeu como ele a chamava, sentindo o corpo em chamas.

— Eu não quero partir, eu quero ficar, quero ficar com você — ela admitiu sem pensar, e o peso de uma montanha deixou seu coração. Tentou beijá-lo, mas Gareth prosseguiu com beijos breves e suaves.

Os dois ficaram um tempo abraçados, ouvindo a própria respiração se acalmar. Lizzie estava atordoada e só queria os lábios dele sobre os dela outra vez.

— Não quero que você decida isso assim, não desse jeito. Você precisa pensar. Eu já errei demais com você, fui egoísta e insensível. Não posso deixá-la decidir isso sem pensar direito porque... Não estou brincando, se levarmos isso adiante, eu não conseguiria deixá-la partir — ele confessou, olhando para baixo. — Já vai ser difícil demais sem isso, eu...

Lizzie sentia vontade de rir e de chorar diante da decisão que tomara e da certeza de que Gareth se sentia tão perdido quanto ela.

— Gareth... você acabou de me dizer que está disposto a abrir mão de tudo o que mais importa no seu mundo, somente para me dar a liberdade. — Ela tinha os lábios colados no pescoço largo dele e sentia a veia pulsar acelerada. Os dedos dele exerceram uma pressão maior em suas costas.

— Sim, mas eu estaria apenas devolvendo o que tirei de você quando a levei para o castelo — ele contrapôs, com um tom de voz falho.

Gareth tentava ser um cavalheiro, Lizzie intuiu. Tentava fazer o que era certo para ela, protegê-la, cuidar dela, e, diante dessa certeza, ela o amou outra vez.

— Você salvou a minha vida. Se você não tivesse me trazido para cá, eu teria morrido naquela floresta.

Gareth balançou a cabeça.

— Eu fui egoísta, agi sem pensar. Eu poderia ter... — Ele relutou. — Eu poderia ter tentado salvar você de outra maneira.

— De que maneira, Gareth?

— Eu não sei.

Lizzie olhou nos olhos dele. A luz da lua se refletiu, revelando um oceano verde de dor e arrependimento, de dúvida e *amor*!

— Você me salvou, Gareth, e mais de uma vez: quando me defendeu diante do seu povo, desafiando a todos, quando me tirou de dentro da floresta e agora há pouco. — Ela desenhou, com a ponta dos dedos, toda a extensão do rosto dele. — Você me tirou daquele penhasco.

—· Eu não fiz nada de mais.

Ela ficou na ponta dos pés e pressionou os lábios contra os dele, antes de confessar:

— Eu tive medo. Tive medo do que estava sentindo por você, pois fui traída por um homem do meu passado. — Buscou os olhos dele, que se arregalaram diante da confissão, e prosseguiu, rápida, antes de sentir vergonha ou de não conseguir mais falar: — Achei que me entregar novamente seria impossível. Mas você me mudou, você mudou tudo e... eu quero ficar, hoje, amanhã também... Você me salvou. Não apenas a minha vida, mas acho que o meu coração também.

Gareth respirou de maneira entrecortada.

— Lizzie, não me coloque no papel de herói.

— Gareth, o que eu quero dizer é que perdi o medo de amar.

Os olhos dele se iluminaram, e ele sorriu com o rosto todo.

— Se você me deixar tentar, eu usarei toda a minha coragem e toda a força da minha alma para te fazer feliz. E, se a sua felicidade significa voltar para a sua família, que Deus me perdoe, mas ninguém me impedirá.

Vá embora, disse a razão.

Eu não posso, respondeu o coração.

Pense em sua família, contrapôs a razão.

Como eu ficarei sem ele? , justificou o coração.

Aqui não é o seu mundo, você nunca estará em casa se ficar, argumentou a razão, de maneira mais enfática.

Lizzie grudou os olhos nos dele e encontrou a alma aberta, exposta e entregue de Gareth MacGleann dentro de um oceano verde infinito.

Sim, eu estou em casa, afirmou o coração.

Ela sabia que a decisão tomada há pouco era a mais difícil de sua vida.

— Eu acho que o meu coração já fez a escolha dele.

— Como assim?

— Ele decidiu ficar com você no momento em que parou de bater sozinho. — Ela engoliu o choro antes de acrescentar: — Eu morrerei de saudade da minha família.

Ela buscou os olhos dele, com o coração acelerado. Sem perceber, Lizzie havia confessado indiretamente que o amava. Era possível amar uma pessoa em apenas trinta dias? A loucura maior não era se fazer tal pergunta, mas o fato de ela ter certeza de que sim.

236

Eles ficaram em silêncio por um tempo.

— Lizzie, você está dizendo que quer mesmo ficar?

— Eu...

Ela estava propensa a confirmar, mas Gareth falou antes:

— Se você ficar, eu juro, juro que encontraremos uma maneira de você ver a sua família. — Ele segurou o rosto dela com carinho entre as mãos. — Se você aceitar se casar comigo... — falou, mas se deteve com os olhos surpresos.

Lizzie sentiu as pernas amolecerem e o ar do mundo acabar, enquanto a frase entrava em seu sistema e a aquecia por dentro.

Ele prosseguiu, parecendo ainda mais ansioso:

— Nós pensaremos em um jeito, eu pensarei em um jeito. Jamais permitiria que você ficasse aqui e abrisse mão da sua família e do seu mundo.

As palavras de Gareth se perderam no ar quando Lizzie entendeu que nunca havia recebido uma prova de amor tão gigantesca como aquela. Gareth não queria que ela abrisse mão de sua família e de seu mundo, mas estava disposto a abrir mão do próprio mundo e talvez do clã, apenas para fazê-la feliz. Mesmo que isso significasse não ficarem juntos.

— Eu aceito, Gareth MacGleann.

— Eu entendo o que é perder a família e... — Ele parou de falar. — O que você disse?

— Eu disse — ela beijou o queixo dele, depois os lábios — que aceito me casar com você.

— Meu Deus, eu não sabia que era possível sentir uma felicidade desse tamanho — Gareth disse, baixinho, e Lizzie sorriu em resposta.

Com uma ternura infinita, ele beijou a face, o queixo e os lábios dela.

Elizabeth suspirou, rendida, e acreditou que ele a beijaria como fizera antes, desejou que Gareth a beijasse novamente. Sentiu os dedos ásperos dele envolvendo sua mão. Chegou a entreabrir os lábios e fechar os olhos. Gareth a beijaria daquela mesma maneira entregue e profunda, tinha certeza.

Ela arqueou o pescoço, preparando-se, e um tranco a fez dar alguns passos rápidos e abrir os olhos, assustada. Lizzie comprovou, bastante aturdida por sinal, que Gareth a puxava para fora do bosque.

— Gareth, aonde estamos indo? — ela perguntou, confusa.

Ele não parou de andar. Lizzie estava praticamente correndo para acompanhá-lo.

— Vamos nos casar.

— Agora?

— Eu não posso mais esperar.

— Você não pode mais esperar para se casar comigo?

— Sim... Não, não posso mais esperar para beijá-la — ele exclamou, sorrindo, e voltou a correr.

Lizzie estava cada vez mais desorientada.

— E por que simplesmente não me beija outra vez?

Ele parou por um breve momento e a admirou com intensidade.

— Nós não nos beijamos, *lassie* — disse, cheio de malícia.

— Ah, não? E o que foi aquilo que fizemos com a língua e os lábios? — perguntou, se esforçando para acompanhar Gareth.

— Aquilo foi um ensaio. Eu já disse: quando te beijar de verdade, não vou parar. Nada será capaz de me fazer parar.

Bom Deus, se aquilo fora um ensaio, Lizzie nem se atrevia a pensar no que seria um beijo de verdade.

17

*O lobo era sagrado para os celtas, pois Cernunnos,
um dos deuses mais antigos dessa mitologia, tinha
a capacidade de se transformar em lobo.
Nota: Eu realmente me apaixonei por um homem
que, a princípio, me parecia tão misterioso como o
lobo dos meus sonhos. Mais uma vez entendi que
na maioria das vezes as aparências enganam.*

— DIÁRIO DE ESTUDOS DE E.H., 1867

Eles entraram no castelo e continuaram correndo até encontrar Joyce.

— Nós queremos nos casar — Gareth disse assim que a tia abriu a porta do quarto.

— Quem é? — uma voz masculina ecoou lá de dentro.

Lizzie sabia que era o tio de Gareth, Duncan MacGleann, o antigo líder do clã antes de Gareth assumir. Viu um sorriso largo e sincero se formar na expressão de Joyce.

— Eu sabia!

— Estamos indo chamar o ministro — Gareth contou e apertou um pouco os dedos que vinham entrelaçados entre os dela. — Não queria fazer isso sem que você soubesse.

— Que grande tolice! — Joyce sacudiu as mãos no ar com desdém. — É claro que você não vai se casar agora. Bem, nada contra chamar o ministro, afinal essa é a religião que você insiste em seguir, mas você não se casará sem uma bênção minha também.

— Não, você sabe que não me oponho. Se é importante para você, e se Lizzie concordar — ele olhou na direção dela —, podemos fazer da sua maneira também, depois.

Lizzie estava um pouco tonta. Tinha acabado de correr uns três quilômetros, e isso após quase cair de um precipício, descobrir toda a verdade, decidir ficar no castelo e se casar. Sem contar que essa recente decisão também significava ficar mais tempo sem ver a sua família.

Gareth sorria para ela, esperando uma resposta, enquanto a tia dele a olhava com as sobrancelhas unidas.

— Por mim tudo bem — Lizzie rebateu, tentando disfarçar o tremor na voz.

— Ela está pálida, Gareth — Joyce apontou e observou a jovem com mais atenção. — Você se sente bem, minha querida?

— Sim — afirmou e tentou sorrir. — Aconteceu tanta coisa nos últimos dois dias, especialmente nas últimas horas... Acho que eu preciso descansar um pouco, só isso.

— Bom... É claro que ela não tem a menor condição de se casar agora — Joyce constatou.

Lizzie sentiu os dedos de Gareth se fecharem sobre os seus com um pouco mais de força.

— Lizzie, desculpe — pediu ele, preocupado. — Estou tão ansioso que nem sequer pensei em você, no seu cansaço. Podemos esperar.

Mas ela também não queria esperar. Jesus, estava realmente muito confusa e cansada.

— Podemos nos casar agora ou amanhã cedo, eu não me importo. — *Só queria que a minha família estivesse aqui*, pensou. — Só importa que você esteja aqui — concluiu em voz alta.

— Vocês não podem — Joyce argumentou. — Ninguém se casa na lua minguante. Vocês precisam esperar quatro dias para a mudança de fase.

— O ministro nos casará em qualquer lua, até mesmo agora, se eu for até ele — Gareth afirmou, contrariado.

— Você não faria isso. Além do mais, Lizzie merece uma festa, flores, um jantar farto...

— Ministro? — Lizzie perguntou, sem entender.

— Algumas pessoas optam por dedicar a vida ao estudo das escrituras sagradas da Bíblia e, bem, não são clérigos reconhecidos pela igreja, mas é o mais próximo que temos de um aqui — Gareth explicou, com ternura amorosa.

— Ora, pelo amor de Deus, Gareth — Joyce rebateu, um pouco irritada. — Lizzie já não terá um casamento em uma igreja tradicional. Ela deve ter acreditado a vida inteira que teria um e...

Gareth estreitou os olhos, com ar desafiador.

— Nós não vamos esperar mais...

— Imagino também — Joyce o interrompeu — que ela deve ter acabado de aceitar se casar com você. Estou errada, minha menina?

Lizzie negou com a cabeça.

— Ela terá um vestido e terá uma festa — a tia decretou para Gareth e, em seguida, dirigiu-se à noiva: — E, se quiserem, eu ficarei muito honrada em celebrar o casamento de vocês daqui a quatro dias.

Lizzie ouviu Gareth resmungar ao seu lado.

— Eu... eu adoraria — ela disse a verdade. Realmente gostaria de ter o seu casamento celebrado por Joyce, uma sacerdotisa celta. Não que houvesse cogitado essa possibilidade alguma vez na vida, já que nem pensava em se casar.

— Se é isso o que deseja, *mo thiodhlac*, faremos o que você quiser... Eu posso esperar. — Gareth levou a mão dela aos lábios e pressionou um beijo ali.

Lizzie sentiu o coração pular. Era a primeira vez que Gareth a chamava de *mo thiodhlac*: minha dádiva, meu presente, meu bem mais precioso... Isso dito em gaélico, e por ele, enterrou qualquer dúvida de seu coração.

— Vou avisar o seu tio. — Joyce vibrou, trazendo a atenção dela de volta.

— Diga que amanhã eu farei um comunicado oficial a todos. — Gareth passou um braço sobre os ombros da noiva. — Vamos, Lizzie, vou levá-la até o seu quarto.

— Boa noite, *mo thiodhlac*.

Esse tinha sido o décimo boa-noite que Gareth desejava, seguido por um beijo rápido em seus lábios.

— Nós não podemos — ele repetiu pela décima vez, enquanto Lizzie demonstrava estar disposta a aprofundar o beijo.

— Eu sei — ela respondeu, também pela décima vez, sobre os lábios dele. Ou melhor, mentiu pela décima vez. Afinal eles iriam se casar em poucos dias, e ela esperava por isso fazia um mês. Além do mais, ele enchera sua mente e seu corpo de desejo com a promessa do tal beijo de verdade.

— Boa noite então, minha *leannan*.

Lizzie suspirou ao contar a décima primeira despedida dele. A respiração de Gareth ficou mais acelerada quando ela tentou, mais uma vez, entregar-se ao beijo. Ele a desejava, Lizzie tinha certeza. Talvez se o estimulasse um pouco mais...

Ela enfiou as mãos por baixo do paletó ajustado, do colete de lã e da camisa, deixando os dedos correrem pelas costas dele em movimentos circulares.

Uma rajada do hálito quente entre os lábios dela foi a resposta de Gareth.

Os braços dele finalmente a envolveram com mais determinação, estreitando-a contra seu corpo.

— Nós não podemos — ele a repreendeu, com a voz rouca e baixa. — Eu quero fazer as coisas direito com você, Aine.

Ela era Aine outra vez, a fada.

— Você deve ser o escocês mais inglês que existe — Lizzie protestou.

Os olhos de Gareth se iluminaram como brasas. Lizzie entendeu que aquelas poucas palavras despertaram algo nele, como se ela tivesse desafiado um dragão.

— Talvez nós possamos treinar um pouco mais. — Gareth desceu uma das mãos por seu rosto, escorregou-a pelo ombro até a cintura fina, enquanto a outra cavava o seu cabelo, na nuca. — Você quer?

Lizzie arqueou um pouco o pescoço.

— Sim, eu quero. — E umedeceu os lábios.

— Eu também quero, Aine. Eu preciso, tanto... — Os lábios dele cobriram os seus.

Gareth ensaiou o beijo até ela estar tonta, entregue e solta. Suas mãos percorriam o corpo dela, mais exigentes, mais ansiosas que da primeira vez. E ele continuou a ensaiar até ela não conseguir mais respirar, nem mesmo controlar o desespero por mais, por ele, por tudo o que Lizzie sabia e imaginava que somente Gareth poderia lhe dar.

— Quem é inglês, moça? — ele perguntou sobre os seus lábios.

— Eu só... — Ele a calou com um beijo, a língua indo tão fundo e com tanta intensidade que contraía o estômago dela e os dedos dos pés também, fazendo-a enxergar todas as constelações do céu.

— Quem é inglês? — Gareth apertou o corpo contra o dela.

Lizzie sentiu a virilidade dele comprimir o seu ventre.

— Ning... — ela tentou, e Gareth assaltou os seus lábios. E a beijou com uma lenta e devastadora profundidade.

Lizzie gemeu e Gareth emoldurou o seu rosto entre as mãos, diminuindo a força do beijo, distribuindo carícias leves com os lábios.

— Desde que a peguei no colo, quando você estava desacordada e ferida — disse ele e lhe deu outro beijo. — Desde que você me olhou, eu soube — mais um beijo breve —, soube que tudo havia mudado.

Os lábios dele passaram a acariciar o rosto dela.

— E, quando você ardeu em febre, quando sem saber repetia o meu nome e pedia para eu ficar ao seu lado — ele beijou as pálpebras dela —, e depois que ficou bem — beijou a ponta do nariz —, você não se lembrava de nada, e eu ainda não sabia que, cada vez que a via e toda vez que nos tocávamos, eu lhe dava um pedaço a mais do meu coração.

Lizzie soltou um murmúrio e um suspiro de satisfação. Toda e qualquer dúvida que pudesse ter era calada pelas palavras e pelo toque de Gareth.

Ele deixou os lábios deslizarem pelo queixo da moça.

— Por isso, eu quero fazer as coisas da maneira certa. Por você, por seus costumes, por mim, por acreditar que... Lizzie — as mãos dele envolveram o rosto dela —, Elizabeth, eu realmente acredito que o nosso encontro é mais que um simples encontro entre um homem e uma mulher.

Ela colocou os dedos sobre os lábios quentes dele.

— Vamos esperar.

Gareth concordou.

— Boa noite, *leannan*. — E beijou a testa dela.

Ele levou a mão até a maçaneta. Lizzie sentiu um arrepio na espinha e não soube se era por uma corrente de ar frio que vez ou outra invadia o ambiente ou se era a ideia de passar mais uma noite sozinha, depois de tudo o que tinha acontecido naquele dia. Aquela ideia era angustiante.

— Gareth. — Ela o deteve. — Você dormiria aqui comigo? Eu... eu não quero dormir sozinha — pediu, um pouco envergonhada, porque os olhos dele cresciam a cada palavra.

— Como assim? — indagou ele com a voz fraca.

— Este castelo, ele tem barulhos à noite. Somente dormir... — explicou.

Gareth respirou fundo e a abraçou novamente.

— É claro que sim. Eu fico aqui com você, por mais torturante que seja — completou, vencido. — Se é o que quer, sim. Sempre será sim para você.

Na noite seguinte, eles já haviam se preparado para dormir e deitaram em silêncio. Gareth a abraçou até ela repousar a cabeça sobre o seu peito.

O clima festivo da cerimônia que se aproximava se transformara em tensão durante o jantar naquele dia. Kenneth não reagira bem diante do anúncio do casamento, marcado para dali a três dias.

Duncan, Joyce, Kenneth e Malcolm estavam à mesa. Estavam também presentes os outros dois conselheiros e esposas. Tudo correu com naturalidade, até Gareth pedir a palavra.

— Elizabeth e eu vamos nos casar — falou, simples e direto, sem nenhuma explicação ou delongas, sem nenhum discurso, antes ou depois.

A mesa ficou em silêncio. Duncan foi o primeiro a erguer a taça em um brinde, ao que foi seguido pelos outros homens. Todos, menos Kenneth, que olhava indignado de um a outro: julgando Lizzie uma mentirosa, e Gareth, um traidor. Então os brindes aconteceram. Kenneth continuou em silêncio até deixar claro que não estava satisfeito; a tensão pairava como lâminas invisíveis. Ele se levantou sem pedir licença, sem se justificar, e deixou a mesa com passos tão pesados que até mesmo as estátuas de pedra dos deuses estremeceram.

— Kenneth é meu primo — Gareth falou, e sua atenção voltou para o quarto —, nós crescemos como melhores amigos. Ele foi o irmão mais novo que eu não tive.

Lizzie ergueu o pescoço e o encarou em silêncio, convidando-o a prosseguir.

— Eram três irmãos: o meu tio Alan, pai de Kenneth; o meu pai, que era o mais velho; e Duncan, o do meio. O meu pai morreu quando eu tinha onze anos.

As feições de Gareth foram sombreadas pela dor, e Lizzie deu um beijo no queixo dele para consolá-lo. Sentiu o peito largo subir e descer, em uma respiração lenta.

— Alan era o braço direito de Duncan — Gareth prosseguiu. — Apesar de Duncan governar com uma postura neutra, assim como eu, Alan defendia que todos deveriam seguir a religião católica, tal como Kenneth faz hoje...

Gareth acariciava os cabelos de Lizzie, distraído. A jovem acreditava que ele nem mesmo percebia o movimento repetitivo dos dedos.

— Eu e Kenneth dividimos nossos segredos como irmãos, até... — a voz dele ficou mais baixa — até Duncan, o então chefe, dizer que eu já tinha idade suficiente e, sendo assim, deveria assumir a posição que seria do meu pai se ele estivesse vivo. O conselho aprovou a sugestão, me tornando o chefe do clã. — Gareth finalmente olhou para ela. — Quando Alan morreu, Kenneth entrou para o conselho, e nossas diferenças se tornaram grandes demais, maiores até mesmo que o amor de irmãos que nos unia. Mas, apesar das nossas diferenças, eu sempre desejei a felicidade de Kenneth. Parece que, infelizmente, ele não se sente da mesma maneira.

— Eu sinto muito. — Ela realmente sentia.

Lizzie não sabia nada sobre política, clãs ou disputa de poder, mas amava demais os seus irmãos, e a ideia de que qualquer diferença pudesse interferir na relação, ou no amor entre eles, apertou o seu coração.

Gareth olhava para um ponto fixo no seu rosto, e Lizzie só entendeu que era para a sua boca quando os olhos dele pesaram e a respiração se acelerou.

Sentiu o coração disparar e levantou ainda mais o pescoço para que ele a beijasse.

— Nós vamos nos casar daqui a poucos dias.

Ela já sabia: ele iria se afastar.

— Eu preciso contar uma coisa antes, algo sobre o meu passado — ele disse.

Lizzie se distanciou um pouco, surpresa. E ficou ainda mais ao notar os olhos vermelhos, o cenho franzido e a boca apertada de Gareth, as veias do pescoço pulsando rápidas. Ele parecia tenso.

— É algo muito difícil para mim.

Lizzie tocou com as costas dos dedos o rosto contraído dele.

— Pode falar.

— Quando eu tinha onze anos... — Ele se deteve e respirou fundo, com o olhar distante.

Lizzie beijou de leve a testa do homem que amava. Queria que ele prosseguisse, sentindo que ela estava ali com ele.

— É sobre a noite em que os meus pais morreram... — Gareth parou, parecendo estudar a sua reação.

Lizzie tentou disfarçar o nó apertado em sua garganta diante da confissão e do assunto difícil em que ele tocara espontaneamente. Foi capaz apenas de assentir em silêncio.

— Como disse, eu tinha apenas onze anos. Meu pai queria fazer algumas mudanças no clã, nós voltaríamos de vez para o...

— Gareth!

Lizzie demorou um tempo para perceber que alguém batera à porta, que foi aberta em seguida por um homem. Gareth, entretanto, reagiu rapidamente, ficando de pé em um pulo, diante da expressão do tio, Duncan.

Sim, era Duncan quem estava à porta, parado e ofegante.

Pela expressão de pavor do homem, ela teve certeza de que algo não estava bem. Os pelos do seu braço se arrepiaram.

— O celeiro está em chamas! — anunciou o tio.

Lizzie viu a face de Gareth se retesar. Ele agarrou a roupa dobrada em cima da cadeira e entrou atrás do biombo, tirando a camisa de dormir. Em poucos segundos, reapareceu vestido com o kilt e a camisa de linho.

— Fique aqui — instruiu, dando-lhe um beijo rápido e correndo com o tio pela porta.

— Mas eu quero ajudar! — ela precisou gritar, ou não seria ouvida, teve certeza.

Gareth parou de uma vez e girou o corpo até encontrá-la.

— Lizzie, apenas fique, por favor. Eu volto assim que puder. — E correu, deixando o quarto antes que ela conseguisse protestar.

Ela queria ajudar, não podia ficar fechada no castelo enquanto o celeiro pegava fogo e todos faziam o possível para lutar contra as chamas.

Ouviu portas batendo, homens e mulheres gritando ordens ecoadas nos corredores. Inquieta, foi até a janela. Viu a luz alaranjada cobrindo parte do céu noturno e a fumaça se abrindo como um tapete escaldante, vinda do local onde ficava o celeiro.

— Homem mandão! — reclamou para a luz das chamas que brilhavam, atestando o fogo vivo. — Eu poderia ser útil.

Ali perto, um bando de aves fugiu, possivelmente assustadas com o calor do incêndio.

— Alguém pode se machucar — ela murmurou, e seu coração ficou gelado. Gareth poderia se machucar. Meu Deus, ela nem pensara nisso! O fogo! Ele já tinha metade do corpo queimada.

Ele devia estar apavorado! Lizzie não havia se dado conta. Ergueu as saias da camisola com as duas mãos e saiu pela porta, sem nem mesmo se lembrar de colocar um penhoar ou um vestido.

～✺∽

— Precisamos de mais água ali! — Gareth apoiou as mãos nas coxas, ofegante.

Estava correndo havia horas, carregando baldes de água, orientando as pessoas, buscando trazer alguma ordem ao caos, tentando salvar pelo menos parte do celeiro. Depois de um grande esforço, o fogo finalmente foi controlado. Todos da vila ajudavam, inclusive algumas mulheres. Ele não teve tempo de se apavorar, de pensar na ironia cruel daquela situação — o incêndio que mudara a sua vida também ocorrera no mês de maio, quase vinte anos antes.

Gareth não teve tempo de sentir que a fumaça, além de fazer arderem os olhos, a garganta e os pulmões, abria feridas antigas e queimava muito além do seu corpo, obscurecendo sua alma.

— Precisamos de mais água para resfriar as brasas — pediu, mirando o que restava do celeiro, e passou a mão no rosto, tentando limpar a fuligem.

Duncan se aproximou com o rosto coberto por um pedaço de tecido, assim como se protegiam todos os que se meteram em meio ao inferno para ajudar.

— A perda não foi total — disse Duncan, com as mãos no quadril.

— Mas foi grande.

— Vamos investigar como o fogo começou. — O tio apontou para a parte mais destruída do celeiro.

— Talvez não haja evidências.

Duncan indicou um grupo de pessoas.

— Ela foi espetacular, Gareth.

— Quem? — perguntou, distraído.

— Como assim, quem? — O tio sorriu, incrédulo. — Sua noiva.

Ele prendeu a respiração e seguiu o dedo apontado de Duncan. Entre a fumaça e alguns escombros encontrou a jovem em pé, junto de Kenneth. Seu coração disparou. Ela estava apenas de camisola, que Gareth lembrava ser branca, e não cinza de fuligem. Os cabelos estavam soltos e se esparramavam em ondas rebeldes até a cintura. E o tecido da peça que deveria cobri-la estava molhado de suor, de água e... *Maldição!*

Ela estava em meio ao que tinha sido destruído pelo fogo e poderia ter se ferido. Gareth sabia que aquele era um pensamento mesquinho e pequeno, mas odiou que ela o tivesse desobedecido, colocando-se em risco, e sentiu ainda mais raiva por ela estar naquele momento em pé em meio à fumaça, com o corpo quase inteiro à mostra, como uma deusa pagã.

Viu que as pessoas se dispersavam, mas um grupo ainda trabalhava. Muitos apenas observavam o que restava do celeiro e analisavam o corpo de Elizabeth, exposto pelo tecido fino e molhado da camisola. E ele odiou muito mais tudo aquilo porque Kenneth acabava de dar um beijo na testa dela e lhe lançou um olhar desafiador.

Como Gareth não a vira antes?

Há quanto tempo ela estava ali?

Por que simplesmente não ficou no quarto, como ele pedira?

E se ela tivesse se ferido? Ele nem sabia que ela estava lá, como poderia protegê-la? Céus!

— *Fhalbh!* — ele murmurou e correu na direção dela. — Merda! — repetiu, tirando a camisa.

Quando Lizzie o viu, abriu um sorriso largo e, sem hesitar, se jogou sobre ele em um abraço entusiasmado. Pego desprevenido, ele quase se desequilibrou.

— Gareth! — Ela beijou sua bochecha. — Estava procurando você. Nós conseguimos, salvamos parte do celeiro!

Ele engoliu um bolo estranho na garganta.

Uma.

Duas.

Três vezes.

Lizzie se afastou dos seus braços e Gareth viu, sobre os ombros dela, Kenneth olhando para eles, olhando para ela quase desnuda.

Sem falar nada, passou a própria camisa por cima da cabeça da jovem, com um movimento muito mais seco do que gostaria. Lizzie terminou de vestir a peça, com os olhos arregalados.

— Vai ficar tudo bem, Gareth. — Ela parecia não entender a sua reação.

Ele mesmo não entendia. Gareth realmente não desejava ver as imagens formadas em sua mente. Mesmo assim, ele a viu ardendo no fogo, gritando por ele, para ele se salvar, tal como fizera a sua mãe. Gritando para ele ir embora e que a deixasse para trás, assim como gritara o seu pai, que a deixasse morrer queimada, que ele deveria se salvar e não salvá-la.

— O que você está fazendo aqui? — ele perguntou, horrorizado e com as pernas bambas, por causa das imagens queimando como brasa em sua mente.

— Não está claro? — Lizzie pareceu atingida. — Eu estou ajudando.

— Me desobedecendo? — ele grunhiu e a segurou pelos ombros.

— Você está louco? Eu falei com você quando cheguei aqui.

— O quê? Quando? — Confuso, ele notou um pedaço de tecido envolvendo o pescoço dela. — Você falou comigo com o rosto coberto?

— Não me reconheceu? — Ela arregalou os olhos, que estavam espantosamente verdes em contraste com a pele coberta de fuligem.

— Como poderia? Eu... eu estava atordoado, eu *estou* atordoado! Vamos, vou levá-la até o seu quarto. — Ele agarrou o punho dela e a puxou. Lizzie se encolheu e grunhiu de dor.

Gareth parou com o cenho franzido e abriu a mão, examinando o braço de Elizabeth.

— Meu Deus do céu, você está ferida!

— Isso? — Ela abriu e fechou a mão. — Não é nada.

Com o nó ainda maior na garganta e bastante alterado, sem entender nem um terço das suas reações, Gareth levou as mãos ao rosto e o esfregou com força.

— Você quer me matar, é isso? — ele cuspiu. — Que droga você estava pensando quando se meteu no meio daquele inferno?

— Ora... Seu grosso! — Lizzie não podia acreditar no que ouvia. — Você podia ao menos se sentir um pouco grato, ou... ou...

A voz dela morreu e Gareth viu rastros brancos nas bochechas, onde lágrimas desciam pelo rosto delicado e perfeito.

— Lizzie — ele a chamou, com a voz estrangulada. — É claro que eu me orgulho.

E apenas então se deu conta de que se orgulhava daquela moça linda e corajosa, que era delicada como somente uma dama inglesa poderia ser e forte como poucas escocesas que ele conhecia. Brava e determinada, gentil e fiel, e Gareth amava cada uma das mil facetas de Elizabeth. Engoliu em seco porque o bolo em sua garganta aumentou, ameaçando sair através de si. Meu Deus, ele não se sentia bem.

— Por favor — pediu ele, sem se preocupar em disfarçar a urgência e o tremor em sua voz —, me deixe tirar você daqui.

Tire-me daqui!

Lizzie o atendeu sem argumentar, deixando-se ser guiada para longe dos escombros e da fumaça. Antes de se afastar, Gareth buscou o tio com os olhos.

— Duncan!

— Sim? — o tio, que erguia uma tora de madeira parcialmente queimada, respondeu.

— Eu preciso levar Elizabeth daqui. Você... você...

— Eu cuido de tudo. Vá! — O tio provavelmente entendeu que, na verdade, era o sobrinho quem precisava sair dali com urgência.

Assim que se afastaram e a enorme construção do castelo deu abrigo a eles, Gareth parou e abraçou Lizzie com força, com a alma, com o coração, e todo o nó do seu peito se desfez em lágrimas e soluços.

Chorava como um menino nos braços de Elizabeth. Ele sentiu a mão pequena e quente dela tocar o seu peito, no lugar onde seu coração batia, enquanto a outra afundou em seus cabelos. Deus, como ele a amava.

— Meus pais... Eles... eles morreram em um incêndio. Me perdoe pela maneira como falei com você agora há pouco, eu... eu senti ciúme de Kenneth, mas, principalmente, estava apavorado. Eu vi meus pais serem queimados, Lizzie — confessou, com a voz embargada. — E, desde então, nada me dá mais medo do que me sentir impotente. Por isso a liderança me cai tão bem, odeio perder o controle das situações. E, mesmo assim, as cicatrizes me provam todos os dias como a vida é frágil e me lembram que nem sempre temos o controle de tudo. O amor, por exemplo, só existe sem controle, quando você se permite e se entrega... Por isso eu tive tanto medo de começar a te amar, de continuar a te amar... De nunca parar de te amar.

— Sabe, eu não queria me entregar a ninguém, mas acho que, no fundo, eu tinha medo de nunca ser amada — Lizzie disse, sem conseguir pensar em mais nada coerente para dizer.

— E eu tinha medo de amar — ele confirmou.

— Eu não tenho mais medo.

Apesar de Gareth ter se emocionado com as palavras de Lizzie, uma parte dele se questionava: Como ela podia amá-lo? Como conseguia sentir isso por ele?

— Como você pode? Olhe para mim. Eu sou um maldito deformado, de corpo e talvez de alma! — Ele ainda soluçava.

— Shhh. — Ela pressionou os dedos sobre os lábios dele. — Você é lindo. Eu não menti quando disse que te acho o homem mais lindo e... e essas marcas? — Lizzie passou os dedos sobre o rosto e depois sobre o tórax dele. — Elas não definem quem você é, não para mim, nunca para o meu coração. Mesmo assim, eu sinto muito — disse, abraçando-o. — Eu sinto muito mesmo por seus pais e por sua dor, e por agora há pouco eu ter angustiado você. — Ela fungou. — Houve momentos, ali em frente às chamas, muito difíceis para mim também. O calor, a fumaça, a maneira como o fogo parecia indomável e furioso...

Gareth ergueu o pescoço e somente então viu que Lizzie também chorava.

— Lembrou o meu pior pesadelo, com um incêndio e um lobo em chamas... Quando eu tinha esse sonho, a dor da perda era tão real e tão difícil.

— Está tudo bem... Tudo ficará bem — ele afirmou para ela e para si mesmo. Então a beijou com carinho infinito.

Os dois ficaram juntos por um bom tempo, ouvindo apenas o ruído da própria respiração, até aos poucos se acalmarem. As lágrimas, por fim, deram lugar ao silêncio.

18

Será que as mulheres celtas se sentiam tão absurdamente atraídas por homens de kilt ou pelos músculos dos homens de kilt? Afinal qual a mística dos músculos e dos kilts?

— DIÁRIO DE ESTUDOS DE E.H., 1867

Tirando o que conseguiam da fuligem das mãos, do rosto e dos braços, os dois se lavavam no quarto de Gareth. Lizzie nem pensou em questionar o fato de ele tê-la levado para lá.

Gareth havia soluçado em seu colo.

Quando o encontrou, assim que chegou ao celeiro em chamas, ela tinha o rosto coberto com um lenço grosso e úmido. É claro que cobriria o rosto, o ar estava muito quente e a fumaça quase não a deixava respirar ou enxergar qualquer coisa. Então, fora falar com ele. Perguntar o que poderia fazer para ajudar. Ele dissera para ela trabalhar com Kenneth. Nem passou por sua cabeça que ele não a reconhecera.

Há pouco, Gareth havia desmontado em seus braços e contou que perdera os pais em um incêndio. Havia chorado com tanto desespero que ela conseguiu apenas abraçá-lo e confortá-lo, sem falar quase nada.

Sentiu muito por ele e pelo menino que ele fora um dia. Mas se orgulhou pelo homem que ele havia se tornado. Lizzie ofereceu a ele o seu silêncio, a sua cumplicidade e o seu acolhimento.

E ainda se mantinha assim, em um calmo silêncio, até aquele momento. O mais calmo que conseguia — e não era muito —, já que agora havia outros fatores a desestruturando: Gareth estava apenas de kilt. Ele se lavava com vigor. O torso forte, os músculos dos braços em movimento, o cabelo em uma bagunça molhada, a pele ainda coberta de fuligem em algumas partes, e assim... somente de kilt.

251

Ela engoliu em seco.

Tenho que parar de devorá-lo com os olhos.

Às vezes, Lizzie se horrorizava com seu comportamento tão... masculino. Crescer em meio a três homens fizera isso com ela. Só podia ser.

Tinha de ser justa consigo mesma: nunca fora assim. Gareth fazia isso com ela. E eles iriam se casar em três dias! Esse desespero frenético era sem sentido e absolutamente inapropriado. Ela podia esperar. Como uma dama inglesa, impassível, pacata e delicada. Bufou. Só que não era bem assim.

Ela tirou a camisa dele que estava usando. Gareth esfregava a parte interna do braço.

Ela era uma dama.

E agora o pescoço, com todas aquelas veias dilatadas.

E a filha de um duque.

Lizzie jogou água no rosto e pegou o sabonete, olhando de lado para ele.

Gareth havia parado de se lavar e a encarava com... Meu Deus, que olhar era aquele? Eram olhos mais quentes que as chamas que destruíram parte do celeiro.

Lizzie era capaz de se concentrar em outras coisas. Como o... o sabonete entre seus dedos, liso e amarelado, com cheiro de... sabonete.

Ela jogou água no rosto outra vez e esfregou os olhos. Esticou o braço, buscando a toalha de linho que estava em cima da mesa onde o lavatório fora colocado. Foi quando seus dedos encostaram em algo. Não na toalha, porque toalhas não são duras e quentes, não respiram de maneira brusca e acelerada nem nunca fizeram os pelos do seu corpo se arrepiarem todos de uma vez.

Lizzie abriu os olhos, piscando com força, e Gareth estava bem na sua frente. Embaçado pela água em seus cílios e enorme, culpa da altura e dos músculos que o torneavam. Sem dizer uma palavra, ele lhe ofereceu a toalha.

— Obrigada — Lizzie disse, depois de enxugar o rosto. Gareth continuava ali, agora bem nítido e definido, entre ela e o lavatório.

Mas Lizzie estava muito determinada a não se comportar como uma louca ou como uma mulher cega e ridiculamente apaixonada. Estava determinada a esperar três dias sem pedir outro beijo, ou para treinarem os beijos.

— Kenneth falou que o prejuízo com o incêndio não foi tão grande — disse ela, puxando assunto. — Já que conseguimos tirar boa parte dos alimentos estocados. Eu carreguei uns sacos enormes, acho que pesavam mais que um javali! E você viu o Killian? Ele não saiu da linha de frente, protegendo e ajudando as pessoas, e chegou até a puxar com os dentes um saco de... de qualquer coisa pesada.

Pronto, ela falava de maneira bastante atrapalhada, os pensamentos ficando para trás da língua, a uma distância considerável da língua, na verdade. E fazia isso esticando o pescoço, tentando enxergar o lavatório ou o sabonete, ou qualquer coisa que não fosse o peito largo e musculoso de Gareth.

— Onde está Killian? — perguntou ela, olhando ao redor. — Ah, ali está ele, dormindo como um pato gordo.

Gareth riu.

— Você está com uma manchinha de fuligem no nariz — ele observou com a voz baixa, tão baixa que Lizzie quase não ouviu.

— Onde? Aqui? — Passou o dedo no alto do nariz.

— Não — ele murmurou.

Lizzie se viu obrigada a olhar para ele. Fez-se silêncio.

Gareth levou o próprio polegar até a boca e chupou... envolveu aqueles lábios perfeitamente cheios no dedo e, como se estivesse lambendo alguma coisa saborosa, fechou os olhos com uma expressão de prazer.

Lizzie quase caiu para trás.

Ele então dirigiu o dedo úmido até a ponta do nariz dela e o deslizou.

— Pronto, saiu — falou por fim.

Ela mordeu o lábio inferior e baixou o olhar um pouco sem graça, invadida por um desejo incendiário.

— Foi uma noite longa — disse, tímida. — Talvez eu deva ir para...

Gareth segurou o seu queixo entre o polegar e o indicador e ergueu o seu rosto.

— Lizzie — ele sibilou, aproximando-se. — Eu quero beijar você.

Ela assentiu, o coração surrando seu peito por dentro, os dedos dos pés contraídos pela expectativa.

Gareth se aproximou ainda mais, e o calor do corpo dele se espalhou na pele dela.

— Lizzie, eu quero beijar você de verdade — ele disse muito próximo, tão perto que ela mal conseguia respirar.

— De... de verdade?

— Eu não posso, não consigo mais esperar, desculpe.

Eles estavam ofegantes, os lábios quase se tocando.

— Eu quero... Você pode me be... — Lizzie não conseguiu terminar, pois Gareth tomou posse dos seus lábios.

E a beijou... de verdade.

Ela soube disso quando ficou sem ar ao sentir a força de Gareth explodir em seus lábios, a maneira como ele movia a língua, persuadindo-a a abrir a boca, deslizando-a sobre seus lábios com suave insistência. Lizzie cedeu à carícia sedutora, e Gareth avançou devagar, explorando, deliciando-se. Gemeu, entregue, conforme ele a rodeava com os braços fortes, sustentando-a, e mais uma vez ao sentir o desejo dele a comprimir no abdome. As mãos na base da coluna estreita subiram até a nuca, imobilizando-a. Gareth sugou seus lábios antes de mordê-los de leve. A respiração dele saía em rajadas cada vez mais curtas. Lizzie soltou um suspiro trêmulo, sentindo-se derreter, e arqueou o corpo na direção dele. Isso fez a suavidade dos movimentos da língua e dos lábios de Gareth ganhar força e urgência. Ele aprofundou o beijo e a tomou com uma necessidade arrasadora.

Lizzie arquejou quando entendeu que ele estava inteiro naquele beijo, de corpo e alma, intenso e instintivo como um lobo, poderoso como as montanhas da Escócia, indomável como as brumas das Highlands. Ela não soube quando perdeu por completo a força das pernas e ele passou a sustentá-la, e não viu quando o chão desapareceu e Gareth a carregou no colo até o céu, até o paraíso, até a lua e todas as estrelas. Até todos os sonetos de amor e toda a poesia terem sido derramados naquele beijo. Até todo o amor ter brilhado na maneira gentil e possessiva como ele se dava e tomava tudo dela.

Ele gemeu profundamente dentro do beijo quando se deitou sobre ela, e gemeu mais ainda ao sentir Lizzie tentar responder com a mesma ânsia ao beijo de verdade, saboreando-o como conseguia.

Gareth passou as mãos pelas costas dela, erguendo-a sentada e, sem separar os lábios dos seus, abriu os botões da camisola dela. As mãos de Lizzie deslizaram pelos cabelos dele, descendo pelas costas largas até o quadril. Ansiosa, tentou remover o kilt.

Os lábios quentes de Gareth estavam agora em seu pescoço. Ofegante, ele mesmo se livrou da peça e voltou a deitar-se em cima dela. Lizzie sentiu os pelos do corpo se arrepiarem conforme a pele quente de Gareth a envolvia, e o mundo girou, encaixando-se no lugar ao qual sempre pertencera. Lizzie sempre pertencera a Gareth.

Ela gemeu e se contorceu, buscando-o com o próprio corpo.

Era demais, era muito. Lizzie não sabia o que fazer, nem mesmo sabia se iria aguentar. Os músculos contraídos vibravam e pulsavam. Toda a sua pele ardia, formigava e exigia mais.

— Tão linda — ele murmurou, roçando os lábios nos dela. — Deus! Você é tão linda.

— Gareth. — Ela curvou as costas quando ele ergueu um dos seios com a mão, apertando um pouco o mamilo entre o polegar e o indicador. Com a lín-

gua, ele acariciou com movimentos rápidos e circulares o botão entumecido.
— Gareth — Lizzie implorou, conforme os lábios dele envolviam seu seio. — Gareth — ela quase gritou de prazer e desespero quando ele passou a fazer com o seu mamilo o mesmo que havia feito em seus lábios, sugando e mordendo de leve. E, quando achou que não aguentaria mais, ele mudou a atenção para o outro seio. — Meu Deus, Gareth, por favor... Não pare! — Ela enroscou os dedos nos cabelos longos e grossos, arrancando dele grunhidos de prazer. Seu corpo inteiro estava trêmulo. — Mais, por favor!

— Shhh, calma, minha *leannan*. Calma, meu amor. — Ele subiu o rosto, beijando-a do pescoço até os lábios. — Você vai ter tudo, nós vamos ter tudo. — E a beijou de verdade outra vez.

As mãos de Gareth deslizaram por suas pernas, uma de cada lado, e agarraram suas coxas, erguendo-as para cima, abrindo-as, até ele se encaixar no meio delas. Somente então Lizzie percebeu como estava tensa, todo o seu corpo estava retesado e duro, estirado como um tronco.

— Relaxe, *leannan* — ele soprou em cima dos seus lábios.

Sentia o corpo inteiro pulsar.

— Eu... eu não sei se consigo, eu não sei se...

Gareth moveu o quadril e Lizzie sentiu que a virilidade quente, dura e macia deslizava no meio de suas pernas, justamente no ponto em que ela mais precisava dele. Ela perdia todo o controle, segundo a segundo.

Ele se moveu outra vez e o mundo girou.

— Faça alguma coisa! — ela soltou, atordoada, entredentes.

Gareth abriu os olhos devagar e deu um sorriso travesso.

— Acredite, *leannan*, eu estou fazendo. — Beijou o queixo dela. — Mas, se eu não for devagar aqui — e deslizou a língua morna na pele sensível do pescoço —, não vou conseguir fazer muito. — E beijou o seio.

Lizzie cravou as unhas nas costas dele e arqueou o corpo.

— E eu quero — Gareth prosseguiu, lentamente —, eu preciso fazer isso sem pressa — e deixou um rastro de beijos e mordidas leves por sua barriga —, porque não se devota nada com pressa. — Ele circulou o umbigo dela com a língua. — E porque — disse sobre o seu ventre — *tha gaol agam ort.*

"Eu te amo", ela entendeu.

Mas Lizzie não conseguiu respirar, nem mesmo responder. Gareth segurou seus quadris e baixou a boca entre suas pernas. Ele separou com ternura as dobras rosadas e macias do seu sexo e lambeu o ponto pulsante e sensível.

— E agora — a voz dele soou sobre a feminilidade dela — eu vou beijar você de verdade aqui.

255

E, meu Deus, ele beijou. Com a língua, com os lábios, com os dedos, com os dentes, e então passou a fazer movimentos alternados com tudo isso ao mesmo tempo, sugando, traçando com a língua movimentos circulares e exploratórios e, em seguida, mordendo de leve. Todos os músculos dela se soltaram, desprendendo-se com os tremores, que aumentavam a cada estímulo. Ela dobrou o corpo e gemeu alto quando sentiu um dedo dele penetrá-la. Lizzie acreditou que iria morrer, que não aguentaria, era impossível sobreviver a tamanha necessidade. Entendendo o desespero dela, ele sugou com mais força o ponto pulsante, e o corpo dela foi varrido por espasmos violentos. Nada mais existia a não ser Gareth e o milagre que ele fazia com ela naquele momento. Lizzie elevou o quadril de encontro à boca dele e gritou, reagindo à sensação mais forte e viva que já experimentara.

Gareth subiu, beijando-a devagar outra vez, barriga, seios e boca. A cada toque dele, Lizzie tremia, ofegava, lutava pelo ar e recebia Gareth.

— Obrigado, *leannan*, por me dar o seu prazer. — Ele pressionou os lábios contra os dela antes de acrescentar: — Agora, eu vou te amar com meu corpo, porque já te amo com a alma. — Beijando-a, ele se encaixou entre suas pernas.

Lizzie ergueu o pescoço e pressionou os lábios sobre a cicatriz dele. Ainda não tinha forças para falar ou para pensar e se permitiu ser guiada por uma sabedoria instintiva, uma inteligência autônoma. As suas mãos deslizaram pelo torso dele, cobrindo com carícias lentas a área marcada pelo fogo.

— *Tha gaol agam ort* — ela disse e buscou os lábios exigentes.

Gareth gemeu dentro do beijo, e seu membro pressionou a fenda entre as pernas de sua amada.

Eles estavam ofegantes e trêmulos. Lentamente, ele a penetrava.

— Nós estamos apenas consumando algo que começou quando nos vimos, há um mês — ele falou com a voz rouca e deslizou um pouco mais para dentro dela. — Com o meu corpo, eu me devoto a você, minha *leannan*.

Lizzie ficou tensa ao sentir que a virilidade de Gareth a invadia. Um pouco insegura, arfou, separando os lábios dos dele.

Gareth tocou novamente o ponto onde ela mais precisava dele.

— Acho que agora vai doer um pouco, meu amor — disse e se moveu mais fundo, com todos os músculos do corpo tensionados. — Me perdoe.

— Ahhh! — ela soltou um grito, misto de dor e prazer.

Lizzie se contraiu com a fisgada e abriu os olhos. Gareth estava inteiro dentro dela, teve certeza. Os olhos dele pesavam de desejo e a olhavam com tanto amor.

Não se devota nada com pressa.

— Desculpe, vai melhorar — ele prometeu, beijando as pálpebras dela, as bochechas, a ponta do nariz e os lábios.

Gareth estava dentro dela. Ele se mexia lentamente, sem desgrudar os olhos dos seus, a pele da sua, a alma da sua.

Gareth estava dentro dela. E aquilo era... indescritível.

Aos poucos, Lizzie começou a relaxar. A dor se foi, e senti-lo dessa maneira era... Ela nem sabia descrever o que era. Era a junção de todas as perguntas com toda a explicação.

— Meu Deus, Aine! — ele murmurava a cada investida. — Lizzie, meu Deus... Você é tão perfeita.

Ele arremeteu enquanto a beijava, e uma onda escaldante voltou a crescer no ventre dela. Ele se movimentava com os músculos tensionados, e Lizzie escorregou as mãos pelo abdome rígido feito o tronco de um carvalho e as fechou sobre as nádegas dele, incentivando-o a continuar.

— Você sente? — perguntou ele, com a voz arrastada de prazer. — O meu coração pulsar dentro de você?

Lizzie arregalou um pouco os olhos, maravilhada, porque, sim, ela o sentia.

— Eu te amo — afirmou, tomada pela emoção.

— Eu te amo — ele disse também, e a ergueu da cama com os braços.

Lizzie foi levada, como se fosse leve igual a uma pluma, a sentar-se com ele, o corpo dela por cima, enquanto as pernas envolviam os quadris dele.

— Eu vou beijar você de verdade mais uma vez, minha *leannan* — Gareth prometeu e a beijou com toda a posse, a força e o amor que um beijo de verdade deveria ter. As mãos dele em seus quadris a guiavam, a estimulavam, e, depois de um tempo, Lizzie encontrou o seu ritmo. Dentro do beijo, dentro de Gareth. E Gareth dentro dela.

Ela estremeceu, e aquela onda gigantesca subiu por sua espinha, contraindo o ventre, envolvendo seus sentidos até arrebentar em uma explosão infinita de luz e prazer. Lizzie arqueou o corpo e gritou dentro do beijo, que não se desfez.

Gareth imobilizou o quadril dela com força e arremeteu, gemendo em sua boca, derramando palavras em gaélico. Lizzie sentiu o corpo de Gareth ficar tenso. Ele arremeteu ainda mais forte e convulsionou, explodindo a sua libertação dentro dela e aprofundando o beijo novamente.

Eles respiravam no mesmo ritmo, e o coração de ambos batia acelerado, em uníssono. Gareth emoldurou o rosto da amada entre as mãos e afastou o cabelo grudado pelo suor da testa dela.

— *Tha gaol agam ort*. Muito, muito mesmo — disse, ofegante, e apoiou a testa na dela.

— Eu também te amo muito — Lizzie confirmou, beijando-o de leve, entorpecida e entregue como nunca na vida sonhou ser capaz.

Eles se deitaram abraçados, a cabeça dela sobre o peito dele, as pernas enroscadas, os corações unidos e as almas ligadas por um laço maior do que qualquer crença ou filosofia, entregues a uma dimensão além do tempo ou do espaço. Um lugar que pertencia somente a eles dois.

19

Finalmente entendi a fascinação que os músculos masculinos e os kilts exercem. Duvido que houvesse uma só certa que contradissesse minhas conclusões.

— DIÁRIO DE ESTUDOS DE E.H., 1867

Arthur, o nono duque de Belmont, nunca imaginara passar por uma situação tão desgastante na vida. Nem mesmo os anos em que ficara separado da esposa, antes de se reconciliarem e casarem, foram tão agonizantes como aqueles dias, desde que soubera do rapto de sua filha.

Já estava nas Highlands havia quase quatro semanas e, naquela manhã ensolarada — uma afronta do céu a seu estado de humor —, estava a ponto de explodir.

Na noite anterior, recebera mais uma carta daquele grupo de monstros, daquela escória do mundo. Porque nenhum crime poderia ser mais vil e cruel do que um sequestro. Esfregou os olhos, exaurido. E um sequestro bastante longo. Mais de trinta dias.

Deus sabia o que a sua menininha estava passando nas mãos daqueles... daquelas bestas. Seus pelos se arrepiavam e um gosto ruim invadia sua boca todas as vezes em que pensava nisso.

Girou o copo de conhaque na mão. Não eram nem dez da manhã e Arthur parecia mais um bêbado em um pub de beira de estrada do que um duque inglês, com a barba por fazer e as roupas dormidas no corpo. Olhou para os dois homens à sua frente, que não estavam muito melhores. Seus dois filhos e ele tinham passado a noite em claro, ponderando sobre o conteúdo da carta, pensando qual seria a decisão mais acertada diante do que os sequestradores exigiam, e haviam discutido se deviam ou não finalmente levar o caso às autoridades.

— Não podemos nos arriscar. Nesse momento, temos de seguir exatamente o que eles pedem. — Era a milésima vez que Steve repetia sua opinião.

— Eu sei. — Arthur não havia se decidido até o momento sobre a decisão a ser tomada. — Principalmente agora que esse pesadelo parece estar chegando ao fim.

Leonard esfregou os olhos.

— Três dias foi o prazo que eles deram para levantarmos o dinheiro, só depois eles nos passariam novas informações sobre o local da troca.

— Lembremos o que está escrito na carta, Leonard. — Steve indicou o papel. — Temos de decidir qual de nós irá até o local indicado, já que pelas instruções deve ser apenas um homem.

— Isso não está em discussão. Eu irei. — Arthur retomou a palavra.

Ele não aguentava mais aquela espera. O estado de nervos em que se encontrava era, sem dúvidas, o pior que já viveu na vida.

— Onde está a minha filhinha? — uma voz feminina irrompeu no ambiente.

Era a voz de sua esposa.

Arthur não sabia se ficava feliz por vê-la ou ainda mais angustiado por ela estar ali, expondo-se àquele estresse, desobedecendo-o.

Encheu os pulmões de ar ao se dar conta de que Kathelyn não estava sozinha. Ao lado dela, estavam a sra. Taylor e Lilian, a irmã mais nova de sua esposa. E, meu Deus, elas choravam. Não apenas Kathelyn, mas Lilian e a governanta também.

Teria de lidar com as três mulheres, mesmo com seu estado de ânimo bastante fustigado.

— E nem adianta discutir comigo dizendo que eu não deveria estar aqui. Foi crueldade sua exigir que eu não viesse — ela disse, empertigando-se.

Somente então os olhos cansados dele repararam na figura da esposa com atenção. Aquela era sua adorável, teimosa e corajosa esposa, porém ela estava pálida e abatida, com os olhos vermelhos de choro, e Kathelyn quase nunca chorava. O peito dele se apertou ao ver as olheiras que sombreavam seu rosto. Ela não devia estar dormindo direito. Ele engoliu a vontade de chorar e se aproximou da mulher com os braços abertos.

— Venha cá, meu amor — disse, deixando as lágrimas rolarem por sua face. Sem hesitar, Kathelyn se jogou nos braços dele. Arthur pôde, enfim, sentir conforto, alívio e o seu coração voltar a bater após os vários dias de distância da esposa. — Vai ficar tudo bem, meu amor, eu vou trazer a nossa menininha de volta — ele prometeu e se afastou do abraço reconfortante.

— Bom dia, Lilian — Arthur cumprimentou a cunhada, que, sem hesitar, também o abraçou, surpreendendo-o.

— Logo ela estará aqui, entre nós — Lilian disse, baixinho.

— Eu sei — ele murmurou como uma prece.

— Simon está lá fora com lorde Campbell. Ele fez questão de vir para tentar ajudar de alguma maneira, nem que seja para assumir enquanto vocês descansam um pouco.

Simon era o marido de Lilian, o barão de Owen. As terras deles ficavam quase na fronteira com a Escócia. Eles poderiam ir descansar alguns dias por lá, depois que Lizzie voltasse. Arthur respirou ruidosamente e observou Steve e Leonard abraçarem Kathelyn e a sra. Taylor e cumprimentarem em seguida a tia.

— Obrigada por vir, Elsa, e por cuidar de Kathelyn, como sei que a senhora está fazendo — agradeceu o duque, esfregando as mãos no rosto, exausto.

— Era o mínimo que eu podia fazer — afirmou a governanta, com a voz trêmula. — Vou providenciar chá e doces, para que vocês comam alguma coisa... — Ela examinou a sala e, sem perguntar, removeu os copos de conhaque de cima da mesa. — Isso não resolve nada — resmungou, antes de deixar o aposento.

A boca de Kathelyn delineou um sorriso fraco.

— Ela não muda nunca. — Apontou para a porta recém-fechada pela governanta.

— Ainda bem que ainda podemos contar com a segurança de algumas coisas que nunca mudam. — Arthur lançou um olhar sobre o tampo da mesa, onde estava a carta dos sequestradores de Lizzie.

Kathelyn mordeu o lábio inferior. Arthur conhecia muito bem a esposa; ela estava se esforçando para não chorar ainda mais.

— Conte-me tudo — disse a duquesa. — Vocês receberam mais algum contato? Eles pediram o resgate? Diga-me que Lizzie logo estará entre nós!

— Eu prometo, meu amor. Juro por tudo o que é mais sagrado: ela vai voltar muito em breve — afirmou e envolveu a mão pequena da esposa. — Venha, sente-se aqui. Deixe-me contar tudo o que aconteceu.

Infelizmente, tudo o que tinha acontecido era o recebimento daquela segunda carta, que os instruía sobre o valor a ser pago pelo resgate e ordenava a espera de um novo contato nos próximos dias.

20

Para os celtas, que dividem tudo em ciclos e mundos de diferentes aspectos, o mundo físico inclui todo o universo da sexualidade, que é, no entender dessa cultura, o mais tenro aspecto da humanidade. Uma maneira de alcançar outros mundos através do universo humano. Nota: Não discordo de nenhuma palavra dessa teoria.

— DIÁRIO DE ESTUDOS DE E.H., 1867

Como uma noiva deveria se sentir?

Lizzie estava feliz e achava não precisar de mais nada, quase nada. Sentia muita falta da família. Preocupava-se com eles. Teriam desistido de procurá-la? Julgavam que ela estaria morta? Teriam encontrado Camille?

Mordeu o lábio inferior por dentro. Não iria chorar, era o seu casamento e ela estava feliz.

Gareth vestia o traje de gala: kilt, camisa, colete, gravata e paletó. Sentiu o coração disparar ao olhar para o noivo. Ele estava de tirar o fôlego, exalava uma autoridade nata e uma elegância rústica.

Lembrou-se dos olhos dele brilhando durante a cerimônia, da maneira apaixonada como ele a beijara depois das bênçãos do ministro, e na presença de todo o clã.

Durante a celebração, Gareth fez um pequeno corte na mão de Lizzie e depois na dele, unindo-as em seguida. Agora, ela era ligada por sangue ao clã, como ele lhe explicara antes.

Naquele momento, tinham acabado de deixar o salão onde se casaram e caminhavam com as mãos entrelaçadas por um dos corredores do castelo.

— Tenho uma surpresa para você — ele disse, apertando os dedos dela entre os seus.

— O quê? — perguntou Lizzie, um pouco confusa quando sentiu Gareth cobrir os seus olhos.

— Venha, me deixe te levar — ele pediu, conduzindo-a.

Eles andaram por um tempo em silêncio: ele se esforçando para que Lizzie não enxergasse, ela com o coração disparado. Lizzie ouviu o barulho de uma porta sendo aberta. Eles avançaram um pouco mais e a porta foi fechada.

— Pode abrir os olhos agora — ele sussurrou no seu ouvido.

Devagar, ela obedeceu, piscando lentamente.

E o tempo parou.

Uma centena de velas pendia do teto em alturas diferentes, entre milhares de flores azuis, parecendo estrelas baixas no céu. Era o palácio de uma fada, feito de degraus mágicos de luzes e flores.

Os raios rosados do pôr do sol coloriam os olhos e o sorriso de Gareth.

— É tão lindo! — ela confirmou, emocionada.

— Você me daria a honra da próxima valsa? — ele pediu, fazendo uma reverência.

E então uma música começou a tocar. Lizzie olhou para os lados, surpresa, e encontrou dois violinistas, músicos do clã, que passaram a tocar uma melodia conhecida: uma valsa. A mão esquerda de Gareth segurou a direita dela, e a outra enlaçou sua cintura. Eles começaram a rodar.

— Eu nem sabia que você... que vocês conheciam essa dança.

— Fizemos por você. Eu queria... eu quero que você se sinta em casa aqui — Gareth afirmou e a fez girar com a competência de um bailarino experiente.

— Obrigada — ela disse, perdendo-se naqueles olhos verdes.

Até o fim da peça, Gareth a conduziu entre velas e flores, mergulhada no calor de um par de olhos emocionados.

Ele a abraçou, um pouco ofegante.

— Acertamos?

Ela sorriu, sem se importar em esconder as lágrimas.

— Sim, foi perfeito.

Gareth segurou o seu rosto entre as mãos.

— Você está feliz aqui, Lizzie?

— Muito! Muito mesmo... — ela concordou e desviou o olhar para o chão. Aquela música reavivava as lembranças de sua casa, de sua família.

— O que foi?

— É só que eu gostaria tanto de ter os meus pais aqui, vendo tudo isso!

Gareth beijou com carinho infinito a testa, as faces e a ponta do nariz dela.

— Prometo que em breve você verá a sua família. — Acariciou o seu rosto com ternura. — Eu prometo.

— Obrigada.

Ele beijou os lábios de uma maneira diferente, como se quisesse fazê-la ter certeza de suas palavras, como se pudesse convencê-la do merecido final feliz deles.

— Vamos, Joyce já deve estar nos esperando para realizar a cerimônia celta — Gareth disse e a guiou para fora do castelo.

Lizzie admirou o próprio reflexo no espelho oval colocado sobre a mesa.

Reparou com mais atenção no lindo vestido de seda marfim e pedrarias azuis que usava, na tiara de safiras da avó de Gareth adornando sua cabeça, na faixa com as cores do clã atravessando a lateral do vestido e no buquê de não--me-esqueças que Joyce preparara para ela.

Naquele momento, Joyce trançava os cabelos de Lizzie com flores brancas, dentro da cabana no meio do bosque. Em breve ela teria o seu casamento celta.

— Você está magnífica! É a noiva mais linda que já vi! — Joyce prendeu mais uma flor nos cabelos da jovem. — E Gareth, pelas deusas! Nunca o vi tão feliz, ele está radiante!

Lizzie sorriu ao pensar em Gareth e em como ela já se sentia casada com ele desde a noite do incêndio. Bastante casada. Verdadeiramente casada. Perdera as contas de quantas vezes eles tinham se beijado de verdade em três dias. Oito vezes? Dez? Ela não tinha certeza. Mas lembrava com detalhes da última vez.

Suas bochechas esquentaram.

Gareth a amou na mesa depois do desjejum.

Ele a beijou e depois a deitou de bruços sobre a mesa, erguendo o seu vestido. Em seguida se colocou entre suas pernas, forçando-as a se abrirem, e a tomou naquela posição estranha e deliciosa.

Lizzie suspirou.

— E você também parece bastante feliz — Joyce pontuou, com um sorriso inquisidor.

A tia de Gareth tinha um olhar capaz de ler qualquer pessoa sem a menor dificuldade.

— Eu realmente estou muito feliz — Lizzie confessou. — Nunca acreditei que encontraria o amor desse jeito. Apesar de a minha mãe garantir que um dia aconteceria, eu... — Ela se deteve, sentindo as mãos de Joyce ainda trabalharem nos seus cabelos.

— Você... — a mulher a estimulou.

Lizzie perdeu a fala. Tentara não pensar mais sobre isso, porém gostaria realmente de ter a família ao seu lado naquele momento, gostaria que todos eles estivessem ali — inclusive o implicante Leonard ou o impossível Edward e, com certeza, Arthur Steve e Eleanor. Até mesmo da arrogante Caroline, sua avó, ela sentia falta. Mas sentia especialmente saudade dos pais. Como queria dividir com eles a sua felicidade e a sua realização! E tinha certeza de que eles, mais do que ninguém, ficariam felizes por ela.

Lizzie se virou para Joyce.

— O que aconteceu, *mo nighean*? — perguntou a tia de Gareth, dando-se conta de que ela chorava.

— Eu queria a minha família aqui comigo... dividindo este momento.

— Querida — Joyce ajeitou atrás da orelha uma mecha solta de seu cabelo —, você sabe o significado da cerimônia de casamento celta?

Lizzie balançou a cabeça. Não entendia como aquilo podia ter algo a ver com o que acabara de falar. Mesmo assim, manteve-se em silêncio, esperando a explicação.

— Quando você adentrar o círculo sagrado e caminhar até Gareth, os passos dados até ele simbolizam os passos que você deu durante toda a sua vida até encontrá-lo — explicou Joyce, com um tom de voz calmo e amoroso. — Enquanto isso, olhe para dentro de si mesma: as pessoas que você ama estão com você. Mesmo não estando presentes, elas a ajudaram a chegar até onde chegou... Gareth estará esperando em pé, no centro de uma figura circular feita de flores, folhas e sementes. Essa figura simboliza o ponto de encontro de vocês.

Lizzie olhou para baixo, tentando conter a emoção, e deu um suspiro trêmulo, absorvendo as palavras cheias de amor e significado da tia de Gareth.

— Obrigada. Isso me confortou.

Joyce virou para ela e tocou carinhosamente suas mãos.

— Lizzie, durante a cerimônia acontece a bênção de todos os elementos da natureza. São essas forças que abençoam as alianças: a aliança do amor e da escolha, representada no casamento pelos anéis de metal. — Ela tirou do bolso um saquinho de veludo e segurou a mão de Lizzie com a palma virada para cima. — Gareth mandou forjá-las em ouro. Ele me pediu que fossem alianças celtas, por causa do seu amor por essa cultura.

Ela virou o saquinho, deixando cair duas alianças douradas na palma da mão de Lizzie. A moça observou, atenta, o desenho entrelaçado do metal, que seguia os padrões da arte celta.

— Eu tomei a liberdade de mandar gravar na parte interna "Mo anam cara" — Joyce concluiu.

— Minha alma gêmea — Lizzie murmurou.

— Sim, minha criança. — A mulher pegou as alianças e as guardou de volta. — E é isso o que vocês são.

Almas gêmeas. Lizzie pensou no sentido profundo daquele termo e seu coração se acelerou.

— Mas você sabe disso, não sabe? — perguntou Joyce.

Ela mesma não tinha muita certeza sobre como julgar aquele assunto.

— Você está se referindo à lenda? Você... acredita que eu sou a sacerdotisa irlandesa?

Joyce tinha os olhos transbordando de emoção.

— Quando duas almas escolhem ficar juntas, força nenhuma pode separá-las. — Deu um sorriso cheio de sabedoria e acolhimento.

Lizzie mordeu o lábio por dentro para não chorar. Ela queria acreditar naquilo, precisava acreditar porque sabia das forças que se opunham à união deles. Por isso, ouvir aquelas palavras a encheu de uma esperança reconfortante.

Joyce se levantou, pegou uma garrafa de cristal, serviu o líquido grosso em uma taça pequena e entregou para ela, explicando:

— É licor de uísque da nossa melhor safra. Vai ajudá-la a relaxar. — Então abraçou a jovem, surpreendendo-a. — Vocês serão muito felizes, tenho certeza.

— Obrigada.

— Vamos, todos já devem estar aguardando.

Lizzie virou o conteúdo do copo rapidamente, antes de elas deixarem a cabana em direção ao círculo de pedras.

Lizzie era a mulher mais linda de toda a Terra. Para Gareth, era inexplicável que um homem com o rosto e o corpo marcados por cicatrizes tão profundas viesse a merecer o amor de uma mulher tão perfeita.

Ela sorriu e o seu coração disparou.

— Eu te amo desde sempre — ela disse baixinho em sua orelha, enviando uma onda de choques por sua coluna.

— *Bho bràth* — ele confirmou em gaélico, lembrando a verdade dessa declaração.

Gareth precisava contar para Lizzie toda a história que os unira, muito antes do encontro no castelo, e iria fazer isso logo. Assim que tivesse um tempo a sós e tranquilo com ela. Não havia mais motivo para esconder dela a verdade, talvez nunca tivesse existido motivo algum, além do próprio medo de Gareth de admitir para Elizabeth, em voz alta, o que já sabia desde quando a encontrara do lado de fora do castelo. Como se, ao contar para Lizzie, o vínculo que os unia através do tempo tornasse o encontro deles ainda mais forte, evocando o poder do destino e fazendo o amor entre eles ser irrevogável. Gareth não tinha mais medo. Na verdade, um amor real e apoiado pelo destino com Elizabeth Harold era o seu maior desejo.

Todos já haviam saído do círculo de pedras — tio Duncan, que fora seu padrinho; tia Joyce, que celebrara o casamento; e cerca de quarenta pessoas que seguiam a antiga religião haviam voltado para a vila.

Ele inspirou devagar. A noite estava agradável, uma brisa calma acariciava a terra e o cheiro de flores recém-colhidas enchia o ar. Uma aura mística os envolvia. Lizzie tocava com devoção uma das flores trançadas em seu cabelo.

Aine.

Nunca antes ele sentira necessidade de participar de rituais, não se importava com isso.

Mas agora, sem entender bem o porquê, Gareth queria consumar o casamento dentro do círculo sagrado. Aproximou-se de Lizzie e emoldurou seu rosto entre as mãos.

— Lizzie, eu queria... quero amar você aqui dentro.

Os olhos dela cresceram, surpresos.

— Eu... — Ela umedeceu os lábios, parecendo insegura.

Meu Deus, o que ele estava pensando? Ela era uma dama inglesa. Nunca aceitaria ficar nua no meio do bosque e se entregar a ele em cima de uma pedra.

— Desculpe, é claro que...

— Não! — ela o interrompeu. — Eu quero.

O corpo de Gareth, já inflamado de desejo, incendiou-se por completo diante da resposta dela.

Ele se aproximou e beijou os lábios de Lizzie, devagar.

— Você sabe o que isso significa?

— Não — ela murmurou.

— Que nós consumaremos o nosso amor diante de todas as forças vivas da natureza, diante das forças deste mundo e dos mundos invisíveis. — Gareth beijou o rosto dela. — Uma vez que um homem e uma mulher se amem dentro de um círculo sagrado, tornam-se um perante os três mundos existentes.

As mãos de Lizzie começaram a desabotoar, afoitas, o paletó de Gareth.

— Eu achei que você não acreditava nisso.

Ele passou os braços pela cintura fina dela.

— Eu também achei, mas de repente... eu quero.

— Eu aceito, Gareth MacGleann.

— Lizzie. — Ele grunhiu de prazer por causa dos lábios dela em seu pescoço. — É uma união que se estende para além desta vida.

— Sim.

A voz dela, tomada pelo desejo, enlouqueceu-o mais um pouco.

— Nossa união representará uma ponte entre os mundos.

— Sim — ela prosseguiu, fazendo as mãos passearem no abdome dele.

Com movimentos atropelados, ele tirou o colete, a camisa e a ajudou a se livrar do vestido.

— Você deve ficar por cima — disse ele e deitou na pedra central. O corpo curvilíneo dela encontrou o seu, e Gareth sentiu a excitação aumentar. A pedra estava gelada, mas Lizzie estava fervendo.

— Ahhh — ele não aguentou e gemeu de prazer quando ela o dominou com a autoridade de uma sacerdotisa celta.

Por muito tempo, os sons de um amor testemunhado neste e em outros mundos se misturaram aos sons da floresta e aqueceram ainda mais aquela noite primaveril.

21

*Oração celta
Que eu tenha hoje, e a cada dia:
A força dos céus
A luz do sol
A agilidade do vento
E a firmeza da rocha.*

— DIÁRIO DE ESTUDOS DE E.H., 1867

O enorme salão de jantar estava decorado com flores em jarros e dezenas de faixas do clã penduradas no teto.

Dois dias após o casamento, era aniversário de Gareth. E Lizzie comprovava mais uma vez que os escoceses sabiam como celebrar a vida.

As mesas foram retiradas e o grande salão foi aberto para receber todas as pessoas do clã. No início da tarde, Lizzie e Gareth se sentaram em lugar de destaque e receberam as famílias da vila. As mulheres traziam pães e doces recém--feitos e os homens carregavam presentes para Gareth.

Lizzie nunca vira uma profusão tão grande de ovelhas, xales de lã e objetos de valor, como sedas, especiarias, vinhos ou joias. Itens com certeza conseguidos fora do castelo, portanto considerados oferendas raras e exclusivas.

A fila de cumprimentos durou cerca de três horas e Lizzie observava o marido com enorme admiração. Gareth conhecia cada um dos membros do clã, sua família, seus desejos, suas aflições e conquistas. Ele deixava todos muito à vontade diante de sua presença, como o líder de alma e coração que Lizzie sabia que ele era.

A reação das pessoas com ela durante os cumprimentos variavam, em um misto de tímida aproximação, disfarçada hostilidade e sincero acolhimento. Quando Gareth percebia algumas pessoas sendo mais rudes, ou indiferentes à presença de Lizzie, ele segurava a mão dela e a beijava com devoção, isso, na maioria das vezes, era o suficiente para inspirar olhares e gestos mais amistosos. Ao final de algumas horas, Lizzie já havia até mesmo dado conselhos e recebido presentes, assim como Gareth.

Ela sentiu pela primeira vez, ali dentro do castelo de Mag Mell, que poderia encontrar uma família e ser vista como igual por todos.

Infelizmente, naquela noite mesmo, a alegre sensação de ser plenamente aceita afundaria como pedra na água.

Quando os cumprimentos acabaram e a festa realmente teve início, eles comeram, beberam e, em seguida, os músicos do clã, cerca de dez homens, entraram tocando gaita de fole, violinos e... Aquele não era um homem.

Era Brenda, tocando um *bodhrán*. Lizzie conhecia o instrumento celta, era um tipo de tamborim, porém muito menor e delicado. A ruiva, com os cabelos soltos, movia o corpo com graciosa sensualidade.

Lizzie franziu o cenho ao notar o vestido verde pálido usado por ela, que deixava as curvas à mostra. Deus! Fechou um pouco mais a expressão.

— Vamos dançar? — Gareth perguntou no ouvido dela, desviando sua atenção.

Lizzie prendeu a respiração quando, em seguida, ele deixou os lábios tocarem a ponta da sua orelha. Olhou para os lados e viu as pessoas formando filas, iniciando os passos da conhecida dança country escocesa.

— Vamos — concordou, animada, esquecendo qualquer pensamento tolo e infantil que pudesse lhe provocar ciúme de Brenda, afinal a mulher estava apenas se divertindo e, se quisesse fazer isso quase sem roupa, não era problema seu.

Durante a peça, Lizzie sentia o coração encolher e depois aumentar e explodir de amor, toda vez que a dança pedia para Gareth se aproximar e ele a olhava como se a desejasse há uma eternidade, e a tocava como se a buscasse há pelo menos um século.

— Gareth — Lizzie o chamou no meio da dança.

Ele se afastou, seguindo a exigência da coreografia, e voltou a se aproximar, segurando-a pela cintura.

— Sim, meu amor?

Ela o admirou, com fingida inocência, antes de afirmar:

— Eu entendi por que vocês usam kilt.

— É mesmo? — Ele soou espirituoso. — E por quê?

Deram mais alguns passos para longe e voltaram a se aproximar em seguida.

— Porque as mulheres celtas não têm tempo para calças.

— Como assim, *lassie*? — ele perguntou com cenho franzido e, devagar, conforme entendia o sentido daquelas palavras, os olhos dele cresceram, arregalados.

Lizzie bateu as pestanas, flertando antes de dizer:

— Eu mesma me sinto bastante celta toda vez que vejo você de kilt.

Ela notou quando a expressão do marido mudou de descontraída para predatória, os olhos sombreados pelo desejo. Eles voltaram a se afastar e alguns passos depois, ao se aproximarem, Gareth a envolveu com os braços e a segurou com uma força possessiva, apertando-a contra o corpo dele, evidenciando o resultado de suas palavras.

— Já que você conhece tanto as coisas, me explique, agora, como eu vou dançar sem que metade do salão perceba a condição... avolumada que a minha adorada e sábia esposa causou nas partes baixas do meu kilt?

Provocativa, ela beijou a orelha dele de leve e, quando ia se afastar seguindo o movimento da dança, ele a deteve.

— Se não quiser que eu arraste você até um dos cantos deste salão e erga as suas saias celtas — sussurrou no ouvido dela —, sugiro que pare de me provocar, *lassie*.

Em resposta, ela deu uma risadinha nervosa. Apesar de se sentir acalorada com a ameaça convidativa do marido, eles não poderiam deixar o salão no início do baile. Seguiram dançando, descontraídos, e, ao final da segunda peça, alguém bateu de leve no ombro de Gareth.

— Você vai deixar alguém mais dançar com a sua adorável esposa?

Era Collum, um dos grandes amigos de Gareth no conselho.

O marido estreitou os olhos antes de responder com rispidez monossilábica:

— Não.

Lizzie sorriu, surpresa, e Collum coçou a cabeça sem graça.

— Meu senhor — ela disse a Gareth em tom zombeteiro —, se estivéssemos na Inglaterra, o senhor seria banido da sociedade.

— Não estamos na Inglaterra — ele respondeu, estreitando-a mais entre os braços.

Collum segurou no ombro dele.

— Deixe de ser tão ciumento, homem. Eu só quero uma dança com a sua esposa. Além do mais, algumas senhoras estão esperando a oportunidade de ter uma dança com o chefe do clã e aniversariante.

Lizzie, acostumada com o comportamento esperado de qualquer casal em um baile, apesar de não ter muita vontade de se separar de Gareth, incentivou-o.

— Vá atender à sua fila de dançarinas, meu amor. Estarei aqui, esperando por você.

Gareth apontou ameaçadoramente em direção a Collum.

— Eu estarei de olho. Não faça nada que me leve a estragar a minha festa de aniversário.

Dizendo isso, Gareth se afastou e Lizzie deu a mão para o conselheiro.

— Ele sempre foi assim, ciumento?

— Não, nunca — Collum respondeu e começaram a dançar.

Ela buscou o marido pelo salão e o encontrou dançando com a esposa de Renan, outro dos conselheiros.

Quatro peças depois, Lizzie tinha certeza de que aquele era o baile mais divertido de sua vida. Ela dançou com Duncan, e depois com mais três homens da vila. As músicas tocadas eram animadas e todos batiam palmas e faziam círculos, trocando de parceiros a cada volta completa no salão.

Quase no final da quarta peça, ela esticou o pescoço, procurando por Gareth, já havia se passado algum tempo sem vê-lo. Acreditou que o marido dançava em outro extremo da sala lotada. Sem encontrá-lo, voltou a atenção para o ferreiro, seu atual parceiro. Ele abriu um sorriso enorme e desfalcado para ela, possivelmente se divertindo em segurar tão próximo de si a esposa do chefe do clã. Quando a música acabou, o homem grisalho agradeceu e ela retribuiu com gentileza o gesto.

Virou-se a fim de achar Gareth, mas alguém ao lado segurou seu pulso com força.

— Dança comigo? — perguntou ele, e o sangue de Lizzie gelou. Conhecia aquela voz. Era Kenneth.

— Eu... eu... — Sem responder, buscava Gareth, um pouco hesitante.

Lembrou-se do dia do incêndio no celeiro e entendeu que o marido talvez ficasse enciumado se a visse dançando com Kenneth.

Ele lhe lançou um olhar cheio de mágoa.

— É apenas uma dança, Lizzie.

A jovem tentou sorrir, um pouco nervosa, e viu algumas pessoas do clã os observando. Nos salões de baile ingleses, uma dama recusar o convite de um cavalheiro sem motivo aparente era uma afronta, será que ali também seria? Insegura sobre qual a melhor atitude a tomar, ela inspirou lentamente, aceitando o convite.

Antes do meio da peça, ela já estava arrependida. Era uma canção lenta, portanto ela dançava apenas com Kenneth, e ele a mantinha mais grudada a ele do que seria adequado. Lizzie tentou se afastar algumas vezes, mas os braços fortes do homem não a permitiram.

— Por que você se casou com ele? — perguntou Kenneth, olhando-a com intensidade.

— Eu o amo — disse, baixinho, e voltou a procurar o marido.

Kenneth aumentou a pressão dos braços nas costas dela.

— Ele não a quer de verdade. Casou com você para me atingir.

— Kenneth, não — ela contrapôs e espalmou as mãos no peito do homem, tentando se afastar.

— Vamos para um lugar mais isolado, Lizzie. Gareth não precisa ficar sabendo.

Nervosa, voltou a olhar para os lados atrás do marido.

— Você não vai encontrá-lo aqui. Ele está com Brenda.

Agitada, Lizzie buscou a ruiva entre os músicos, e seu coração se acelerou quando não a encontrou onde estava antes.

É mentira de Kenneth. Gareth não faria isso.

A peça acabou e eles se afastaram. Ela continuava a vasculhar o salão atrás do marido.

— Veja. — Kenneth apontou para as varandas no andar de cima.

Ela seguiu a direção do dedo, encontrando, em um dos cantos isolados e escuros da varanda, os cabelos vermelhos e chamativos de Brenda. Ela estava com um homem alto e forte, e tocava o rosto dele com... Lizzie prendeu o ar. Não podia ser. Então o homem deu um passo, entrando na linha da luz. O coração de Lizzie disparou mais um pouco — era o seu marido sendo tocado por aquela mulher. O coração disparou dez vezes mais ao ver os dois saírem da varanda e sumirem.

— Obrigada pela dança — disse, acenando com a cabeça, completamente atordoada.

Estava pronta para sair dali, tentando organizar as emoções e controlar a vontade de chorar, mas Kenneth a segurou pela curva do braço.

— Nós ainda podíamos sair daqui e nos divertir.

Lizzie olhou-o enfurecida.

— Nunca mais me proponha isso! Se você não respeita o seu primo e líder deste clã, eu respeito e amo o meu marido.

Antes de conseguir se afastar, Lizzie ouviu Kenneth murmurar:

— Ele não merece o seu respeito.

Dessa vez ela não respondeu, apenas se afastou.

Conforme caminhava, Lizzie tentava se convencer de que não vira nada de mais. Gareth apenas conversava com Brenda, e ela tocava o rosto dele. Estava exagerando, impressionada pelo trauma do passado. Logo mais ele apareceria e... Por que ele não avisou a ela que deixaria o salão?

Os dez minutos seguintes ela passou buscando por Gareth. Os sons da música se misturaram com a algazarra das risadas e conversas difusas pelo ambiente. Ela viu todos os conselheiros, Joyce e também Agnes, que se divertiam.

Onde ele está?

Deu mais alguns passos entre as pessoas e recusou dois convites para dançar, alegando indisposição.

Onde ele está?

Seus olhos encontraram os de Kenneth, que a vigiava com os braços cruzados e uma expressão fechada no rosto. Ele desenhou uma negação com a cabeça. Dizendo, em silêncio: "Você não vai encontrá-lo aqui".

Sua mente foi levada pelas emoções conturbadas, invadida por imagens horríveis de Gareth com Brenda. Ele a beijando, despindo, ela gemendo de prazer em seus braços.

Sacudiu a cabeça e piscou lentamente, tentando organizar os pensamentos, mas tudo o que conseguia ver e sentir eram as lembranças de uma noite em um outro baile, quando um homem a traiu, arrancando seus sonhos de juventude e os trocando por desilusão.

Um gosto amargo e ácido envolveu sua boca, e lágrimas turvaram sua visão.

Por que Gareth estava com Brenda, afinal? E onde eles haviam se metido?

Antes que começasse a chorar ou desmaiasse como uma jovenzinha desmiolada, antes mesmo de ir atrás dele feito uma louca, Lizzie foi para o quarto.

⁂

Ele andava atrás dela como um alucinado fazia pelo menos vinte minutos, desde que se despedira de Brenda, depois da conversa séria entre eles.

Tentava afastar da cabeça, sem muito sucesso, as imagens de Lizzie dançando com Kenneth.

Havia subido até a varanda a fim de localizar Lizzie entre as pessoas e conseguiu. Ela dançava com Kenneth e o desgraçado estava próximo demais dela, cochichando em seu ouvido, a mão cobrindo metade dos quadris de sua esposa. Gareth quase se descontrolou, estava a ponto de descer e arrancá-la dos braços do primo, esmurrando-o até aquele filho de uma rameira perder a capacidade de falar, quando Brenda apareceu.

Eles saíram da varanda em seguida, e Brenda contou o que Gareth perguntara havia alguns dias: Quem havia colocado o boneco com sangue no quarto de Elizabeth?

Logo que acabaram de falar, ele desceu para o salão com o propósito de encontrar Lizzie ainda em mente. Procurou-a por algum tempo, um pouco nervoso e angustiado, tanto com a dança a que assistira quanto com a revelação de Brenda, e então Joyce lhe avisou que Lizzie alegara uma indisposição e havia se recolhido.

Naquele momento, com a mão na maçaneta da porta do quarto, ele lutava para afastar o ciúme descabido que sentia pela maneira como a esposa dançara com Kenneth e a preocupação talvez exagerada com o bem-estar dela. Afinal Lizzie aparentava estar muito bem disposta até pouco tempo atrás. Não devia ser nada.

Girou a maçaneta de uma vez e entrou.

Gareth comprovou, muito rápido, a boa saúde da esposa.

Ela vestia algo mais simples de algodão, com os cabelos soltos, as faces coradas, e estava ajoelhada na frente da cômoda do quarto, em volta de um monte de roupas, enquanto tirava mais algumas, como se quisesse rasgar as peças.

— O que você está fazendo? — perguntou, intrigado.

Ela virou para ele, estreitando o olhar, e voltou a remover as roupas da cômoda, sem responder.

Gareth entrou, fechando a porta atrás de si.

Lizzie prosseguia como uma alucinada, pegando vestidos, anáguas, espartilhos e meias.

— Lizzie! — ele a chamou, mais enfático.

— Onde você estava? — ela perguntou, em vez de explicar o que acontecia.

— Procurando você.

Ela riu de maneira forçada.

— Encontrou — disse, voltando a atenção para a pilha de roupas no chão.

Gareth se sentia cada vez mais inquieto ao assisti-la levantar, pegar um baú no canto do quarto e o arrastar até a pilha desorganizada no chão.

— Que diabos você está fazendo? — repetiu a pergunta.

Ela enfiou um vestido no baú.

— Eu vou voltar para o meu quarto.

— O quê?

Ela se levantou, colocando as mãos na cintura.

— Eu vou voltar para o meu quarto.

— Se você prefere o outro quarto, era só ter me avisado. Eu pediria para uma criada nos ajudar com a mudança e...

Gareth se deteve ao ver sua pequena esposa caminhar até ele com a determinação de um exército. Conhecia aquela expressão — ela estava furiosa.

— Onde você estava? — perguntou, enraivecida. — Ou talvez a pergunta certa seja *com quem* você estava.

Gareth entendeu, abismado, que por algum motivo louco a sua adorada e enfurecida esposa insinuava que ele estava com outra mulher. Ele ia se defender, porém as imagens dela nos braços de Kenneth, dançando, sorrindo, abraçando-o, voltaram à sua mente.

— Enquanto você dançava com Kenneth?

Os olhos dela se arregalaram, surpresos.

— Eu não fiz nada de mais, seu... seu... Eu te vi na varanda, saindo com aquela cenoura velha.

Gareth piscou devagar, enquanto aquela criatura minúscula e enraivecida o encarava com a postura de um guerreiro. Bufou, incrédulo, ao entender que Lizzie o vira com Brenda na varanda e estava possuída de ciúme, assim como ele ao vê-la dançando com Kenneth. Não pôde evitar sentir-se aliviado, satisfeito, até mesmo um pouco envaidecido com o ciúme da esposa. Que tolos eles eram, Gareth concluiu.

— Sim, eu tive um encontro com Brenda — contou de uma vez, sorrindo, sem perceber o duplo sentido de sua declaração, até ela gritar enlouquecida:

— Seu desgraçado! Eu vou matar você!

Quando estava com raiva, Elizabeth ganhava uma coragem que Gareth não compreendia de onde uma mulher tão frágil tirava. Então ele cresceu para cima dela, abraçando-a e imobilizando-a contra a parede. Tinham que parar com aquela besteira.

— Me solte, seu animal! — gritou ela.

Gareth a beijou com força, detendo os braços dela, exigindo com a língua que ela abrisse a boca.

— Não encoste em mim — ela ralhou, tentando se soltar.

— Lizzie, me escute — ele disse, ofegante pelo esforço de mantê-la em seus braços. — Nós somos dois imbecis.

Mas ela não ouvia, sem deixar de lutar. Gareth prosseguiu, afoito:

— Eu subi até a varanda com a intenção de encontrar você, então a vi dançando com Kenneth e fiquei possuído de ciúme. Brenda chegou logo em seguida... Jesus! Aquiete-se e me escute!

Finalmente Lizzie parou de lutar e olhou para o rosto do marido, com as faces tomadas de lágrimas, a respiração acelerada. Gareth teve vontade de beijá-la outra vez, de amar a esposa a noite inteira. Mas antes devia explicar o que acontecera.

— Combinei com Brenda de ela investigar algumas coisas, entende?

Lizzie assentiu com a cabeça. Gareth a beijou com carinho na fronte antes de dizer:

— Ela veio atrás de mim na varanda e, antes de eu voltar ao salão, nós conversamos um pouco, fora da vista de todos.

— Ela estava tocando o seu rosto — Lizzie acusou após fungar. — Eu não gostei.

Ele voltou a abraçá-la, sentindo a respiração acelerada contra o peito.

— Ela me cumprimentou pelo meu aniversário, deve ter sido quando você nos viu.

Lizzie deu um suspiro entrecortado. Gareth enfiou os dedos na massa de cabelos encaracolados.

— Eu pedi para ela averiguar quem colocou aquele boneco no seu quarto.

Os olhos de Lizzie se arregalaram.

— Não fique assim, meu amor — ele a consolou.

— Quem foi?

— Ninguém com quem você precise se preocupar. Eu já resolvi tudo.

Ela deu mais um suspiro trêmulo.

— Eu senti muito ciúme.

— Também não gostei da maneira como Kenneth tocou em você quando dançaram.

Ela apoiou a testa em seu ombro e chorou. Gareth deixou as mãos subirem e descerem nas costas pequenas.

— Kenneth me falou coisas horríveis, eu... eu acho que me deixei ser influenciada.

Gareth sentiu o maxilar travar de raiva. Malcolm e Kenneth se tornavam problemas cada vez maiores à sua chefia. Eles o desafiavam e provocavam, além de estarem espalhando boatos maldosos sobre Elizabeth. Gareth não contaria que foi Malcolm quem pediu para colocarem a boneca no quarto de Lizzie a fim de amedrontá-la. Ela não precisava saber disso. Naquele momento ela sofria, acreditando que ele a havia traído, e ele queria apenas consolá-la.

— Meu amor. — Ele segurou o rosto dela entre as mãos. — Nós não podemos deixar que os traumas pelos quais passamos comprometam nossa vida.

— Você tem razão, me perdoe — ela disse, cheia de arrependimento e amor.

E beijou Gareth de maneira entregue e apaixonada, despertando o seu corpo, fazendo seus joelhos fraquejarem enquanto era consumido pelo desejo.

Lizzie se afastou dos seus lábios antes de dizer:

— Eu tenho um presente de aniversário para você.

Ele inspirou devagar, acalmando a respiração alterada pelos beijos trocados.

— Achei que o meu presente tinha sido o seu acesso de ciúme descontrolado e as suas roupas espalhadas pelo chão — Gareth brincou, com uma sobrancelha arqueada.

Ela lhe lançou um olhar compenetrado.

— Eu estava tentando manter a calma.

Ele gargalhou.

— Deus me livre provocar a sua ira um dia.

— Espere, eu vou pegar. — Dizendo isso, ela foi até a cômoda e voltou com um saquinho de couro entre os dedos. — Feliz aniversário — disse ao lhe dar o embrulho.

Gareth não conseguiu deixar de sorrir ao notar a cara de expectativa de Lizzie. Ele desfez as voltas das tiras e abriu o saquinho, virando-o na palma da mão.

— *Luckenbooth* — murmurou, surpreso.

Aquele era um broche tradicional na Escócia e na Irlanda. As pessoas acreditavam que trazia boa sorte e proteção aos casais e às famílias.

— Joyce me disse — principiou Lizzie — que seus pais tinham um igual... e eles lhe deram quando você nasceu, mas infelizmente o broche foi perdido no incêndio.

Gareth aquiesceu, disfarçando a onda de surpresa e emoção que se alastrava no seu peito.

Lizzie tocou o broche com a ponta dos dedos.

— Eu... tomei a liberdade de gravar a inicial deles ao lado das nossas. Espero que você não se importe.

Ele negou com a cabeça, engolindo o bolo na garganta.

— Fiz isso porque — afirmou, emocionada — gosto de pensar que eles abençoam a nossa união.

Gareth não se conteve mais e a abraçou, derramando lágrimas de felicidade.

— Obrigado, *mo thiodhlac*. Eu te amo tanto — disse e a beijou.

— Também te amo — ela murmurou.

Sem parar de beijá-la, ele a despiu, peça por peça, lentamente. Quando ela estava nua, carregou-a para a cama. Elizabeth se entregou de maneira diferente, moldando-se às suas exigências. Ele respondeu amando cada pedaço de pele, cada curva, cada som de prazer que ela fazia ao reagir aos seus toques.

Não soube por quanto tempo eles se acariciaram e se beijaram. Gareth a tocava o tempo inteiro com infinita paixão e ela retribuía enlouquecendo-o, levando-o ao êxtase antes mesmo de penetrá-la, somente com a união dos seus corpos em movimento. Para depois recomeçarem tudo novamente e se encontrarem mais uma vez dentro dos olhos, sob a pele, em cada reação de prazer. Gareth a amou de muitas formas e esteve dentro dela de todas as maneiras. Soube, naquela noite, que nunca mais Elizabeth deixaria o seu corpo.

22

Os celtas acreditavam no amor como algo delicado, curativo e sagrado, uma maneira de entrar em contato com sua alma e com a alma de seu amante. Muitas culturas baniram esse significado da realidade do cotidiano, transformando a experiência física do amor em algo que deve ser escondido ou em motivo de vergonha. Nota: Quanto mais eu conheço este mundo, mais dou razão a essa teoria.

— DIÁRIO DE ESTUDOS DE E.H., 1867

Dias depois do casamento, Lizzie teve certeza de que tinha sido uma tonta.

Como ela pôde um dia sequer imaginar viver uma vida enfiada com a cara em manuscritos e nunca conhecer a sensação — sensações — de ser amada por um homem?

Nada errado com os manuscritos, Lizzie continuava adorando estudá-los, mais do que muitas coisas na vida. Inclusive, recentemente, vinha desenhando os padrões intrincados das paredes do castelo e anotando com renovado entusiasmo tudo o que ainda podia ser descoberto ali sobre a cultura celta. Porém ela não encontrava muito tempo livre para isso.

Sentiu as bochechas esquentarem — e outras partes do corpo também — ao se lembrar de como Gareth a havia amado naquela manhã, em uma posição... Meu Deus, que posição foi aquela? Ela não conseguia nem mesmo reproduzir mentalmente: pernas para cima, corpo dobrado, o braço dele embaixo, sustentando-a... Deus! Gareth revelava dia a dia uma nova forma de amar. Quantas mais existiam? E também revelava uma nova faceta do amante apaixonado que — santo Senhor! — ele era.

— Você está suspirando novamente — Agnes zombou, andando ao lado dela.

— Eu?

Agnes concordou, em silêncio.

— Culpa do seu irmão. — Ela continuou sorrindo e passou a mão sobre a faixa com as cores do tartan.

Todos os dias ela usava uma faixa de lã atravessando o corpo pelo ombro esquerdo. Lizzie era casada com o líder do clã, deveria usar essa faixa e fazer isso com orgulho. As pessoas lhe diziam que ela não era mais inglesa. Como se, ao ser escolhida por Gareth, tivesse conseguido se livrar de uma espécie de maldição ou da peste invisível que os ingleses carregavam.

Naquele momento, as duas caminhavam em direção à praça central do vilarejo. Agnes insistira em levá-la para comer a geleia de morango que a sra. Morian fazia.

— É a melhor geleia de morango — Agnes repetiu quando se aproximaram.

— Sim, você já disse isso mais de uma...

— Espere. — A mão de Agnes a deteve.

Lizzie notou uma multidão aglomerada no meio da praça.

— O que está acontecendo? — perguntou, tentando enxergar sobre os ombros das pessoas, que praticamente se acotovelavam por um lugar.

Elas se aproximaram pedindo licença e, devagar, ganharam espaço.

— Eu não sei — Agnes respondeu. — Mas talvez devêssemos voltar e...

A voz da amiga sumiu, assim como os murmúrios dos presentes, quando se escutou um grito forte e imperioso... *Meu Deus!* Era Malcolm, que gritava com um menino e o sacudia pela orelha.

— Você vai aprender, Robert! — Malcolm esbravejou. — Você não pode pegar o que não é seu.

Tinha de ser justamente aquele monstro, Lizzie comprovou com o coração acelerado.

Malcolm segurou as mãos do menino, que não devia ter mais que dez anos, e o acorrentou a um tronco. Lizzie sentiu um gosto amargo na boca.

E então o mundo parou: todos os sons, toda a cor se desfez. Tudo se dissolveu ao redor dela.

Viu quando surgiu uma vara, e a camisa do menino foi rasgada.

— Não — murmurou e deu dois passos para trás.

Sentiu os dedos gelados de Agnes tocarem seu braço. E um som rasgou o ar, seguido por um grito desesperado do menino.

— *Chan eil!* — ela repetiu o protesto em gaélico, porém aquilo não impediu a vara de ser erguida. Outro grito ecoou em seus tímpanos, encolhendo o seu coração.

— Vamos embora. — Agnes a puxou.

— Não!

— Vamos embora, Lizzie, por favor... Você não pode fazer nad...

— Pare! — ela berrou, enquanto o menino dava outro grito. E, sem perceber o que fazia, abriu caminho até o vão central. — Chega! — exigiu, desesperada. — O que quer que tenha feito, ele já aprendeu a lição — concluiu, sem pensar.

A vara permaneceu erguida no ar por um longo momento, antes de ser abaixada ao chão. Tudo ficou ainda mais quieto, com exceção dos soluços fracos do menino e de sua respiração brusca.

E então ouviu passos em atrito contra a terra batida. Malcolm se virou para ela.

— Aqui nós tratamos qualquer ameaça à nossa paz e à nossa segurança dessa maneira — ele disse e baixou a cabeça em uma falsa cortesia.

Lizzie nem percebeu a indireta dele; estava muito preocupada com o menino amarrado.

— Já chega — ela repetiu, nervosa.

— Quem decide isso sou eu — Malcolm respondeu, desafiador.

— Elizabeth. — Ela moveu os olhos até encontrar Kenneth, com o maxilar travado e os olhos inflamados. Ele não havia gostado do que ela acabara de fazer. — Volte para o castelo.

Aquilo não era um pedido, era uma ordem.

O menino soluçou e Lizzie sentiu lágrimas escorrerem pelas bochechas.

— Parem com isso! Ninguém deve ser punido assim! — ela insistiu.

— Ora, e por onde anda o chefe do nosso clã, que não está aqui controlando a própria mulher? — A voz de Malcolm estava cheia de desdém.

— Inglesa! — Lizzie ouviu alguém murmurar na multidão.

— Lixo inglês! — outra pessoa gritou.

Horrorizada com a hostilidade gratuita, Lizzie percorreu a multidão com os olhos. As pessoas a encaravam com reprovação.

— Vamos sair daqui... Isso que você fez só piora as coisas — Agnes falou no ouvido dela.

— Por favor — Lizzie sussurrou para Malcolm —, pare.

Ela saiu de lá sem sentir as pernas, os braços ou o corpo. Agnes a segurava pelos ombros.

Como o meu pedido de ajuda poderia piorar as coisas?

— Ele vai parar?

— Você interrompeu uma punição pública, Lizzie. E a sua intervenção — Agnes a olhou, compadecida, antes de acrescentar: — talvez faça a surra ser ainda pior.

— Não! — ela gritou e quase caiu, sentindo-se tonta e fraca.

— Eu sinto muito — Agnes afirmou com a voz falha. — Por isso as pessoas foram hostis com você. Elas sabem o que pode acontecer.

— Eu não imaginava, eu...

Agnes friccionou as mãos nos braços da jovem, de maneira carinhosa.

— Você não tem como saber tudo.

Lizzie só conseguia pensar em como corrigir o que tinha feito. Voltaria lá? Arrancaria o menino à força? Amarraria Malcolm? Daria uma surra nele? Estava tão alterada que não conseguia ter nenhum pensamento coerente.

— O que houve? — a voz de Gareth interrompeu seu fluxo de pensamentos. Era isso, Gareth! Ele pararia aquele absurdo. Ele era a resposta.

— Lizzie interveio em uma punição pública.

Os olhos de seu marido se arregalaram.

— Em quem?

— Robert — respondeu a irmã dele.

— Maldição — Gareth murmurou.

Lizzie apertou as têmporas com dedos incertos.

— Ele é só uma criança.

— Eu sei... Merda! — Gareth vociferou e sacudiu a cabeça. — Quem o punia?

— Malcolm — Agnes respondeu, amuada.

— Inferno! Vá para o castelo, Elizabeth — ele ordenou e saiu correndo.

— Ajude-o! — Lizzie gritou, em desespero.

Gareth se virou para ela e assentiu com a cabeça antes de voltar a correr.

— Tudo ficou bem — Gareth disse ao entrar no quarto.

Lizzie não se sentara por um único minuto desde que entrara no quarto, e isso já fazia pelo menos um par de horas. Estava exausta, nervosa e totalmente inquieta.

— E o menino?

— Já está em casa, ele vai ficar bem — Gareth respondeu, tirando a bolsa de couro e colocando-a sobre a cômoda.

— Nunca vi tamanha barbaridade. — Ela cobriu os olhos, cansada.

— Por pior que pareça, Robert errou primeiro. — Gareth tirou as botas. — E você não pode interferir dessa maneira.

O quê?

Lizzie riu de maneira irônica.

— Para você é fácil falar, já que deve estar acostumado com essas atrocidades em praça pública e... — Parou de falar ao notar o olhar furioso que Gareth lhe lançava.

— Eu não gosto de ver as minhas crianças, as crianças do meu povo, levando uma surra, Lizzie.

— Você não é o líder deste lugar? Por que simplesmente não muda as leis? — Ela apontou para ele de maneira frenética.

Foi até a cômoda e abriu uma gaveta qualquer. Nem mesmo ela sabia o que estava procurando.

— As coisas funcionam assim desde o primeiro líder do clã — Gareth pontuou, com calma —, muito antes deste lugar.

— Isso não quer dizer que não possam mudar.

— Eu não posso mudar a lei sozinho.

Lizzie pegou um par de meias, abriu-as e as esticou entre os dedos, nervosa.

— Eu sempre escutei que os antigos chefes tinham toda a autonomia. Onde isso foi parar? — ela perguntou, erguendo as sobrancelhas.

Gareth removeu o blazer e a camisa.

Lizzie desviou os olhos. O assunto era sério e ela estava nervosa demais.

O marido cruzou os braços na altura do peito, em uma postura autocrática.

— Quando o clã se mudou para cá, o primeiro líder, o *meu* tataravô — ele frisou o "meu", para deixar claro há quantas gerações o seu sangue corria liderando aquelas pessoas —, resolveu que ter um conselho composto de homens da família poderia, além de diminuir a disputa por poder interno, ser benéfico para o clã.

— Uma criança apanhar daquela maneira em praça pública? O que isso pode ter de benéfico?

Gareth bufou.

— O que é benéfico é a certeza de que um homem sozinho não tem o poder de decidir pela maioria. Quando o conselho é unânime sobre uma questão, o líder não tem poder de decisão. Quando o conselho está dividido, aí sim eu posso decidir sozinho o melhor a fazer em qualquer situação.

Lizzie gelou. Não apenas pelo sofrimento do menino, mas porque aquilo talvez explicasse o motivo pelo qual ela não tinha sido morta e jogada na floresta quando chegara ali.

— E o meu caso?

— O conselho nunca foi unânime, eu sempre decidi o que devia ser feito.

— Então eu poderia ter saído?

— Nessa questão houve unanimidade.

— E sobre as surras em praça pública? — Lizzie perguntou, voltando a esticar as meias.

— As leis mais antigas não são colocadas em votação.

— Aquele pobre menino... — Ela jogou a meia de volta na gaveta e puxou outra peça de roupa, mas nem viu qual.

— Aquele pobre menino roubou objetos de duas casas.

— Ah. — Ela torceu a peça em sua mão. — Mas uma surra daquelas?

— Ele vai ficar bem. Consegui fazer com que Malcolm parasse assim que cheguei lá. — Gareth jogou água no rosto e no pescoço.

— Ele... ele não apanhou mais por minha causa, apanhou? — ela indagou, temendo pela resposta.

— Duas vezes mais.

— Oh, meu Deus! — Nervosa, Lizzie mordeu um calção de baixo que pegou da gaveta.

— Não fique assim — Gareth disse, aproximando-se dela. — O menino estava bem quando eu deixei a vila. Malcolm não bateu com força, apenas o suficiente para assustá-lo. Talvez Robert fuja correndo de você quando a vir novamente, mas isso é toda a consequência dessa história.

Os lábios de Gareth se curvaram para cima até dentes brancos e brilhantes aparecerem.

— Você... você está rindo? — Ela não podia acreditar.

— Se está com fome, *leannan* — Gareth olhou para o calção que ela segurava —, você podia ter me falado. Não precisa comer a gaveta de roupas íntimas inteira.

Ela jogou a peça na cara dele. Gareth agarrou a roupa, com um olhar ameaçador.

— Lizzie, estou tentando ser compreensivo aqui, afinal você conhece muito pouco sobre as nossas tradições.

— Eu não sou obrigada a concordar com tudo — ela rebateu.

— Ao enfrentar Malcolm, você não somente o desafiou, mas também desafiou a minha autoridade, como seu marido e seu chefe.

— Seu... seu... seu... — Lizzie esqueceu as palavras, conforme o corpo do marido cresceu sobre o dela.

— Todos acham que eu a punirei pelo seu comportamento.

— Você... você não ousaria — ela protestou e foi para trás da cadeira.

— Eu nunca machucaria você, Aine. — Gareth estreitou o olhar. — Mas Deus sabe que estou morrendo de vontade de lhe ensinar uma lição.

Ela arregalou os olhos.

— Não ouse pensar em...

Ele avançou em sua direção.

— Venha aqui, Lizzie.

— Se você levantar a mão para mim, eu juro que nunca vou te perdoar.

Ele agarrou a cadeira e a tirou da frente.

— Você ouviu? — perguntou ela, com a voz incerta. — Eu não perdoarei. Eu fujo daqui e você nunca mais vai me ver.

— Eu vou apenas ensinar uma coisa a você. Confia em mim? — Ele a laçou pela cintura, erguendo-a do chão, e a tombou sobre a colcha de pelos na cama.

— Sim... Quer dizer, não sei.

— Não sabe? — questionou, parecendo ofendido.

— Você estava falando em me ensinar...

— Uma lição — ele a corrigiu.

Gareth segurou o seu rosto entre as mãos e a beijou de leve.

— Confia em mim?

— Eu... — ela umedeceu os lábios — não quero aprender.

Gareth subiu as mãos ásperas por dentro das saias do vestido dela, até o meio das coxas.

— Tem certeza? Porque eu quero muito lhe ensinar.

Lizzie gemeu quando ele tocou a pele sensível da virilha. Os dedos longos atravessaram os pelos macios, e ele passou a acariciar as dobras úmidas de sua feminilidade, massageando-a lentamente, com toques que pareciam de plumas.

— Ah, Gareth... — ela gemeu, odiando-se por ceder tão facilmente.

Os dedos experientes prosseguiram espalhando a sua umidade com movimentos circulares rápidos e suaves, levando-a a se contorcer, e ela foi tomada por ondas incontroláveis de um desejo arrasador. Gareth diminuiu a pressão do toque e Lizzie ergueu os quadris de encontro aos dedos dele, vendo tudo rodar quando ele baixou a cabeça entre suas pernas e passou a sugar de leve o botão retesado e pulsante. Com uma das mãos ele deteve as dela, com a outra a penetrou, primeiro com um dedo, depois com mais um.

Ela estava trêmula, ofegante, no limite do prazer. Todas as vezes que Lizzie acreditava que Gareth lhe daria o alívio de que ela tanto precisava, ele diminuía a intensidade dos toques e se afastava um pouco. Agora, por exemplo, acabava de fazer isso mais uma vez.

— Ahh! Pelo amor de Deus! — ela protestou. Estava desesperada, fora de si. — Pelo amor de Deus — implorou pela milésima vez. — Eu não estou mais aguentando, seu, seu... — Ela mal tinha voz para continuar pedindo.

— Diga quem é o seu senhor — Gareth exigiu, sem distanciar a boca.

— O quê? — Lizzie estava tão vulnerável que quase explodiu com o ar quente que a tocou, a acariciou.

— Quem você deve — ele sugou de leve antes de concluir — respeitar e obedecer?

Ela ofegou e gemeu quando ele moveu os dedos dentro dela, um pouco mais rápido.

— Solte minhas mãos e vou matar você.

— Quem é seu senhor, Lizzie?

— Eu te odeio! — ela protestou entre gemidos, porque Gareth voltara a torturá-la com os lábios.

— Quem? — ele repetiu, movendo os dedos ainda mais rápido.

— Você, seu homem odioso — confirmou, com a voz lânguida de prazer.

— Seu o quê? — ele perguntou, afastando-se e deixando Lizzie à beira do abismo.

— Senhor, você é o meu senhor — disse, quase chorando de prazer. O marido voltou a tocá-la com a pressão de que ela precisava.

— Boa menina — disse ele, satisfeito, e desfez o kilt, repetindo a pergunta.

Ela respondeu em um gemido, enquanto era invadida lentamente. Nem pensou em negar. Não conseguiria negar nada naquele momento.

— Quem é o seu senhor? — ele insistiu.

Ela o olhou dentro dos olhos.

— Você — arfou quando Gareth a preencheu por completo e começou a se mover enquanto a beijava, num misto de desejo e devoção.

Ele continuou se movendo, exercendo o domínio que emanava dele naturalmente, transpirando uma sensualidade bruta. Cada investida era guiada pela força do instinto selvagem que habitava seu corpo. Tão lindo e irresistível que logo ela se viu acompanhando-o, gemendo seu nome, até ambos gritarem no êxtase compartilhado.

— Eu te amo — ele confirmou, beijando-a com ternura, e por fim soltou suas mãos, roçando os lábios em seus punhos carinhosamente. — Ainda vai me matar?

Ela apenas negou com a cabeça.

— Ainda me odeia?

Ela negou mais uma vez e se aninhou no peito dele.

— Ainda sou o seu senhor?

Negou outra vez.

— Ah, não? — perguntou ele, ofegante, com um sorriso na voz. — Devo começar tudo de novo?

Lizzie, que estava completamente entorpecida pelo clímax mais forte de sua vida, esforçou-se para responder:

— Amanhã você terá a sua resposta. Amanhã.

E dormiram abraçados e exaustos.

Nem em seu delírio mais fantasioso, Gareth imaginou um dia estar na sala do trono com os braços amarrados e o kilt erguido até a barriga.

Não imaginou também que, nessa situação, estaria a um passo de enlouquecer e de confessar todos os seus pecados, ou o que mais aquela dama endiabrada desejasse.

Não havia nada diferente em sua rotina até há pouco, quando sua esposa criativa entrou na sala pedindo para os conselheiros alguns minutos a sós com ele, alegando urgência para falar com o marido. Gareth — idiota — chegou até a ficar tenso e preocupado e...

— Ahh — gemeu quando a boca de Lizzie envolveu toda a sua virilidade. Ela nunca havia feito isso com ele, então Gareth não tinha a mais vaga ideia de onde ela aprendera a... — Pelo amor de Deus...

— Fale baixo — pediu ela. — Seus conselheiros estão do outro lado da porta.

Ela o enlouqueceu a ponto de ele permitir que os braços fossem amarrados no trono, Cristo!

— Jesus, Lizzie! — ele grunhiu, e dessa vez não foi baixo. Ela o estava matando com a boca.

— Se você é o meu senhor, eu sou sua...

— Amada — disse e jogou os quadris para cima.

Ela entortou o pescoço, encarando-o.

— Você pode fazer melhor.

E voltou a enlouquecê-lo.

— Feiticeira!

— Ainda não está bom.

— Deusa, dona, o que você quiser — ele grunhiu alto de prazer.

— Agora sim! — ela confirmou e montou em cima dele, surpreendendo-o. Lizzie arqueou o pescoço conforme se mexia. — Quem é a sua senhora?

— Você.

Ela ondulou o quadril, arrancando mais um gemido do seu peito.

— Dona do meu corpo.

Ela se moveu novamente.

— Dona do meu coração e dos meus desejos — ele afirmou, com uma urgência frenética.

Eles se beijaram com paixão. A esposa estava tão perfeita e ele tão louco por ela que gritou ao explodir o seu prazer, sem se importar com nada.

Acabaram os dois com a testa colada e ofegantes.

— Você tem razão — murmurou ela, dando um beijo de leve nos seus lábios. — Isso é muito, muito bom.

Um tempo depois, Lizzie se levantou e começou a desamarrar os punhos dele.

— Estou curioso — disse ele, com a voz rouca.— Como você sabia o que fazer?

Ela arregalou os olhos e ruborizou, parecendo uma jovem recatada, e não a deusa sedutora que o enlouquecera momentos antes. *As mil facetas de Elizabeth.*

— Eu... eu fiz alguma coisa de errado?

— Pelo contrário, meu amor.

Ela sorriu e baixou os olhos.

— Sua tia Joyce.

Gareth abriu a boca, surpreso.

— Minha tia?

Ficou ainda mais vermelha.

— Eu a procurei hoje pela manhã... — Mordeu o lábio antes de acrescentar: — No começo foi difícil falar, mas, depois que eu perguntei, nós conversamos com bastante abertura.

Gareth, que já estava com as mãos livres, coçou a testa.

— Não sei se agradeço ou se... brigo com Joyce.

— Você não gostou? — indagou ela, subitamente amuada.

— Se eu não gostei, Lizzie? Eu ainda estou tonto e não sinto as pernas nem os braços. — Deu um sorriso torto. — Penso em brigar com a minha tia porque o meu coração está acelerado até agora. Acho que vou precisar ser atendido por um médico... Venha aqui. — Ele a puxou para seu colo e a beijou.

— Agora estamos quites — confirmou ela, depois do beijo.

E se levantou, indo em direção à porta.

— Se o que eu fiz ontem me garantir mais tardes como esta — Gareth afirmou, bem-humorado —, vou repetir todas as noites.

Ela mostrou a língua para ele, de brincadeira, e abriu a porta, dando espaço para os conselheiros de Gareth voltarem à sala do trono. Já havia se distanciado um pouco, sorrindo, satisfeita com a própria ousadia, quando o seu braço foi puxado com brusquidão. O tranco a levou para trás de uma coluna larga. Uma mão masculina cobriu sua boca com pressão desconfortável. Lizzie gemeu de medo e o coração disparou no peito, seu rosto pressionado para o lado, de modo que não conseguia ver quem era o homem.

— Você nunca me enganou, *sasunnach*... Eu sei o que você fez, eu sei o que você é.

Ela negou, sem saber a que o homem se referia.

— Você é uma bruxa. Enfeitiçou o nosso chefe — prosseguiu ele, arfando em sua orelha. — Você deveria ser queimada em praça pública.

Dizendo isso, o homem a largou e saiu com a mesma brusquidão com que a capturara. Por alguns segundos, ela foi incapaz de se mexer. Deu dois passos trêmulos e voltou ao corredor. Conseguiu ver o perfil do homem que a ameaçara.

Malcolm. Sua cabeça latejou e a testa molhou de suor.

Devia contar para Gareth? E, se fizesse isso, o que o marido faria? Possivelmente puniria Malcolm.

Lizzie suspirou, frustrada. Dependendo do que Gareth fizesse, ficaria mais enfraquecido diante do clã e vulnerável diante de seus conselheiros.

Pressionou as bochechas, um pouco doloridas. Talvez fosse essa a intenção de Malcolm. Lizzie voltou para o quarto abalada e com duas certezas em mente: aquele lugar não tinha nada de pacífico, e ela não poderia contar aquilo ao marido.

23

Os celtas não registravam nada por escrito, porque acreditavam que a sabedoria e as poesias deviam ser repassadas através da palavra falada.
Nota: Talvez eles entendessem que a voz e a presença dão às palavras significado e força diferentes.

— DIÁRIO DE ESTUDOS DE E.H., 1867

Meu Deus! Que tudo dê certo!

Arthur, o duque de Belmont, estava em uma carruagem, sentado na frente com o cocheiro, tal como fora orientado. Ao chegarem ao ponto combinado, o homem que o conduzia desprendeu os dois cavalos que puxavam o veículo e os amarrou a quinze metros de distância.

Arthur repassou as instruções que recebera na última carta, dois dias antes: uma carruagem sem brasão ou ornamentos, toda fechada, inclusive as cortinas. Ele e o cocheiro deveriam aguardar dentro dela.

Olhou o relógio de bolso pela décima vez. Já esperava ali havia uns quinze minutos. Enxugou o suor da testa com o lenço. Tentava ouvir o barulho do lado de fora do veículo, mas escutava apenas os sons do fim da tarde.

— O lenço vermelho. Você o amarrou na porta da carruagem? — Arthur perguntou pela vigésima vez.

— Sim — respondeu o homem.

O lenço era o sinal de que estava tudo certo. A caixa com o pagamento já tinha sido colocada na frente da carruagem.

— Deus, por que eles estão demorando tanto?

— Eu não sei, Excelência — respondeu o homem, lívido.

Arthur nem se dera conta de que tinha perguntado aquilo em voz alta. Então ouviu o som de cavalos.

Lizzie estava lá fora, a poucos metros de distância, e ele não podia fazer nada a não ser aguardar. Nunca na vida se sentira tão impotente.

Todos os músculos do corpo estavam retesados, exigindo que ele se movimentasse. Enxugou a testa outra vez e...

Três pancadas no teto da carruagem. Esse era o sinal de que ele deveria esperar dez minutos, contados no relógio, antes de sair.

"Temos homens estrategicamente posicionados, com ordens para atirar nela e em quem quer que saia do veículo fora do tempo acordado."

E então ouviu o barulho de cavalos partindo em disparada.

Arthur olhou para o relógio, que o torturava a cada pequeno movimento, como se os ponteiros fossem lanças se enterrando em seu peito a cada segundo.

Quatro minutos.

Ele batia o pé contra o chão do veículo.

Cinco minutos.

Abriu e fechou as mãos algumas vezes. Que garantias tinha de que sua filha estava ali? E de que estava bem?

Seis minutos.

Nenhuma.

Sete minutos.

Mas não podia fazer nada.

Oito minutos.

Respirou fundo algumas vezes, tentando se acalmar.

Nove minutos.

Impossível.

Dez minutos.

Arthur se levantou, abriu a porta da carruagem e se jogou para fora. Correu os olhos, com desespero, até que a viu. O seu coração deu um salto.

Ela estava com as mãos amarradas na frente do corpo e o rosto coberto por um capuz preto.

Ele correu na direção da filha. Queria gritar, mas a alcançou antes disso. Ele abraçou o corpo esguio de sua menina.

— Graças a Deus — disse e agarrou o capuz, livrando-a dele com um movimento. Segurou o rosto dela entre as mãos e...

Aquela não era Elizabeth. Olhou para os lados, atordoado.

— Onde ela está? — perguntou, sentindo-se tonto.

— Quem? — respondeu a jovem, com olhos arregalados.

Ele a reconheceu quase de imediato: era a camareira de Elizabeth, a srta. Baptiste.

O duque segurou os ombros da jovem.

— A minha filha, onde ela está?

— Ela não está em casa? — Camille perguntou, com a voz fraca.

A vista escureceu, e Arthur respirou fundo a fim de não passar mal, como uma dama frágil e afetada.

— Não, ela... Eu acreditei que você era ela. Eu paguei o resgate, ela devia estar aqui! — disse, quase gritando.

Camille se encolheu.

— Eu achei que eles a tinham deixado na estrada, eles...

— Quem? — Ele apertou um pouco os ombros da jovem.

— Os homens que me levaram, eles... eu... Lizzie estava desmaiada, então eu coloquei em mim as joias dela. Eu quis protegê-la, sabia que estavam atrás dela e...

— Você o quê?

Lágrimas escorriam pela face da moça.

— Eles acreditaram que eu era Elizabeth. Eu só queria protegê-la.

— Você se passou pela filha de um duque? — Arthur estava transtornado, o corpo inteiro trêmulo e molhado de suor.

Camille soluçou e negou com a cabeça.

— Eles me levaram, e, quando me prenderam em um quarto, eu gritei. — Ela soluçou mais uma vez. — Disse que não era a sua filha, mas não os vi novamente, via apenas uma mulher que me levava comida e me atendia uma vez ao dia... Acho que eles não acreditaram em mim. Perdoe-me, eu achei que a senhorita já estaria em casa. Perdoe-me — repetiu, atordoada —, eu acreditei que estava ajudando e tinha certeza de que... de que iria morrer. Perdoe-me, Excelência!

Arthur sentiu um gosto ruim na boca e teve de se segurar nos ombros da jovem para não desmaiar. Fechou os olhos com força e, quando os abriu, percebeu a situação em que ela se encontrava: magra e abatida, com olheiras profundas e lágrimas por todo o rosto.

Compreendeu que ela devia ter passado pelo inferno e que fizera isso com a intenção de ajudar Elizabeth, de protegê-la, ainda que a tentativa louca e absurda não tenha saído como a jovem imaginara. Meu Deus, era apenas uma menina assustada. Devia ter a mesma idade de sua filha.

O duque engoliu o bolo na garganta e abraçou a jovem.

— Está tudo bem, venha — disse e passou o braço pelos ombros dela, oferecendo-lhe apoio. — Vou levá-la até a carruagem.

Deus sabe que era ele quem precisava de apoio. Caminhou até o veículo sem nem sentir as pernas e abriu a porta. O cocheiro estava encolhido em um dos cantos, apavorado.

— Ajude a jovem... Temos água e comida aqui dentro — ele orientou. — E depois o senhor pode prender os cavalos outra vez.

— Sim, Excelência.

— Srta. Baptiste — chamou o duque —, acalme-se e descanse. Quando chegarmos à casa de lorde Campbell, vou precisar que me conte tudo de que se lembrar, está bem?

— Sim, Excelência — Camille respondeu, abatida.

O duque se afastou o máximo que conseguiu do veículo e, quando estava longe o bastante, caiu de joelhos, cobrindo o rosto com as mãos. Seu corpo forte tremeu várias vezes.

Teria de recomeçar do zero. Tinham focado por mais de quarenta dias a direção errada.

Arthur, abalado, chorou alto como um menino. Sem chão, sem ar, sem luz.

— Eu vou encontrá-la, filhinha. Papai vai trazer você de volta, nem que seja necessário levantar com as próprias mãos cada pedra e cada montanha da Escócia — jurou e continuou a chorar por algum tempo.

24

Saudavam o sol recém-nascido, por exemplo, no solstício de inverno, e com esse rito invocavam a frutificação e a paz em toda a terra.

— DIÁRIO DE ESTUDOS DE E.H., 1867

Lizzie andava de um lado para outro do quarto, como se isso fosse revelar o que estava acontecendo.

— Parece que estamos com um problema de segurança — Gareth a tinha acordado para informar. Ainda era noite quando ele se levantara.

— Posso ajudar? — perguntou ela.

— Espere aqui — ele dissera e a beijara com carinho apaixonado. — Lizzie, prometa que não sairá deste quarto até eu voltar. Prometa.

— Eu... eu prometo — ela respondera, rouca e meio adormecida. Não tinha forças para argumentar.

Lizzie tentou voltar a dormir depois que Gareth saíra, mas foi impossível.

Naquele momento, o dia começava a clarear no céu.

Ela lamentava estar com tanto sono quando Gareth deixou a cama para resolver o tal problema de segurança. Ele a fez prometer que não sairia do quarto e ela concordou sem se opor, nem um pouquinho. Óbvio que, se estivesse mais consciente, teria tentado argumentar para acompanhá-lo, ou ao menos teria barganhado: "Se você não voltar em duas horas, eu saio para saber o que está acontecendo".

Mas não. Simplesmente aceitou, com plácida resignação, manter-se trancada e alheia ao que quer que estivesse se passando, sabe Deus por quanto tempo mais.

Andou até a porta, nervosa. O que estaria acontecendo? Estavam casados fazia vinte dias e, durante esse tempo, Gareth nunca deixara a cama de madrugada.

Andou até a janela, apoiando as mãos no parapeito. Ele dissera "problema de segurança". Que tipo de problema?

Lizzie olhou para o horizonte, tudo parecia tranquilo. Até o céu estava calmo, tingido de um lilás acolhedor. O manto azul da noite dava lugar à manhã. As nuvens se distribuíam como tufos de lã, iluminadas pelo dourado. Poucas estrelas ainda teimavam em se manter firmes no céu. Um silêncio pacífico envolvia o início da manhã. A calma da aurora.

A calmaria antes da tormenta.

Não, acalme-se!

Tinha que estar tudo bem, nada seria capaz de ameaçar a paz de uma manhã tão serena. Ao menos, nada deveria ter essa ousadia ou essa arrogância.

Respirou fundo diante dessa certeza.

— O seu pai está procurando por você no bosque próximo ao castelo.

Lizzie estava tão hipnotizada pela tranquilidade do horizonte que nem percebera Gareth entrar no quarto.

— O quê?

— Uma tropa enorme da guarda real está vasculhando o bosque de ponta a ponta. — Gareth parecia cansado. — Eles estão do outro lado, mas não demorarão muito para atravessar a estrada e chegar aqui.

Nada teria a arrogância ou a ousadia de desafiar a paz desta manhã, a não ser o meu pai, é claro.

O nono duque de Belmont. A pessoa mais mandona e corajosa e... Lizzie sorriu diante da ideia de que seu pai a buscava. Estava com tanta saudade de casa, da sua família! Sorriu outra vez, aliviada, ao entender que o problema de segurança não era nada grave, era apenas o seu pai. Ela poderia ir encontrá-lo e dizer que estava bem e... Deixou de sorrir quando viu a expressão tensa do marido.

— Eu posso sair e fazer com que ele interrompa as buscas.

Gareth olhou para baixo, abatido. O coração de Lizzie gelou.

— O conselho não quer que você saia sozinha. O povo já está sabendo, estão todos muito alterados. Nós... nós teremos que ir embora daqui. — Os olhos dele buscaram os dela. — Nós dois teremos que deixar o castelo, Lizzie.

Ela sacudiu a cabeça, em negativa, forçando-se a manter a calma e a coerência.

— Eu falo com o meu pai, conto qualquer história, ninguém precisa ficar sabendo deste lugar. Eu o faço parar as buscas. — Ela umedeceu os lábios, nervosa. — Você... você pode ir comigo e depois nós voltamos.

— Não poderemos voltar — ele murmurou, derrotado.

— Mas isso... isso é um absurdo! — ela protestou, sentindo o coração disparar. — Você é o líder, pode entrar e sair a hora que bem entender.

Gareth deu dois passos e parou, olhando o horizonte através da janela.

— Quando eu decidi que você ficaria aqui, nós apagamos todas as evidências na estrada para evitar que a procurassem nas redondezas, mas eu deveria saber que isso não os manteria afastados. Eu deveria saber porque... eu também não desistiria de buscá-la, caso a perdesse. Eu nunca descansaria, até encontrá-la.

Lizzie não podia acreditar que as pessoas do clã não os deixariam retornar. Suas mãos molharam de suor. Ela simplesmente não acreditava.

— Então nós saímos e... e passamos algum tempo lá fora, aí podemos voltar...

— Não, Lizzie. Eu abri mão do clã. — Gareth se virou para ela. — Eles não confiam em você e também não confiam mais em mim como líder. — Ele segurou o rosto dela entre as mãos. — Entenda, *mo thiodhlac*, eu coloquei o clã em risco, coloquei você antes do clã, da minha família. Eu não fui um bom líder.

Lizzie sentiu o coração encolher e respirar ficou difícil, como se uma mão invisível espalmasse suas costelas, apertando-as contra os pulmões.

— Eu não penso assim. Não acho justo o seu povo sacrificar você dessa maneira. — Engoliu em seco. — Não acho justo você ter que fazer essa escolha.

Ele beijou a testa dela.

— Eu te amo e não faria nada diferente. Se fosse preciso escolher outra vez, eu sempre escolheria você. E, quanto ao meu povo, eles só querem se sentir seguros. — Gareth beijou a testa dela novamente. — Nós teremos que ir e...

— Não! Isso não é certo.

Ele a olhou com amor e cumplicidade.

— Eu não posso mais garantir a sua segurança aqui, Lizzie. Nós precisamos deixar tudo para trás.

— Mas... — Ela tentava conter o choro. — Você nunca mais poderá voltar?

— Neste momento, eu não me importo.

Lizzie piscou, e lágrimas deslizaram por suas bochechas.

— Mas...

Ele tocou o rosto dela.

— Shhh. O conselho nos deixou sair e viver a nossa vida em paz, longe daqui.

— Mas..

— A certeza de que dormirei e acordarei ao seu lado todos os dias, *mo ghràdh*, é a única de que eu preciso para ser feliz. — Gareth beijou os lábios da esposa.

Ela retribuiu o beijo, terno e seguro. Com os lábios, ele assegurava que estava decidido. Na verdade, Lizzie entendeu, tudo já estava resolvido e não havia o que ela pudesse falar ou fazer a fim de tentar mudar as coisas. Eles não poderiam mais voltar para lá.

— Quem ficará na liderança do clã? — perguntou, com a voz falha, quando Gareth se afastou dos seus lábios.

— Kenneth.

Lizzie sentiu lágrimas brotarem outra vez.

— E a sua tia? E a antiga religião? Como... como eles ficarão?

— Eles ficarão bem, *mo thiodhlac*. Kenneth é intransigente com os seus conceitos e filosofias, mas é uma boa pessoa. Ele será um líder justo.

Ela olhou para baixo a fim de disfarçar as lágrimas. Tinha de ser forte e apoiá-lo, afinal tudo aquilo acontecia por causa dela.

— Eu sinto muito — Lizzie disse, por fim.

— Sim, eu também. — Gareth a beijou de leve mais uma vez. — Mas não lamento. Olhe para mim, Aine. Você é a minha felicidade.

— Eu te amo — ela confirmou e suspirou ao ser abraçada pelo marido.

Eles ainda se abraçavam quando Duncan entrou no quarto.

— Gareth — o homem chamou do batente da porta. — Nós precisamos conversar. Precisamos organizar a sua saída.

Gareth respirou profundamente e deu um beijo, lento e carinhoso, na testa da esposa.

— Eu vou falar com Agnes — ele murmurou. — Ela virá aqui para ficar com você até eu voltar.

— E ela? Como ela ficará? — Lizzie perguntou, ainda sem se conformar com o fato de que teriam de ir embora para sempre. Deixar tudo e desistir daquele lugar.

Gareth beijou a mão da esposa antes de se afastar.

— Ela irá conosco — disse e caminhou em direção à porta.

Lizzie olhou para Duncan, que lhe dirigia uma expressão fechada. Era como se o tio de Gareth a acusasse com os olhos.

— Sinto muito — ela murmurou.

O homem apenas assentiu. Era como se, em silêncio, ele tivesse dito que era um infortúnio Lizzie ter entrado naquele castelo, na vida de Gareth. E, *meu Deus*, diante de tudo o que acontecia, talvez ela também achasse isso.

— Eu vou trancar a porta e entregar a chave para Agnes. Você ficará segura aqui até eu voltar — Gareth disse e saiu.

Através da janela, ainda parecia uma manhã como outra qualquer.

Os pássaros, cantando, achavam isso; as nuvens, tingidas de dourado, concordavam, e a brisa gentil, carregada com os aromas da primavera, dizia amém.

Mas nada estava tranquilo. As emoções de Lizzie transitavam da alegria pela certeza de encontrar em breve sua família para a tristeza por ver o seu marido abrir mão de tudo o que ele era e amava por causa dela.

Foi ele quem escolheu isso, Lizzie repetia para si mesma, tentando infundir essa certeza em seu coração. Ainda assim, não parecia justo.

Fazia cerca de uma hora desde que Gareth deixara o quarto. Agnes ainda não aparecera e Lizzie não tinha conseguido sair da frente da janela. Em um silêncio triste, ela também se despedia daquele lugar que em tão pouco tempo aprendeu a amar.

Ainda havia dúvidas que a atormentavam, muitas delas: Gareth seria feliz fora daquele castelo? Com o passar dos anos, ele a culparia por ter desistido de tudo, por ter sido obrigado a desistir?

O amor que ela sentia era grande o bastante para ser feliz ali com ele e, se fosse preciso, desistir do seu mundo e de sua própria família. Lizzie tentava se convencer de que Gareth devia se sentir como ela.

Ouviu o barulho da porta sendo arrastada contra o piso de madeira. Olhou para trás e, assustada, comprovou não ser Agnes quem acabava de entrar, e também viu que a porta que fora aberta não era a do quarto, e sim a da passagem secreta.

Kenneth a espreitava com os olhos injetados de raiva e as mãos fechadas em punho ao lado do corpo. Lizzie sentiu um frio a percorrer, da ponta dos pés até os cabelos. O homem não vinha para se despedir amigavelmente, a expressão dele contava isso. A respiração rasa e a boca presa em uma linha ameaçadora a alertavam para que fugisse correndo.

Lizzie olhou para a porta trancada e engoliu em seco.

— Gareth... — Ela limpou a garganta. — Gareth não está aqui.

— Eu sei. — O tom de voz dele era sombrio. — Ele está se despedindo do povo, do nosso povo.

— Eu sinto muito. — Era a mais pura verdade.

— Sim, você deve mesmo sentir — ele cuspiu as palavras, irônico.

Lizzie deu alguns passos para trás quando Kenneth avançou em sua direção.

— Eu sempre soube — ele disse, entredentes. — Sempre soube que você cheirava a problema... Só não imaginava que seria um assim, tão gigante.

Ele avançou mais. Instintivamente, ela recuou.

— Tudo... tudo vai ficar bem.

— Nada está bem! — ele gritou.

As costas de Lizzie bateram contra a parede, seu coração se acelerou e os ouvidos zuniram.

O homem riu com desprezo, seu hálito era de uísque. Ele estava a poucos centímetros de Lizzie.

— Por favor. — A jovem ergueu as mãos sobre o peito, na defensiva.

— Malcolm sugeriu que matássemos você e Gareth. — Kenneth riu com frieza. — Disse que assim tudo ficaria bem.

Lágrimas se avolumaram nos olhos da jovem e um tremor percorreu o seu corpo.

— Kenneth — ela sussurrou, com a voz falha.

Ele apoiou as duas mãos na parede, prendendo-a entre os braços.

— Matar Gareth, o meu irmão de alma — soprou entredentes. — Eu disse que não o faria. Ele me chamou de covarde e me contou coisas... coisas que eu não queria saber, fatos que transformam o meu pai em um monstro, e me transformam em um monstro também! — Kenneth confessou, com os olhos em chamas. — Eu descobri que o meu pai nunca confiou em mim, nunca me achou bom ou forte o bastante. Ele preferiu confiar no afilhado, no filho de um primo, a confiar no próprio filho.

— Malcolm — Lizzie murmurou sua conclusão.

Ele segurou as bochechas dela entre os dedos.

Lizzie não conteve as lágrimas. Kenneth apertou as faces dela com força, e uma pontada de dor se alastrou por seu rosto.

— Talvez eu seja um monstro como o meu pai — afirmou, pressionando o corpo contra o dela. — Talvez eu deva fazer o que Malcolm sugeriu, mas não sem antes...

Lizzie gemeu, em protesto de horror, quando, com um puxão violento, Kenneth rasgou o colo do seu vestido.

— Kenneth, não! — ela implorou, desesperada, lutando para se soltar, com os braços, com as pernas, com o corpo.

Ele era muito maior e deteve com facilidade suas investidas.

— Você acabou com tudo! Você, com sua pele macia e sua beleza... — Ele beijou o rosto da jovem. — E o seu perfume, a sua voz... Sua feiticeira!

Lizzie tentou arranhá-lo, mas ele segurou suas mãos e, em seguida, ergueu suas saias.

— Não! — ela implorou, chorando. — Por favor, não!

— Eu achei que estava apaixonado por você. — Ele pressionou os lábios contra os dela e Lizzie se sentiu enjoada.

Kenneth a imobilizava e tentava invadir sua boca com a língua. Com o corpo trêmulo e a mente em pânico, ela ergueu o joelho com força e o acertou entre as pernas. O homem se dobrou, grunhindo de dor, dando-lhe o espaço necessário para escapar. Rápida, ela correu em direção à única saída: a abertura na parede. Já tinha quase alcançado a entrada da passagem quando um puxão violento a fez escorregar e bater o rosto com força na quina de uma mesa. Sentiu o gosto de sangue na boca antes de desabar no chão.

— Vamos ver se você vale o que estamos pagando. — Kenneth se deitou sobre ela, abrindo suas pernas com o corpo, beijando-a no pescoço e no colo, enquanto levantava outra vez suas saias.

— Não! — ela protestou, vendo tudo escurecer.

— Meu Deus! — uma voz feminina gritou. — Pare! Socorro!

Lizzie estava tão apavorada e tonta que demorou para perceber que Agnes entrava no quarto. As lágrimas turvavam sua visão e a cabeça ainda latejava, fazendo-a ficar confusa e atordoada.

Kenneth olhou dela para Agnes e saiu de cima da jovem de forma abrupta, arregalando os olhos e ficando pálido. Como se, por fim, tivesse se dado conta da violência que cometia. Transtornado, ele passou as mãos sobre o rosto, respirando de maneira entrecortada, e fugiu correndo do quarto.

Se Lizzie não estivesse tão desesperada, teria conseguido perceber que Kenneth estava a um passo de perder totalmente a cabeça: os olhos vidrados, a expressão retorcida em uma máscara de dor, raiva e loucura.

Ela continuou deitada, com as lágrimas escorrendo por todo o rosto e a respiração sofrida. Se Agnes tivesse demorado um pouco mais, Kenneth a teria violado, ele a teria matado. Um gosto ruim tomou sua boca. Ela soluçou e Agnes a socorreu.

— Meu Deus, meu Deus! — a moça repetia, erguendo-a do chão. — Ele fez? Ele lhe fez...

— Não. — Lizzie se apoiou nela para se levantar. — Você chegou a tempo.

— Graças a Deus! — a jovem a abraçou, e elas choraram nos braços uma da outra.

25

*O corpo é uma extensão da alma, portanto deve
ser tratado, respeitado e amado como tal.
Nota: Nem todas as pessoas são capazes de
enxergar a beleza e a profundidade dessa teoria.*

— DIÁRIO DE ESTUDOS DE E.H., 1867

— Kenneth merece ser punido. — Agnes deslizava um pano úmido sobre a face de Lizzie. — E se eu não tivesse aparecido? Meu Deus, Gareth precisa saber! O clã não pode ficar nas mãos de um homem capaz de fazer o que ele estava disposto a fazer com você.

Lizzie engoliu em seco. Seu rosto doía, assim como os punhos e os braços, onde Kenneth a agarrara. Porém o que doía de verdade era a sua alma.

Gareth ficaria furioso.

— Gareth não pode saber, Agnes — ela disse e tocou de leve a área inchada do rosto.

A jovem ficou estarrecida.

— Se ele souber... Eu tenho medo, Agnes. — Lizzie sentiu que iria chorar novamente. — Kenneth me contou que Malcolm acredita que assassinar Gareth e a mim solucionaria todos os problemas do clã.

Agnes sufocou um grito horrorizado com as costas da mão.

— Meu Deus!

— Ele não pode saber.

— Se eu não tivesse chegado... — Agnes murmurou, inquieta. — Ele a teria violado e depois a mataria?

— Eu não sei — Lizzie disse, com a voz embargada.

— Quem? — a pergunta irrompeu como uma bomba dentro do quarto.

As duas jovens se voltaram, sobressaltadas, para a porta. Gareth estava parado, com os braços cruzados sobre o peito, o rosto parcialmente encoberto pelas sombras, como um deus vingador.

Elas permaneceram em silêncio.

— Quem? — ele repetiu, enfurecido.

O coração de Lizzie disparou. Gareth veio até ela e o rosto dele foi iluminado pela luz do sol. Vestido com o traje completo, kilt e paletó, com olhos incandescentes e ao lado de Killian, ele parecia o deus da fúria das Highlands.

— Você está ferida? — Ele empalideceu.

Ela negou com a cabeça, de maneira quase involuntária.

— Maldição! Quem fez isso com você, Lizzie?

— Ele não fez nada! Não faria... Ele estava muito nervoso. — Ela parou. Seus lábios tremiam.

Gareth avaliou os vergões nos punhos e nos braços dela, até o machucado na testa.

— Gareth — Agnes chamou, com suavidade —, ela está bem, nada aconteceu.

— Quem foi? — ele rugiu. Ofegante, Gareth tocou o rosto de Lizzie, que, sem perceber, se encolheu de dor. O maxilar dele travou e, fechando os olhos, ele respirou de maneira entrecortada. — Seja quem for, eu vou descobrir, nem que tenha de torturar todos os homens das redondezas. E então vou matá-lo. — Abriu os olhos, cheios de raiva e dor.

— Foi Kenneth — Agnes murmurou.

— Não! — Lizzie protestou, desesperada.

As narinas de Gareth se dilataram e uma veia pulsou em seu pescoço.

— Filho da puta! — ele xingou, olhando para a passagem na parede.

Com passos pesados, Gareth agarrou um candelabro de bronze na mesa perto da manivela que abria a passagem. Era a mesma mesa em que Lizzie batera o rosto. Ele ergueu o braço e o desceu em golpes violentos sobre a superfície. A cada pancada que Gareth dava na manivela, o coração de Lizzie saltava. Ele só parou quando a peça caiu no chão.

— Ninguém mais entrará aqui até eu voltar — Gareth disse, ofegante, e largou o candelabro no chão.

O som do metal contra a madeira fez Lizzie estremecer. Mas os olhos vermelhos e marejados de Gareth fizeram com que ela estremecesse ainda mais.

— Não vá — ela pediu e ergueu a mão no ar, desejando detê-lo.

— É minha culpa, você poderia... Deus! — Ele abriu a porta, sacudiu a cabeça e deu um murro no batente.

Lizzie prendeu o ar.

— Por favor, fique.

— Eu te amo — ele disse em gaélico e fechou a porta.

Lizzie quis ir atrás de Gareth, mas os braços de Agnes envolveram sua cintura.

— Deixe, Lizzie. É o certo a fazer. Kenneth não pode sair impune. Gareth pode estar bravo, mas é um homem justo. Ele possivelmente dará uma surra em Kenneth, e é isso o que ele merece — Agnes foi categórica.

Lizzie cobriu o rosto com as mãos e chorou, em um misto de nervosismo, medo, tristeza, e também por amá-lo tanto.

— Killian — suspirou a jovem. — Ele não levou o Killian! — disse entre soluços, como se aquele fosse o maior problema deles.

❧

Gareth nunca acreditou que pudesse sentir um ódio tão visceral.

Os olhos vermelhos e inchados de Lizzie.

Um ódio tão mortal.

O roxo no rosto dela.

Um ódio tão animal.

Os vergões nos braços.

— Fique aqui — ela implorara.

Um ódio tão louco.

— Se eu não tivesse chegado a tempo, ele a teria violado — dissera a irmã.

Um ódio tão motivador.

Ele teria matado Lizzie.

Um ódio tão certeiro.

Gareth respirava com dificuldade, com força, e já havia percorrido boa parte do interior do castelo.

— Vi Kenneth indo naquela direção. — A esposa de um dos aldeões apontou para o local onde a ponte costumava ficar.

Gareth corria fazia pelo menos vinte minutos, sem que o seu ódio se abrandasse pelo esforço físico.

Como Kenneth pôde tocar nela? Justo ele, de todos os homens daquele maldito lugar, como ele teve coragem de feri-la, de feri-lo?

O ar quente queimava sua garganta e seus pulmões.

— Kenneth! — Gareth urrou quando o viu.

O primo estava sentado à beira do precipício, contemplando a floresta. Em alguns passos, Gareth o agarrou pela camisa e o ergueu.

— Seu filho da puta! Como você pôde?

Kenneth nem se mexeu. Sequer reagiu. Gareth continuou sacudindo-o com força.

— Desgraçado! — disse, cuspindo na cara do outro.

Kenneth baixou o olhar.

— Eu sabia que você viria atrás de mim — disse, abrindo os braços. — Vamos, acabe logo comigo e me dê o fim que eu mereço.

Tudo estava distorcido, misturado, assimétrico. O mundo era um borrão de cores e movimentos. Gareth acertou um murro na cara de Kenneth. Em seguida, mais um. O primo deu alguns passos para trás, por causa do impacto.

— Reaja, seu desgraçado! — Gareth gritou.

Kenneth continuava imóvel, cabisbaixo.

— Acabe comigo — foi tudo o que o outro disse.

Gareth se lembrou dos ferimentos de Lizzie, das lágrimas, da expressão torturada de sua esposa, do colo do vestido rasgado — tudo ferveu na raiva da sua exigência por justiça. Mergulhado na ira, acertou um terceiro e violento murro no rosto do homem, que cambaleou sem equilíbrio.

Eles estavam tão rentes ao precipício, e tudo passou tão rápido, que Gareth nem viu direito como aconteceu. Depois do murro, Kenneth sumiu de seu campo de visão, escorregou e caiu.

Agindo por reflexo, Gareth se jogou, deitando no chão, e conseguiu agarrar os braços dele, tentando puxá-lo para cima. Tentando salvar a vida do desgraçado que ele queria ver morto.

Não assim, não por minhas mãos. Não desse jeito.

— Segure-se — pediu, ofegante. — Eu peguei você.

Mas Kenneth não fez força alguma para segurar as mãos de Gareth.

— Segure-se! — Gareth pediu, entredentes, por causa do esforço que fazia, desesperado para sustentá-lo.

— Me perdoe, irmão. — Kenneth o olhou dentro dos olhos.

Gareth sentiu o coração gelar. Suas mãos escorregaram. E Kenneth caiu no precipício.

— Não! — Gareth gritou. Lágrimas turvaram sua visão. Ele se sentou, ofegante, e cobriu o rosto com as mãos trêmulas. — Não — disse para si mesmo.

— O que você fez? — ouviu uma voz atrás dele perguntar.

Gareth se virou e encontrou Malcolm horrorizado.

— Nós brigamos — começou a se justificar, a mente tomada por um turbilhão de emoções. — Ele escorregou... Eu tentei...

— Você o matou! — Malcolm disse, com o rosto contorcido de ódio.

Ele havia matado Kenneth? Gareth deveria se sentir culpado pela morte do primo? Jesus! A sua cabeça pulsava de dor, ele não conseguia raciocinar.

— Não... Eu não sei... Ele machucou Lizzie, eu me descontrolei...

— Você o matou! — Malcolm gritou.

Gareth sacudiu a cabeça, desnorteado.

— Não! Ele... ele não reagiu! — gritou, tentando se convencer. — Ele quase violou a minha mulher.

— Quase? — perguntou o homem, furioso. — Você o matou porque ele *quase* violou a sua puta inglesa?

Gareth avançou para cima de Malcolm, agarrando-o pela faixa do clã e sacudindo-o.

— Ela é minha esposa — grunhiu.

— Vai me matar também? — Malcolm cuspiu. — Quantas pessoas mais você vai trair por causa dessa *sasunnach* imunda?

Gareth o segurava, tremendo de raiva e desespero.

— Ela merece morrer, vocês dois merecem! — ralhou o homem.

O coração de Gareth congelou diante daquela sentença fria. Lizzie! Meu Deus!

Lizzie não estava segura.

Ela precisava sair do castelo. Eles não teriam tempo. Gareth sabia que seria preso, que seria julgado. E, se não agisse agora, Lizzie não estaria segura. Ele não conseguiria protegê-la. Com isso em mente, saiu correndo o mais rápido que pôde.

26

Para os celtas, o mundo está em constante mudança, noção essa adquirida pela observação da vida e da natureza.

— DIÁRIO DE ESTUDOS DE E.H., 1867

Gareth entrou na casa da tia, abrindo a porta com um estrondo, se jogando para dentro como a bala de um canhão. Joyce estava sentada em uma poltrona, lendo, e levantou-se de uma vez.

— Gareth?

— Tia. — Ele cobriu o rosto com as mãos.

— O que aconteceu? — Ela se aproximou e tocou o rosto dele, segurando seus ombros em seguida.

— Eu matei um homem — ele confessou e a abraçou. — Eu matei Kenneth.

— Meu Deus!

— Foi um acidente! Eu queria matá-lo... Não, não queria... Ele quase... ele tentou violar Lizzie. Ele talvez... — Estava tão confuso. — Eu matei o meu irmão.

— *O mo chreach.* Meu Deus!

Com a visão turva pelas lágrimas, ele declarou com urgência:

— Eu devo ser julgado, e então Lizzie...

Joyce fez que sim com a cabeça. Ela sempre entendia tudo muito rápido.

— Eu não poderei mais deixar o clã — disse ele. — Uma vida se paga com outra.

— Foi um acidente — ela murmurou, nervosa.

— Não há tempo, tia. Você precisa tirar Lizzie daqui, você precisa me ajudar!

— Como?

— Chame pessoas de sua confiança. Eu confio em você, pense em alguma coisa. Eles virão atrás de mim, eu não tenho muito tempo. Eu não posso mais ajudar a minha esposa.

— Ela não concordará.

Ele segurou a tia pelos ombros.

— Faça o que for preciso, tire-a daqui em segurança o mais rápido possível, pelo amor de Deus! — pediu, com desespero. — Salve-a! Eles vão matá-la, não confiam nela, não confiam mais em mim.

— Duncan, o seu tio, ele será o novo líder, ele ajudará vocês — Joyce rebateu, com a voz trêmula.

— Talvez ele seja voto vencido. Lizzie não poderá sair sozinha! Tia, leve-a daqui. — Gareth puxou o ar, de maneira entrecortada. — Eu a quero em segurança.

Joyce segurou o rosto do sobrinho entre as mãos.

— Eu pensarei em um jeito. Não sei como, mas eu pensarei em um jeito.

— *Minha mãe*, se algo acontecer com ela, se ela morrer, não apenas o meu corpo pagará, mas minha alma morrerá junto. — Ele suplicou: — Não permita isso.

Joyce correu para a bancada da cozinha, pegou algumas ervas e as enfiou em uma sacola.

— Eu vou dar um jeito. Eu te amo, meu filho. — Ela se aproximou e beijou a testa do sobrinho. — Que as deusas nos ajudem.

— Que assim seja — ele sussurrou, com a voz falha.

Joyce e Gareth saíram juntos da casa no bosque. Ao deixar a área coberta pelas árvores, logo ele avistou um grupo de dez homens apontando em sua direção. Malcolm já devia ter acionado os outros. Gareth estava sendo procurado. Ele seria preso e julgado.

Com a morte de Kenneth, Duncan assumiria a chefia do clã. Porém nem mesmo o tio poderia burlar as regras, não conseguiria sozinho proteger Lizzie e impedir que Gareth pagasse por seu erro. Uma vida se paga com outra. Uma tentativa de estupro não se paga com uma vida.

Gareth conhecia muito bem a lei segundo a qual viviam. Mesmo não tendo planejado matar Kenneth, simplesmente aconteceu. No fundo, sabia que não tinha sido intencional, e sim um acidente. O primo não tinha esboçado reação, e isso agravava a situação de Gareth, que não conseguia deixar de se sentir culpado pelo fim trágico de seu irmão de coração.

— Tia — ele pediu ao ver os homens correndo em sua direção —, faça com que ela saiba que farei o possível para encontrá-la, mesmo que talvez eu não mereça sair daqui em liberdade.

— Está bem. — Joyce segurou sua mão.

— Faça com que ela saiba que, se eu não conseguir sair, ela deve seguir em frente. — A voz dele falhou. — Acima de tudo, eu quero que ela seja feliz.

Joyce apertou a mão do sobrinho. Os homens estavam a poucos metros deles.

— Faça com que ela saiba que eu a amo e que a amarei para sempre.

— Ela já sabe.

Os homens os cercaram.

— Peguem-no! Não o deixem escapar! — gritou um deles.

Gareth levantou a cabeça e os afrontou, com o peito queimando de dor, raiva e confusão.

— Eu fui líder deste clã por dez anos. Dediquei parte da minha vida e da minha alma a vocês. — Bateu nas cicatrizes em seu rosto. — Não fugirei e não serei tratado como um covarde. Estou aqui para responder pelos meus atos da maneira que o novo líder e o conselho decidirem.

Os homens se detiveram, sem se afastar. Gareth olhou para a tia, que tinha o rosto coberto de lágrimas.

— Uma última coisa — ele murmurou para a mulher. — Killian deve ficar com Elizabeth... Ele sempre foi dela.

Joyce assentiu, abalada, e se afastou.

— Para onde vocês vão me levar? — Gareth questionou os homens, que se entreolharam, em silêncio, em dúvida de como agir.

Malcolm deu um passo à frente.

— Você não é mais o líder deste clã e não será tratado como tal. Você é um assassino. Levem-no agora para a prisão! — ordenou.

Os guardas agarraram e empurraram Gareth. Em pouco tempo ele estava rendido, de joelhos, com as mãos amarradas às costas.

— Gareth não é mais o líder, mas por direito, e até que se eleja outro líder, eu sou — a voz de Duncan ecoou no meio da algazarra e todos ficaram quietos. — Há anos abri mão da liderança para que MacGleann assumisse o lugar que seria do pai dele. E então, há poucas horas, concordamos que Kenneth deveria assumir esse lugar, pois era também meu sobrinho. Porém, com essa fatalidade — ele olhou para Gareth —, e como líder por direito de sangue, ordeno que ninguém seja tratado como assassino até ser julgado. Nós somos uma família antes de tudo. — E bateu no próprio punho. — Somos uma única família e agiremos dessa maneira. Nós temos outros problemas sérios com que lidar. Vamos nos reunir e resolver essas questões da melhor forma possível. —

O tio apontou para Gareth. — Soltem-no. Ele vai andando até a sala do trono, onde será julgado por seus erros e por suas virtudes, e responderá por ambos na mesma medida.

Então, quando Gareth começava a respirar um pouco menos sufocado, ouviu Malcolm gritar:

— Isso é culpa da *sasunnach*! Ela é uma feiticeira, veio para nos destruir! Ela também deve ser condenada.

Uma onda de murmúrios se seguiu àquela afirmação.

— Não! — Gareth protestou.

— Cale-se, Malcolm — Duncan esbravejou. — Nós a julgaremos e tomaremos as medidas necessárias para a segurança do clã. E vamos logo, não temos mais tempo a perder. — Então se virou para Gareth e sussurrou de maneira cúmplice: — Joyce cuidará de tudo.

Gareth entendeu que o tio percebera que Joyce pretendia ajudar Lizzie. Talvez o tio soubesse que essa era a melhor maneira de manter as tropas do duque longe do castelo e de preservar o clã. Com essa certeza acalmando o seu coração, Gareth conseguiu voltar a respirar.

27

Para os celtas, não existia separação entre o mundo físico e o espiritual, entre o natural e o sobrenatural. Nessa cultura, tudo o que existe é interligado.

— DIÁRIO DE ESTUDOS DE E.H., 1867

— Ela é uma fada, mamãe? — a menina perguntou.

— Não, ela é a filha de um duque inglês — respondeu a mãe.

— Ela me parece uma Seelie Court, uma fada da luz.

— Com certeza essa jovem será uma fada boa na nossa vida.

Devagar, a consciência de Lizzie voltava à realidade. Lentamente ela saía do torpor do sono.

— A mulher que trouxe essa fada para cá prometeu que o duque nos recompensará generosamente — prosseguiu a mãe.

Lizzie abriu os olhos, vencendo a claridade. Tentou falar, mas a boca estava seca.

— Água — murmurou.

A borda de um copo foi encostada em seus lábios, e ela sorveu o líquido. Em seguida, esfregou os olhos com a ponta dos dedos. Viu um quarto pequeno, de paredes claras e com uma janela de vidro. Sua respiração se tornou irregular quando se deu conta de que uma mulher de cabelos pretos e uma menina a vigiavam.

— Ela acordou, mamãe! — disse a menina, com um sorriso.

— Sim, eu estou vendo.

Lizzie buscou o recosto da cabeceira e se sentou, um pouco tonta.

— Gareth? — perguntou, grogue, procurando-o, sem entender nada.

— Quem? — rebateu a mulher.

O coração da jovem se acelerou, assim como sua respiração.

— Meu marido. Onde ele está? — Virou-se para os lados. — Onde estou?

As duas ficaram em silêncio. Lizzie se esticou e conseguiu enxergar parte da paisagem lá fora, composta de montanhas e pradaria. Seu coração se encolheu. Não estava mais no castelo, e Gareth não saíra com ela. Fechou os olhos e sentiu o impacto daquela certeza golpeá-la.

— A mulher que a deixou aqui avisou que você é a filha do duque inglês, aquela que estava desaparecida. Disse ainda que ele já está a caminho. E, veja, tem retratos seus espalhados por todos os lugares. — Ela lhe mostrou um papel com o desenho do seu rosto. — Você é igual a ela.

Lizzie se estreitou na colcha de lã que cobria o seu corpo.

— Ela me entregou esta carta — prosseguiu a mulher —, falou que é para você, e este ramo de flores também.

Lizzie pegou o envelope lacrado e o ramo de não-me-esqueças.

Viu os olhos de Gareth, ouviu a voz dele prometer que ficariam juntos. Mordeu os lábios por dentro ao se lembrar da conversa do dia anterior. Começava a entender o que acontecia antes mesmo de ler a carta. A angústia crescia em seu peito.

— Ela disse também que o seu pai já foi...

Os sons ao redor se apagaram conforme sua cabeça dava voltas nas últimas lembranças que tinha, antes de acordar fora do castelo. Recordava que estava com Agnes quando Joyce entrou no quarto e começou a fazer perguntas estranhas.

— Se a felicidade de Gareth fosse a sua segurança, você sairia daqui sem ele? — Joyce havia perguntado.

— Por... por quê? Onde ele está? — Lizzie ficara imediatamente nervosa.

— Ele está resolvendo um assunto importante. — Joyce retirara algumas ervas da sacola que carregava.

— Quando nós vamos embora? Ele encontrou Kenneth? Está tudo bem? — Lizzie estava a um passo do desespero. — Ele não está ferido, está?

— Preciso que você se acalme — Joyce dissera, ainda mexendo nas ervas. — Você precisa estar calma para ajudar Gareth.

— Ajudar? Como?

— Ele não poderá sair agora — dissera a mulher, levando a mistura de ervas para o fogo da lareira.

— Nós não sairemos?

— Ele não sairá — Joyce a corrigira.

— Eu não irei sem ele. Eu quero vê-lo, onde ele está? — Lizzie perdera o ar.

312

— Calma! — Joyce ordenara, com a autoridade de uma sacerdotisa. — O seu desespero não ajudará Gareth em nada.

Ela a segurara pelos ombros, e Lizzie puxara o ar com dificuldade algumas vezes, tentando se acalmar.

— Agora — Joyce continuara —, você deve tomar este chá que estou fazendo, vai relaxar e, quando estiver calma, tudo ficará bem.

— Eu não quero tomar isso, eu quero ver Gareth. Onde ele está?

— Lizzie, me escute. — Joyce voltara a segurar seus ombros. — Eu amo Gareth e Agnes como filhos. Eles são os filhos que eu não tive, entende?

A jovem aquiescera.

— Gareth ama você como a própria vida, então eu a amo também. Confie em mim. Você confia?

Lizzie sondara a opinião de Agnes, que, com os olhos marejados, pedia em silêncio para que ela concordasse.

— Está bem — dissera ela por fim, com um fio de voz. — Eu confio.

A última coisa que se lembrava era de ter tomado o chá feito por Joyce. Em seguida, caíra em um sono profundo e sem sonhos.

Então Lizzie acordou ali, fora do castelo, com um ramo de não-me-esqueças e uma carta. Ela fechou os dedos ao redor do papel com força.

— O seu pai, ele vai nos recompensar, não é? — a mulher perguntou, trazendo-a de volta ao presente.

— O meu pai?

— O duque é seu pai, não?

— Sim, vai — respondeu, sentindo-se perdida.

Lizzie não era capaz de se alegrar por saber que em breve encontraria o seu pai, a sua mãe e a sua família. Estava a ponto de gritar pela dor pesando em seu peito. Gareth não saíra do castelo com ela. Joyce a tirara de lá, enquanto ela dormia, sedada por uma poção tão forte que ainda se sentia entorpecida e enjoada.

— Eu... Eu posso ficar um pouco sozinha? — Queria ler a carta sem ninguém por perto.

A mulher se pôs a andar para fora do quarto com a filha.

— Ah, sim! A senhora que trouxe você aqui, ela deixou também um cachorro, parece um lobo. Disse que era seu, mas tivemos que prendê-lo. — Apontou para fora. — O animal não deixava ninguém chegar perto de você.

— Killian — Lizzie murmurou, e um frio de horror percorreu seu corpo.

Se Killian estava com ela, então talvez... Ela conteve o soluço até que a porta do quarto fosse fechada. Talvez Gareth não estivesse vivo. Ela travou os dedos ao sentir que lágrimas escorriam por seu rosto. Mesmo assim, quebrou o lacre do envelope e leu, com desespero, as frases escritas em gaélico.

Querida Lizzie,

Primeiramente, peço que me perdoe. Fiz o que fiz para mantê-la segura a pedido de Gareth. Neste momento, se tudo deu certo, você está em Grantown, uma cidade perto de Inverness, na casa de uma pessoa que não lhe fará mal. Acredito que logo sua família virá ao seu encontro. O aviso já deve ter chegado até o seu pai.

Gareth está preso, sendo julgado pelo assassinato de Kenneth. Ele me contou que a morte do primo foi um acidente.

Não se aflija, ele não será condenado à morte, tenho certeza disso. Para condená-lo, seria necessária uma votação unânime de dez pessoas influentes além do conselho. Apesar de ter inimigos, Gareth tem aliados muito fiéis. Mas possivelmente ele ficará preso por um bom tempo, até que se consiga alguma prova capaz de inocentá-lo. Rezarei sem cessar para que essa prova seja encontrada. Quanto a você, minha menina, o que você pode fazer para ajudar Gareth é se manter em silêncio e não voltar para o castelo em hipótese alguma. Um possível retorno seu pode comprometê-lo, pode comprometer a mim e a Duncan, que somos as únicas pessoas a saberem que você saiu viva daqui.

Talvez agora você se sinta um pouco enjoada e tonta. Isso deve passar logo. São os efeitos colaterais da poção que lhe dei. Ela é capaz de reduzir os batimentos cardíacos e diminuir tanto o ritmo da respiração que, caso alguém tocasse seu corpo, acreditaria que você saiu daqui sem vida. Desculpe-me por isso. Foi a maneira mais eficaz de tirá-la em segurança do castelo.

Se bem a conheço, sei que você vai se lembrar da lenda, da maneira como os amantes foram tão cruelmente separados. Acalme seu coração e peça, assim como eu, que essa nova história não seja trágica. Gareth daria a própria vida para garantir a sua segurança e a sua felicidade, mas sei que ele vai lutar para superar isso e correr de volta para você.

Tenho de pedir o seu perdão novamente, porque, quando lhe disse que nada nesta terra poderia separar duas almas que se amam, talvez não tenha explicado o sentido por trás dessa afirmação: a vida aqui é uma passagem muito curta, Lizzie. Duas almas que se amam jamais serão verdadeiramente separadas. O amor que as une é um vínculo que tempo ou espaço nenhum é capaz de desfazer ou apagar. Portanto, enquanto houver amor em seu coração e no dele, a união de vocês prevalecerá. E esse é o simbolismo da flor que deixo com esta carta, não-me-esqueças.

Gareth jurou que fará o impossível para voltar para você, mas ele faria mais que o impossível para que você seja feliz. Então, minha menina, busque em seu coração a sacerdotisa celta que você é e viva por amor. Seja feliz, criança, e mantenha o seu coração leve. Não há no mundo liberdade maior do que amar e ser amada em troca. Não há força maior, nem há sentido algum em uma vida que nunca foi tocada pela dádiva do amor.

Deixei no bolso do seu vestido o seu e o meu caderno de estudos. Nele, você encontrará desenhos, anotações e tudo o que uma sacerdotisa precisa saber. Se aceitar o convite, você pode se tornar minha aprendiz e despertar em si a força de quem ouve a voz das estrelas e a transmite ao mundo.

Com amor,
Joyce

Lizzie dobrou a carta e tocou o bolso do vestido, sentindo os cadernos através do tecido. Fechou os olhos e deixou as lágrimas escorrerem por sua face.

Eu te amo, Gareth.

— Onde ela está? — ouviu uma voz forte e imperiosa.

— Ela está aqui — respondeu a mulher.

A porta do quarto se abriu de uma vez. Lizzie se ergueu um pouco mais na cama, com o coração disparado.

Era seu pai. Arthur parou, repentinamente imobilizado, olhando-a com a respiração acelerada. Em poucos instantes, ele a envolvia entre os braços.

— Que saudade! — ela disse, em meio às lágrimas.

— Finalmente! — O pai beijou a fronte, as bochechas e a testa dela, repetindo com a voz embargada: — Graças a Deus, minha menininha, graças a Deus! Eu te amo!

Através das lágrimas, Lizzie viu quando sua mãe entrou no quarto. Ela se jogou em seus braços e também beijou seu rosto.

— Mamãe! Eu senti tanta saudade!

O pai se afastou um pouco e a mãe deixou que Lizzie se deitasse com a cabeça em seu colo, como costumava fazer quando era criança.

— Meu Deus, meu amor... O que eu faria se não a encontrasse? — Kathelyn cobriu a boca com as mãos.

Poucas vezes na vida Lizzie tinha visto a mãe chorar, mas ali estava a mulher mais forte que ela conhecia, devastada, como ela própria se sentia.

— Você está bem? — Kathelyn passou a mão no rosto da filha. — Você está bem?

— Sim, mamãe, eu estou bem — respondeu e voltou a abraçá-la.

Lizzie viu Leonard e Arthur Steve parados, com os ombros apoiados no batente da porta, um de cada lado.

— E vocês — ela disse e soluçou —, o que estão esperando? Venham aqui me dar um abraço.

Os dois correram na direção da irmã. Leonard segurou o rosto dela entre as mãos.

— Nunca mais me dê um susto desses! — pediu o imperturbável marquês, com os olhos transbordando de lágrimas. — Nunca mais suma desse jeito. Eu a proíbo, entendeu?

Lizzie concordou, sorrindo, emocionada.

Quando chegou a vez de Steve abraçá-la, Lizzie encostou a cabeça no peito largo do irmão e chorou. Os dedos dele desfiaram seus cabelos, como ele sempre fazia quando ela buscava consolo. Steve beijou sua cabeça.

— Onde você se meteu todo esse tempo, lobinha?

Lizzie ergueu o pescoço.

— Segredo de loba — tentou brincar, ainda chorando.

— Eu te amo. — O irmão beijou sua testa.

— Eu também.

— Não acreditei quando vi um lobo amarrado lá fora. É seu, não é?

— É, é meu. — Lizzie fungou antes de acrescentar: — Mas sabe de uma coisa? Ele não é um lobo de verdade.

Steve sorriu e a abraçou outra vez.

— Eu acho que é, sim.

— Vamos para casa. — O duque se aproximou e ajudou a filha a se levantar. — Vamos para casa, minha filha — repetiu e suspirou como uma prece de agradecimento.

Gareth invadiu sua memória.

Talvez não seja mais possível voltar para casa, murmurou o seu coração.

— Meu filho — a voz de Joyce ecoou na cela.

Gareth, que estava deitado, levantou-se. A porta foi aberta e a tia entrou.

— Estarei aqui fora — disse um dos guardas e fechou a porta.

— Eu não me conformo. — Joyce foi até ele e segurou suas mãos. — Como eles podem deixar você preso?

— Tenho sorte por estar vivo. — Gareth suspirou.

— Pelo amor de Deus, por quanto tempo eles pretendem manter você aqui? — A tia ofegou. — Já faz vinte dias.

— É o certo, tia. Eles não podem agir diferente comigo por eu ser... ter sido o líder do clã. — Gareth mirou a janela gradeada e pequena.

— Eu sei que não... Meu Deus — exclamou ela, friccionando as mãos entre as dele. — Você está gelado.

— Um dos benefícios desta cela. — Tentou soar descontraído.

— Vou trazer mais mantas... Mais duas. Não, mais três.

— Tia — Gareth tocou com carinho o rosto da mulher —, vai ficar tudo bem.

— Você está certo.

— E Elizabeth, alguma notícia?

— Ela deixou a Escócia, recebi a confirmação do nosso informante hoje. Gareth inspirou aliviado.

— Um mundo distante — sussurrou. — Parece que sempre houve alguns mundos entre nós.

Joyce apertou os dedos dele, em um gesto de apoio.

— O preconceito, os segredos, as tradições, o medo, a inveja, a ganância... Você acredita, tia?

— Em quê, meu filho?

— Que o amor pode mesmo vencer tudo isso?

— Sim, eu acredito — Joyce confirmou, baixinho, e deu um beijo em sua face antes de repetir: — Eu acredito.

— Então aí está algo pelo qual vale a pena lutar, pelo qual vale a pena morrer e viver... Parece que levei uma existência inteira para enfim entender o que realmente importa.

Joyce mexeu dentro da cesta em seu colo.

— Eu trouxe o papel, a pena e a tinta que você me pediu, e trouxe também bolo... — Disfarçou o choro na voz. — O seu bolo preferido.

— Eu vou escrever para Elizabeth.

A mulher concordou, retirando as coisas e as colocando em cima de um banco. Gareth pegou os papéis.

— Uma carta por dia. Mesmo que eu não saiba se será possível ela receber... É uma maneira de mantê-la por perto.

— Não desista, meu filho — Joyce pediu, emocionada.

Ele fechou os olhos, buscando o rosto de Lizzie em suas lembranças.

— Eu não vou desistir, nunca... Porque, com ela, somente o "para sempre" teria sido suficiente.

28

Os celtas chamavam as regras mensais de dergflaith, ou "soberania vermelha". Que maneira mais poética e bela de honrar as mulheres e os ciclos da natureza! Nota: Eu tinha tanta esperança de estar grávida, mas a minha soberania vermelha me contou outro dia que, por enquanto, eu terei apenas as lembranças de Gareth e o amor infinito que sinto.

— DIÁRIO DE ESTUDOS DE E.H., 1867

Fazia quinze dias que Elizabeth voltara para Gloucestershire, o lugar onde crescera.

Lizzie estava com a família, mas não se sentia em casa.

É claro que seu coração se encheu de alegria ao rever todos, ao estar outra vez entre as pessoas que mais amava — os pais, os irmãos, Elsa e Camille, que, graças a Deus, estava bem e voltara a ser sua camareira. Ficou feliz em reencontrar até mesmo a duquesa viúva.

Era a sua família, mas não era mais a sua casa.

Acordar todas as manhãs com a esperança de que talvez, naquele dia, Gareth aparecesse era um suplício. Esperar que ele voltasse para sua vida e, assim, preenchesse o vazio em seu coração. Era ainda mais desesperador ir dormir temendo que talvez Gareth nunca mais voltasse.

Nos primeiros dias, durante a viagem de volta para casa, ela contou tudo para a mãe. Kathelyn era a única pessoa que conhecia a história inteira. Entretanto, a jovem sabia que seria necessário contar ao menos parte das coisas para o pai e os irmãos. Eles mereciam saber a verdade, ao menos o possível de ser contado. Infelizmente, não era muito.

Ela entrou na biblioteca, onde Arthur a aguardava com os dois irmãos mais velhos, Steve e Leonard. Killian a acompanhava. A presença do animal era reconfortante.

— Eu vim contar a vocês o que eu posso sobre onde estive durante o meu desaparecimento.

Os três homens a olharam, surpresos.

No começo, insistiram diariamente que ela contasse algo. Depois que Lizzie se abriu com a mãe, Kathelyn passou a ajudá-la, repetindo: "Deixem a menina em paz! Lizzie falará quando tiver vontade. Por ora, nos basta saber que ela está bem e foi bem tratada. O mais importante é que a temos de volta".

Kathelyn entrou no escritório logo em seguida. Lizzie havia chamado a mãe para ajudar na conversa, que certamente não seria muito fácil. Chamara Eleanor também, queria que a irmã tão amada ouvisse tudo. Apenas Edward ficou de fora da conversa. Ele era muito pequeno e com certeza estava mais interessado em abrir algum inseto do que em ouvir seus segredos.

— Vamos nos sentar — Kathelyn sugeriu, e todos se acomodaram no jogo de sofás e poltronas perto da lareira.

Lizzie agora era observada por cinco pares de olhos ansiosos. Achou melhor falar de uma vez, acabar com aquilo o mais rápido possível.

— Eu fui encontrada por pessoas boas, que cuidaram de mim quando estava ferida — começou.

Arthur cruzou as mãos sobre o colo.

— Isso nós já sabemos.

— Nos primeiros dias lá, fiquei apenas esperando para poder ir embora — continuou, um pouco nervosa.

— Esperando o quê? — Leonard perguntou.

— Depois... — ela se adiantou. — Depois de um tempo, eu decidi ficar porque me apaixonei — confessou, e suas bochechas arderam.

— Ahhh, que romântico, Lizzie! Eu sabia! — Eleanor exclamou, entusiasmada, mas ficou sem graça ao notar a expressão dura dos três homens na sala.

O silêncio foi tão grande que o estalar da lenha na lareira soou alarmante.

— Você se apaixonou? — Seu pai se remexeu. — Por que diabos não mandou notícias? Lizzie, nós quase morremos de preocupação!

— Eu não podia. — Ela olhou para baixo. — Pensava em vocês todos os dias, mas eu não podia mandar notícias.

O duque franziu o cenho.

— Que espécie de lugar era esse?

— Eu não posso falar, está bem?

— Não, não está bem.

— Arthur! — interrompeu a mãe. — Vamos ouvir aquilo que Lizzie está disposta a contar, sem julgá-la por suas escolhas ou pressioná-la para responder aquilo que ela não pode. Nós confiamos nela.

O pai respirou fundo e concordou. Seus dois irmãos apenas a fitavam, intrigados. Já Eleanor tinha um sorriso discreto no canto dos lábios.

Lizzie apertou sua aliança entre os dedos.

— Eu me casei com esse homem pelo qual me apaixonei.

Pronto. Aquele era o estopim da conversa, ela sabia.

— Você o quê?! — Leonard gritou.

Steve apenas sorriu, admirado, e balançou a cabeça, incrédulo. Ellie cobriu a boca com os dedos e os olhos dela brilharam.

— Você se casou?! — seu pai repetiu, atônito.

— Sim. — Ela tentou sorrir, com os lábios trêmulos. — Você me mandou para a Escócia querendo isso e... deu certo.

Steve sufocou uma risada. Leonard bufou. Eleanor suspirou. Kathelyn pediu calma para Arthur com as mãos, mas o duque não a obedeceu.

— Você acha que isso é uma brincadeira? — o pai disse, severo. — Você some durante quase três meses, nos mata de susto e agora diz... diz que se casou nesse período?

— Desculpe. — Os olhos dela se encheram de lágrimas. — Eu não queria que vocês tivessem sofrido. Se eu pudesse, teria vindo até aqui assim que soube que não estava presa naquele lugar. Mas eu não podia, simplesmente não podia.

— E quem é esse marido, isso nós podemos saber? Quem é o homem a quem devo chamar de genro ou matar?

— Ele talvez já esteja morto — ela disse para si mesma e piscou, deixando as lágrimas caírem.

Eleanor franziu os lábios, condoída. Steve, que estava perto dela, segurou em sua mão.

— Está tudo bem, lobinha. Está tudo bem.

Ela olhou para o pai, visivelmente tenso.

— Ele não está aqui porque não pode. Ele arriscou a vida para me salvar, abriu mão de tudo, de tudo o que era importante para ele — fungou. — E foi por mim. Ele está preso por ter me defendido, talvez nem esteja mais vivo. — Ela cobriu os olhos, chorando a valer.

O estalido da lenha na lareira ficou mais alto com o silêncio que se fez no aposento.

— Se ele fez tudo isso por você, lobinha, já ganhou a nossa admiração e a nossa gratidão. — O irmão tocou seu ombro. — Espero conhecê-lo um dia, para poder agradecer pessoalmente. E parabenizá-lo também.

Lizzie descobriu o rosto e viu Steve sorrindo para ela.

— Pelo casamento? — quis saber, e Steve assentiu. — Você pode me parabenizar — ela brincou, ainda chorosa.

— Parabéns, querida — Eleanor se adiantou.

— Não vou parabenizar você. Na verdade, quero congratular o homem que teve coragem de se casar com você e se dispôs a aguentá-la pelo resto da vida — Steve disse e, espirituoso, apertou a bochecha dela.

— Seu bobo. — Lizzie achou graça, enxugando as lágrimas. Então se virou para o pai, que parecia cansado.

— Perdão. Eu confio em você, filha, eu confio — o duque disse, com a voz falha. — E, se isso é tudo o que você pode falar, eu vou respeitar e fazer o que for possível para ajudá-la.

Kathelyn, que estava ao lado do marido, sorriu para ele com sincera admiração e amor.

— Você disse que ele está preso. O que posso fazer para ajudá-lo? — perguntou o pai.

— Nada — respondeu com a voz embargada. — Infelizmente não há nada que você possa fazer.

Leonard não se conteve.

— Não pode ser! Pelo amor de Deus, nós temos um dos maiores ducados da Inglaterra, é claro que podemos fazer alguma coisa!

— Pai — Lizzie o chamou, suplicante —, eu me lembro dos seus relatos tristes sobre os anos em que teve de ficar separado da mamãe, antes de vocês se casarem. Foram os anos mais difíceis de sua vida, não é verdade?

O duque segurou a mão da esposa e a olhou com amor.

— Sim, é verdade... Por quê?

— Porque talvez ele demore muito para conseguir me encontrar. Talvez ele não consiga... Eu... — Ela engoliu o choro. — Eu preciso de ajuda para voltar a ser feliz, mesmo sem ele.

Steve a abraçou, seguido por Eleanor, depois a mãe e o pai. Até mesmo o intocável Leonard a enlaçou com carinho.

— Nós faremos o que estiver ao nosso alcance, filha. O que pudermos fazer para que você seja feliz. — O duque beijou a testa da filha. — E, se um dia você puder ou quiser nos contar tudo, também a ouviremos. Faremos o que estiver ao nosso alcance para ajudar o seu marido. Se você o ama, se o ama de verdade, isso é tudo o que precisamos saber sobre ele.

Lizzie concordou, emocionada. Como ela amava sua família.

— Obrigada, papai.

Agradeceu, sem se sentir muito aliviada. Sabia que nunca poderia contar toda a verdade. Sabia também que, por mais poder ou influência que o pai tivesse, a tentativa de ajuda dele talvez só piorasse a situação de Gareth. E ela jamais poderia correr esse risco. Jamais.

"Sessenta e três dias sem notícias", Lizzie acabava de anotar em seu diário de estudos.

Admirou a bonita flor desenhada, com esmero, por Joyce no caderno que lhe foi dado de presente pela amiga, que conhecia as plantas como ninguém. Era uma flor chamada bluebell, segundo as anotações de Joyce, o uso dessa flor no corpo ou em ambientes ajudaria a abrir o coração. Recomendado para situações em que a pessoa se sente incapaz de exprimir as emoções, por temer não conseguir sobreviver após tê-lo feito.

Lizzie suspirou, sentindo precisar tomar banho com uma infusão de bluebell.

Desde a conversa com a família sobre o que acontecera em sua viagem, ela praticamente não contara sobre Gareth para mais ninguém. Na verdade, o pouco falado com a família havia sido também a última vez em que se abrira a respeito de suas angústias, incertezas e saudades.

Olhou para a aliança, decorada com nós celtas, em seu dedo.

Se não fosse por algumas coisas que possuía consigo, como o anel, o caderno de Joyce e a presença de Killian, dormindo ao pé da lareira na sala onde estava, suspeitaria de que os acontecimentos vividos com Gareth não houvessem passado de criação da sua mente, ou talvez — supôs, angustiada — ela houvesse adentrado uma espécie de realidade paralela e nunca mais conseguisse voltar para lá.

Pensando bem, mesmo com essas poucas provas, aquela outra vida parecia se tornar cada dia mais distante e inalcançável.

Quando chegou em casa, dois meses atrás, Lizzie se dedicou ao estudo dos nomes e das origens dos clãs da Escócia e, para seu total desapontamento e inquietação, não conseguiu encontrar registro algum do clã MacGleann, nem mesmo antes da Batalha de Culloden.

Lembrava-se de Gareth ter dito a ela que o seu clã vivera, por alguns anos após a Batalha de Culloden, dividido entre as terras perto da ilha de Skye e dentro do castelo de Mag Mell. Como era possível ela não encontrar nada, nenhuma menção ou referência a esse clã?

Desesperada, Lizzie buscou o maior especialista na história da formação dos clãs na Escócia, um professor da Universidade de Edimburgo. A resposta dele ficou gravada em seu coração como fogo.

"Cara srta. Elizabeth Harold" — começava assim a missiva —, "as únicas menções encontradas sobre o clã MacGleann datam de meados do século VII, quando esse clã de origem celta deixou a Irlanda e migrou para as Highlands, na Escócia. Possivelmente, ao chegar a solo escocês, se desmembrou, dando origem a outros clãs, mas não podemos descartar a hipótese de que os membros do clã MacGleann tenham sido dizimados em alguma batalha e, assim, ele tenha se extinguido."

Lizzie ficou tão deprimida e confusa com essa descoberta que seus pais, ao perceberem sua inquietação, chamaram um médico austríaco revolucionário. Ele vinha estudando comportamentos relacionados à tristeza recorrente e à falta de ânimo.

Esse médico viera visitá-la cerca de um mês atrás. Ela expôs parte do que havia acontecido, e o diagnóstico lhe causava náuseas até aquele momento: "Não é incomum pacientes que sofreram um grande trauma criarem fantasias e acreditarem nelas como se fossem reais".

À época, o duque expulsara o médico da propriedade, com toda a cortesia aristocrática que cabia perante a situação. Diante da angústia que Lizzie sentira com aquela hipótese médica, os pais a consolaram, dizendo que acreditavam nela.

Mas nada trazia alento para Lizzie. Dia a dia, convencia-se, a fim de não enlouquecer, que a dor da saudade e o amor por Gareth eram a maior prova da realidade de tudo o que vivera.

Mordeu o lábio por dentro no intuito de conter as lágrimas. Se ao menos houvesse qualquer nesga de esperança a que se agarrar.

— Eu pergunto a Deus o que fiz para merecer conviver com tal criatura selvagem — sua avó, a duquesa viúva, ralhou do sofá em que bordava, olhando para Killian.

Lizzie estava tão perdida em pensamentos que esquecera por completo a presença dela na sala íntima.

— Ele é um bom cachorro — argumentou.

— Bom para assustar bandidos ou guerrear ao lado de generais. — A avó criticou Killian, com expressão de repulsa. — Ele parece capaz de destroçar meio exército sozinho.

Lizzie não pôde evitar sorrir diante do comentário de Caroline.

— Killian é o um cão leal...

— Com vossa licença — o mordomo pediu ao entrar na sala. — Acaba de chegar esta mensagem para a srta. Elizabeth. O mensageiro disse que ela foi postada em caráter de urgência na Escócia, eu achei que a senhorita gos...

— O senhor disse Escócia? — Lizzie interrompeu o sr. Rainford, sentindo o sangue deixar o seu rosto.

— Sim, senhorita.

— Lizzie, você está bem? — a duquesa viúva perguntou.

A jovem caminhou até o mordomo e, sem esperar, agarrou o envelope de cima da bandeja de prata.

— Oh, meu Deus, vovó! É mesmo da Escócia... Eu acho que... — Tudo ficou preto ao seu redor, e Lizzie se viu obrigada a sentar no sofá ao lado da avó.

— Sr. Rainford, vá buscar sais e um copo de água.

Lizzie respirou fundo algumas vezes, e devagar tudo voltou ao foco.

— Não. — Ela engoliu em seco. — Não é preciso, eu estou bem. — Com as mãos trêmulas, segurava o envelope.

— Sendo assim, com vossa licença. — O mordomo deixou a sala.

— Acho que eu vou ver como está o... a... a aula de piano da sua irmã. — Sua avó fez menção de se levantar.

Lizzie a olhou através das lágrimas; sabia que a avó queria que ela ficasse à vontade para ler a carta sozinha.

— Por favor, fique comigo — pediu, baixinho. — Dependendo do que estiver escrito nesta carta, eu temo precisar de ajuda, e se eu estiver sozinha...

— Sim, minha querida, eu já entendi.

— Entendeu? — Lizzie enrugou a testa, confusa.

— Esta é uma carta do seu marido escocês, ou com notícias dele. — A duquesa viúva segurou de leve a mão de Lizzie, sobre a carta.

— Como... como você... — A jovem ficou parada, a boca entreaberta, os olhos arregalados.

— Como eu sei?

Lizzie assentiu, totalmente surpresa.

— Ora, Elizabeth, eu posso ser uma senhora antiquada e que valoriza muito as nossas tradições, mas já fui jovem um dia. — A avó piscou, e Lizzie continuou olhando para ela, confusa. — Você voltou da Escócia com uma aliança no dedo, um lobo feroz a tiracolo e vive disfarçando as lágrimas ou suspirando pelos cantos da casa, o que me fez concluir que se casou e seu marido faleceu, hipótese naturalmente anulada, porque você não está de luto. Pensei também que o seu marido a tivesse abandonado, opção que descartei recentemente.

Lizzie ergueu as sobrancelhas, querendo perguntar por que, mas o nervosismo pela carta em seu colo lhe tirou por completo a capacidade de argumentar.

A avó sabiamente continuou:

— Como concluí isso? Você é uma jovem forte demais para sofrer tanto tempo por um homem que porventura a tivesse abandonado... E então — Caroline cruzou os dedos longos sobre o colo — chegamos à minha última hipótese, que considero a mais plausível no momento: o seu marido foi impedido de estar com você — a duquesa viúva indicou a carta — e tampouco tem chance de lhe enviar cartas com frequência... E você, minha querida neta, há dois meses vem vivendo a mais torturante das esperas.

Se Lizzie não estivesse tão apreensiva com a carta recebida, aplaudiria a avó de pé. Entendeu, finalmente, a frequente declaração do pai sobre a mãe dele: "Ela é uma das pessoas mais sábias que eu conheço, capaz de ler as situações e as pessoas sem muito esforço".

— Você está certa — concordou Lizzie.

— Quer tomar um chá calmante antes de abrir a carta?

Apesar de estar morrendo de medo, Lizzie não queria esperar nem mais um minuto para ler.

— Eu vou ler agora — disse, rompendo o lacre.

Abriu a carta, o papel vibrando em suas mãos e o coração surrando todas as veias do corpo.

Escócia, 27 de julho de 1867

Mo thiodhlac,

Não sei se você vai receber esta carta. Duncan e Joyce saíram do castelo para buscar provisões. Então pedi à minha tia para conseguir um mensageiro e rezo para que a carta não extravie e chegue inteira a suas mãos.

Minha amada, por ora escrevo em uma cela do castelo, olhando para a janela, enquanto a lua se esconde atrás das nuvens. Tenho feito o que está ao meu alcance para provar a minha inocência. Infelizmente não posso fazer muito, mas também não posso perder a esperança de um dia voltar a ver você.

Minha adorada, a história dos homens pode ser moldada por muitas razões e, sem desmerecer nenhuma delas, eu encontrei o sentido da minha vida no ato da entrega.

Entendi que, assim como as montanhas nascem da exposição ao tempo e suas intempéries, da mesma forma se moldam as nossas experiências. Somos expostos às condições externas e, se desistirmos de nos manter em pé, jamais tocaremos o céu, correndo o risco de perder até mesmo a nossa essência e a verdadeira força que nos mantém vivos.

Eu acreditava que a força e a felicidade estavam nas conquistas, no poder de se sobrepor aos demais, nas vitórias em batalhas, na chance de controlar o que está ao redor. Eu tive tudo isso em meus dias. Fui um líder respeitado, conduzi centenas de pessoas durante anos, venci muitas batalhas.

Mas onde eu encontrei a minha força e a felicidade verdadeira? Foi quando perdi o medo de me sentir fraco e vulnerável e abri mão do controle, entregando-me a você. Ao amar, eu me tornei uma montanha. Foi ao amar você que eu alcancei o céu em todos os minutos dos meus dias.

Não existe força maior do que o amor que lhe devoto. Por você, minha Lizzie, eu faria tudo outra vez. Sinta-se amada em todos os minutos do seu dia. Quando o vento acariciar a sua face, são os meus dedos a tocando. Quando você se deitar, cansada, sinta que a cama é o meu corpo que a acolhe. Quando você tiver medo ou se sentir triste, lembre-se de olhar para cima: as nuvens são os meus braços abertos para lhe dar apoio, as estrelas são os meus olhos a guiando e protegendo, e o sol é a minha alma que te ama e te amará para sempre.

Não sei quando nem se será possível lhe enviar outra carta. Por enquanto, fortaleço-me com as lembranças e continuarei fazendo o possível para voltar aos seus braços. Desejo, sobretudo, que você seja feliz, tocando uma porção do céu todos os dias.

Eu te amo.

Para sempre seu,
Gareth

Lizzie acabou de ler e deixou a folha cair no chão. Ela cobriu os olhos com os dedos e seu corpo convulsionou em ondas, pelo pranto contido havia meses.

Sentiu um toque em seu cabelo com carinho.

— Ele está vivo, vovó! Esta carta data de um mês atrás. Eu tenho certeza de que ele está vivo e que vai voltar para mim.

A avó se aproximou mais e a acolheu nos braços.

— Vai ficar tudo bem, minha neta. Tudo acabará bem — disse Caroline, com brilhantes olhos azul-claros.

— Vovó, a senhora está chorando? — Lizzie perguntou, surpresa com a demonstração emotiva da sempre austera e imperturbável duquesa viúva.

A avó enxugou discretamente o canto dos olhos.

— Minha querida. Você nunca ouviu falar que a ausência de emoções é tão rude quanto o excesso?

Lizzie sorriu, sem conseguir deixar de chorar, e abraçou outra vez a avó.

— Não, vovó, eu não sabia.

— Vamos. — A duquesa deu dois tapinhas no ombro da neta. — Já basta, já é o suficiente.

Ela concordou e limpou as lágrimas com as costas dos dedos. Pegou a carta que havia caído no chão e a sacudiu no ar.

— Vou mostrar para a mamãe, ela não vai acreditar. — Nem mesmo Lizzie acreditava.

— Não corra, Elizabeth! — sua avó pediu, com a voz firme e ponderada.

Mas, certamente, Lizzie estava feliz e emocionada demais para escutar.

29

Observando a natureza cíclica das coisas, devemos entender que tudo é cíclico, inclusive os momentos alegres e os tristes. Portanto, eles passam.

— DIÁRIO DE ESTUDOS DE E.H., 1867

— Você me chamou? — Gareth cerrou os olhos, reagindo à claridade abundante na sala do trono.

Há seis meses ele estava metido em uma cela de pedras geladas e praticamente sem luz alguma. Há seis meses ele não colocava os pés para fora daquele espaço úmido e frio.

— Por que estou aqui? — Gareth quis saber. — Vou ser executado pela morte de Kenneth, é esse o motivo? Porque, se for, você não precisava ter se dado o trabalho de pedir para me trazerem até aqui.

— Você está aqui porque eu preciso pedir o seu perdão — o tio disse, com o semblante abatido.

— Você só cumpriu com a sua função. — Gareth limpou a garganta. — No seu lugar talvez eu tivesse feito a mesma coisa.

O tio fez que não com a cabeça.

— Gareth, nós precisamos ter uma conversa difícil. — Ele apontou para a mesa embaixo da janela. — Por que não sentamos?

Seguiu a sugestão de Duncan, sentindo o coração disparar. Tinha quase certeza de que finalmente haviam votado em unanimidade por sua execução. Não conseguia achar outro motivo para aquela conversa, ou para aquele pedido de perdão, meses depois de ter sido preso.

O tio se sentou à sua frente.

— Filho, aqui está a prova de sua inocência — disse e lhe mostrou um pedaço de papel.

— Uma carta? — Gareth perguntou, com a voz falha.

— Uma carta de Kenneth para você — Duncan explicou. — Uma carta que Malcolm encontrou e escondeu até a noite de ontem.

A respiração de Gareth se acelerou.

— Uma carta que Kenneth escreveu no dia de sua morte.

Gareth olhou para o papel dobrado e depois para o tio. Tinha repassado um milhão de vezes a briga com o primo e tudo o que acontecera até a queda de Kenneth. E, meses depois, a culpa ainda estragava as horas dos seus dias. Culpa pela morte de Kenneth, culpa por ter perdido a chance de sair de lá com Elizabeth, culpa por não ter sido o marido que ela merecia, por tê-la deixado sozinha.

Se a tivesse ouvido, se não tivesse perdido a cabeça, se Kenneth não tivesse entrado no quarto deles naquela tarde... Era culpa demais.

A única coisa que o impulsionava a continuar e não o deixava afundar no remorso e nas dúvidas era Lizzie. A certeza de que faria tudo outra vez pela chance de amar Lizzie novamente.

— Eu não sei... Posso não ter causado a morte dele, mas é impossível não me culpar, não me sentir responsável pelo que aconteceu. Mesmo ele tendo sido tão desgraçado, mesmo ele tendo tocado em Lizzie... — Gareth afundou a cabeça nas mãos. — Eu bati nele diversas vezes, e ele não se defendeu, não revidou. Eu tentei ajudá-lo, tentei puxá-lo para cima, mas...

— Você só o ajudou a concluir o que ele estava determinado a fazer — o tio o interrompeu e abriu o papel. — Brenda conseguiu esta carta.

— Brenda? — Gareth indagou surpreso, ainda sem entender muita coisa.

O tio cruzou as mãos sobre a mesa, com o olhar perdido.

— Ela se tornou amante de Malcolm, no intuito de tentar conseguir algo que provasse a sua inocência. Como foi ele quem viu a cena, como foi ele o principal responsável por sua acusação, Brenda sempre desconfiou de que, se alguém no clã seria capaz de inocentá-lo, seria ele. — O tio estendeu a carta para Gareth. — Então ela o embebedou e deu uma poção para ele. Coisas da sua tia... Acontece que, enquanto estava sedado, Malcolm confessou que havia encontrado a carta, contou onde a tinha escondido e que fez o que fez pensando no bem do clã. — Duncan bufou, inconformado.

Gareth olhava fixamente para a carta.

— Mas por que Kenneth...

— Ele queria se matar.

Gareth balançou a cabeça, com expressão assustada.

— Arrependido por ter machucado Lizzie?

— O motivo é a parte difícil da conversa. — Seu tio lhe lançou um olhar desolado.

As mãos de Gareth molharam de suor.

— Leia. — O tio apontou para o papel, e Gareth notou que os olhos do homem estavam marejados.

Sem esperar, pegou a carta e começou a ler.

Amado irmão,

Não sei se mereço chamar você dessa maneira, depois do que descobri, depois do que fiz.

Hoje mais cedo, Malcolm sugeriu que eu acabasse com a sua vida e com a vida de sua esposa; disse que seria a única maneira de manter o clã seguro. Eu neguei, é claro que neguei esse absurdo. Então ele me contou uma história que disse ter sido meu pai quem confessou para ele no leito de morte. Meu pai confidenciou seus pecados mais imundos para Malcolm e não para mim. E agora sei que chegou a hora de revelá-los para você. Mas antes quero lhe pedir perdão. Perdão pela minha covardia com Elizabeth. Eu estava tão transtornado, perdido e confuso! Ainda estou. Fui até lá disposto a encontrar um culpado para tudo o que vinha acontecendo e por pouco não me transformei em um monstro igual a meu pai. Dou graças a Deus por Agnes ter me interrompido, dou graças a Deus por minha mãe ter morrido quando eu era menino e por não ter o desgosto de vivenciar essa sujeira, esse horror que agora me sinto na obrigação de lhe contar.

Imagino que, quando você encontrar esta carta, eu já terei pagado pelos crimes do meu pai, e espero que tenha sido você a me ajudar a fazer justiça. Mas, se por acaso não tivermos a oportunidade de nos encontrar antes de eu acabar com a minha vida, peço perdão. Perdão, meu irmão, porque eu desejei a chefia do clã, a sua posição, o seu prestígio, e depois pequei ainda mais desejando a sua esposa. Toda a oposição que causei à sua liderança foi por inveja. Eu o odiei por se casar com Elizabeth, eu acreditava estar apaixonado por ela. Mas nunca tive honra o bastante para poder sentir isso sem culpa. E a prova são os pecados de meu pai. Não sou forte para carregar tanta culpa. Porque nada que eu fale ou escreva, nem mesmo a minha morte, será suficiente para apagar a monstruosidade que meu pai fez a fim de manter o clã impenetrável.

330

Gareth, foi ele o carrasco que arquitetou o incêndio que matou os seus pais. Meu pai foi um assassino. Foi ele quem ordenou que colocassem fogo na casa de sua família em Londres. Ele é o culpado pelo seu sofrimento.
Sinto muito, Gareth.
Tiro a minha vida para pagar pela vida perdida de sua família.

— Não! — Gareth sussurrou, sacudindo a cabeça.

— O seu pai, você sabe — Duncan disse, com a voz embargada —, queria tirar todos nós daqui. Ele queria que voltássemos para as nossas terras nas Highlands e lutaria por isso efetivamente.

— Não! — Gareth gritou e deu um murro na mesa.

Duncan esfregou os olhos.

— Eu sinto muito, filho.

— Eu sempre achei que um inimigo dele de fora do castelo tinha feito isso, alguém do parlamento ou de outro clã — desabafou entredentes —, mas o meu próprio tio? Sempre achei que acabar com o nosso vínculo com o mundo exterior fosse a única maneira de nos manter a salvo, quando, na verdade, o maior inimigo vivia aqui dentro e me chamava de filho.

— Eu sinto muito. — Duncan tinha a expressão desolada. — Eu também achava isso. Quando houve o incêndio, acreditei que o culpado era algum inimigo inglês, alguém de fora. Acreditei que era melhor nos trancarmos de vez aqui, que era mais seguro desistir dos sonhos do seu pai... Mas agora eu não sei de mais nada. Pelo visto, apenas Malcolm compactuou com essa podridão e escondeu a verdade durante todo esse tempo.

Gareth sentia o ódio, a revolta e a dor pulsarem juntos.

— O meu tio — disse ele, caindo de joelhos —, aquele desgraçado, queimou o próprio irmão! — E deu um murro na parede, sem sentir dor.

— Lamento muito — Duncan sussurrou.

Gareth se levantou e se virou para ele.

— Não lamente. Isso tudo é uma grande mentira. Nós somos uma grande mentira. Ficamos isolados do mundo, querendo criar uma sociedade perfeita, justa e pacífica, onde poderíamos viver de maneira livre e isenta do controle opressivo, da maldade e das guerras. — Gareth travou o maxilar. — Mas olhe para nós: o que construímos? Minha esposa teve que sair daqui sedada por uma poção para que todos acreditassem que ela estava morta. Morta, Duncan! — repetiu, ofegante. — Essa é a nossa ideia de segurança? De mundo perfeito? Matar uma jovem inocente para preservar este lugar? O que nós nos tornamos? O que queremos preservar aqui dentro?

Duncan apoiou a cabeça nas mãos.

— Eu também não sei... não sei, e me sinto culpado por ter orientado você a desistir do que o seu pai acreditava. Perdoe-me por não ter enxergado a verdade antes... — A voz do homem falhou.

Gareth respirou longamente, fechando as mãos em punho ao lado do corpo.

— Você não tem culpa. — Ele encarou o tio. — A verdade é que, se não mudarmos nosso interior, não adianta nos escondermos, porque nós sempre estaremos encerrados dentro de nossas misérias.

O homem fechou os olhos, concordando, e ficaram um longo tempo em silêncio.

— Estou livre, não estou? — Gareth perguntou enfim.

— Sim, está — Duncan respondeu em voz baixa.

— Eu vou embora daqui e vou refazer minha vida fora deste lugar, como era a vontade do meu pai. Vou lutar para que o mundo seja um lugar melhor ao lado da mulher que eu amo. — Ele apertou ainda mais as mãos ao lado do corpo. — Só que não mais dentro destes muros. Nós criamos uma mentira... Talvez tenha sido isso que o meu pai percebeu.

— Talvez — o tio sussurrou.

Com os olhos queimando lágrimas de decepção, raiva e dor, Gareth fez menção de ir embora quando Duncan o chamou:

— Gareth... Retome tudo o que é seu por direito, o dinheiro, o título, volte às terras do clã. Nós deixamos pessoas de confiança assumir as propriedades quando o seu pai morreu. Faça isso e eu ajudarei a concretizar aquilo que seu pai quis construir. Quem quiser nos seguir para fora daqui será bem-vindo.

Gareth encheu o peito de ar, sem encontrar muito conforto.

— E me perdoe — o tio implorou, cabisbaixo.

— Eu te amo como a um pai. E o meu pai te amava. Você foi o único irmão de verdade que ele teve.

Pensando em Lizzie, Gareth deixou a sala do trono decidido a sair do castelo o mais rápido que conseguisse. Inspirou devagar e visualizou um par de olhos verdes com pontos amarelos, olhos que enchiam de vida o seu coração e eram mais poderosos que todas as montanhas das Highlands.

30

A arte de passar a sabedoria adiante de forma oral ou escrita é sem dúvida uma grande honra e responsabilidade. É uma das maneiras de fazermos valer os ciclos desta experiência de vida.

— DIÁRIO DE ESTUDOS DE E.H., 1867

Naquela semana, completavam-se sete meses desde que Lizzie saíra do castelo. Havia cinco meses que a única carta de Gareth chegara a suas mãos. Ela ainda contava os dias que a separavam da última notícia dele, da última vez em que o vira, de sua vida com ele. Nunca o esqueceria. Olhou para a flor entre seus dedos e, em seguida, para os alunos à sua frente.

— O nome dessa flor é não-me-esqueças, e trazê-la consigo ajuda a curar a dor da saudade — Lizzie explicou, tirando o raminho seco que usava preso em um alfinete no vestido.

Fechou os olhos e viu Gareth em pé entre as montanhas das Highlands, sussurrando-lhe ao vento: "Não me esqueças; aonde quer que eu vá, não importa o tempo que passar, eu não a esquecerei".

— Nunca — respondeu baixinho, como uma prece.

— Posso ver? — perguntou uma de suas alunas, trazendo-a de volta ao presente.

— É claro. — Ela entregou a flor para a jovem.

Havia pouco mais de dois meses, ela dava aulas em uma escola para meninas e jovens damas que o seu pai construíra no condado. Um centro de estudo das culturas antigas, com foco especial na cultura celta.

— Então — disse ela, capturando a atenção da turma —, amanhã estudaremos a função curativa de alguns chás, e depois de amanhã teremos aula de mitologia.

— Não vejo a hora de estudarmos mais sobre a sabedoria das árvores. — Uma das jovens vibrou.

As aulas que Lizzie lecionava eram praticamente todas baseadas em um caderninho que ganhara de presente. Sorriu com a lembrança de Joyce. Ela encontrou nas aulas uma maneira de colocar seu amor por aquela sabedoria a serviço dos outros. Um novo propósito e também uma maneira de manter a lembrança de Gareth viva. Nunca esqueceria que fora ele quem sugerira que ela desse aulas.

⁂

Ao chegar em casa no fim do dia, Elizabeth foi surpreendida pelo mordomo, que anunciou haver visitas para ela.

— É mesmo? Quem? — perguntou e tirou as luvas e o chapéu.

O mordomo bateu no bolso da casaca e tirou um cartão de visitas. Lizzie pegou o papel retangular e branco, que dizia "conde de Wessex".

Franziu o cenho, intrigada.

— Acho que eu não o conheço.

— Ele está acompanhado da irmã — explicou o mordomo, solícito.

— Ah. — Lizzie não estava interessada em fazer sala para um lorde qualquer e sua irmã. Na verdade, nem entendia o motivo da visita, já que desde o seu retorno, e especialmente desde que começara a dar aulas sobre civilizações antigas, passara a ser vista como uma solteirona excêntrica, apelidada carinhosamente de "mulher do lobo", por causa de Killian. — Onde está Killian? — perguntou ao mordomo.

— Nos jardins dos fundos, eu acho.

— Ótimo. Peça a alguém para trazê-lo até a biblioteca.

— Milady, as visitas estão no salão amarelo.

— Sim, sim, claro que estão. — Lizzie suspirou, cansada. — Vou recebê-los e tentar dispensá-los logo, e então vou à biblioteca. Obrigada, sr. Rainford.

Lizzie estava indo, com passos rápidos e pouco entusiasmo, encontrar o tal lorde quando seus olhos pousaram em um enorme arranjo de flores azuis. Ela brecou, com o coração acelerado.

— Quem colocou estas flores aqui? — perguntou, sem conseguir tirar os olhos do bonito vaso cheio de não-me-esqueças.

— Eu não sei, milady — o mordomo disse, hesitante. — Acho... acho que o jardineiro.

Lizzie encheu o peito de ar, lentamente, para se acalmar. Levou a mão trêmula à maçaneta. Jesus, até quando essas flores a afetariam desse jeito? Talvez para sempre. Ela abriu a porta, sorrindo com simpatia ensaiada.

— Boa tarde, meu lor... — A fala caiu com o seu queixo. O seu coração possivelmente foi jogado ao chão também, arrancado e expulso para fora do corpo. Lizzie acreditou ter perdido definitivamente a lucidez.

O homem se levantou, e a jovem que estava com ele também.

Lizzie deu dois passos para trás e se sentiu tonta. Cobriu a boca com os dedos trêmulos. O homem sorriu. Ela abriu a boca para falar, mas o que saiu foi um soluço. Ele atravessou o salão, porém Lizzie não conseguia mexer as pernas.

Gareth a abraçou e beijou sua testa, seus olhos, sua face.

Lizzie ainda estava paralisada.

— É você? É mesmo você? — perguntou, tocando o rosto dele, as lágrimas que Gareth também derramava.

— Sim, minha dádiva, sou eu.

Sem conseguir pensar em mais nada a não ser senti-lo, ela o beijou. Gareth segurou o rosto da amada entre as mãos e retribuiu o beijo com ternura infinita.

Lizzie não queria abrir os olhos, tinha medo de que tudo não passasse de mais um sonho. Não foram poucas as noites em que sonhou com Gareth, com o cheiro, com o toque, com o corpo dele, com a maneira com que ele a amava, a beijava. Se isso também fosse um sonho, ela não suportaria. Ela não aguentaria acordar.

— Shhh, está tudo bem... Está tudo bem, Aine... — ele a confortou, as mãos grandes subindo e descendo nas costas dela. — Minha Lizzie.

E ela chorava de soluçar, com a testa apoiada no peito largo, nem se dando conta.

Gareth beijou sua fronte.

— Eu achei... — ofegou — achei que nunca mais...

— Eu sei. — Ele beijou a testa dela outra vez. — Eu sei.

— Não sabia se você estava vivo. Tinha dias em que eu achava que você só existia em meus sonhos. Cheguei a te odiar por ter feito a sua tia me tirar do castelo daquele jeito, por me obrigar a ficar sem você. — Ela soluçou baixinho.

— Eu ainda te odeio um pouco. Como... como você pôde? — Ela deu um soquinho no peito dele, antes de repetir: — Como você pôde fazer isso comigo?

Ele segurou o queixo dela entre o polegar e o indicador e ergueu o seu rosto, olhando-a com tanto amor que o mundo ficou em silêncio.

— *Tha gaol agam ort...* Minha alma gêmea.

Lizzie se encontrou dentro daquele olhar. Mais uma vez, ela viu o infinito que os dois eram quando estavam juntos. Gareth a beijou outra vez, com mais vontade, com mais paixão, removendo a saudade, curando com os lábios a dor da separação, expulsando o medo do coração dela e reacendendo o amor que os uniu um dia e que os uniria para sempre.

Ele afastou os lábios dos dela. Lizzie encostou a cabeça no peito dele e ouviu o coração bater rápido. A respiração dos dois estava acelerada.

— Eu sinto muito por tudo — disse ele. — Sinto muito que as coisas tenham acontecido assim.

Ela suspirou e ergueu o pescoço para que Gareth a beijasse outra vez.

— Hum-hum... — uma voz soou no ambiente. — Desculpem — Agnes os interrompeu —, mas achei oportuno lembrar que estou aqui. Além disso, eu também tenho muita saudade.

— Agnes!

A amiga se aproximou e lhe deu um abraço apertado e carinhoso. Confusa, Lizzie olhou ao redor, como se despertasse de um transe.

— Mas... onde está o conde de Wessex? — perguntou, após se distanciar da jovem.

— Está aqui. — Gareth bateu no próprio peito e segurou a mão dela.

— Você? Mas... — Ela olhou dele para Agnes.

— Vamos nos sentar, temos muito o que conversar — ele sugeriu, desenhando círculos na palma dela.

— Eu... eu vou... — Agnes começou, mas foi interrompida por outra voz que se fez presente no salão.

— Conhecer os jardins comigo — falou Kathelyn, próximo à porta. Lizzie nem percebera que a duquesa entrara.

— Milady. — Gareth fez uma reverência.

— Lorde Wessex — Kathelyn retribuiu o cumprimento.

— Vocês já se conheceram? — Lizzie perguntou, espantada.

— Sim — sua mãe confirmou, aproximando-se e lhe dando um beijo na testa. — Eles chegaram cedo, e nós tivemos bastante tempo para nos conhecer.

— Então você já sabe quem...

— Seu coração não poderia ter escolhido melhor — disse a duquesa, próximo à orelha da filha, e acrescentou em voz alta: — É alguém que eu espero poder receber muitas vezes nesta casa. Estou certa?

Gareth sorriu e Lizzie apenas concordou, enquanto via a mãe e Agnes deixarem a sala.

— Você vai adorar os jardins da propriedade, e temos também a área das roseiras. Meu marido planta cem novas roseiras a cada ano, ele não... — a voz da mãe se perdeu quando ela fechou a porta da sala.

Gareth avançou para cima de Lizzie, surpreendendo-a, e pressionou os lábios nos dela.

— Eu quero beijar você de verdade. — Sua língua exigiu que ela abrisse a boca.

— Agora? — Lizzie conseguiu perguntar.

— O tempo inteiro — Gareth confirmou e a beijou até estarem os dois sem fôlego. — Minha dádiva — ele disse, com a testa colada na dela —, eu sonhei com você o tempo todo.

Lizzie olhou para ele, emocionada e sinceramente confusa, e então se sentiu perdida.

— Gareth, você é o conde de Wessex?

Ele se afastou um pouco e segurou as mãos dela, com uma força reconfortante.

— Eu vou lhe contar o que já devia ter revelado há muito tempo.

Ela sentiu o coração acelerar e não soube se por expectativa ou por insegurança. Como ele conseguira sair do castelo? E o principal: Quem era ele, afinal?

Tentou sorrir, com os lábios vacilantes.

— O que você se esqueceu de me contar, Gareth? Ou devo dizer *meu lorde*?

— Eu nunca usei esse título — Gareth disse. — Agora que saí do castelo definitivamente, ele talvez volte a ser necessário.

Lizzie piscou repetidas vezes, com um milhão de perguntas em mente.

— Como... como você conseguiu sair?

E então ele contou tudo para ela, desde a briga com Kenneth, o acidente, a vontade do pai antes de morrer, as acusações de Malcolm, os meses na prisão e a carta de Kenneth, que o inocentava e infelizmente também revelava a crueldade do seu tio, o culpado pela morte de seus pais.

— Eu sinto tanto! — Lizzie disse por fim, com lágrimas nos olhos.

— Minha dádiva — ele contou devagar, medindo a reação dela —, meus pais não morreram dentro do castelo.

— Não? — ela indagou, surpresa.

— Lembra-se daquela noite do incêndio no celeiro?

Lizzie fez que sim.

— Eu comecei a te contar sobre isso, mas depois não voltei a tocar no assunto. — Ele sorriu com tristeza antes de acrescentar: — Na minha cabeça, nós nunca seríamos separados dessa maneira. Então, vez ou outra, quando lembrava, eu empurrava a conversa para o futuro. É um assunto difícil.

Lizzie apertou os dedos dele, nervosa.

Gareth retribuiu a pressão nos dedos dela.

— Meu tataravô morou parte do tempo entre a Escócia e Londres, dentro e fora do castelo. O título de conde de Wessex está na família há mais de duzentos anos. O meu bisavô e, depois, o meu avô continuaram vivendo dessa maneira... Uma parte pequena da família mora até hoje nas propriedades do clã. Sempre acreditamos que era importante ter alguém da família que mantivesse o título, que continuasse a exercer suas funções no parlamento. Era uma maneira de não nos desligarmos totalmente do mundo à nossa volta.

— Eu entendo. — Lizzie sentiu o estômago gelar. Meu Deus, quanto mais da história dele ela não conhecia?

— Foi o meu pai quem herdou o título, ele era o irmão mais velho — Gareth prosseguiu, com a voz suave. — Eu cresci até os onze anos entre a Escócia, dentro do castelo, nossas terras perto da ilha de Skye e Londres. Na época, meu pai brigava no parlamento para conseguir mais direitos para os clãs escoceses e mais liberdade.

— Certo — disfarçando a ansiedade, Lizzie concordou, estimulando-o a continuar.

— A minha vida inteira eu acreditei que havia sido algum inimigo que tinha causado o incêndio. Alguém que não estava contente com as reivindicações dele. Mas foi o meu próprio tio, o pai de Kenneth. — Gareth expirou ruidosamente. — Depois do incêndio, minha irmã e eu nos mudamos para o castelo. Apenas uma parte pequena da família continuou morando fora, e um primo de confiança ficou responsável pelas propriedades próximas da ilha. O título voltou para a Coroa, e nós praticamente cortamos contato com o mundo.

Lizzie beijou as mãos dele, num gesto de carinho, uma maneira de ela mesma tentar se acalmar também.

— Mas agora você pode tentar fazer o que o seu pai queria. Você já recuperou o título, não?

Gareth enroscou os dedos aos dela com mais força.

— No caminho para cá, eu entrei em contato com o advogado e entreguei todos os documentos que provam quem eu sou. Nós vamos alegar que, depois do incêndio, eu saí do país e só retornei agora. — Ele deu um sorriso triste. — Bom, não deixa de ser verdade.

— Vai dar tudo certo — Lizzie disse, baixinho.

— Já deu. — Ele a beijou suavemente nos lábios. — Você, Lizzie, deu certo para mim. Isso é tudo o que importa.

Ela suspirou quando os dedos de Gareth desfiaram uma mecha de seu cabelo e tocaram seu rosto, de leve. Um calor se alastrou em seu peito, quando ela cravou os olhos nos dele e se sentiu em casa outra vez.

— Eu quero pedir a sua mão em casamento para o seu pai, como deve ser feito — disse ele. — Nos casaremos na Igreja, e você enfim terá a cerimônia mais linda de todos os tempos, o casamento que você merece.

— Eu já tive o casamento mais lindo de todos.

Ele fechou os olhos e encostou os lábios entreabertos nos dela, beijando-a com delicadeza.

— Lizzie, tem outra coisa que eu preciso revelar.

— Mais? — ela perguntou, assustada.

— MacGleann é o nome do clã que deu origem à nossa família. Nós só o usamos dentro do castelo.

Lizzie abriu a boca, novamente surpreendida.

— É por isso que eu não encontrei quase referência nenhuma ao nome do clã. — Deteve-se ao se dar conta e arregalou os olhos antes de dizer: — Meu Deus, então qual o seu nome?

Gareth olhou para baixo, parecendo sem graça.

— Eu achava que seria Gareth MacGleann para sempre, por isso não lhe falei antes. Na verdade, eu sempre quis que qualquer coisa vinculada ao meu passado fora do castelo morresse.

— Qual o seu nome? — ela perguntou novamente, atordoada.

— Logan Gareth Wharton Graham.

— Ah, meu Deus! — Ela arregalou ainda mais os olhos. — Meu Deus!

— Perdoe-me, Lizzie, por não ter lhe contado. Perdão, eu suplico, minha dádiva.

Lizzie gargalhou de nervoso, euforia e incredulidade quando uma lembrança veio à sua mente.

— Você... você disse Logan Graham? Jesus Cristo! — E cobriu os lábios com os dedos trêmulos, antes de acrescentar: — Não pode... não é possível! Conde de Wessex... Logan... Logan?! — ela terminou, quase gritando e com os olhos cheios de lágrimas.

— Por isso eu me cobri nos primeiros dias em que você esteve no castelo. Sim, tinha a história de eu não querer lhe mostrar a cicatriz. Mas, mesmo sabendo que você era muito pequena, até entender por que estava ali, eu não podia arriscar. E se você...

— Lembrasse — ela concluiu por ele.

— Isso só dificultaria a sua saída. Eu não podia arriscar, não até... Meu Deus, eu devia ter lhe contado antes. Por favor, entenda — prosseguiu, inquieto. — Isso não muda nada, não muda o amor que sinto por você, não muda quem eu sou. Para mim, essa é mais uma confirmação de que você sempre foi e...

— Gareth, o incêndio! — Lizzie não podia mais conter a emoção. — O incêndio que matou os seus pais! A sua casa, nós brincávamos juntos, éramos vizinhos! Eu brinquei com Agnes, com você... Você era amigo do meu irmão, meu Deus! Não foi um sonho. — Ela cobriu o rosto e chorou.

Com carinho, Gareth tirou as mãos da jovem de cima do rosto e, com devoção infinita, a abraçou.

— Perdoe-me por não ter contado antes — ele repetiu, desolado, enquanto o próprio choro se sobrepunha à sua voz. — Eu achava que nunca mais fosse usar esse nome. Perdão. Por favor.

Ela se afastou, com os olhos reluzindo de lágrimas. Os dois ficaram se encarando em um silêncio cúmplice e carregado de emoção durante alguns momentos.

— Gareth — Lizzie disse, surpresa —, o incêndio... eu me lembro! Eu achava que tinha sonhado, mas aconteceu, não foi?

Ele envolveu o rosto dela entre as mãos.

— O que você lembra?

— Pouco. — Ela sacudiu a cabeça, em uma negação, pensativa e resfolegada. — Eu sabia do incêndio, e todos diziam que ninguém havia sobrevivido, mas... eu tenho uma lembrança, uma que guardei para sempre no meu coração, só que eu achava que era um sonho.

— Você se lembra disso? — Gareth tirou do bolso do colete uma corrente de ouro e um relicário.

Lizzie pegou a peça e lágrimas escorreram por sua face.

— Um lobo na frente! O meu relicário de lobo. Eu achei que tivesse perdido isso.

Ela abriu, com dedos trêmulos, e viu a sua pintura dentro da joia: era ela, com um laço branco no cabelo envolta em flores azuis. Lizzie não tinha mais de cinco anos naquele retrato.

— Você me deu naquela noite — Gareth confirmou, com a voz falha.

A jovem fechou os olhos e voltou para a cena que ela acreditava fazer parte de um sonho de criança.

Havia acordado no meio da noite com os gritos, a correria dos criados e a fumaça. Todos tinham saído para ajudar no que fosse possível. Kathelyn e a sra. Taylor tinham ficado com ela o tempo inteiro, enquanto um mar vermelho e quente desfazia a mansão dos Graham, os seus vizinhos.

— Você saiu carregado — Lizzie se recordou, olhando para Gareth. — Você estava tão ferido!

— Eu tentei salvar os meus pais — Gareth contou, com a voz embargada.

— Minha mãe se abaixou para falar com você — Lizzie lembrou. — Eles... eles te deitaram no chão. "Ele não vai sobreviver", alguém disse... Eu comecei a chorar. Não queria que você morresse.

Gareth segurou as mãos dela, envolvendo também o relicário, e a olhou em meio às lágrimas.

— Você tirou isso do seu pescoço e me disse: "Eu vou te emprestar o meu lobo", e colocou a corrente no meu pescoço. Eu sentia tanta dor, tanta dor, que não conseguia me manter acordado, mas os seus olhos, eles... Eu nunca vou esquecer. Eu tinha certeza de que você era uma fada ou um anjo, igual aos que minha mãe dizia que nos amavam e nos protegiam.

— Gareth — ela o interrompeu —, eu te dei o meu lobo, o meu colar! Não foi?

Eles se abraçaram, chorando.

— Sim, minha dádiva. Você disse que ele me daria forças para ficar bom e me protegeria. Falou também que eu teria que devolvê-lo para você um dia. "É um empréstimo", você explicou. "Promete que você vai ficar bom para me devolver?"

— "Eu prometo", lembro que respondi, e então você sorriu, e eu soube que tudo ficaria bem.

Gareth segurou o rosto dela entre as mãos.

— Antes de ir embora, você olhou para mim e pediu...

— "Não me esqueças."

Lizzie sorriu, chorando, e o beijou com toda a sua alma. Gareth a beijou de verdade, deixando evidente que o seu coração cumpria a promessa feita tantos anos antes. Ele jamais esquecera Lizzie, nem por um instante de sua vida.

— Então você vem até aqui pedir a mão da minha filha, que já é casada com você, em casamento? — O duque de Belmont cruzou as mãos sobre o tampo da mesa.

— Sim, senhor, achei que era o correto a ser feito.

— O correto — ele umedeceu os lábios — seria você ter feito esse pedido sete meses atrás!

— Papai — Lizzie protestou.

— Arthur — Kathelyn se juntou ao coro.

O duque fechou as mãos em punho

— Este senhor, meu genro, é responsável pelos dias mais infernais da minha vida. Tenho o direito de exigir algumas explicações — Arthur ralhou para Kathelyn.

— Pelo amor de Deus, papai! — Lizzie se desesperou.

— Deixe, meu amor. Se eu estivesse no lugar do seu...

— Você ainda não assumiu o seu título de conde, senhor. Use o tratamento formal ao se dirigir à minha irmã — Leonard endossou o clima tenso da biblioteca.

Lizzie grunhiu, nervosa.

Gareth esfregou os dedos sobre os olhos.

— Ela é minha esposa — disse, tentando se controlar.

Gareth saíra da sala onde havia encontrado Lizzie para ir conversar com o pai dela, certo de que já havia — nos sete meses em que ficara longe da esposa — passado por desafios suficientes.

— Se fosse, você não estaria pedindo a mão dela em casamento — retaliou Leonard.

Gareth deu uma risada carregada de ironia.

— Estou pedindo porque isso é importante para Lizzie.

O duque inclinou o corpo sobre a mesa.

— Você devia começar com um pedido de desculpa.

— Muito bem. — Gareth sorriu, nervoso. — Desculpe por não me arrepender, nem por um segundo, de ter me casado com a sua filha.

Leonard se levantou, ameaçador.

— Parem, vocês! — Lizzie, que havia insistido para participar da conversa, gritou.

— No que depender de mim, você terá de provar que fará a minha filha muito feliz antes de considerar tirá-la de casa — declarou o duque.

Gareth sentiu uma veia pulsar no maxilar.

— No que depender de mim, ela vai agora mesmo para casa comigo.

— Sente-se, Leonard — Lizzie exigiu entredentes.

— Filha — a duquesa disse com suavidade —, venha comigo, deixe os dois... Eles vão se entender. — A mãe lançou um olhar ameaçador em direção ao pai.

Lizzie se levantou, olhou apreensiva para Gareth e saiu da sala com a duquesa. Quando encostaram a porta, Kathelyn se aproximou do ouvido de Lizzie e cochichou:

— Eles precisam apenas sentir que estão disputando alguma coisa, extravasar a masculinidade e...

Ouviu-se um grito de dentro da sala, Lizzie arregalou os olhos.

— ... tentar provar quem realmente manda ali — a duquesa prosseguiu.

Outro grito ecoou pelo corredor.

— Eles vão se matar.

— Não, não vão. — A mãe deu um tapinha de leve no seu ombro. — Logo estarão rindo e bebendo juntos. Acredite em mim, vamos apenas nos sentar e chamar Agnes para se juntar a nós para um chá.

Mais um grito ecoou, fazendo Lizzie apertar os dedos, nervosa.

Com alguma resistência, ela se sentou com a mãe e Agnes na sala ao lado da biblioteca. O chá foi servido. Algum tempo depois, que pareceu uma eternidade para Lizzie, não se ouviam mais gritos de nenhum dos homens. Ela relaxou no sofá e resolveu prestar atenção na conversa entre Agnes e a mãe.

— Não me lembro de praticamente nada daquela casa — Agnes disse. — Lembro vagamente da noite do incêndio e de Gareth ferido.

— Mamãe — Lizzie se juntou à conversa —, por que vocês nunca mais mencionaram o incêndio? Por que me deixaram acreditar que tudo não havia passado de um sonho ruim?

A mãe olhou para ela com ar carinhoso.

— Nós decidimos que seria o melhor a fazer. — Deu um gole no chá antes de acrescentar: — Você ficou tão impressionada... Aquela noite foi tão horrível, mas não havia mais o que pudéssemos fazer.

Lizzie ia continuar a questionar a mãe quando um som diferente de gritos raivosos ecoou da biblioteca. Uma gargalhada, seguida por outra.

— Não disse a você? — A duquesa apontou com os olhos para a porta. — Daqui a um tempo serão melhores amigos.

Lizzie sorriu, aliviada, e a duquesa a acompanhou ao dizer:

— Já devem até mesmo estar bebendo para comemorar.

A porta foi aberta.

— Vou servir uma dose do meu melhor conhaque — o pai anunciou.

Lizzie acharia graça da astúcia da mãe se não fosse pelo olhar intenso que Gareth dirigia a ela.

Ele se ajoelhou à sua frente. O coração de Lizzie disparou. Era uma bobagem, afinal já eram casados, mas foi inevitável.

— Agora que tenho a permissão do seu pai... — Gareth segurou suas mãos com ternura infinita. — Elizabeth, você aceita ser minha esposa?

— Sim — confirmou, emocionada.

Gareth beijou suas mãos, sorrindo ao sussurrar somente para ela:

— Eu vou repetir essa pergunta para você todos os dias e vou fazer o impossível para que a sua resposta seja sempre sim.

Epílogo

— Conta de novo, papai — pediu a menina de cabelos cor de trigo e se aconchegou nas cobertas.

Gareth estava inquieto, mas sabia que tinha de manter a pequena Meredith distraída, afinal Lizzie estava a apenas alguns metros dali, dando à luz o seu segundo filho.

— Fique com Meredith — Lizzie pedira ao entrar no quarto com tia Joyce, que faria o parto.

— Eu vou ficar aqui — ele protestou.

— Não, meu amor. Você vai ficar com a nossa pequena, e vai distraí-la, ou melhor, vai se distrair.

Ele franziu o cenho, sem entender.

— Sabe, quando Meredith nasceu, você me deixou bastante nervosa — explicou a esposa.

— Eu fiquei aflito.

— Você quase desmaiou.

— Você estava sangrando. — Ele cruzou os braços sobre o peito.

— Isso é uma coisa natural quando se dá à luz.

— Eu não fiquei assim tão nervoso.

— Você jurou que nunca mais me tocaria.

Ele arregalou os olhos.

— Você estava gritando!

— Apenas fique com...

— Meredith, já sei — Gareth concordou, resignado.

E ali estava ele, uma hora depois que os gritos de sua esposa começaram, suando frio dos pés à cabeça e tendo que distrair a própria filha, fingindo calma.

— A história, papai — a menina pediu.

Gareth respirou fundo, mas congelou quando ouviu mais um grito de Lizzie.

— A mamãe vai ficar bem, não vai?

Ele desviou a atenção para o par de olhos azuis que o aguardavam e beijou a testa da filha, com uma devoção carinhosa.

— Você e a mamãe são as pessoas que eu mais amo neste mundo. É graças a vocês que existe vida em meu coração. Sim, minha pequena, tudo vai ficar bem.

A menina sorriu com ar travesso.

— Vai me contar a história?

— Ah, sim, claro que vou. — Ele se acomodou próximo à filha. — Era uma vez um castelo lendário, escondido no meio dos vales e das nuvens. O dono desse castelo era um homem muito amargurado.

— O que é amarrurdado?

Gareth sorriu ao corrigir:

— Amargurado, muito triste. E por isso ele ficou feroz, um tipo de monstro.

— Um monstro, papai? — perguntou a menina, espantada.

— Ele não acreditava no amor, nem mesmo buscava isso. Até que um dia uma linda princesa, muito inteligente, corajosa e muito teimosa também, encontrou o castelo. Só que ela não sabia que, ao entrar no castelo, esse monstro se apaixonaria por ela e, por medo de perdê-la, não deixaria que ela saísse de lá. Então, aos poucos ele foi mudando e...

Gareth contava a história segurando a mãozinha da filha e observando suas reações, conseguindo, assim, quase esquecer os gritos de sua esposa e o nervosismo que crescia nele a cada minuto.

— Então eles saíram desse castelo e hoje vivem em outro castelo na Escócia.

— Como a nossa família, papai?

— Sim, bem parecido com a nossa família.

Gareth olhou as montanhas e o rio através da janela. Eles moravam nas Highlands, perto da ilha de Skye, nas terras que sempre tinham pertencido à família dele. Lembrou que parte do antigo clã abandonara o castelo de Mag Mell e agora morava lá com eles.

— E eles viveram felizes para sempre — disse Joyce, do batente da porta. Duncan veio logo atrás.

Então um som aqueceu a alma de Gareth e fez seu coração ficar maior que todas as montanhas da Escócia.

Um choro de criança.

— É um menino — Joyce anunciou, enxugando as mãos nas saias do vestido.

Gareth se levantou, com Meredith no colo.

— Aonde vamos, papai? — perguntou a menina.

— Conhecer o seu irmãozinho, minha princesa. E agradecer a sua mamãe.

— Agradecer a mamãe?

— Isso mesmo — ele disse, cruzando o corredor. — Agradecer por ela enriquecer a nossa vida, mas, principalmente, por ter um coração tão grande, capaz de fazer qualquer homem virar um príncipe e de transformar qualquer castelo em um cenário de conto de fadas.

— Mas conto de fadas não precisa ter uma fada?

— Sim, e nós estamos indo encontrar a rainha delas.

— Isso quer dizer que eu sou uma fada? Bem que a tia Joyce sempre me...

E a voz da pequena Meredith se perdeu em meio aos corredores amplos.

SEIS MESES DEPOIS...

— Acorde, meu amor — uma voz aveludada e conhecida a despertou. — Acorde, você estava sonhando.

Lizzie piscou lentamente, recobrando a consciência aos poucos. Abriu os olhos e encontrou o rosto do seu amado marido. Gareth a encarava com os óculos apoiados sobre o nariz, o cabelo ligeiramente bagunçado pela brisa do jardim. Ele estava sentado, lendo, e Lizzie se deitara, apoiando a cabeça nas pernas firmes a fim de descansar.

— Quanto tempo eu dormi? — perguntou ela após bocejar.

— Cerca de uma hora.

Olhou para o horizonte: o sol começava a se pôr, escondendo-se atrás do imponente castelo.

— Nossa — confirmou, ainda sonolenta —, tive um sonho dos mais estranhos.

Gareth apoiou o livro sobre o banco.

— É mesmo? E por que você não me conta?

Ela esfregou os olhos antes de começar.

— Eu corria por uma floresta. Uma bruma densa cobriu a vegetação e eu não enxerguei mais nada. De repente eu estava em um corredor e revivi o encontro com lorde Devonport. Nesse momento do sonho eu ainda era noiva dele e assisti a ele me traindo.

Gareth, que acariciava os seus cabelos, se deteve.

— Espere! — exclamou. — Aquele almofadinha gordo e careca a quem seu pai me apresentou em Londres há um tempo é o mesmo homem que traiu você?

— O próprio — Lizzie concordou.

— E por que você não me contou à época?

— Porque isso não tem mais importância nenhuma.

Gareth lhe deu um beijo na fronte.

— Mas para mim tem.

— É mesmo?

— Se o homem não fosse o maior dos imbecis, você teria se casado com ele e não seria minha — disse e deu outro beijo pausado na testa delicada. — Me lembre de lhe agradecer da próxima vez em que o encontrarmos.

Lizzie gargalhou, aquiescendo.

— Está bem, vamos agradecer juntos... Mas o sonho não acabou aí, e fica mais estranho.

— Ainda mais estranho? — perguntou ele, com horror exagerado.

Ela o imitou na expressão teatral.

— Ahh, muito mais... Eu sigo dentro desse castelo e reconheço que é o nosso... quer dizer é o castelo de Mag Mell. Ele estava completamente vazio, sem viva alma. Foi um pouco angustiante, eu entrava e saía dos cômodos, procurando, e ninguém aparecia. — Lizzie fez uma pausa, pensativa. — Esses sonhos me preocupam às vezes... Você recebeu mais alguma notícia do castelo? Será que estão todos bem?

O marido voltou a acariciar seus cabelos.

— Recebi apenas aquelas que lhe contei.

Ela se espreguiçou, sentando-se em seguida.

— Brenda e Collum casados, quem diria.

— Collum deve ser um bom líder e, além disso, segue a antiga religião. Os dois com certeza estão felizes.

Lizzie deu um pequeno bocejo.

— Brenda sempre me pareceu uma mulher inteligente. E Collum, sem dúvida, é um homem galante.

Gareth a cutucou nas costelas, arrancando uma risadinha divertida da esposa.

— Ah, é mesmo? Galante, sra. Graham? — E a cutucou de novo, em um gesto provocativo. — Diga, quão galante ele é?

— Chega, Gareth, me deixe terminar — pediu ela após parar de rir.

— Está bem, pode continuar. — Ele abriu as duas mãos no ar, em um gesto de rendição.

Lizzie entrelaçou os dedos aos dele.

— E então vem a parte mais estranha... Eu sigo buscando alguém pelos cômodos vazios até encontrar um lobo enorme, branco, poderoso, lindo. Devagar, mas nervosa, eu me aproximo e envolvo o seu pescoço. O lobo baixa a cabeça, como se estivesse fitando a minha boca, e eu sei que vou beijá-lo.

Os olhos de Gareth se arregalaram, surpresos.

— Segundos antes de nossos lábios se tocarem — ela fez uma pausa, encarando o marido com intensidade —, o lobo se transforma em você e nós nos beijamos.

Gareth aproximou o rosto, os lábios roçando nos dela.

— Dessa parte eu gostei — disse e a beijou com paixão ardente.

Eles se afastaram, com a respiração acelerada.

— Você às vezes pensa nisso?

— Nisso? — perguntou ele, com a voz rouca.

— Quer dizer, você acha que em outra vida nós fomos a sacerdotisa irlandesa e o conde Draxton?

Gareth cravou os olhos nos dela, com uma expressão indecifrável.

— O que você acha?

— Às vezes eu acho que sim. Em outras, penso que não. E, em alguns momentos, nem tenho certeza se existe isso de outras vidas. — Ela contornou a linha do maxilar forte com a ponta do dedo. — E você, o que acha, afinal?

— O que eu sei, minha dádiva — disse, em gaélico —, é que eu te amo. Tenho certeza de que sempre a amarei. E não duvido nem por um segundo de que, se existirem ou vierem a existir outras vidas... — beijou-a mais uma vez, com calorosa entrega, antes de murmurar: — e se, por algum infortúnio do destino, eu não encontrá-la em alguma delas, sei com toda a verdade da minha alma que eu nunca a esquecerei.

E eles viveram felizes para sempre.

Agradecimentos

Escrever um romance de época é sempre uma aventura maravilhosa e muito recompensadora. É altamente viciante também. Agora, escrever os agradecimentos para o meu terceiro romance de época publicado é absurdamente emocionante e definitivamente incrível. Nada disso teria sido possível sem o Grupo Editorial Record. O meu muito obrigada a toda a família Verus. Trabalhar com vocês tem sido tão bom... Serei para sempre grata por fazer parte da editora mais legal que existe.

Obrigada às minhas agentes, Guta, Lívia e toda a equipe da Increasy, por terem acreditado e continuarem acreditando.

Lili e pessoal da Lilian Comunica, obrigada pelo apoio e pelo incentivo.

O meu agradecimento a todas as minhas amigas e leitoras beta que fazem as vezes de revisoras e copidesques. Vocês sabem quem são. O retorno de vocês e as nossas trocas tão especiais sempre me emocionam muito. Nada disso seria possível sem vocês! Obrigada por todo o amor e o tempo que dedicam aos meus romances. Eu amo vocês e agradeço imensamente a cada uma.

O meu eterno agradecimento e amor a todos os meus leitores — vocês transformam sonhos em realidade.

Às garotas do meu jardim: obrigada a todas.

Às meninas do meu grupo no Facebook: amo nossas trocas, obrigada por estarem sempre presentes.

Ao meu marido: você me ajuda a viajar no reino da imaginação e me apoia tanto que me leva para viajar também aos reinos de verdade que inspiram os meus livros. Amo você. Filha, quando você crescer, nós vamos lembrar as histórias que criamos juntas. Obrigada por ser minha ouvinte e minha contadora de histórias mirim. Mamãe te ama demais.

Deus, obrigada por me deixar conhecer meu dom, meu propósito, minha paixão.

Impresso no Brasil pelo Sistema Cameron da Divisão Gráfica da
DISTRIBUIDORA RECORD DE SERVIÇOS DE IMPRENSA S.A.